Juri
Rytchëu

Im Spiegel des Vergessens

Zu diesem Buch

Nach einer langen Reise quer durch den Kontinent klopft der junge Tschuktsche Gemo naiv am Portal der Leningrader Universität an, weil er dort studieren will. Keiner ahnt, dass man diesen Jungen in einigen Jahren als ersten Schriftsteller seines Volkes feiern wird. Tastend geht er seinen Weg durch die sowjetische Nachkriegszeit, als Fremdling inmitten der europäischen Kultur und als Außenseiter in den Labyrinthen der offiziellen Kulturpolitik. Seine Herkunft und seine Vergangenheit lassen ihn jedoch nicht los. Wenn er nach Hause zurückkehrt, sucht er die Erinnerungen seiner Kindheit und die vertraute, alte Welt seines Volkes.

Der Autor

Juri Rytchëu wurde 1930 als Sohn eines Jägers in der Siedlung Uelen auf der Tschuktschenhalbinsel im äußersten Nordosten Sibiriens geboren. Der erste Schriftsteller dieses Volkes mit zwölftausend Menschen wurde mit seinen Romanen und Erzählungen aus dem Lebenskreis der Tschuktschen zu einem berufenen Zeugen einer bedrohten Kultur und eines vergessenen Volkes.

Von Juri Rytchëu sind im Unionsverlag lieferbar:
»Die Reise der Anna Odinzowa«, »Unter dem Sternbild der Trauer«, »Die Suche nach der letzten Zahl«, »Teryky«, »Traum im Polarnebel«, »Unna« sowie »Wenn die Wale fortziehen«.

Die Übersetzer

Charlotte Kossuth, geb. 1925, studierte Slawistik und Anglistik und war fast dreißig Jahre lang Verlagslektorin für russische und sowjetische Literatur in Berlin. Sie übersetzte u.a. Aitmatow, Astaview und Granin. *Leonhard Kossuth*, geb. 1923, studierte Slawistik und Anglistik, war dreißig Jahre lang Cheflektor für Sowjetliteratur in Berlin. Er ist Herausgeber bzw. Übersetzer u.a. von Majakowski, Okudshawa und Jessenin.

Juri
Rytchëu

Im Spiegel des Vergessens

Aus dem Russischen von
Charlotte und Leonhardt Kossuth

Unionsverlag
Zürich

Der russische Originaltitel
lautet *V zerkale zabvenija.*
Die deutsche Erstausgabe erschien 1999
im Unionsverlag, Zürich.
Gefördert vom Literarischen Colloquium Berlin
mit Mitteln der Stiftung Pro Helvetia.

Auf Internet
Dokumente und Materialien
über Juri Rytchëu
www.unionsverlag.ch

Unionsverlag Taschenbuch 215

Rieterstrasse 18, CH-8027 Zürich
Tel. 0041-1-281 14 00, Fax 0041-1-281 14 40
mail@unionsverlag.ch

Umschlaggestaltung: Heinz Unternährer, Zürich
Druck und Bindung: Clausen & Bosse, Leck
ISBN 3-293-20215-2

Die äußeren Zahlen geben die aktuelle Auflage
und deren Erscheinungsjahr an:
1 2 3 4 5 6 - 05 04 03 02 01

Für Galja,
die treue Gefährtin meines langen Lebens.

Mir bleibt nur eine Sorge –
die einzige und goldne:
Das Joch der Zeit –
was tu ich, daß ich dies Joch zerschlag?
Ossip Mandelstam
Deutsch von Paul Celan

1

Man sagt, der Mensch durchlebt unmittelbar vor dem Tod sein ganzes Leben noch einmal, bis ins letzte, und erinnert sich dabei sogar an Dinge, die er gern für immer vergessen hätte. In seinem Bewußtsein sieht er mit rasender Geschwindigkeit Bilder der fernen Kindheit vorbeifliegen, Bilder der Jugend, des Eintritts in die Welt der Erwachsenen, und in diesem bunten Kaleidoskop gibt es keine kleinen oder bedeutungslosen Ereignisse: Alles ist wichtig, das scheinbar geringste Detail, eine unwillkürliche Geste, ein Versprecher haben im weiteren Leben doch diese oder jene Rolle gespielt, spätere Handlungen, Schicksalswendungen beeinflußt.

Doch solche Erinnerungen überkommen uns nicht nur vor dem Tod.

Georgi Sergejewitsch Nesnamow, der jetzt im Vorortzug Kolossowo –Leningrad sitzt und noch vor wenigen Tagen Literaturredakteur einer Kreiszeitung war, ist in Rente gegangen, hat sich endgültig und unwiderruflich von seiner Arbeit verabschiedet, die er fast fünfzig Jahre zuverlässig wahrgenommen hat. Er weiß, daß er nie mehr in sein winziges Arbeitszimmer mit dem altersschwachen Schreibtisch zurückkehren würde, der nicht nur mit untilgbaren Flecken von Tinte und Leim bedeckt war, sondern – so schien es ihm – auch mit eingetrocknetem Blut, obwohl in diesem Raum – soweit sich Nesnamow erinnern kann – weder jemand geschlagen noch gar erschlagen worden war. Nie mehr würde er durch das in viele kleine Felder unterteilte Fenster hinausblicken, vor dem sich seit einem halben Jahrhundert nichts verändert hatte: eine krumme Straße mit einem Zaun, der überraschend am Gebäude des Dorfladens endete, das in den ersten Nachkriegsjahren im Stil der vorrevolutionären Gutshäuser erbaut worden war – mit Ziergiebel und Ziersäulen.

Im Herbst neunundvierzig hatte man Nesnamow die Immatrikulation an der Leningrader Universität verweigert, weil er unter der deutschen Okkupation gelebt hatte und überdies ingermanlän-

discher Herkunft war. Damals begegnete man Leuten wie ihm mit großem Mißtrauen, überprüfte jeden sorgfältig, sogar wenn er zur fraglichen Zeit als Minderjähriger im abgelegenen Dorf Treskowizy gelebt hatte, einige Kilometer waldeinwärts von der Eisenbahnstation Wruda. Man gab ihm zu verstehen, daß er sich mit solch einer Biographie nicht vordrängen, sich lieber still verhalten und seine Träume von Hochschulbildung, von einer Karriere als Schriftsteller für immer begraben sollte; dabei hatte er, voll scheuer Ehrfurcht vor dem gedruckten Wort, von jung auf eben davon heimlich geträumt.

Georgi Nesnamow kehrte also in den Kreis zurück, und auf dem Weg in sein Heimatdorf suchte er die soeben gegründete Kreiszeitung auf. Im Arbeitszimmer des Redakteurs saß ein glatzköpfiger Mann in Militäruniform, mit den Schulterstücken eines Hauptmanns. Der schaute den jungen Mann an und fragte: »Du willst wohl bei der Zeitung arbeiten?«

Nesnamow nickte schweigend.

In jenen Jahren gab es kaum jemanden, der in der Kreiszeitung arbeiten konnte: Die meisten jungen Männer mit entsprechender Schulbildung waren im Krieg gefallen, und die Überlebenden suchten ihre Ausbildung an Instituten und Universitäten zu vervollkommnen und wurden bereitwillig, fast ohne Examen aufgenommen.

»Es gibt eine interessante Aufgabe«, sagte mit Kommandeursstimme der Redakteur Stepan Stepanowitsch Filippow, der wegen seiner Trunksucht bald den Spitznamen Schnaps Schnapsowitsch erhalten und für immer behalten sollte. »In unserem Kreis, konkret im Dorf Treskowizy, ist eine Gruppe Studenten der Leningrader Universität zum Ernteeinsatz gekommen. Darunter sind ein paar Burschen von Tschukotka! Stell dir vor, die sind durchs ganze Land gefahren, aus einer Gegend, wo wegen der Kälte außer Rentiermoos nichts wächst, um hier Getreide einzubringen! Die haben doch so was noch nie gesehen! Wenn du darüber ordentlich schreibst, stelle ich dich ein! Zieh los!«

Schnell war Georgi wieder draußen und rannte mitten auf die Straße, um per Anhalter ans Ziel zu kommen.

Doch in Treskowizy erwartete ihn eine schreckliche Nachricht: Ausgerechnet die drei tschuktschischen Jungen waren am Morgen weggefahren. Er hatte sie um wenige Stunden verfehlt. Der Leiter der Erntehelfer-Brigade sagte: »Diese Jungs hatten keine Ahnung von Landwirtschaft. Hatten Angst, sich Pferden und Kühen zu nähern, rannten vor ihnen davon. Lachten, sooft sie Hähne krähen hörten. Für sie war alles neu – sogar ein grüner Baum. Einer von ihnen, Juri Gemo aus Uëlen, gab sogar zu, in der Kindheit habe er geglaubt, auf den russischen Getreidefeldern würden fertige Brote und Brötchen reifen. Sie selbst wollten nicht wegfahren, ich hätte aber nicht die Verantwortung tragen mögen, wenn ihnen was zustößt. Hinterher hätte ich meinen Kopf dafür hinhalten müssen!«

Enttäuscht und ratlos durchquerte Georgi sein Heimatdorf, erwiderte zerstreut die Grüße seiner Landsleute. Als er am Ende der einzigen Straße am Elternhaus stehenblieb, durchzuckte ihn plötzlich eine Idee.

Er suchte die Studenten auf, fragte sie stundenlang nach den Weggefahrenen aus, wie sie sich verhalten hätten, hielt deren Namen fest und erfuhr sogar, unter ihnen sei auch ein Eskimo gewesen.

Unter Berufung auf eine wichtige redaktionelle Aufgabe ließ er sich vom Kolchosvorsitzenden den Schlüssel zum Leitungszimmer geben und saß dort die ganze Nacht über seiner Skizze. Er stellte sich vor, wie Juri Gemo das erste Mal im Leben ein Pferd, eine Kuh aus der Nähe sieht, einen Hahn krähen hört, wie er durchs Getreidefeld geht, die Ähren streift und erkennt, daß dieses neue, für ihn noch unverständliche Leben voller bedrohlicher Überraschungen ist. Immer wieder kehrt er in Gedanken in sein vertrautes Uëlen zurück, ins Halbdunkel der Jaranga, ans Ufer des Polarmeers … Georgi versetzte sich so intensiv, ja mit geradezu erschreckender Hingabe in einen tschuktschischen Jungen, daß er Mühe hatte, in die Wirklichkeit, zu sich selbst zurückzufinden.

Gegen Morgen, erschöpft von der großen Anspannung, schlief er schließlich über den vollgeschriebenen Blättern ein.

Im Schlaf sah er sich selbst in Uëlen, am Ozean, und rosa Möwen flogen mit durchdringenden Schreien über ihm.

Filippow überflog die sauber abgeschriebene Skizze, las sie dann, etwas langsamer, nochmals durch und erklärte mit kaum verhohlener Verwunderung: »Das hast du gut geschrieben. Wir kürzen ein wenig und setzen das in die nächste Nummer. Dich aber behalte ich als Mitarbeiter für Literatur.«

So hatte das neue Leben von Georgi Sergejewitsch Nesnamow begonnen, der dann fast fünf Jahrzehnte in ebenjenem winzigen Arbeitszimmer mit der immer gleichen Aussicht verbringen sollte. Erstaunlich aber ist, daß er nie wieder solch eine unerklärliche schöpferische Begeisterung erlebte wie in jener Nacht, als er seine Skizze über die Jungen aus dem Norden schrieb. Zwar versuchte er einige Male, etwas Ähnliches zuwege zu bringen, aber das wirkte immer gequält, unecht.

Nachdem Nesnamow fast zehn Jahre im Studentenheim der landwirtschaftlichen Fachschule am Ort gewohnt hatte, erhielt er, da er nun verheiratet war und einen Sohn hatte, eine Zweizimmerwohnung. Die Versuche, zum Studium zugelassen zu werden, stellte er schließlich ein, hörte auch auf, seine Aufnahme in die Partei zu beantragen, und fand sich damit ab, daß er den Rest des Lebens als Mitarbeiter für Literatur bei einer Kreiszeitung verbringen würde.

Genaugenommen hätte Nesnamow die Zeitung allein herausgeben können. Er wußte sehr gut, wie man einen Umbruch macht, wie man das Material auf Spalten verteilt, welche Worte in einem Leitartikel vorkommen mußten. Zehn Chefredakteure hatte er überlebt, und mindestens für die Hälfte von ihnen hatte er politische Artikel geschrieben. Diese Artikel waren freilich eher schablonenhaft, doch allein der Prozeß der Niederschrift äußerlich gewichtiger und bedeutender Worte bereitete ihm großes Vergnügen und tiefe innere Befriedigung. Zeitungsnummern mit eigenen Artikeln heftete er sorgfältig ab und brachte sie in sein häusliches Archiv ein, die vergilbten Seiten mit seiner ersten Skizze aber nahm er immer wieder mit Erregung und zugleich mit bitterem Gefühl in die Hand.

Sein Leben änderte sich, als seine Frau unerwartet starb, und zwar als Opfer einer – wie man damals sagte – verbrecherischen Abtreibung, die eine alte Bekannte und Leiterin einer Kinderkrippe, Nina Breslawaskaja, vorgenommen hatte. Die kräftige Frau mit aus den Nähten platzenden Formen und riesigen, schaufelartigen Händen zeigte dem betroffenen Georgi einen blutigbraunen Klumpen und sagte dazu: »Ein Mädchen.« Seine Frau starb zwei Tage darauf an Blutvergiftung, Nina aber kam mit dem Schrecken davon. Unbekannte, weitreichende Kräfte der Kreisobrigkeit bewahrten sie vor juristischen Folgen. Nesnamow versetzte das Erlebnis in einen Zustand der Erstarrung. Er lehnte es kategorisch ab, seinen Sohn Stanislaw, der bereits acht Jahre alt war, Verwandten zu übergeben, ging weiterhin seiner Arbeit nach und verrichtete sie erstaunlich gewissenhaft, ersetzte oft sogar den Korrektor, ganz zu schweigen davon, daß er sämtliche Artikel sorgfältig verbesserte, redigierte und oft einfach umschrieb.

Der Sohn war stets gut gepflegt, sauber gekleidet und lernte vorzüglich. Äußerlich hatte sich Nesnamow in keiner Weise verändert, vielleicht war er noch verschlossener geworden, aber schon vorher war er nicht besonders mitteilsam und zugänglich gewesen.

Als er das Grab seiner Frau zum drittenmal besucht hatte, erfuhr er nachts im Traum eine große Erschütterung: Mit erschreckender Deutlichkeit empfand er sich plötzlich als ein völlig anderer Mensch – fern von dem Dorf Treskowizy auf der kalten Halbinsel Tschukotka geboren und in Leningrad als Schriftsteller lebend, als Verfasser von Büchern, die nicht nur tschuktschisch, sondern auch russisch erschienen. Zunächst war das amüsant, sogar interessant, doch allmählich kam ihm der Gedanke, in seinem Kopf gehe etwas Sonderbares vor sich; vielleicht litt er gar an einer

Geisteskrankheit? Der Kreispsychiater untersuchte ihn aufmerksam, klopfte ihm mit einer Art Spielzeughammer auf die Knie und sagte mit einem Seufzer: »Ihre Nerven möchte ich haben, Georgi Sergejewitsch!«

Doch jenes andere Leben begleitete ihn von nun an ständig, und allmählich gewöhnte sich Nesnamow sogar daran, sprach auch mit niemandem mehr darüber. Im Gegenteil, ihm schien es in seiner Situation das vernünftigste, alles für sich zu behalten und sein Geheimnis nicht einmal seinem nächsten Menschen, dem Sohn Stanislaw Georgijewitsch, mitzuteilen.

Nachdem sein Sohn die Schule beendet hatte, wurde er ohne weiteres am Leningrader Institut für Finanzen und Ökonomie aufgenommen, er absolvierte es mit Auszeichnung und wurde als Leiter der Kolossower Kreisfinanzverwaltung eingesetzt.

Sie bewohnten eine alte Zweizimmerwohnung, ohne sich zu stören. Der Vater erledigte nach wie vor alle Hausarbeit, kochte das Essen, wusch die Wäsche, räumte auf. Als Stanislaw ihm seine Hilfe anbot, versicherte er dem Sohn, daß ihn diese Tätigkeit überhaupt nicht belaste, sondern ihm sogar Freude und Erholung von der Routinearbeit bei der Zeitung bringe.

Nach wie vor hielt er seine heimlichen Phantasien über eine andere Existenz, über sein zweites Leben, das er in Leningrad führte, vor dem Sohn verborgen. Er fürchtete sich aber, dorthin zu fahren, und verbrachte den Sommerurlaub gewöhnlich in Treskowizy, in dem alten Haus, das er nach der Rehabilitierung des Vaters zurückerhalten hatte.

An schwülen Sommerabenden, in der abendlichen Einsamkeit, suchten ihn jeweils Gedanken an die Geheimnisse des Lebens, an die Reinkarnationslehren indischer Weiser heim. All diesen Theorien gegenüber verhielt sich Nesnamow skeptisch, traurig dachte er, in seinem Fall handle es sich – jenseits aller Phantastereien, aller qualvollen und gewundenen Gedankengänge – nicht um Seelenwanderung, sondern um ein wahrhaftig anderes, zweites, parallel verlaufendes Leben eines Menschen. Unklar war lediglich, ob solches nur ihm widerfuhr oder ob jeder einen Doppelgänger in einer parallelen Welt hatte, nur daß nicht jedem das Los zuteil wird, dies zu erfahren. In seinen Überlegungen ging Nesnamow sogar noch weiter – er nahm an, daß es nicht nur eine, sondern mehrere parallele Welten gibt, vielleicht sogar unendlich viele. Und die Transformation eines Menschen führt nicht zu seiner Verkörperung in irgendwelchen Lebewesen, Käfern, Raubtieren, wie die indischen Weisen behaupten, sondern in anderen Menschen, also könnten Georgi Nesnamows in endloser Zahl und vielerlei Gestalt existieren. Es war einfach nicht jedem gegeben, das zu wissen, und daß es ihm bewußt geworden war, war eine Anomalie, eine unvorgesehene Abweichung von der bestehenden Ordnung. Nesnamow war klar, daß er nur jemandem seine Entdeckung einzugestehen brauchte, und er würde bestenfalls ausgelacht, schlimmstenfalls aber für immer und ewig in eine Irrenanstalt gesperrt. Darum war es in seiner Lage das beste und sicherste, alles im Herzen zu bewahren. Überdies hegte Nesnamow den Verdacht, daß zahlreiche Menschen mit Geheimnissen leben, die sie unter keiner Folter preisgeben würden. Dennoch rief bei ihm jede gedankliche Versetzung in jenes andere Leben heftige Erregung hervor, zerstörte den inneren Rhythmus des gewohnten Lebens, und danach fühlte er sich einige Tage krank, niedergeschlagen.

Der Sohn ging eine Vernunftehe ein, als er sich endgültig etabliert hatte, und kaufte sich sogar eine genossenschaftliche Einzimmerwohnung. Sie vollzogen einen sogenannten familiären Tausch: Georgi Sergejewitsch zog in die neue Wohnung um, das junge Paar aber richtete sich in der alten Zweizimmerwohnung ein, wo sie mehr Platz hatten.

Das Leben ging seinen Gang, man erbaute den Kommunismus, beerdigte die überalterten Generalsekretäre, und es sah aus, als würde es mit dem großen Land ewige Zeiten so weitergehen, bis es schließlich sein erhabenes Ziel erreicht hätte.

Unerwartet brach die Glasnost herein, was für Georgi Sergejewitsch eine überraschende Folge hatte: Die Leitartikel wurden überflüssig. Überall brodelten politische Leidenschaften, Republiken trennten sich von der Union, Rußland wurde für unabhängig erklärt, es kam zu Putschen, zu Konfrontationen, die in Schießereien mündeten, Panzer rückten in Moskau ein, und Tschetschenien wurde zum Kriegsschauplatz.

Der Sohn, Stanislaw Georgijewitsch, versorgte die größer gewordene Familie – schon waren drei Enkel zur Welt gekommen, zwei Jungen und ein Mädchen –, er fuhr zu Baubrigaden, und als privatrechtliche Genossenschaften erlaubt wurden, engagierte er sich flugs in der Sägereibranche. Zielstrebig erweiterte er sein Unternehmen, bis er schließlich Chef einer der ersten privaten Kreisbanken wurde. Nun fuhr er ein prächtiges Auto, einen Jeep »Grand Cherokee«, verfügte über Leibwächter, ein eigenes Kontor, das er Office nannte und mit prächtigen Ledermöbeln aus Finnland eingerichtet war.

Nesnamow fühlte sich mitunter richtig fremd unter den neuen Umständen. In solch bedrückenden Augenblicken wandte er sich immer öfter jenem anderen Leben zu, flüchtete vor der beängstigenden Gegenwart dorthin. Obwohl alle auf die neue Ordnung schimpften, wuchs der Reichtum des Sohnes unentwegt, er kaufte Häuser, ganze Betriebe, wurde zu einem Kapitalisten, wie sie der Vater in unzähligen, im Lauf der Jahre geschriebenen politischen Leitartikeln gebrandmarkt hatte, wobei er zu Beginn Lenin und Stalin, dann Chrustschow und Bulganin, dann Breshnew, Andropow, Tschernenko zitiert hatte … Nun war auch mit Gorbatschow-Zitaten Schluß, und offenbar brauchte man niemanden mehr damit zu beunruhigen, was und auf welche Weise der jeweilige Staatslenker aus diesem oder jenem Anlaß gesagt hatte.

Nesnamow wußte, daß er der Zwiespältigkeit, in die er geraten war, nur als Rentner entkommen konnte. Man hatte seinem Antrag ziemlich schnell entsprochen, und obwohl man ihm aufgrund unverständlicher Berechnungen angeblich die höchstmögliche Rente zubilligte, reichte das Geld gerade, um nicht verhungern zu müssen. Doch alle Mitarbeiter versicherten einmütig, mit der Zeit, wenn sich die Finanzen stabilisierten, würde die Summe ausreichen, um in Würde existieren und einmal im Jahr sogar in den Urlaub reisen zu können. Die neuen Leute in der Redaktion fühlten sich durch seine Gegenwart beengt, beeilten sich, ihn hinauszudrängen, und er wußte, daß sie heimlich über ihn lächelten, über ihn und seine altmodische Art, über sein Festhalten am altbewährten Zeitungsstil.

Der Sohn erschien in seinem stromlinienförmigen und blitzenden Wagen. So selbstbewußt, wie er auftrat, wirkte er sogar bedeutender als der Kreissekretär der bereits entmachteten Partei.

»Hallo, Rentner«, begrüßte er laut den Vater und küßte ihn herzhaft. »Ich bin, ehrlich gesagt, froh, daß du dich endlich von diesem Zeitungsjoch befreit hast.«

»Weißt du, mein Sohn, ich habe diese Arbeit geliebt. Habe mich mein Leben lang bemüht, sie gewissenhaft und ehrlich zu machen. Jemand mußte sie doch machen, und das Los fiel mir zu.«

»Entschuldige, Papa«, antwortete Stanislaw. »Ich wollte dich nicht kränken. Aber du mußt zugeben, wir leben jetzt in einer anderen Zeit, und ein Zurück gibt es nicht.«

»Da hast du recht«, sagte Nesnamow spöttisch. »Ein Zurück gibt es nicht.«

Der Sohn hatte eine Flasche »Finnland«-Wodka mitgebracht. Leicht berauscht bot er an: »Wünsch dir, was du willst. Ich verfüge über genug Mittel, um dir ein glückliches Alter zu bereiten. Wenn du willst, hauen wir das Haus in Treskowizy um, installieren heißes und kaltes Wasser, einen Telefonanschluß. Du wirst wie ein Gutsbesitzer leben, an der frischen Luft. Ich kaufe dir auch ein Auto …«

»Ich kann nicht Auto fahren«, erwiderte Nesnamow lächelnd. »Und all das brauche ich auch nicht. Ich bin nicht mehr jung, alles mögliche kann passieren. Hier ist mein Testament. Darin steht nichts Besonderes, nur ein Wunsch. Und ich möchte, daß du mir

fest versprichst, ihn zu erfüllen ... Nein, nein, das kannst du bestimmt. Vielleicht kostet es dich einige Tage, das ist alles ... Versprichst du es mir?«

»Mehr noch, ich schwöre es dir!« Stanislaw blickte dem Vater forschend in die Augen. »Aber warum redest du plötzlich vom Testament? Du mußt jetzt das Leben genießen, dich freuen, Reisen unternehmen!«

»Du hast es erraten, mir schwebt eine kleine Reise vor. Nicht weit. Ich möchte nach Leningrad, entschuldige, nach Petersburg.«

»Ich bestelle dir ein Hotelzimmer. Das wird schon bezahlt sein, du wirst dich um nichts sorgen müssen.«

»Aber kein Luxusappartement. Etwas Bescheidenes, im Zentrum der Stadt. Die Hauptsache ist dennoch, versprich mir, zu erfüllen, was im Testament steht.«

»Aber natürlich. Soll ich es dir auf die Bibel schwören?«

»Ich brauche keine Schwüre«, winkte Nesnamow ab. »Ich kenne dich doch. Mir genügt, wenn du mir versprichst, den Wunsch zu erfüllen, den ich da aufgeschrieben habe.«

»Ich verspreche es«, sagte Stanislaw mit ernster Stimme und nahm vom Vater behutsam einen gewöhnlichen Briefumschlag entgegen.

Der Vorortzug hielt am Bahnsteig des Baltischen Bahnhofs. Der Rentner Nesnamow nahm sein Köfferchen, stieg in die Metro um und fuhr weiter zum Hotel »Oktjabrskaja«.

2

Die Umgebung des Moskauer Bahnhofs verblüffte Nesnamow. Vor allem sprang der Überfluß an Eßwaren in die Augen, die in allen Kiosken, an Ladentischen, mitunter sogar von Hand zu Hand verkauft wurden – Brot, Wurst, Butter, verschiedene Spirituosen. Am Newski-Prospekt gab es zwar keinen so schwunghaften Han-

del, dafür überraschten die Aufdringlichkeit ausländischer Reklame und die blitzenden Schaufenster, die vielen Bistros und Restaurants. Da gab es sogar einen englischen Pub, ein Bierlokal, das von einfacheren Leuten offenbar kaum besucht wurde. Ein endloser Strom glänzender Autos erfüllte die breite Straße, erinnerte unwillkürlich an Berichte der wenigen sowjetischen Reisenden, die Gelegenheit gehabt hatten, mit eigenen Augen den Westen zu sehen. Es hatte gar nicht lange gedauert, und die Dichte des Autoverkehrs im ehemaligen Leningrad, dem jetzigen Petersburg, hatte das westliche Niveau erreicht und vielleicht sogar übertroffen. Ganz bestimmt aber der Gestank der Abgase.

Dennoch, wenn man den Blick hob und nach vorn sah – der Newski war nach wie vor die pfeilgerade Straße, die zum freien Wasser führte – zur Newa.

»Wie kommen wir dahin?« fragte Korawje, der jedesmal zusammenzuckte und sich erschrocken umsah, wenn vom Stromabnehmer der Straßenbahn knisternd die Funken sprühten. Guchuge war darauf bedacht, möglichst am Rand des Bürgersteigs zu gehen, da er befürchtete, ihm könne von einem oberen Stockwerk etwas Schweres auf den Kopf fallen.

Nur Gemo blieb zumindest äußerlich ruhig. Er erinnerte sich noch gut an die Hinweise erfahrener Leute, wie man sich in der Stadt orientieren müsse, mit welcher Straßenbahn oder welchem Trolleybus sie zu der auf einer Insel gelegenen Universität kämen. Die erste Orientierungshilfe war schnell gefunden – der pfeilgerade Newski mit seinen funkelnden Lichtern und den dröhnenden Straßenbahnen, auf dessen nassem, feuchtem Asphalt sich ein Regenbogen spiegelte – es regnete!

»Sollten wir nicht lieber zu Fuß zur Universität gehen?« schlug Korawje bedachtsam vor. »Das ist irgendwie gewohnter und sicherer.«

»In der Straßenbahn könnte uns sogar ein Stromschlag treffen – wie das blitzt!« Gemo zeigte auf einen funkensprühenden und dröhnenden Wagen, der soeben vorbeibrauste.

Er erinnerte sich an den Stromschlag, der ihn damals in der Schule durchzuckte, als er die Hand in eine leere Lampenfassung steckte: Die Elektrizität bezogen sie von einem Windmotor, aber die Glühbirnen reichten nicht, einige schwarze Fassungen hatten leer dagehangen und Neugierige verführt.

Da war es nun, Leningrad, sein langjähriger Traum noch aus Schulzeiten, da der Lehrer für Literatur und russische Sprache, Lew Wassiljewitsch Belikow, ihnen von dieser wunderschönen Stadt erzählt hatte – voll herrlicher Paläste, mit Flüssen, deren Ufer in Granit gefaßt sind, und mit den in den Himmel ragenden goldenen Spitzen der Admiralität und der Peter-und-Pauls-Festung. Jetzt verbargen sich die Spitzen hinter den Wolken eines tief hängenden, regnerischen Himmels. Die Stadt machte einen zwiespältigen Eindruck: Zu lange hatte Gemo von einer Begegnung mit ihr geträumt, hatte er die wenigen Bilder in Büchern betrachtet, sich ihr Aussehen aufgrund der Erzählungen seiner Lehrer in der Phantasie ausgemalt. In Wirklichkeit war Leningrad ganz anders, fremd, feucht und kalt. Viele Häuser, deren Putz abgebröckelt war, machten einen jämmerlichen Eindruck. Ganze Stadtviertel waren von schmutzigen Bretter- und Sperrholzzäunen eingefaßt, aus den Torbögen stank es nach saurem Essen und feuchten Fußlappen. Die von der langjährigen Belagerung, von Artilleriebeschuß und Bomben stammenden Kriegswunden waren nur notdürftig übertüncht worden – mit Farbe, die schon wieder abblätterte.

Als die Jungen die verräucherten Arkaden des Kaufhofs »Gostiny dwor« hinter sich gelassen hatten, schnupperte

Korawje plötzlich und sagte: »Ich rieche ein großes Wasser.«

Doch vor ihrer Begegnung mit der Newa tauchte rechter Hand der in vielen Büchern über die Revolution abgebildete Bogen des Generalstabsgebäudes auf. Er war nicht zu verkennen. Durch ebendiese steinerne Enge hatten die Matrosen- und Rotgardistenscharen zum Sturm auf das Winterpalais, den Stammsitz der Monarchen, angesetzt. Das Palais selbst wirkte durch den Regenschleier erstaunlich niedrig, nicht so beeindruckend, wie sie erwartet hatten.

Alle hielten unwillkürlich inne, da aber rief Gemo: »Schaut nur, die große Brücke vorn!«

Die Newa verblüffte sie durch ihre gewaltigen Wassermassen und ihre Majestät. Allenfalls der große tschuktschische Fluß Anadyr hielt einem Vergleich mit ihr stand. Die Brücke wirkte unendlich lang, sie dröhnte und bebte unter der Last einer darüber fahrenden Straßenbahn. Darunter brodelte schwarzes Wasser, das den Geruch von feuchter Frische verbreitete. Gemo glaubte sogar einen Fischgeruch wahrzunehmen, wie er für das braune Wasser des Anadyrer Limans charakteristisch ist. Vielleicht schwammen auch hier, tief im dunklen Wasser, Schwärme unbekannter russischer Fische, die es zu den Wassern des Baltischen Meeres zog.

Jenseits der Brücke bogen sie nach links ab, und vom Flußufer kamen sie zu Häusern, die so eng aneinandergedrängt standen, als hätte beim Bauen der Platz nicht gereicht. Mächtige Steintreppen führten hinauf zu einer unermeßlich großen Tür, die für gigantische Tiere oder Riesen bestimmt zu sein schien.

Vor dem gläsernen Haupteingang zur Universität, einem, wie sich herausstellte, niedrigen, in fernes feuchtes Dunkel führenden, zweistöckigen Gebäude, brannte eine Laterne.

»Wir sind da!« rief Gemo müde und zufrieden und nahm

den tüchtig ramponierten Sperrholzkoffer von der Schulter, den er in der Tischlerei der Anadyrer Pädagogischen Lehranstalt eigenhändig gezimmert hatte.

Doch ungeachtet der Erleichterung, daß sie nun am Ziel waren, spürte er plötzlich Unruhe. Alles war ganz anders, als er es sich vorgestellt und erträumt hatte.

Hinter dunklem Glas war die Gestalt eines Menschen zu erkennen. Guchuge, der besonders gute Augen hatte, schaute hin und sagte: »Er sieht aus wie der Kapitän vom Eisbrecher ›Jossif Stalin‹.«

Und wirklich, die Gestalt hinter der Tür trug eine Kapitänsmütze mit funkelndem vergoldetem Rand, und die Ärmel des Uniformmantels waren von breiten gelben Streifen gesäumt.

Guchuge klopfte zaghaft. Die Tür öffnete sich schwer und langsam, aber ohne zu knarren, und durch einen Schnurrbart ertönte eine volle, tiefe Stimme: »Wer seid denn ihr? Abiturienten?«

Abiturienten ... Das Wort kannten die Jungen noch nicht. War es vielleicht die Bezeichnung für irgendein Volk?

»Wir ... wir sind Tschuktschen«, antwortete Guchuge.

Der Wachmann zögerte erst und sagte dann gedehnt: »Ach, Tschuktschen!« Die Tür ging langsam wieder zu.

Schweigend blieben die müden Weggefährten einige Minuten vor der geschlossenen Tür stehen.

»Na, hör mal!« tadelte Korawje seinen Kameraden. »Du hättest sagen sollen, wir sind zum Studium hergekommen. Und dann – was bist du schon für ein Tschuktsche? Du bist doch ein Eskimo, ein Inuit!«

»Das ist doch egal!« Guchuge spuckte enttäuscht aus. »Da hast du deine vielgepriesene russische Gastfreundschaft! Was machen wir jetzt? Ob wir noch mal klopfen?«

»Nein«, entschied Gemo. »Klopfen werden wir nicht

mehr. Wir verbringen irgendwo die Nacht. Dieser Mann ist ein Schweizer, ein Wachmann.«

»Offenbar holte man die ersten dieser Wachleute aus der Schweiz«, vermutete Korawje, der Geschichte studieren wollte.

Die ganze Luft war von Feuchtigkeit durchtränkt, die ihnen von überall her zusetzte. Richtige Regentropfen, wie sie es gewohnt waren, gab es aber nicht. Nachdem sie eine Weile auf der Uferstraße herumgeschlendert waren, immer darauf bedacht, nicht in die Steinschluchten der Straßen einzutauchen, ließen sich die Jungen unter den ägyptischen Sphinxen gegenüber der Akademie der Künste nieder.

Gemo fand fast keinen Schlaf. Er dachte darüber nach, wie für ihn im Morgengrauen, das mühsam durch den feuchten Schleier drang, nicht nur ein neuer Tag beginnen würde, sondern auch ein völlig neues Leben, dem früheren im alten Uëlen gar nicht mehr ähnlich.

In der Fakultät für die Völker des Nordens entfiel für deren Zugehörige der Ausscheidungskampf, das Aufnahmeexamen war eher eine Formalität als eine strenge Prüfung. Nach der Immatrikulation wurden die drei wie alle ersten Semester zum Ernteeinsatz beordert.

Im Dorf kamen sie nachts an, und gegen Morgen vernahm Gemo durch die dünnen Wände des Heuschuppens plötzlich einen gellenden Schrei, als wäre es ein Hilferuf. Er trat hinaus in die Morgendämmerung und erblickte auf einem schiefen Zaun einen bunten, seltsam gefärbten Vogel. Mit weit geöffnetem Schnabel schrie er immer wieder, und Gemo erriet sogleich, daß es der in der russischen Literatur so schön beschriebene Hahn sein müsse und sein Schrei das berühmte Krähen … Er lachte laut auf, der Hahn schielte beleidigt zu ihm hin, schüttelte seinen roten Kamm und krähte lauter als zuvor. Die jungen Burschen arbeiteten nur zwei Tage auf dem Dorf.

Der zum Kutscher bestimmte Korawje fürchtete sich, den Pferden nahe zu kommen, und Guchuge versteckte sich, um einer Begegnung mit den Kühen zu entgehen, im Schuppen. Gemo schaffte es nicht, Garben zu binden. Obwohl er sich große Mühe gab, fielen sie unter seinen Händen auseinander. Der Leiter der Universitätsgruppe ordnete an, die Studenten nach Leningrad zurückzuschicken.

Einen halben Tag warteten sie in der Kreisstadt Kolossowo auf den Zug. Während sie durch die Straßen der unscheinbaren Siedlung schlenderten, stieß Gemo auf das kleine Redaktionshaus der Kreiszeitung »Kolossower Prawda«, blieb lange davor stehen und erinnerte sich an das Redaktionshäuschen in der Lawrenti-Bucht, das er gekalkt hatte, um Geld für die nächste Etappe seiner langen Reise zur Leningrader Universität zu verdienen.

Im Hof der Universität stand das Wohnheim, wo man Gemo ein Bett zugewiesen hatte. Die Studenten aus dem Norden waren auf verschiedene Räume verteilt und mit Studenten anderer Fakultäten gemischt worden. Das war im großen und ganzen richtig: So gewöhnten sie sich viel schneller an die neuen Bräuche in der großen Stadt. In Gemos Zimmer wohnten vorwiegend Philologen, doch es gab auch einen Ökonomen, den blinden Aspiranten Samzow, der jedesmal, wenn er das Zimmer betrat, mit dem tastenden Stock an Gemos Bett geriet und auf dessen Deckenbezug dunkle Schmutzflecken hinterließ. Ihm das vorzuwerfen, brachte Gemo nicht übers Herz, er deckte sein Lager einfach mit alten Zeitungen zu. Der Blinde kannte das »Kapital« von Marx auswendig und konnte bei einem Wortgefecht fehlerlos ganze Textstellen zitieren.

Zu Gemos Nachbarn gehörte ein weiterer bemerkenswerter Mensch, Pawel Bulgakow, Student von der Fakultät für Ostsprachen, der selbständig Hebräisch gelernt hatte und auf dem Klavier im Freizeitraum Préludes und Mazurken von Chopin spielte. Pascha verblüffte durch unwahrscheinliche Magerkeit und durch derart abgerissene Kleidung, daß er mit seiner provozierenden Schlampigkeit sogar von den allgemein ärmlichen Sachen der jungen Burschen abstach. Statt Unterwäsche trug Bulgakow Reste von Unterhosen und Hemden, die seine Blöße kaum bedeckten.

Neben dem großen Raum mit dem Klavier, wo sie abends hin und wieder gerade in Mode kommende Tänze einübten, wohnte in einem Winkel der Philologiestudent Dutow mit seiner Frau und einer kleinen Tochter. Mit seinen Medaillons klappernd, bewegte er sich geschickt auf Beinprothesen fort, und alle Bewohner des Wohnheims nannten ihn ehrerbietig »unseren Maressjew« – nach dem berühmten Flieger, der beide Beine verloren hatte, aber an die Front zurückkehrte und später Held des bekannten Buches »Ein wahrer Mensch« von Boris Polewoi wurde.

Zwei Ausländer, der Ungar Laszló und der Tscheche Jiří, mit Spitznamen »Partisan«, vervollständigten die Liste der Zimmergefährten. Der Tscheche Jiří hatte in den Kriegsjahren als Partisan in Jugoslawien gekämpft und einen prächtigen Ledermantel mitgebracht, den er einem deutschen Offizier abgenommen hatte. Dieser Mantel half den Bewohnern des Zimmers Nr. 4 oft aus einer Verlegenheit. Jiří lieh ihn bereitwillig jedem Studenten, der in eine schwierige Situation geraten war, und der trug ihn dann in die Pfandleihe auf der Achten Linie der Wassili-Insel.

Die Vorlesungen fanden im Gebäude der Philologischen Fakultät statt, so daß sie nicht weit gehen mußten.

Die meisten Lehrkräfte für die Sprachen des Nordens hatten noch vor kurzem, als die Sowjetmacht in den Randgebieten des Landes eben erst errichtet wurde, an den ersten Eingeborenen- und Taiga-Schulen unterrichtet, die dortigen Sprachen erlernt, für sie Schriften geschaffen und diese bei den Völkern von Nomaden und Jägern verbreitet.

Pjotr Jakowlewitsch Skorik hatte in den zwanziger Jahren in Uëlen gearbeitet, an ihn erinnerte man sich noch gut in Gemos Heimatdorf. Neben seiner wissenschaftlichen und pädagogischen Arbeit hatte Skorik Lehrbücher für tschuktschische Schulen geschrieben. Er hatte alsbald Gemo zur Arbeit herangezogen und ihn zum Mitverfasser eines neuen Lesebuchs in tschuktschischer Sprache gemacht.

Eine Fremdsprache konnte man an der Universität nach Wunsch lernen, und Gemo entschied sich für Englisch. Einstmals hatte das die Mutter des Uëlener Schuldirektors, Praskowja Kusminitschna, unterrichtet. Die alten Tschuktschen, die auf amerikanischen Walfangschiffen gefahren waren, unterhielten sich gern mit ihr, erinnerten sich daran, wie sie große amerikanische Städte besucht hatten, wo sie sich am meisten über die zahlreichen Polizisten und Schwarzen wunderten.

Der Englischunterricht war, wie es schien, Frauen vorbehalten. Englischlehrerin war Sofja Petrowna White, die verblüffend an die Engländerin aus Tschechows »Tochter Albions« erinnerte. Gemo erkühnte sich sogar, sie zu fragen, ob sie nicht aus Britannien stamme, worauf die ältere Dame mit der stark gepuderten Nase entgegnete: »Meine Vorfahren sind bereits zu Zeiten Peters des Großen aus England gekommen, um in der russischen Flotte zu dienen!«

Dunkle, fast nicht mehr erkennbare Porträts ihrer Vorfahren hingen in Sofja Petrownas Zimmer in der Herzen-Straße, wohin Gemo gern ging, um sich über seine Lektüre prüfen zu lassen. Die Lehrerin setzte dem Studenten starken Tee mit Milch vor, »auf englische Art« zubereitet.

Die Geschichte der Erforschung der sowjetischen Arktis las Professor Wiese, der im Nordpolarmeer neue Gebiete entdeckt hatte und nach dem ein Flecken von ewigem Eis bedeckten Landes benannt war. Der Professor war schon alt, er konnte kaum noch die Beine bewegen. In die Fakultät kam er mit einem Privatauto, was noch eine Seltenheit war, und der Chauffeur half ihm die Stufen hinauf. Nachdem Wiese hinter dem Katheder Platz genommen hatte, las er aus seinem eigenen Buch »Die Meere der sowjetischen Arktis« vor, ließ sich aber hin und wieder zu belebenden Erinnerungen an die Zeiten seiner Jugend hinreißen. Sein beliebtester Ausdruck für die Beschreibung der Eismeerküsten war das Wort »trostlos«.

Professor Plotkin hielt Vorlesungen über Sowjetliteratur. Vor allem lobte er den Roman »Fern von Moskau« von Wassili Ashajew, der vor kurzem den Stalinpreis erhalten hatte. »Früher«, verkündete Plotkin, »war der Held eines literarischen Werkes eine einzelne Persönlichkeit. Aber erst die Literatur des sozialistischen Realismus entdeckt einen neuen Helden, den Menschen der Arbeit. Die epochale Neuerung der Sowjetliteratur besteht obendrein darin, daß nun nicht mehr der einzelne Mensch zum Helden wird, sondern das Kollektiv, das Arbeitskollektiv. Doch Wassili Ashajew ist noch weiter gegangen! Er hat bewiesen, daß zum literarischen Haupthelden nicht nur der Mensch der Arbeit werden kann, nicht nur das Kollektiv, sondern der Gegenstand der Arbeit selbst! Daher können wir mit Fug und Recht sagen, der Hauptheld des Romans ›Fern von Moskau‹ ist«, der Professor machte eine kurze Pause und schloß feierlich: »die Erdölleitung!«

Im Frühling legte Gemo das Literaturexamen bei einem jungen Assistenten des Professors ab, Fjodor Abramow. Als er sagte, der Hauptheld von Ashajews Roman sei die Erdölleitung, runzelte der einstige Frontsoldat die Stirn und sagte verächtlich: »Unsinn!« Diese Bemerkung säte in Gemos Kopf Zweifel. Dann war also nicht alles, was die Gelehrten vom Katheder verkündeten, endgültige Wahrheit.

Allmählich gewöhnte sich Gemo an das Stadtleben, und es bildete sich sogar eine mehr oder minder feste Tagesordnung heraus. Nach seiner tschuktschischen Gewohnheit, die er sein ganzes Leben lang beibehalten sollte, stand er früh auf, im Morgengrauen, machte aber, um die anderen Bewohner nicht zu wecken, kein Licht, zog sich im Dunkeln an und ging in den Waschraum. Dort traf er, nachdem er das Licht angezündet hatte, meistens seinen blinden Bettnachbarn, den Politökonomen Samzow, an, der sich in tiefer Finsternis rasierte. Samzow erkannte und grüßte ihn, während er sich vor dem Spiegel weiter mit dem elektrischen Rasierapparat übers Gesicht fuhr. Zuerst wunderte sich Gemo: Wenn er sich selbst nicht sah und sich im Dunkeln rasieren konnte, wozu brauchte er den Spiegel? Dann aber kam er darauf: Samzows Rasierzeug lag auf dem Wandbrett vor dem Spiegel.

In einer kleinen Küche neben dem Freizeitraum lieferte ein großer Boiler immer kochendes Wasser. Hastig trank Gemo Tee und setzte sich mit seinen Büchern an einen Tisch. In diesen zwei, drei Stunden schaffte er es, einige Texte für das Lehrbuch zu übersetzen, das er gemeinsam mit Skorik zusammenstellte, und auch sonst fast alle erforderlichen Arbeiten zu erledigen, so daß er den Tag freihatte. Er konnte nach den Vorlesungen mit der Straßenbahn spazierenfahren, durch die Stadt schlendern und, falls er Geld besaß, sich ein Bier genehmigen; auch Bibliotheken besuchte er – die Fakultätsbibliothek, die Zentralbibliothek und sogar den Zeitungssaal der Öffentlichen Bibliothek.

Während Gemo an dem Lehrbuch in seiner Muttersprache arbeitete, kehrte er gewissermaßen in die Heimat zurück. Das Buch war für die außerschulische Lektüre bestimmt und enthielt alles mögliche: Erzählungen von Klassikern der russischen Literatur, Werke sowjetischer Schriftsteller, Gedichte und Skizzen über Naturerscheinungen.

Als Pjotr Jakowlewitsch Skorik die ersten Proben seines Studenten gelesen hatte, sagte er zufrieden: »Du bist zweifellos sehr befähigt!«

3

Die Siebzehnte Linie der Wassili-Insel endet in einer Richtung am Newa-Ufer, das hier aber nicht so prächtig und feierlich aussieht wie dort, wo die Akademie der Künste liegt und wo den Kai zwei aus dem alten Theben stammende Sphinxe zieren. Schiffe verschiedener Größe lagen da, eng aneinandergedrängt, und auch das Publikum, das am staubigen Ufer spazierenging, unterschied sich von jenem, das auf dem Newski-Prospekt defilierte.

Nesnamow blieb am Krusenstern-Denkmal stehen.

Gemo war überrascht von der einsamen Figur, die aussah, als wäre sie von einem am Granitufer liegenden Schiff an Land gekommen. Trotz des ziemlich hohen Sockels schien der Seefahrer auf der Erde zu stehen, er hatte den Kopf leicht geneigt, als wolle er scheu die Spaziergänger grüßen, die an der rostigen Bordwand des riesigen, zu einem Wohnheim umfunktionierten deutschen Beuteschiffs vorüberkamen. Von da erklang Musik. Jemand spielte Akkordeon, und unmittelbar neben der Bordwand drehten sich etliche Paare im Tanz, Staubwolken wirbelten auf. Gemo hielt seinen Erstling, der von Tag zu Tag schwerer wurde, im Arm und beobachtete neugierig, was da vor sich ging. Er übersetzte jetzt viel in seine tschuktschische Muttersprache und verdiente genug, um ein Zimmer einer Wohnung zu mieten, die im Hof des ufernächsten Hauses der Siebzehnten Linie gelegen war. Ihm gefiel diese eher einfache Gegend ohne die Paläste und Villen, die durch ihre Pracht einschüchterten. Vor allem aber zogen ihn die am Ufer vertäuten Schiffe an, darunter die vertrauten, mit Motor und Segeln ausgestatteten hydrographischen, die im Frühling als erste nach Uëlen zu kommen pflegten. Ihm hatte immer geschienen, als führen die schönsten Schiffe vorüber, mit Kurs auf Nordwest, der Küste des Nördlichen Eismeers entlang, das die große Sowjetunion umspülte. Die aber, die sich der Uëlener Küste näherten, brachten neue Menschen, neue Waren für das unmittelbar vor dem Krieg gebaute Kaufhaus.

Die Leningrader Uferstraße wurde für Gemo ein Ort des Erinnerns, der gedanklichen Rückkehr in heimatliche Gefilde, an die heimische Küste und das hohe Kap hinter dem Leuchtturm. Sergej lag ruhig in seinem Arm, schniefte friedlich und nuckelte verschlafen an seinem Gummischnuller, den sie mit großer Mühe in einer Apotheke ergattert hatten. Wenn er die Universität beendete, würde Sergej schon fünf Jahre alt sein und in Uëlen bereits zur Schule gehen, die sein Vater sieben Jahre besucht hatte, von 1939 bis 1945. So würde es sein, wenn …

Vor einigen Tagen hatte Gemo beim Schulbuchverlag, der sich im markanten Haus Nr. 28 auf dem Newski-Prospekt befand, Alteingesessenen als Singer-Haus bekannt, ein neues Manuskript für das Lesebuch abgegeben. Er hatte dafür einen Vorschuß bekommen, eine hohe Summe. Den Termin zu halten hatte ihn freilich Mühe gekostet. Die Arbeit am Manuskript war für eine Weile ins Stocken geraten. Es fehlten Gedichte, die den tschuktschischen Jahreszeiten gewidmet waren, bis Gemo Skorik kühn vorschlug: »Und wenn ich nun diese Verse schreibe?«

»Kannst du denn das auf tschuktschisch?« fragte Skorik skeptisch.

»Ich versuch's halt.«

Skorik hatte vor kurzem seine Dissertation eingereicht und den Grad eines Kandidaten der Philologie erworben.

Akademische Grade verliehen einem eine neue Qualität, schufen einen unsichtbaren Glorienschein ums Haupt. Wie bei Innokenti Suslow, der über die Geschichte der geographischen Entdeckungen in der sowjetischen Arktis las und, äußerlich ein unscheinbares Männlein, in gestopften Hosen und geflickten Schuhen herumlief. Doch er war Professor, das war unverkennbar, wenn er den Universitätskorridor entlangging. Gemo kannte sogar einen sehr bedeutenden Akademiker, den Lehrer von Pjotr Jakowlewitsch Skorik, Iwan Iwanowitsch Mestschaninow, der vor allem als Direktor des Marr-Instituts für Sprache und Denken tätig war. Das zarte, in Wuchs und Körperbau eher einem Jüngling ähnelnde Akademiemitglied mit sorgfältig gestutztem grauem Schnurrbart fuhr an dem von ihm geleiteten Institut in einem prächtigen SIL 110 vor, der Chauffeur sprang eilfertig heraus und öffnete dem Wissenschaftler die Wagentür.

Die Stadtsonne, irgendwie staubig, vor allem gegen Ende des Tages, als hätte sie den Schmutz der Straßen aufgenommen, versank langsam hinter den am anderen Ufer der Smolenka gelegenen Häusern, hinter dem schattigen Smolensker Friedhof. Doch immer mehr Volk strömte auf die Uferstraße, und die Musik wurde lauter. Betrunkene kamen aus den Bierstuben in den nahe gelegenen Kellern getorkelt, wo herrliche Würstchen verkauft wurden und man einen Krug Shiguljower Bier »mit Anhänger« bestellen konnte, das heißt mit hundert oder hundertfünfzig Gramm Wodka. Gemo hatte das Getränk probiert, und es hatte ihm gefallen, denn es stärkte Geist und Kühnheit, half ihm, einem beliebigen Gedanken Ausdruck zu verleihen, für den er vorher, als er noch nüchtern war, die passenden Worte nicht gefunden hatte. Das karge Stipendium verjubelten sie gewöhnlich in so einem Bierkeller, an den übrigen Tagen aber tranken sie vorwiegend ungesüßten Tee und aßen dazu ein Brötchen nebst billigen, zuckerbestreuten Bonbons. Heute mußte Gemo in keine Bierstube gehen: Zu Hause warteten ein reich gedeckter Tisch und Gäste – die unvermeidlichen Nachbarn und zwei studierende Landsleute, der Eskimo Guchuge und der Tschuktsche Korawje.

Von den Gästen war als erster der Nachbar Iwan Dodin gekommen, ein Chauffeur. Er bewohnte mit seiner Frau und einer Stieftochter, Schülerin der zehnten Klasse und ein überreifes, schönes Mädchen, das größte Zimmer der Wohnung.

»Du hast ein gutes Quartier gefunden«, bemerkte Korawje, der ein Studium an der Abteilung Geschichte der Fakultät für die Völker des Nordens aufgenommen hatte. Er zeichnete sich durch seine Ordentlichkeit aus und unterschied sich rein äußerlich vorteilhaft von seinem Freund, dem aus Unasik gebürtigen Eskimo Guchuge, an dem alles zerknautscht und zerknittert aussah – sogar das Gesicht wirkte irgendwie schief im Unterschied zu dem glatten, ansprechenden Gesicht seines Landsmanns. Manchmal kam Gemo der Gedanke, daß Korawje – wenn sich der orthodoxe Glaube weiter in Rußland verbreitet hätte – ein sehr guter Pope geworden wäre mit seiner Gründlichkeit und seinem imponierenden Gehabe.

»Du hast hier ein Schwitzbad, eine Bierstube und die Miliz!«

»Weit gehen mußt du jedenfalls nicht!« setzte Guchuge hinzu, ohne freilich zu präzisieren, was er meinte.

Diese drei städtischen Einrichtungen befanden sich alle im Hof des Hauses, und aus der Küche konnte man abends durch das zur Hälfte überstrichene Fenster des Schwitzbades die Frauenabteilung sehen, wo sich im durchsichtigen Dunst verführerische nackte Gestalten bewegten. Guchuge bemerkte, es wäre nicht schlecht, im Haus ein Fernglas zu haben.

Gemos Frau Valentina stellte einen großen Topf mit gekochten Kartoffeln und Salat auf den Tisch. Die Gäste setzten sich manierlich. Iwan Dodin, einstweilen noch nüchtern, führte eine ernsthafte und höfliche Unterhaltung und erörterte die amerikanische Aggression in Südkorea.

»Den Kapitalisten läßt der siegreiche Vormarsch des Sozialismus keine Ruhe«, sagte er tiefsinnig.

»Sie wollen die Märkte erweitern«, pflichtete ihm Korawje bei.

»Die Koreaner sind übrigens uns, den Tschuktschen und Eskimos, ähnlich«, bemerkte Guchuge.

»Vielleicht sind sie entfernte Verwandte von euch?« mutmaßte Dodin.

»Gut möglich«, sagte Korawje. »Wissenschaftler sind der Meinung, es gebe eine pazifische Zivilisationsgemeinschaft. Dazu gehört die Kultur des Fischfangs und der Jagd auf großes Seegetier. Anders als die Europäer, die den Boden pflügen, landwirtschaftliche Kulturen anbauen und Vieh halten, leben diese Völker von den Gaben des Meeres.«

»Und die Rentierzüchter?« mischte sich Guchuge ein, der gierig den Tisch betrachtete und es auf den fetten Schinken abgesehen hatte.

»Die Rentierzucht ist bei den Tschuktschen erst vor relativ kurzer Zeit aufgekommen«, erklärte Korawje.

»Schenkt euch ein, greift zu!« forderte die Hausfrau ihre Gäste auf.

Gemo war fast glücklich: Er besaß ein nahezu eigenes Zuhause, zumindest für etliche Monate, war verheiratet, hatte einen Sohn und konnte freigebig Gäste bewirten.

Wer hätte gedacht, daß eine zufällige Begegnung auf einer Linie der Wassili-Insel sein weiteres Leben bestimmen würde?

Valentina war auf dem Mittleren Prospekt der Wassili-Insel zur Baltischen Werft unterwegs gewesen. Vor dem

Krieg hatte ihr Vater in dem Werk gearbeitet, und auch später, während der Blockade, war er dageblieben. Jeden Tag war er zu Fuß ins Werk gelaufen, trotz Beschuß und Bomben, unterm Heulen der Luftschutzsirenen und dem Pfeifen von Geschossen, so lange, bis er sich eines Morgens nicht mehr von seinem Lager erheben konnte. Valentina hoffte, Arbeit im Konstruktionsbüro zu bekommen, denn sie hatte im Institut für Städtebau den Beruf einer technischen Zeichnerin erlernt.

Ein sonderbarer junger Mann war ihr von der Uferstraße her gefolgt, und an der einsamsten Stelle, als weit und breit keine Passanten zu sehen waren, blickte er sich zum Entsetzen des Mädchens um und trat dicht auf sie zu. Er stellte sich als Student der Universität vor, der für den Sommer Arbeit suche. Doch aus irgendeinem Grund kam er nicht mit in die Kaderabteilung, wo Valentina wieder einmal kein Glück hatte, weil sie keine ständige Aufenthaltserlaubnis besaß. Obwohl ihre Dokumente belegten, daß sie aus dem belagerten Leningrad evakuiert worden war, konnte sie diese Bescheinigung in ihrer Heimatstadt nicht bekommen. Ihre Wohnung hatten andere, ihr unbekannte Leute belegt, daher verweigerten sie ihr in der Hausverwaltung das erforderliche Papier, und das Mädchen mußte bei nahen und entfernten Verwandten um Unterschlupf betteln. Gemo erwartete sie bei der Pförtnerloge, und nachdem er das Mädchen angehört hatte, versprach er ihr, für sie Arbeit mit dem Abschreiben seiner Manuskripte in tschuktschischer Sprache zu besorgen. Also verabredeten sie ein Treffen. Aus dem Abschreiben der Manuskripte wurde nichts. Es stellte sich heraus, daß der Verlag sie maschinengeschrieben brauchte. Doch sie trafen sich auch fernerhin, bis zum Spätherbst, als Valentina beschloß, sich zur Holzaufbereitung in Karelien anwerben zu lassen. Da war Gemo klar, daß er sie für immer verlieren würde, und er machte ihr einen Heiratsantrag – er, ein Mann, der nichts besaß außer einem Bett im Wohnheim und Essenmarken für die Universitätsmensa. Aber Valentina willigte ein. Sie ließen die Ehe im Standesamt auf der Achten Linie der Wassili-Insel registrieren.

Zwei Jahre waren vergangen, und zur Verwunderung vieler war diese übereilte Ehe nicht zerbrochen; nun waren sie sogar zu dritt.

»Autofahren ist doch etwas anderes als ein Hundegespann lenken!« verkündete Dodin laut und wandte sich an den neben ihm sitzenden Guchuge. »Weißt du, was Lenkradspiel ist?«

Guchuge aber war mit seiner schönen Nachbarin, Dodins Stieftochter Margarita, beschäftigt. Geschmeichelt von seiner Aufmerksamkeit, gestattete das Mädchen beglückt, daß er ihr Wodka ins Bier goß.

»Als ich mit meinem Anderthalbtonner in Prag einfuhr«, erging sich Dodin in Kriegserinnerungen, »haben mir die Mädchen Blumen auf die Motorhaube geworfen! Ganze Sträuße!«

Gemo war zufrieden. Allmählich kam Fröhlichkeit auf, die Gäste aßen und tranken, Valentina und Dodins Frau schafften es kaum, immer wieder Töpfe mit gekochten Kartoffeln hereinzubringen.

Korawje, der den Wodka nur in kleinen Schlucken trank, erzählte von seinen historischen Forschungen.

»Wir Tschuktschen haben schon etwas, worauf wir stolz sein können! Ich habe mir in der Bibliothek einen Geschenkband bestellt, der zum dreihundertsten Jahrestag der Romanow-Dynastie herausgegeben wurde. Im Verzeichnis der Völker, die unter der zaristischen Selbstherrschaft lebten, stehen auch wir. Aber mit der Bemerkung: ein nicht völlig unterworfenes Volk ... Versteht ihr, alle möglichen Tataren, Baschkiren, Kleinrussen, Weißrussen und Georgier, von den Kalmücken will ich gar nicht erst reden, alle haben sich unterworfen, wir aber nicht!«

Gemo hatte das nicht gewußt. Korawjes Mitteilung ließ sein Herz höher schlagen.

»Du hast doch Verse für das Lehrbuch geschrieben«, fuhr Korawje fort. »In der Literatur ist es gewöhnlich so: Bevor ein Schriftsteller ins Lesebuch kommt, muß er als beispielhaft anerkannt sein, meist geschieht das erst nach seinem Tod. Du aber gerätst im Nu ins Lesebuch! Das will doch was heißen!«

»Entweder werde ich gleich ein Klassiker, oder ich werde nichts mehr schreiben!« bemerkte Gemo fröhlich, wenn auch ein wenig verlegen. Dieses Gefühl wurde er nie los, auch später waren Gespräche über sein Schaffen für ihn immer eine Qual. Er empfand sie als peinlich, mied sie, und eine an seine Adresse gerichtete Kritik las er nur heimlich, er sammelte keine Kritiken, bewahrte keine auf.

»Nein, ich meine es ernst«, fuhr Korawje fort. »Gedichte – gut und schön, aber du mußt Prosa schreiben. Tichon Sjomuschkin beispielsweise hat den Roman ›Brand in der Polarnacht‹ geschrieben und dafür den Stalinpreis bekommen. Am Ende hast auch du Glück! Der Roman ist interessant, obwohl, die Tschuktschen darin sind irgendwie nicht echt. Selbst der negative Held Alitet wirkt wie lakkiert.«

Gemo hatte nicht nur Tichon Sjomuschkins Roman gelesen, es war ihm auch gelungen, vorrevolutionäre Tschuktschen-Erzählungen des bekannten russischen Ethnographen und Narodowolzen Tan-Bogoras auszugraben, auch Arbeiten des polnischen Revolutionärs Sieroszewski, der wie Bogoras von der zaristischen Regierung nach Tschukotka verbannt worden war. Doch selber schreiben ... Der Gedanke war ihm zwar schon gekommen, hatte ihn aber erschreckt.

»Bist du ein echter Eskimo?« fragte Dodin Guchuge. »Wenn du ein richtiger bist, warum ißt du dann die Würstchen gebrüht und nicht roh?«

Guchuge hatte schon tüchtig gebechert und schenkte Dodin keine Aufmerksamkeit. Er hatte sich von Dodins Tochter weggesetzt und summte mit halbgeschlossenen Augen ein Lied.

Die Gäste schrien auf, als Guchuge plötzlich mit wildem Gebrüll auf die Beine sprang, den Deckel eines Aluminiumtopfs ergriff und – während er darauf den Rhythmus schlug – ein Tanzlied über die Robbenjagd sang. Gemo gab es einen Stich in die Brust. Er kannte dieses Tanzlied, mit ihm hatten sie in Uëlen gewöhnlich die Festtage des Liedes und Tanzes beim Heiligen Stein eingeleitet. Das Lied und das Trommelgedröhn hallten weit hinaus aufs Meer, bis hinter die Tundrahügel am andern Ufer der Lagune. Ihn überwältigte die Sehnsucht nach der Heimat, nach der langen Uëlener Landzunge, die sich von Ost nach West erstreckte – mit den verstreuten Jarangas darauf, die eigene eingeschlossen, der vertrauten Schule und seinem liebsten Ort auf Erden, der aus dem Ozean hochragenden Steilküste hinter dem Leuchtturm, von wo aus sich der Blick auf den ganzen Erdball eröffnete.

Dodin schaute mit gemischten Gefühlen, voll Begeisterung und Verwunderung, auf Guchuges Tanzlied, winselte sogar hin und wieder wie ein Hund auf, schrie irgendwas, weil er in das alte Tschuktschen- und Eskimolied einstimmen wollte.

Spät nach Mitternacht erst gingen sie auseinander.

Seit jenem Abend waren über vierzig Jahre vergangen. Äußerlich war das Haus gut erhalten, doch in dem überraschend engen Hof gab es nun weder Bierstube noch Schwitzbad, noch ein Milizrevier. Unbegreiflich, wie alles damals auf solch engem Raum

Platz finden konnte. Doch die Hofseite des Hauses, wo Gemo ein Zimmer gemietet hatte, war offenbar immer noch bewohnt.

Georgi Nesnamow stieg langsam in den ersten Stock hoch und drückte auf die Klingel. Die Tür öffnete sich unerwartet schnell, und Nesnamow sah eine schlampige ältere Frau vor sich.

»Zu wem wollen Sie?« fragte sie mit heiserer Stimme.

»Wohnen Sie schon lange hier?« fragte Nesnamow.

»Das ganze Leben ... Aber wer sind Sie eigentlich?«

»Die Sache ist die ... Sehen Sie ... Ich suche einen Bekannten ... Darf ich eintreten?«

Die Frau sah Nesnamow mißtrauisch an und entgegnete zögernd: »Na, kommen Sie herein.«

Die Küche war dieselbe, das Badezimmer aber, das seinerzeit als Abstellkammer gedient hatte, schien jetzt seinen eigentlichen Zweck zu erfüllen.

Nesnamow setzte sich auf den Rand eines Hockers, der ihm angeboten worden war. Die Tür zum Nachbarzimmer ging auf, und eine Mädchenstimme fragte mürrisch: »Wer will da was zu so früher Stunde?«

»Niemand für dich«, antwortete die Frau scharf, nahm Nesnamow gegenüber Platz und zündete eine Zigarette an. »Ich höre«, sagte sie.

»Der Mann, der im Sommer einundfünfzig hier gewohnt hat ...«

»Wann, sagen Sie?« fragte die Frau.

»Im Sommer einundfünfzig«, wiederholte Nesnamow.

»Das ist doch über vierzig Jahre her! Wissen Sie, wer alles seither hier gewohnt hat? Unvorstellbar. Dauermieter waren nur wir, die Dodins, und schließlich haben wir die ganze Wohnung übernommen, aber das konnten wir nur, weil der Vater Kriegsveteran war.«

»An diesen Mann müssen Sie sich trotzdem erinnern. Er hieß Juri Gemo und war Student der Nord-Fakultät an der Leningrader Universität. Seiner Herkunft nach Tschuktsche. Er war

verheiratet, seine Frau hieß Valentina. Sie hatten gerade ein Kind bekommen, den Sohn Sergej.«

»Juri Gemo«, wiederholte die Frau nachdenklich. »Nein, so einen hat es hier nicht gegeben. Georgier haben hier gewohnt, Tschetschenen, ein Este, aber Tschuktschen nicht.«

»Vielleicht versuchen Sie doch, sich zu erinnern?« Flehentlich blickte Nesnamow die Frau an.

Nichts ist bedrückender als eine verblichene Schönheit. Margaritas einst prachtvolle Haare hatten sich in ein Büschel von undefinierbarer Farbe verwandelt. Das Gesicht war höckerig geworden, das wohlgeformte Näschen hing als fleischiger, rübenähnlicher Klumpen über den einst vollen, kirschfarbenen Lippen. Sogar die Augen waren ausgeblichen wie die Tinte in alten Manuskripten.

»Er war Tschuktsche«, wiederholte Nesnamow.

»An einen Tschuktschen würde ich mich schon erinnern«, sagte Margarita Dodina schmunzelnd. »Ich bin ja in der Jugend selbst für drei Jahre nach Tschukotka gegangen, habe mich bei den Iultiner Erzgruben anwerben lassen. Unsere Siedlung erhielt oft Besuch von Rentierzüchtern, die tauschten Fleisch und Felle gegen Wodka ... Hier aber gab es keinen einzigen Tschuktschen.«

»Und als Sie auf Tschukotka lebten, haben Sie da nicht von dem dortigen Schriftsteller Juri Gemo gehört?« fragte Nesnamow. »Das war ein recht bekannter Mann.«

»Wir haben uns für so was wie lokale Schriftsteller nicht interessiert«, sagte Margarita und schnippte die Zigarettenasche auf den Fußboden. »Das dortige Ensemble ›Ergyron‹ kam mitunter zu uns, von Schriftstellern aber haben wir nichts gehört. Gibt es denn dort welche?«

Nesnamow antwortete nicht. Ihn hatten plötzlich unaussprechliche Wehmut und Trauer ergriffen, eilig verabschiedete er sich und trat auf die Straße. Eine Zeitlang verweilte er neben dem geneigt dastehenden Krusenstern, dann ging er weiter zur Universität, überquerte die Straßenbahngleise auf der Achten Linie sowie den Zugang zur Leutnant-Schmidt-Brücke und stieg bei den Sphinxen zur Newa hinunter. Ohne die Kühle des Granits wahrzunehmen, dachte er darüber nach, wie kurz und flüchtig doch das menschliche Gedächtnis ist. Auf Margarita Dodinas Gesicht hatten nicht nur bewegte Jahre ihre Spuren hinterlassen, die sie alles andere als friedlich mit mehreren Männern verbracht hatte, nicht nur die drei Jahre in Tschukotkas Iultiner Erzgruben, sondern auch der jahrelange ungezügelte Genuß von Alkohol in all seinen Formen. Ja, dieser Gifttrank löscht das Gedächtnis gründlich aus. Doch den einzigen Tschuktschen zu vergessen, der in dieser Wohnung gelebt hatte, als sie noch jung und schön war und ihr Gedächtnis alles festhielt, was ihr vor die Augen kam!

Wer konnte sich hier sonst noch an den damaligen Studenten Juri Gemo erinnern? Die Nord-Fakultät existierte längst nicht mehr, man hatte sie 1954 geschlossen und dafür eine ebensolche Fakultät im Pädagogischen Herzen-Institut eröffnet. Und schwerlich waren im grünen Gebäude der Philologischen Fakultät Archive erhalten geblieben.

Nesnamows Suche gestaltete sich auch darum schwierig, weil er dem Leben seines Doppelgängers nur in strenger Abfolge nachspüren konnte, stets von dem Ort ausgehend, an dem Juri Gemo gewohnt hatte. Er folgte seiner Intuition und einem Willen, der nicht sein eigener war, dem er sich aber unterwarf. Er hoffte, auf irgendeiner Etappe würde sich schon etwas klären. Was das sein sollte, konnte Nesnamow nicht einmal annähernd sagen, klar war ihm nur, und darauf hatte er sich eingerichtet, daß er mindestens einige Wochen in Petersburg würde bleiben müssen, wenn er nach Leningrad zurückfinden wollte, in jenes Leben, das hartnäckig und unabweisbar sein Gedächtnis und seine Phantasie beschäftigte. Zwar brachten sich mitunter alte Ängste um seine psychische Gesundheit in Erinnerung, doch in geistiger wie in physischer Hinsicht fühlte er sich vorzüglich.

Ins Hotel »Oktjabrskaja« zurückgekehrt, begab er sich ins Restaurant und aß mit großem Appetit, was ihn fast eine Monatsrente kostete.

4

Als Nesnamow sein Zimmer betrat, fand er auf dem Fußboden bei der Tür einen Zettel. Im Zimmer war es heiß, wenn er aber das Fenster öffnete, würde es noch heißer werden. Die städtische Sommerglut, von Autoabgasen und dem Geruch des erhitzten Asphalts geschwängert, kratzte im Hals, verursachte trockenen, quälenden Husten.

Er legte sich aufs Bett und las: »Lieber Freund! Wenn Sie Ihre Zeit angenehm in Gesellschaft eines jungen und schönen Mädchens verbringen möchten, rufen Sie 272 34 21 an. Diskretion und Sicherheit, auch Gesundheit, werden garantiert.«

Im Hotel wimmelte es von Prostituierten. Mitunter schien es, als seien sie zahlreicher als die Hotelgäste, die erschreckt an den selbstbewußten, langbeinigen und kurzberockten Dämchen und deren breitschultrigen, kurzgeschorenen Begleitern vorbeigingen. Die Prostituierten unterhielten sich laut und fröhlich und fühlten sich hier offenbar als die wahren Herren.

Der zerknüllte Zettel war auf den Fußboden geflattert, und Nesnamow hatte den Eindruck, für kurze Zeit eingeschlafen zu sein. Das laute Klingeln des Telefons hatte ihn geweckt. Er nahm den Hörer ab und hörte eine gurrende Frauenstimme: »Haben Sie das Briefchen erhalten?«

»Nein ... Das heißt, ja«, stotterte Nesnamow. Eine solche Unverfrorenheit hatte er nicht erwartet.

»Und wie haben Sie sich entschieden?«

»Gar nicht.«

Mit einem Schimpfwort warf Nesnamow den Hörer hin. Doch das Telefon läutete wieder. Lange griff er nicht nach dem Hörer, hob ihn aber schließlich in der Absicht ab, die aufdringliche Dirne abzukanzeln, ihr mit der Miliz zu drohen, obgleich er bemerkt hatte, daß der hiesige Milizionär recht freundschaftlich mit der Prostituiertentruppe schwatzte.

Doch es war sein Sohn. »Du hast wohl geschlafen?«

»Ja, ich war eingedöst.«

»Brauchst du etwas? Hast du genug Geld?«

»Mehr als genug«, antwortete der Vater. »Keine Sorge.«

»Wenn du was brauchst, ruf an. Notiere dir die Nummer meines Funktelefons. Auf diesem Weg kannst du mich immer erreichen ... Wie lange willst du in Piter bleiben?«

»Genau weiß ich es nicht.«

»Beeil dich nicht! Mach dir schöne Tage, amüsier dich! Alles Gute, bis dann!«

Was hatte er für einen prächtigen Sohn! Dabei hatte der Vater in seinen kühnsten Träumen nicht gedacht, sein Oktoberkind, dann Junger Pionier, schließlich Komsomolze und sogar Büromitglied vom Kreiskomitee des Kommunistischen Jugendverbandes würde einmal ein erfolgreicher Unternehmer, ein richtiger Kapitalist. Wenn dies schon seinem Sohn passiert war und das Leben sich so unvorhersehbar und unglaublich verändert hatte – wer wollte sich über das wundern, was Georgi Nesnamow widerfahren war, über sein zweites Schicksal und sein anderes Leben, dessen Spuren er vorerst in dem umbenannten Sankt Petersburg nicht finden konnte? Das Leben von Juri Gemo nahm nur in seiner Phantasie Gestalt an. Aber es hatte doch existiert! Sonst hätte es nicht all diese Details gegeben, die konnte man sich nicht einfach ausdenken, das gaben die lebendigsten Träume nicht her. Das war auch keine Mystik, die alles nur durch einen Nebelschleier von Andeutungen, von Rätselhaftem zeigen, es mit dem Nimbus des Geheimnisvollen verhüllen würde. Von diesem Leben zeugte die rauhe Wirklichkeit der Nachkriegszeit, als die Einbeinigen auf ihren mit Rädern versehenen Brettern über den Newski rollten, als der Uniformmantel das übliche Kleidungsstück des einfachen Menschen war, während der erbeutete deutsche Gabardinemantel den erst kürzlich demobilisierten Offizier verriet, und als die evakuierten Leningrader bei ihrer Rückkehr nicht nur Freunde und Verwandte, sondern oft sogar die eigene Wohnstatt nicht mehr vorfanden.

In der Universität nach den Spuren von Juri Gemo zu suchen war sinnlos.

Immerhin lohnte es sich, im Institut für Sprachwissenschaft nachzufragen, wo sein Lehrer Pjotr Jakowlewitsch Skorik gearbeitet hatte, einer der Schöpfer der tschuktschischen Schrift.

Als Gemo nach Leningrad kam, hieß das Institut offiziell Institut für Sprache und Denken und trug den Namen des Akademiemitglieds Nikolai Jakowlewitsch Marr. Das Institut war in den winzigen Kämmerchen hinter dem Hauptgebäude der Akademie der Wissenschaften untergebracht, dessen Vorderfront zur Newa blickt. Gemo stellte sich die wissenschaftlichen Mitarbeiter in tiefes Denken versunken vor, ins Studium von Sprachen, und tatsächlich war auch seine Muttersprache, das Tschuktschische, Gegenstand ihrer Forschungen. Als Hauptspezialist für die tschuktschische Sprache galt im Institut Pjotr Jakowlewitsch Skorik. Im selben schmalen Zimmer arbeiteten auch Fachleute für andere Sprachen nördlicher Völker, alles Russen, bis auf den Chanten Tereschkin, der vor dem Krieg das Institut für die Völker des Nordens absolviert hatte. Schon wenige Tage nach Gemos Ankunft in Leningrad hatte Skorik Arbeit für ihn gefunden – er sollte Aufzeichnungen von alten, überlieferten Geschichten, die Wissenschaftler auf ihrer letzten Tschukotka-Expedition gemacht hatten, auf Karteikarten übertragen. Die Arbeit war nicht übermäßig schwierig, aber ziemlich eintönig, denn die meisten Märchen kannte Gemo in viel besserer Ausführung. Diese hier waren offenbar nach Erzählungen von nicht gerade nüchternen Leuten geschrieben und waren weder sprachlich noch künstlerisch besonders gut.

Die Situation im Institut für Sprache und Denken entsprach bei weitem nicht Gemos Vorstellungen und war sogar bis zu einem gewissen Grad enttäuschend, wenn man vom Direktor des Instituts absah, dem weltbekannten Wissenschaftler und Akademiemitglied Iwan Iwanowitsch Mestschaninow, der Gemo durch seinen zarten Körperbau und die leise Stimme in Erstaunen versetzte.

Skorik hatte den Studenten dem Akademiemitglied vorgestellt und dabei betont, Gemo wecke die Hoffnung, einst etwas zur Erforschung der paleoasiatischen Sprachen beitragen zu können, zu denen auch seine tschuktschische Muttersprache gehöre. Mestschaninow hatte Gemo interessiert gemustert und etwas vor sich hin gemurmelt.

Nur mit Mühe fand Nesnamow die Institutsabteilung, die mit der Erforschung der nördlichen Sprachen befaßt war. In einem düsteren Raum saßen Männer und Frauen an einfachen Bürotischen. Einer von ihnen hob den Kopf und fragte: »Zu wem wollen Sie?«

»Ich suche einen Fachmann für Tschuktschisch.«

»Das ist Alewtina Nikodimowna Jegorowa.«

Der Wissenschaftler betrachtete den Besucher mit Interesse. »Kommen Sie vielleicht vom Soros-Fonds? Ich beschäftige mich mit den Eskimosprachen. Wladimir Panow ...«

Nesnamow ging die Frage durch den Kopf, wie man denn so unterschiedliche Sprachen gleich benennen konnte. Eskimosprachen ... Da könnte man genauso von den russischen und englischen Sprachen reden. Sonderbar.

»Kommt Alewtina Nikodimowna heute?« fragte Nesnamow.

»Sie muß bald da sein«, teilte ihm der Wissenschaftler Panow mit und fügte hinzu: »Ich plane eine Expedition zu den Eskimos auf Alaska. Sehen Sie, die Brücke zwischen zwei Zivilisationen bilden sozusagen unsere asiatischen und die amerikanischen Eskimos. Das ist ein interessantes Problem. Stimmen Sie mir zu?«

»Ich würde ja zustimmen«, antwortete Nesnamow unsicher. »Doch mit irgendwelchen Fonds habe ich nichts zu tun. Mich interessiert die tschuktschische Literatur.«

Alewtina Nikodimowna war eine stämmige, hochgewachsene,

ältere Frau mit einem auffälligen Muttermal auf der Wange. »Sie wollen zu mir? Gehen wir in ein anderes Zimmer.«

»Ich höre«, sagte Alewtina Nikodimowna, nachdem sie an einem Tisch Platz genommen hatte. »Sind Sie Journalist?«

»Ja«, antwortete Nesnamow, und das stimmte ja auch. Er wollte sogar schon seinen Mitgliedsausweis vom Journalistenverband der UdSSR hervorholen, aber Alewtina Nikodimowna sagte lächelnd: »Ich glaube Ihnen.«

»Ich wüßte gern, ob Sie einen tschuktschischen Schriftsteller Juri Gemo kennen.«

»Juri Gemo«, wiederholte Alewtina Nikodimowna nachdenklich. »Aufrichtig gesagt, unsere Abteilung befaßt sich nicht eigentlich mit Literatur, schon gar nicht mit der zeitgenössischen … Ist das ein junger Autor?«

»Nein, ganz und gar kein junger«, entgegnete Nesnamow, und er verspürte plötzlich eine kalte Leere, die sich um ihn ausbreitete, obwohl es im Zimmer warm war, sogar schwül. Diese alten Gebäude hatten dicke, fast einen Meter starke Ziegelwände, und wenn sie sich erst erwärmt hatten, hielten sie die gespeicherte Wärme lange.

»Er kam ungefähr zur selben Zeit nach Leningrad, zu der Sie Ihr Studium an der Nord-Fakultät der Universität aufnahmen.«

»Juri Gemo«, wiederholte Alewtina Nikodimowna nochmals nachdenklich. »Damals kamen viele Tschuktschen und Eskimos hierher. Wir Leningrader waren dagegen an den Fingern abzuzählen. Ich erinnere mich an fast alle, aber einen Juri Gemo habe ich nicht gekannt … Sie sagen, er ist Schriftsteller?«

Nesnamow nickte.

»Vielleicht ist das sein Pseudonym?«

»Nein, bestimmt nicht.«

»Und Sie sind überzeugt, daß er Tschuktsche ist?«

»Er stammt aus Uëlen.«

»Wer stammte denn aus Uëlen? Korawje kam aus Chatyrki, Nutetegryne vom Schmidt-Kap, Pjotr Inenlikej, der in unserem

Institut gearbeitet hat und kürzlich gestorben ist, aus dem Tschaun-Kreis ... Nein, an so einen erinnere ich mich nicht ... Vielleicht ist er Nanaier, Manse oder Ultsche? In diesen Völkern gibt es recht bekannte Schriftsteller, zum Beispiel den Mansen Juwan Schestalow, den Nanaier Grigori Chodsher, die sind sogar Preisträger.«

Nesnamow wollte schon sagen, daß Juri Gemo seinerzeit nicht nur den Staatspreis, sondern auch den italienischen Grinzane-Cavour-Preis erhalten habe, aber er schwieg und hörte weiterhin Alewtina Nikodimowna zu.

»Sehr bekannt ist der Niwchen-Autor Wladimir Sangi. Er ist Sekretär des Schriftstellerverbandes, hat die letzte Niwchen-Fibel verfaßt ... Von den Eskimos war Juri Anko populär. Er ist aber vor langer Zeit gestorben, noch in den sechziger Jahren. Es wird erzählt, er habe Selbstmord begangen ... Von den Tschuktschen kenne ich Viktor Këulkut; der ist leider auch schon tot ... Der Wodka richtet sie alle zugrunde. Sie können diesem Gift nicht widerstehen, zerstören ihre Gesundheit, trinken sich zu Tode. Zu den Lebenden gehört die Dichterin Antonina Kymytwal; sie lebt wohl in Magadan ... Ach ja, in der Prowidenija-Bucht lebt noch eine sehr begabte Eskimo-Dichterin, Soja Nenljumkina ... Aber Juri Gemo kenne ich nicht, von ihm habe ich nicht gehört. Es muß wohl doch einer von den Neuen sein.«

»Kannten Sie Pjotr Jakowlewitsch Skorik?« fragte Nesnamow.

»Aber ja!« erwiderte bewegt Alewtina Nikodimowna. »Er war mein Lehrer, Friede seiner Asche.«

»Er hat viele Lehrbücher für die tschuktschischen Schulen verfaßt«, flocht Nesnamow ein.

»So gut wie alle grundlegenden Lehrbücher hat er geschrieben«, bestätigte Alewtina Nikodimowna. »Auf Tschukotka nennt man ihn bis heute ›murgin‹, das heißt ›unser‹ Lehrer ... Vielleicht sollten Sie in den Verlag gehen. Der Redakteur Rintelen Wladimir könnte etwas wissen. Er hat gute Beziehungen nach Tschukotka.«

Jetzt betrat Gemo selbstbewußt den Fahrstuhl vom Haus des Buches, wo in der dritten Etage die Redaktion »Lehrbücher für die Völker des Nordens« untergebracht war. Zwei Lesebücher in tschuktschischer Sprache hatte er schon geliefert.

Er freute sich, wenn er sah, wie sich ein fremdsprachiger Text in einen vertrauten, verständlichen verwandelte und die tschuktschischen Wörter, indem sie auf einer Seite weißen Papiers Gestalt annahmen, eine neue Qualität gewannen, gewissermaßen zivilisierter wurden. Gemo entdeckte schnell, daß in seiner Muttersprache viele Wörter gar nicht existierten. Zuerst suchte er im russisch-tschuktschischen Wörterbuch von Skorik Rat, aber einige Wortbildungen schockierten ihn und machten ihn mißtrauisch. So wurde zum Beispiel ein Hahn tschuktschisch zu einem »Kleg-tangy-gatle«, das hieß ins Russische rückübersetzt »Mann-russischer-Vogel«. Solch sonderbare Wortbildungen gab es im Wörterbuch zahlreiche. Gemo vermied sie und war bemüht, dem tschuktschischen Text eine gewisse literarische Geschmeidigkeit zu verleihen. Am schlechtesten stand es um die politische Terminologie. Auf Skoriks Rat ließ der Übersetzer diese Wörter unangetastet, versah sie nur hin und wieder mit den notwendigen Suffixen und Präfixen, entsprechend den Deklinationsendungen. Die Vorsicht erklärte sich auch damit, daß, wie Skorik ihm geheimnisvoll mitgeteilt hatte, der Übersetzer eines politischen Textes im Gefängnis gelandet sei, weil er »der weise Stalin« mit »balda Stalin« übersetzt hatte, »balda« aber bedeutete in dieser Sprache nicht »Dummkopf« wie im Russischen, sondern »weise«.

Viel Freude bereitete Gemo das Übersetzen literarischer Texte. Unwillkürlich trat er dabei in Wettbewerb mit den Autoren, bemüht, die bildhafte russische Sprache in seine tschuktschische Muttersprache zu übertragen. Dann entstand ein erstaunliches Bild, gleichsam ein neues Werk, das den Stempel, die unhörbare Intonation des Übersetzers trug. Weil eben nur Gemo und kein anderer, etwa Korawje, dieses Wort, diesen Ausdruck nutzen konnte. Vielleicht hätten sie etwas anderes gefunden, etwas Eigenes, das aber hätte sich unverkennbar von dem bildhaften Sprachmittel unterschieden, das Gemo gewählt hatte. Das erklärte auch, warum die Texte, die Skorik in seine fettfleckigen Schulhefte geschrieben hatte, Gemo nicht bewegten, obwohl es bekannte, mündlich überlieferte Erzählungen waren – über die Krähe als Schöpferin des Alls, über die Reisen des verwaisten Jünglings oder über die Abenteuer des tschuktschischen Gullivers, des Riesen Pitschwutschin, in dessen Ärmel ein ganzes Jagdboot samt Ruderern und Harpunierern Platz fand. Sie glichen gar nicht den lebendigen Erzählungen seiner Großmutter Giwewnëut oder den sagenhaften Berichten Onnos, der aus Janranai nach Uëlen kam und in jeder Jaranga ein gerngesehener Gast war; dieser unbekannte, vom Durstsyndrom des Trinkers gequälte Landsmann bestach durch die Nüchternheit seines ungekünstelten, handlungsbetonten Vortrags, mit dem er sich die heilsame Flasche verdiente.

Außer Lesebüchern mußte Gemo auch andere Lehrbücher, zum Beispiel für Mathematik, übersetzen. Dabei nicht einfach übersetzen, sondern die Aufgabentexte auch auf die örtlichen Gegebenheiten abstimmen. Er selbst hatte nach einem Vorkriegslehrbuch gelernt, wo solche Aufgaben gestellt wurden: »Drei Jäger haben sechs Wale getötet. Drei haben sie aufgegessen. Wie viele sind übriggeblieben?« Bei dieser einfach aussehenden Aufgabe hatte sich Gemo nicht so sehr über den unerhörten Jagderfolg gewundert – nur drei Jäger haben sechs Meeresriesen erlegt –, als vielmehr über den gewaltigen Appetit der Walfänger. Jetzt war ihm klar: Der Übersetzer der Mathematikaufgabe hatte die

Äpfel, Blumen oder Kartoffelknollen des russischen Lehrbuchs, ohne zu überlegen, in Wale verwandelt.

Sicherlich fanden sich Perlen dieser Art auch in anderen Lehrbüchern, in anderen Sprachen. Der Leningrader Schulbuchverlag gab sie in mehr als zehn Sprachen für die Völker des Fernen Ostens und des hohen Nordens heraus.

Zu Fuß stieg Nesnamow die breite Treppe zum dritten Stock hinauf – an den Türen vorbei, die im Erdgeschoß und im ersten Stock in die Buchhandlung führten. In einem trüben Wandspiegel sah er sich selbst – einen grauhaarigen, gesetzten Mann in gediegenem Anzug, mit weißem Hemd ohne Krawatte. Um schwierigen Fragen aus dem Weg zu gehen, hatte er beschlossen, sich weiterhin als Journalist auszugeben.

Im Redaktionszimmer, das einen herrlichen Ausblick auf den Newski-Prospekt und die Kasaner Kathedrale bot, saßen drei Frauen und ein Mann.

Nesnamow stellte sich vor und sagte: »Ich suche den Redakteur Wladimir Rintelen.«

»Das bin ich«, meldete sich der Mann, der am Fenstertisch saß.

Er stand auf und führte Nesnamow in einen großen Nebenraum, in dem ein Sofa stand.

Nachdem der Gast Platz genommen hatte, fragte er ihn: »Was interessiert Sie? Wenn es um die zuletzt erschienenen Lehrbücher geht, hole ich sie schnell.«

»Nein«, sagte Nesnamow. »Mich interessieren weniger die Lehrbücher als ihre Autoren. Ich sammle nämlich Material über die ersten Ausgaben in tschuktschischer Sprache, genauer gesagt, über die daran Beteiligten. Ist Ihnen ein Juri Gemo begegnet?«

Wladimir Rintelen wirkte jung und sportlich. Besonders jung machten ihn seine vollen, dunkelroten Wangen.

Er runzelte die Stirn und dachte nach. »Juri Gemo … Juri Gemo …«, wiederholte er einige Male. »Ich müßte mal in alten Ausgaben nachsehen. Wann hat er im Verlag gearbeitet?«

»Gleich nach dem Krieg. Er studierte an der Nord-Fakultät der Universität. Sie wissen doch, daß es eine solche Fakultät gegeben hat?«

»Natürlich. Ich selbst habe ja später am Herzen-Institut gearbeitet. Es tut mir leid, aber solange ich schon mit tschuktschischen und korjakischen Lehrbüchern zu tun habe, dieser Name ist mir weder unter den Autoren noch unter den Übersetzern begegnet.«

»Aber gab es nicht bei den Tschuktschen einen Schriftsteller Juri Gemo?«

Wladimir Rintelen lächelte spöttisch, wenngleich etwas verlegen. »Nehmen Sie mir's nicht übel, aber gegenwärtig treten jede Menge Schwindler auf. Ich habe hier mal ein Plakat gesehen: Weltsensation! Tschukotkas großer Schamane Ojun-ogly! Tritt öffentlich auf, kuriert Krankheiten, sogar Alkoholismus! Ich bin aus Neugier mal hingegangen. Das war überhaupt kein Tschuktsche! Nicht mal ein Jakute, obwohl der Name teilweise jakutisch war – mit dem ›Ojun‹. Aber ›ogly‹ – das war schon eine aserbaidschanische oder türkische Beifügung! Ich denke, das war eher ein zurechtgeschminkter Europäer. Ich fand das so komisch, daß ich während seiner Vorführungen laut auflachte. Da gab es aber etliche kräftige Burschen, die haben mir ein paar Rippenstöße verpaßt und mich rausgeschmissen. Und der Saal war voll, obwohl die Eintrittskarten nicht gerade billig waren.«

Nesnamow wollte in den Augen dieses sympathischen Mannes nicht als Patron irgendwelcher Schwindler dastehen und sagte: »Wissen Sie, ich kann mich auch irren. Vielleicht war das gar kein Tschuktsche.«

»Dem Familiennamen nach doch!« erklärte Rintelen überzeugt. »Gemo bedeutet auf russisch: der Unbekannte.«

Nesnamow schien, als würde sein Herz plötzlich stillstehen. Alles Blut wich aus seinem Gesicht, erst nach einer Weile konnte er wieder normal atmen. Dem scharfsinnigen Rintelen blieb das nicht verborgen, und er fragte mitfühlend: »Ist Ihnen nicht gut?«

»Es hat sich schon gegeben«, antwortete Nesnamow und versuchte zu lächeln. »Diese Hitze macht mir einfach zu schaffen.«

»Ja«, bemerkte Rintelen versonnen, »bei solcher Hitze sollte man lieber die Natur genießen, in den Wald, ins Grüne fliehen. Noch besser, in die Tundra, obwohl man sich dort jetzt nicht vor Mücken retten kann. Ein idealer Ort wäre das Ufer des Polarmeers. Ich brauche nur an die Küste meines heimatlichen Enmelen zu denken, und schon wird mir sogar bei solcher Hitze leichter.«

»Juri Gemo stammte aus Uëlen«, bemerkte Nesnamow.

»Uëlen ist einer der schönsten Orte auf Tschukotka«, sagte Rintelen. »Ich bin nur einmal dort gewesen, und es hat mir sehr gut gefallen. Sogar die Menschen dort sind von besonderem Schlag. Vielleicht, weil sie gewissermaßen an der großen Verbindungsstraße zwischen Asien und Amerika leben. Genau betrachtet, ist das in ethnischer Hinsicht ein Mischvolk. Vermischt mit den Nachbarn, den Naukaner Eskimos. In Uëlen war es Brauch, daß jeder Mann seine Frau aus Naukan holte. Die Einwohner von Uëlen haben eher als ihre Stammesgenossen Bekanntschaft mit Russen und überhaupt mit Europäern gemacht. Sie haben viel Neues übernommen. Ihr Schamane Mletkyn war der einzige von ganz Tschukotka, der Russisch und Englisch in Wort und Schrift beherrschte, wissenschaftliche Geräte, Barometer nutzte, mit einem Wort als fortschrittlich galt. Er reiste nach Moskau, traf mit Kalinin zusammen ... Aber mit den Bolschewiki kam er nicht recht klar. Sie haben ihn zum Volksfeind erklärt und erschossen.«

Nesnamow unterließ es, Rintelen mitzuteilen, daß Mletkyn Juri Gemos Großvater mütterlicherseits gewesen war.

Er verabschiedete sich von Wladimir Rintelen und ging hinaus, in die Backofenglut der Straße.

Er überquerte den Newski, fand auf einer Bank am Springbrunnen einen Platz und schloß die Augen. Unweit des Kutusow-Denkmals hielten die Kommunisten eine Versammlung ab. Über einer kleinen Menschengruppe hingen zwei ausgeblichene rote Fahnen, doch Worte drangen nicht durch die dichte, feuchte Hitze, erreichten Nesnamow nur als undeutliches Dröhnen, das ihn nicht am Nachdenken hinderte.

Die vergebliche Suche nach Menschen, die den gekannt hatten, der nur in seiner Vorstellung lebte, entmutigte Nesnamow nicht. Tief in seinem Innern hielt sich die heimliche Überzeugung, daß er eines Tages den finden würde, der den wahren Juri Gemo gekannt hatte, nicht nur den in Nesnamows Vorstellung existierenden. Die Welt würde eine unvorstellbare und doch mögliche Wendung vollziehen, und alles käme an seinen Platz. Vorerst aber mußte er sich geduldig, Schritt für Schritt, ohne Ereignisse zu überspringen oder ihnen zuvorzukommen, vorwärtsbewegen, um eine verborgene Windung der Zeit und des Lebens aufzuspüren.

5

Sie mußten kurzfristig aus dem Zimmer auf der Siebzehnten Linie der Wassili-Insel ausziehen. Gemo blieb keine andere Wahl, als einen Schuppen in Oserki zu mieten, hinter der Kindereisenbahn Kleine Oktjabrskaja. Der war zwar beheizbar und hatte einen Herd, war aber eben doch ein Schuppen, in dem der Besitzer früher Hühner gehalten hatte. Sie brauchten einige Tage, bis sie es schafften, die erbärmliche Unterkunft einigermaßen wohnlich herzurichten. Sie bestand aus zwei Teilen: einem Verschlag mit dem Herd, der als Küche betrachtet wurde, und einem kleinen Zimmer, für das Gemo mit Hilfe des Besitzers, eines ehemaligen Militärangehörigen, zwei Liegen gezimmert hatte. Aus einer alten Tür, die sie über zwei kleine Fässer legten, machten sie einen großen Schreibtisch. Sie tapezierten die Wände, hängten Vorhänge auf, und schließlich wurde es eine ganz passable Wohnung, auch wenn sie kein Holz für den Winter besaßen, der Abort auf dem Hof war und sie das Wasser von einer Pumpe holen mußten. Gemo, der die harten Bedingungen einer tschuktschischen Wohnstatt noch nicht vergessen hatte, fand dieses Häuschen ganz gemütlich, gab es doch darin, anders als in einer Jaranga, immerhin elektrisches Licht und eine elektrische Kochplatte. Die einzige spürbare Unbequemlichkeit war, daß es bis zur Stadt ziemlich weit war, mit der Straßenbahn brauchte er zur Universität über eine Stunde. Das Kind fesselte Valentina. Wenn sie in die Stadt wollte, mußte sie den Sohn mitnehmen, der schwer und anspruchsvoll war und die Gewohnheit hatte, in einem öffentlichen Transportmittel wie am Spieß zu brüllen.

Die erste Zeit war es nicht schlecht. Gemo erhielt fast regelmäßig vom Schulbuchverlag Geld, und es gelang ihm sogar, die Wohnungsmiete bis zum Frühling zu bezahlen.

Das schönste in dem Häuschen war für Gemo der Schreibtisch, der ihn beharrlich aufforderte, sich bequem an ihn zu setzen, die eigens dafür gekaufte Tischlampe einzuschalten und ans Werk zu gehen. Aus Büchern wußte Gemo, daß man mit der sogenannten kleinen Form beginnen müsse, mit Erzählungen. Für den Anfang hatte er Sammelbände mit Erzählungen von Tschechow und Tolstoi studiert, hatte einige Ausgaben der »Ogonjok«-Bibliothek mit Werken sowjetischer Schriftsteller gekauft. Sujets und vielerlei Geschichten, die auf den weißen Seiten eines Manuskripts festgehalten werden konnten, hatte der junge Schriftsteller mehr als genug im Kopf. Er stellte sich lebhaft vor, wie sein Landsmann Kuky unter Späßen und drolligen Redensarten einen Außenbordmotor zum Uferrand zieht, um ihn an einer für den Walfang ausgerüsteten Schaluppe anzubringen, er hörte die Stimme seiner Mutter, die Stücke von Seehundfell aneinandernähte und dabei vor sich hin murmelte, als übte sie Wortgefechte mit ihren Nachbarinnen. Im Gedächtnis war ihm auch das Bild seiner Heimatstadt Uëlen geblieben, die sich auf der langen, geröllbedeckten Landzunge von West nach Ost hinzog, der Leuchtturm, dessen durchdringender Lichtstrahl sich vom Meer bis in die Tundra erstreckte. Der Strahl drehte sich auf dem Turm und holte bald eine Jaranga aus dem Dunkel, bald das feuchte Blechdach der Schule und bald den flügelschwenkenden elektrischen Windkraftmotor auf halbem Weg von der Siedlung zur Polarstation. Die Menschen wirkten in seiner Erinnerung und seiner Vorstellung erstaunlich lebendig und umgaben ihn nicht nur in wachen Stunden, sondern auch im Traum, weckten ihn oft mitten in der Nacht.

Einmal bemerkte Valentina: »Du redest jetzt oft tschuktschisch im Schlaf.«

»Wahrscheinlich, weil ich tagsüber wenig in meiner Muttersprache rede.«

Kaum aber hatte er sich, ein Blatt weißes Papier vor sich, an den Schreibtisch gesetzt und versuchte, die lebendige, sprechende, sich bewegende vielfarbige Welt darauf festzuhalten, da wurde sie auch schon trübselig und hölzern, verwandelte sich in einen blassen Abklatsch, ähnlich einer alten, verblichenen Fotografie mit reglosen, stummen Gesichtern. Das Geschriebene zu lesen war qualvoll und beschämend, und der Gedanke, unbegabt zu sein, raubte ihm den Mut, schlug ihm die Feder aus der Hand.

In solchen Augenblicken verließ Gemo das Haus, setzte Sergej auf den Schlitten und ging hinaus auf das unmittelbar hinterm Haus liegende Feld, das sich bis an einen Wald erstreckte. In das tiefverschneite grüne Waldesdickicht zu tauchen, konnte er sich nicht entschließen, er fürchtete die abgeschlossene düstere Weite. Obwohl von da eine Stille lockte, wie man ihr nur unter den Senlun-Felsen auf dem Weg von Uëlen in die Eskimosiedlung Naukan begegnet. Die Schläge des Herzens wirken dann wie die Schläge eines riesigen, in Watte gehüllten Hammers in einem selbst, und ein feines Ohr glaubt sogar zu hören, wie eine Schneeflocke über den Harsch getrieben wird.

Ob es am Material lag? Wären die Helden von Gemos Erzählungen Tangitan, zivilisierte Fremdlinge, gewesen, dann hätten sie sich auf der Druckseite möglicherweise besser gemacht als der in einem wetterfesten Mantel aus Walroßdarm steckende Kuky, der sich in seinem Jagdboot auf den äußersten Rand neben dem Heckruder hingehockt hatte. Wenn Gemo eine Seite mit Worten füllte, spürte er mitunter den scharfen Geruch von Walfischtran und das in den Augen beißende Aroma aus dem Nachtgeschirr, das die Bewohner des Fell-Pologs nachtsüber bis an den Rand gefüllt hatten. Das hielt natürlich keinem Vergleich mit den zarten, angenehmen Düften von Blumen und gemähtem Gras stand, und sogar Kuhdünger trieb wahrscheinlich die Tränen nicht so in die Augen wie das für die Herstellung von Riemen in abgestandenem menschlichem Urin zum Gerben eingeweichte Robbenfell. Zudem waren die Gespräche seiner Landsleute nicht gerade wortreich. Sie waren meist schweigsam, kamen stundenlang ohne zu reden aus, manchmal sogar tagelang. Das war nicht zu vergleichen mit den wortgewandten Helden der russischen Schriftsteller. Als Gemo sich anschickte, eine Jagd auf Meerestiere zu beschreiben, entlieh er sich in der Bibliothek einen Band Erzählungen von Iwan Turgenjew, »Aufzeichnungen eines Jägers«, und begriff, wie viel ihm noch zum Klassiker fehlte. Ein Stück mit Tschuktschen zu schreiben war aber vollends unmöglich – die Helden würden stundenlang auf der Bühne schweigen!

Manchmal hätte er am liebsten alles hingeworfen und einfach nur Texte übersetzt, zumal es an dieser Arbeit nicht mangelte. In jenen Jahren gab der Schulbuchverlag zahlreiche Lesebücher mit übersetzten literarischen Texten heraus.

Gemo beschloß, Tichon Sjomuschkins Erzählung »Im

Land der Tschuktschen« zu übersetzen. Sie spielte im Tschuktschenmilieu, war eher dokumentarischer Natur und verhieß keine großen Schwierigkeiten bei der Arbeit. Doch die Tschuktschen, die in der russischen Darstellung so drollig und etwas naiv wirkten, hörten in ihrer Muttersprache auf, Tschuktschen zu sein; sie verwandelten sich, weiß der Teufel wie, in Schwätzer und Spaßvögel oder aber in raunende Auguren, die im Handumdrehen ein Urteil fällten. Ihre Selbstgefälligkeit, ihre Bemühungen um »primitive Weisheit« riefen Mitleid hervor.

Paradoxes Ergebnis all dessen war, daß Gemo sich bewußt wurde, wie man seiner Meinung nach nicht schreiben durfte. Ein literarischer Held, ein Mensch auf einer Buchseite, unterschied sich auffallend von seinem lebenden Prototyp, wie genial der Autor auch sein mochte. Sie unterschieden sich nicht nur im Charakter, sondern schienen sogar Wesen einer anderen Gattung zu sein oder Menschen einer anderen Zeit, einer anderen Dimension.

Mit großer Mühe brachte er zwei Erzählungen zu Ende. In einer beschrieb er die Eindrücke eines jungen Mädchens, das zum erstenmal zum Studium aufs »Große Land« gekommen war. Natürlich waren das seine eigenen Eindrücke, aber aus irgendeinem Grund hatte er als Hauptperson ein junges Mädchen gewählt, um das Geschriebene von sich fernzuhalten, um seiner Phantasie freien Lauf zu lassen. Hätte er über sich selbst geschrieben, wäre er wohl zu befangen gewesen. Die zweite Erzählung war in Form von Briefen einer jungen russischen Lehrerin geschrieben, die nach Beendigung des Instituts zum erstenmal nach Tschukotka kommt. Gemo war klar, daß diese Erzählungen nicht Gott weiß was für literarische Errungenschaften waren, aber zu dem Wunsch, gedruckt zu werden, kam noch ein anderer Grund: Nach den Neujahrsfeierlichkeiten war ihnen unerwartet das Geld ausgegangen. Die junge Familie war vom Hunger bedroht. Der Sohn, dem nun die Zusatznahrung entzogen war, saugte so heftig an der Brust seiner Mutter, daß Valentina über Schmerzen klagte.

Gemo schrieb die Erzählungen säuberlich ab und begab sich in die Redaktion der Zeitschrift »Swesda«. Sie befand sich im selben Haus wie der Schriftstellerverband, am Kutusow-Ufer, aber hineingehen mußte man, wie bei Leningrader Gebäuden üblich, nicht durch die Haupttür, sondern durch einen Seiteneingang, der an der Woïnow-Straße lag. Durch einen krummen Flur gelangte Gemo nach den Anweisungen des Pförtners in das Zimmer der Redaktion, wo ihn ein rundgesichtiger rotbäckiger Mann in einem gut genähten Anzug, mit weißem Hemd und Krawatte empfing.

»Was bringen Sie da, junger Mann? Ein Manuskript?« sagte er schnell, nachdem er kaum den Gruß erwidert hatte. Gemo wußte nicht, daß die Zeitschrift gerade erst vom Zentralkomitee der Kommunistischen Partei vernichtend kritisiert worden war und sogar ein spezieller Beschluß vorlag, der die von einigen Autoren dieser Zeitschrift vertretene falsche Linie betraf.

Der Mann nahm das Manuskript offensichtlich unwillig entgegen, blätterte darin und runzelte die Stirn.

»Eigentlich muß ein Manuskript mit der Maschine geschrieben sein. Na ja, die Handschrift ist gut, lesen kann man es. Kommen Sie in zwei Wochen wieder, und holen Sie sich die Antwort.«

»Verzeihung, nach wem soll ich fragen?« Gemo war schon froh, daß sie das Manuskript überhaupt lesen wollten.

»Nach Alexander Iwanowitsch Kutscherow.«

In der Universitätsbibliothek wollte Gemo alle Werke von Alexander Iwanowitsch Kutscherow bestellen, aber sogar im Zentralkatalog entdeckte er keinen einzigen Hinweis darauf, daß es sie gab. Das bekümmerte ihn, ließ ihn verzagen. Am Ende war dieser Kutscherow nur ein Hochstapler? Er teilte die Befürchtung seiner Frau mit, aber Valentina beruhigte ihn: »Könnte er nicht ein Angestellter sein? In einer Zeitschrift müssen ja nicht nur Schriftsteller arbeiten. In deinem Schulbuchverlag gibt es auch Redakteure und sonstige Mitarbeiter.«

Die zwei Wochen erschienen ihm unerträglich lang. Das gespannte Warten wurde noch durch die endlosen Leningrader Regengüsse verschlimmert, die den frischen Schnee aufgezehrt und alles mit einem feuchten Schleier überzogen hatten. Gemo machte sich Mut mit Wodka und Bier und schrieb Erzählungen. Die Arbeit ging überraschend gut voran, und manchmal verbrachte er einen Teil der Nacht am Schreibtisch, füllte Seite um Seite mit seiner kalligraphischen Handschrift. Er verbesserte das Geschriebene nicht gern, es tat ihm leid, ein Wort, das einmal dastand, auszustreichen, doch er wußte, man muß verbessern, muß das einzig richtige Wort finden. Andererseits vermutete er insgeheim, daß im Fluß einer noch nicht schriftlich festgehaltenen Rede sich die Worte gleichsam von selbst aneinanderreihen und das Denken eben die entstehen läßt, die ihm am besten Ausdruck verleihen. Früher, als Gemo gerade erst zu lesen gelernt hatte, glaubte er, daß ein Schriftsteller oder Dichter dank seines Talents ein bereits fertiges, in seinem Kopf herangereiftes Werk zu Papier bringe. Besonders schien das für die Dichtkunst zuzutreffen. Doch einmal geriet ihm eine kritische Puschkin-Ausgabe in die Hand, in der Fotokopien von ersten Entwürfen des Dichters wiedergegeben waren. Die von Verbesserungen strotzenden Seiten, die vielen Streichungen, die Schwärzung ganzer Absätze stürzten Gemo in tiefe Verzweiflung, die er lange nicht überwinden konnte. Wenn schon ein Puschkin das Geschriebene so viele Male korrigiert hat …

Endlich war es soweit. Gemo schritt munter das Kutusow-Ufer entlang, das Gesicht vom feuchten Wind abgewandt, der von der Petrograder Seite her kam. Wie mochte die Antwort ausfallen? Er betritt das Zimmer der Redaktion. Einige Leute erheben sich bei seinem Anblick und rufen: Wir haben Sie schon ungeduldig erwartet! Haben Ihre Arbeiten gelesen und werden sie unverzüglich drukken! Wollen Sie einen Vorschuß? Wir weisen ihn sofort an! Die Kasse ist im Zimmer gegenüber! Sie brauchen sich nicht zu bedanken! Wir müssen Ihnen dankbar sein, weil Sie Ihre Erzählungen gerade in unsere Redaktion gebracht haben ... An anderes wollte Gemo nicht denken. Er ging durch den nun schon bekannten Flur zur Redaktion und traf am Arbeitsplatz Alexander Iwanowitsch Kutscherow an.

»Zu wem wollen Sie?« fragte der, ohne Gemos schüchternen Gruß zu erwidern.

»Zu Ihnen.«

»Zu mir?« sagte Kutscherow verwundert, und Gemo entdeckte in seiner Miene jähes Erschrecken.

»Ich hatte Ihnen ein Manuskript gebracht«, erinnerte er ihn.

»Ja, ja, ich weiß.« Kutscherow belebte sich. Lange wühlte er in den Papieren auf seinem Tisch, ging dann in ein anderes Zimmer und kam mit dem Manuskript zurück. »Leider kann ich ihnen keine freudige Auskunft geben. Die Erzählungen sind schwach. Das heißt aber nicht, daß Sie, was das Schaffen betrifft, hoffnungslos sind. Keineswegs! Aber Sie müssen fleißig bei den Klassikern lernen, müssen mehr lesen.«

Kutscherow sagte genau das, was Gemo nicht hören wollte. Das kränkendste war aber nicht, daß die Erzählungen abgelehnt worden waren. Allem Anschein nach hatte Kutscherow sie überhaupt nicht gelesen, bestenfalls durchgeblättert.

Gemo hörte sich mit zusammengebissenen Zähnen Kutscherows Geschwätz zu Ende an, ergriff sein Manuskript und stürzte aus der Redaktion. Beim Pförtner standen zwei Schriftsteller, die nicht sehr nüchtern wirkten und sich stritten. Von einer hinabführenden Treppe roch es unverkennbar nach Essen – dort war das Schriftsteller-Restaurant. Gemos hungriger Magen krampfte sich zusammen. Möglichst schnell suchte er an die frische Luft zu kommen.

Der Regen hatte aufgehört, aber feuchte Luft hing wie ein dichter Schleier herab, und durch den mußte er wie durch ein physisches Hindernis. In den Kummer über die Ablehnung mischte sich die Kränkung über die Geringschätzung seines Manuskripts, den offenkundigen Betrug und die heuchlerischen Auslassungen über den Nutzen der Lektüre klassischer Literatur. Vielleicht ist die Lektüre der Klassiker ja wirklich von Nutzen. Aber bestimmt nicht, um schreiben zu lernen. Die in den Büchern existierende Welt entspricht der Wirklichkeit ganz und gar nicht, sie nähert sich ihr nur nach der Möglichkeit und dem Talent des Schriftstellers oder entfernt sich von ihr. Und dieser Grad der Annäherung bestimmt das Maß des jeweiligen schriftstellerischen Talents und seiner Meisterschaft. Gemo begriff sehr wohl, daß das, was er geschrieben hatte, höchsten literarischen Ansprüchen nicht genügte, es war aber gewiß nicht schlechter als das, was in den zeitgenössischen Zeitschriften gedruckt wurde, und vom Material her recht interessant.

In seinem Häuschen war es kalt, aber es roch nach Bratkartoffeln und Zwiebeln. Valentina erkannte am Gesicht ihres Mannes sofort, mit welchem Resultat er zurückkam, sagte aber nichts.

Gemo bemühte sich, in der großen Pfanne wenigstens ein kleines Stück Fleisch zu entdecken, und sagte düster: »Er hat nicht mal das Manuskript gelesen. Hätte er einen Blick hineingeworfen, dann hätte er immerhin ein paar Notizen darin hinterlassen. Aber nein.«

Valentina setzte sich neben ihn und sagte fröhlich: »Also hast du eine Chance.«

»Was meinst du damit?«

»Was er über das Manuskript gesagt hat, hat er über etwas gesagt, was er gar nicht gelesen hat. Also ist es keine wirkliche Meinung. Und dann – wer ist schon dieser Kutscherow? Du hast doch selber gesagt, es gibt keinen Schriftsteller dieses Namens.«

Gemo wurde nachdenklich. Manchmal sagte seine Frau weise Worte. Dennoch – es war schrecklich, ein nichtexistenter Schriftsteller zu sein. Einerseits ihnen zugerechnet zu werden, im Literaturbereich zu arbeiten, andererseits nichts Literarisches zu leisten, sich heimlich mit seinem schöpferischen Unvermögen zu quälen und all jene zu beneiden, deren Bücher gedruckt werden. Wie sehr haßte er seine glücklichen Kollegen!

Etliche Tage versuchte Gemo, irgendeinem Schriftsteller das Manuskript zuzustecken, aber erfolglos. Da knapste er von seinem neuen Stipendium eine kleine Summe ab, um die Erzählungen mit der Maschine abschreiben zu lassen. Als ihm die Lektoratsleiterin vom Schulbuchverlag die sorgfältig in einer Mappe verstauten Blätter übergab, sagte sie: »Ich habe Ihre Erzählungen gelesen. Sie gefallen mir. Der Abschreiberin ebenfalls. Ich bin mit dem Schriftsteller Gennadi Gor bekannt, habe ihm von Ihnen erzählt, er wollte Ihre Erzählungen lesen und mit Ihnen reden. Wollen Sie sich mit ihm treffen?«

»Natürlich.«

Das unerwartete Lob beflügelte Gemo. Kaum war er mit der langsam durch die verschneite graue Stadt zuckelnden Straßenbahn nach Oserki gelangt, erzählte er alles Valentina.

»Und was machst du jetzt?« fragte sie.

Gemo sah sie unverwandt an. Sie war dünn geworden,

das runde Gesicht war jetzt spitz, und in den Augen, in denen er bei ihrer ersten Begegnung versunken war, vermißte er den früheren strahlenden Glanz. Schließlich mußte sie nicht nur Nahrung für zwei Erwachsene und den heranwachsenden Sohn beschaffen, sondern mit dem Fuchsschwanz auch noch Brennholz sägen. Jetzt gerade hatte sie sich angezogen, um einige Scheite zu spalten. Gemo nahm ihr den Fuchsschwanz und die Axt aus der Hand und rannte hinaus. Wütend zersägte er Feuerholz, schwang die Axt und grübelte über die Ungerechtigkeit der Welt, in der die einen hungern, während irgend jemand immer fetter wird und sich mit erlesener Nahrung den Bauch vollschlägt. Geld besäßen sie keines mehr, hatte ihm Valentina gesagt, und das hieß, er würde seine einzige Quelle aufsuchen müssen, Pjotr Jakowlewitsch Skorik, der über die vorschnelle Heirat seines Schülers und Mitautors zunächst sehr unzufrieden gewesen war. Doch noch nie hatte er ihm Hilfe versagt, und Gemo war immer bemüht, ihm bei der ersten Gelegenheit das Geliehene zurückzugeben.

Bei einer Tasse Tee, die sie nach den üblichen Bratkartoffeln mit Zwiebeln tranken, schlug Valentina schüchtern vor: »Vielleicht solltest du lieber wieder übersetzen, so wie früher?«

Ja, Übersetzungen brachten ein gesichertes Einkommen, und wenn er es wünschte, konnte er damit ganz gut verdienen. Aber dann würde er auf eigenes Schaffen verzichten oder das Schreiben auf ein Minimum beschränken müssen. Vielleicht hatte sie recht, sollte er sich aufs Übersetzen konzentrieren; später, wenn sie einen gewissen Wohlstand erreicht hätten, könnte er zu eigenem Schaffen zurückkehren.

»Ich habe eine Idee. Wenn Gennadi Gor sagt, die Arbeit sei schlecht, höre ich einstweilen zu schreiben auf und mache wieder Übersetzungen.«

Gennadi Gor wohnte im sogenannten Schriftsteller-Überbau an der Ecke Gribojedow-Kanal und Tschebok-sary-Gasse. Das riesige Haus stand gegenüber von einem Krankenhaus, und während Gemo langsam die Treppe zum vierten Stock hinaufging, dröhnte hinter ihm Chopins Trauermarsch, gespielt von einer Blaskapelle für einen sich in der Gasse formierenden Begräbniszug.

Gennadi Gor, ein kleiner Mann, völlig kahl und mit Brille, öffnete die Tür selbst und bat den Gast freundlich ins enge Vorzimmer.

Die Wände seines Arbeitsraumes waren, wie Gemo erwartet hatte, vollgestellt mit Bücherregalen, die sich unter der Last der schweren Bände bogen. Über einer niedrigen Tür, die in ein anderes Zimmer führte, hing ein Bild. Es war das Porträt eines kränklichen, blassen jungen Mannes. Auf seiner Stirn gähnte ein sorgfältig ausgeschnittenes Loch, in dem gelbliches Hirn mit den dunklen Aderwindungen zu sehen war. Gennadi Gor schnarrte leicht, und Gemo kam in den Sinn, daß die Art, wie der Schriftsteller redete, sehr an Lenin erinnerte: So sprachen die Schauspieler, die den Führer des Weltproletariats in Filmen darstellten.

»Nun denn«, sagte Gor, »geben Sie mir Ihr Manuskript.«

Er blätterte einige Seiten durch, warf einen Blick aufs Ende und sagte: »Trinken Sie mal Tee, ich werde mir inzwischen Ihre Erzählungen anschauen.«

Aus der Küche erschien Gors Frau, eine korpulente, sehr große Dame, eher einem Denkmal ähnlich als einem lebendigen Menschen. Alles an ihr war fest und solide: das Gesicht, die glänzende Haut, die sich durch das Kleid abzeichnenden Muskeln. Kaum zu glauben, daß ein gebrechlicher, zarter Intellektueller so eine gewaltige Gattin haben konnte.

Sie musterte Gemo kurz, grüßte freundlich und stellte bereits volle Teegläser auf den Tisch, aufgeschnittenes

Weißbrot und Butter und entfernte sich majestätisch, während ihr Mann, der sich eine Brille mit Metallfassung auf die Nase gesetzt hatte, die Manuskriptseiten überflog.

Gemo nutzte die Pause, stürzte sich auf den süßen Tee und beeilte sich, möglichst viel Butterbrot dazu zu essen. Irgendwo tickte laut eine Uhr, tropfte Wasser aus einem Hahn, die große, majestätische Frau aber, die sich in verborgene Tiefen der Schriftstellerwohnung zurückgezogen hatte, schien sich in der Stille aufgelöst zu haben, als hätte es sie nie gegeben.

Doch sie erschien wieder, lächelte Gemo zu und goß ihm frischen Tee ein. Nach einem Blick auf den merklich zusammengeschmolzenen Brotberg sagte sie: »Greifen Sie nur zu, essen Sie! Ich bringe noch mehr Brot.«

Aber Gemo war seine Gier schon ein wenig peinlich, und er murmelte: »Ich bin noch nicht dazu gekommen, Mittag zu essen.«

»Dann bringe ich Ihnen Wurst.« Nach einer halben Minute stand vor Gemo ein Teller mit aufgeschnittener »Dokorskaja«-Kochwurst, und da konnte er sich nicht mehr zurückhalten.

Das Lesen dauerte etwa vierzig Minuten. Als Gemo satt war, stand er vorsichtig auf und ging an den Regalen entlang. Ihn wunderten die zahlreichen Bücher über Ethnographie und Philosophie. Hier standen sogar seltene Bände wie »Der goldene Zweig« von Morgan, Werke von Levy-Bruhl, Bände der »Jüdischen Enzyklopädie« und jede Menge schöngeistiger Literatur. Auf einem besonderen Regal stand ein ganzer russischer Jahrgang der Vorkriegszeitschrift »Internationale Literatur«.

»Nun denn«, Gor reckte sich und legte die Manuskriptblätter zusammen, »jetzt können wir reden. Was soll ich Ihnen sagen? Vor allem – das ist sehr interessant. Interessant und ganz anders als das, was gewöhnlich über die Tschuktschen geschrieben wurde, von Bogoras-Tan und Wacław Sieroszewski bis zu Tichon Sjomuschkin. Verstehn Sie, Ihr Tschuktsche erscheint auf den Seiten Ihrer Erzählungen als ganz gewöhnlicher Mensch.«

»Das wollte ich ja gerade!« rief Gemo dazwischen, erfreut über die Möglichkeit, endlich einmal ernsthaft mit jemandem über seine Arbeit zu reden.

»Wie das?« fragte Gor verwundert.

»Ich wollte zeigen, daß ein Tschuktsche ein genauso normaler Mensch ist wie ein Russe, Usbeke oder Este. Er hat keine andere Psyche, seine Charakterzüge unterscheiden sich nicht wesentlich von denen der andern.«

»Und wie steht es um die angeborene Ehrlichkeit? Die Wahrheitsliebe? In Ihren Erzählungen lügen Ihre Landsleute, stehlen sogar! Üblicherweise denkt man doch, diese schädlichen Eigenschaften wurden vom Einfluß der kapitalistischen Zivilisation in Ihr Milieu hineingetragen.«

»Ich bin sicher, daß diese Züge in unserem Volk aufgekommen sind, lange bevor wir den Tangitan begegneten.«

»Wem?«

»Den Tangitan«, wiederholte Gemo. »So nennen wir alle Russen, alle weißen Menschen.«

»Interessant«, sagte Gor gedehnt. »Aber der Urmensch ist doch in gewissem Grad viel reiner, verglichen mit dem modernen. Sie, junger Mann, widersprechen vielen anerkannten Autoritäten der Ethnographie, ja, mehr noch, Ihre Ansichten laufen den Thesen von Friedrich Engels' ›Ursprung der Familie, des Privateigentums und des Staats‹ zuwider.«

Gemo bekam einen Schreck. Das hatte gerade noch gefehlt. Mit halbem Ohr hatte er von den großen ideologischen Fehlern Leningrader Schriftsteller gehört, die eigens durch einen Beschluß des Zentralkomitees der Kommunistischen Partei zur Verantwortung gezogen worden waren. Von ihnen hatte auch Professor Lew Abramowitsch Plotkin in seinen Vorlesungen gesprochen.

»Das habe ich nicht gewollt«, stieß Gemo hervor und bedauerte schon, daß er mit diesen Erzählungen zu Gennadi Gor gegangen war. »Ich wollte nur die Wahrheit schreiben.«

»Die Wahrheit an sich«, sagte Gor belehrend, »ist nicht das Thema unserer sowjetischen Literatur. Die Wahrheit muß parteilich sein, muß dem Aufbau eines neuen Lebens dienen. So war es immer in der Literatur. Wenn Sie also Erfolg haben wollen, müssen Sie begreifen, was die Führung unserer Partei braucht, was in der gegebenen Zeit unser Volk braucht ... Haben Sie schon jemandem Ihre Erzählungen gezeigt?«

Gemo nannte Kutscherow.

Gor runzelte die Stirn. »Für die Leningrader Zeitschriften ist jetzt nicht die beste Zeit. Genauer, für die einzig übriggebliebene ›Swesda‹. ›Leningrad‹ haben sie ja eingestellt. An Zeitungen haben Sie sich nicht gewandt? Zum Beispiel an die ›Smena‹?«

Der Gedanke war Gemo zwar gekommen, hatte ihm aber nicht sehr zugesagt. Er hatte den Eindruck, die in dieser Zeitung publizierten Erzählungen würden bis auf wenige Ausnahmen nicht gelesen, schon gar nicht, wenn sie von einem völlig unbekannten Autor stammten.

Gemo hatte erwartet, daß Gor selbst jemandem seine Erzählungen würde zeigen wollen, aber im Lauf der Unterhaltung ging es immer mehr um die ursprünglichen Bräuche der Tschuktschen – auf diesem Gebiet wußte Gor gut Bescheid, weil er viel ethnographische Literatur gelesen hatte.

»Die Keime eines Urkommunismus, die bei den kleinen Völkern des Nordens noch erhalten sind«, überlegte Gennadi Gor, während er mit einem Löffel Zucker im Glas verrührte, »verdienen Aufmerksamkeit. Sie können auch für den modernen Sowjetmenschen nützlich sein.«

Ehrlich gesagt, konnte Gemo sich nicht recht vorstellen, was von den alten Bräuchen seines Volkes beispielsweise für diesen städtischen Intellektuellen Gennadi Gor taugen könnte. Ihn direkt danach zu fragen, traute er sich aber nicht, außerdem spürte er, daß eine solche Frage provokant sein und die theoretische Ausrichtung des Gesprächs stören würde. Ihm selbst hatten die ethnographischen Werke der europäischen Reisenden nicht sehr gefallen, in denen die kleinen Völker eingehend untersucht worden waren, so als würden sie durch ein Vergrößerungsglas betrachtet. All das war mit unverhohlenem Hochmut und einem Gefühl der Überlegenheit geschrieben. Sogar die Äußerungen von Mitgefühl und Mitleid mit der »unzivilisierten« Lebensweise der »Wilden«, die sich ziemlich oft in den Texten fanden, und die zahlreichen Rezepte für eine »Rettung« der unglücklichen Ureinwohner von Tundra und Eismeerküste riefen in Gemos Herzen keinen Widerhall hervor.

Er verabschiedete sich von Gennadi Gor, ging hinaus auf die Straße, warf einen Blick in den Zeitungskiosk Ecke Newski-Prospekt und Sofja-Perowskaja-Straße und bat, sich die letzte Nummer der Zeitschrift »Nowy Mir« ansehen zu dürfen. Er prägte sich die Anschrift ein, ging zur nächsten Poststelle und schickte das Manuskript nach Moskau.

Zu Hause sagte er Valentina: »Ich habe mein Manuskript an die Zeitschrift ›Nowy Mir‹ geschickt. Wenn sie es da annehmen, schreibe ich weiter, wenn nicht – werde ich übersetzen.«

»Und der Schriftsteller, mit dem du dich getroffen hast, hat nichts gesagt?«

»Ich habe bemerkt, daß die Erzählungen ihn beeindruckt haben, aber versprochen hat er nichts.«

Nesnamow verließ die Metro an der Station »Oserki« und ging, dem gewohnten inneren Ruf folgend, auf die Station der Kindereisenbahn zu. Durch das dichte, grüne Gehölz sah man halb verfallene Häuser und wie Spielzeug wirkende kleine Stationsgebäude. Die Gleise der Schmalspurbahn führten aufs freie Feld, verloren sich im Grün einer Parkanlage.

An der alten Stelle fand sich weder das Haus noch der Schuppen, in dem Juri Gemo mit seiner Familie 1952/53 überwintert hatte. Große mehrstöckige Wohnhäuser hatten die Gegend völlig verändert. Hier erinnerte nichts mehr an das malerische, grüne städtische Randgebiet, das in der Literatur als Datschen-Gegend für weniger begüterte Petersburger beschrieben wurde. Hier Spuren vom Aufenthalt Juri Gemos und seiner Familie zu suchen hatte keinen Sinn.

Nachdem Nesnamow Oserki eine Weile durchstreift hatte und sich unerwartet am Ufer eines Sees wiederfand, überfiel ihn plötzlich unerklärliche Unruhe. Vor ihm tauchte die ewige und für ihn unlösbare Frage auf, wohin wohl die Vergangenheit entschwindet, das brodelnde Leben mit all seinen Freuden, Kümmernissen, Hoffnungen und Enttäuschungen. In welches Labyrinth der Zeit taucht die nicht faßbare Atmosphäre, die das enteilende Leben umgibt, jene einmalige Gegenwart, in der die im Abgrund von Raum und Zeit verschwundenen Menschen gelebt haben? Höchstens ein gutes Buch, ein literarisches Werk, ein mit Worten wiedergegebenes Bild können den kaum wahrnehmbaren Duft vergangenen Lebens vermitteln – ähnlich einem alten, vom Schleier der Zeit überzogenen Flakon, der noch das Aroma eines längst verflüchtigten Parfüms bewahrt. Es ist erstaunlich, aber das bieten nicht einmal alte Filme, nicht einmal Gemälde, von Fotos ganz zu schweigen. Das gibt es bestenfalls in Werken der Wortkunst, in der Poesie. Dann besitzt also nur ein Schriftsteller die Kraft, die entgleitende Zeit einzufangen, nur ihm ist es gegeben, jenen Augenblick festzuhalten, der so wunderbar und unwiederholbar ist, daß er den wahren Kern, die Quintessenz des Lebens ausmacht.

Eine interessante Frage: Wenn es für Nesnamow jenen Gemo gab, dessen Spuren so vollständig aus diesem Leben verschwunden waren, hat umgekehrt für Gemo Nesnamow existiert? In dieser Hinsicht, dachte Nesnamow, gab es wohl eine Symmetrie, eine Wechselbeziehung, sonst wäre doch alles absurd, wäre alles doch nur eine Geistesverwirrung. Wenn es sich aber so verhält, hat dann nicht jeder Mensch einen Doppelgänger? Wissen all jene Leute, die da auf dem Newski gehen, fahren, herumstehen – jenes Mädchen in enganliegenden Jeans, der junge Mann, der seinen Fotoapparat auf Passanten richtet, die dicke Frau, die sich ihr verschwitztes Gesicht ständig mit einem schmuddeligen Tuch abwischt –, wissen sie alle von der Existenz einer parallelen Welt, in der ihnen verwandte Seelen leben, alternative Verkörperungen ihres menschlichen Wesens? Nesnamow war sich natürlich bewußt, daß seine Phantasien nicht nur vom Standpunkt der marxistisch-leninistischen Lehre, sondern überhaupt unter dem Gesichtspunkt des normalen, gesunden Menschenverstandes unhaltbar waren ... Dennoch gab es das! War es vorhanden! Er fühlte es nicht nur, es war Bestandteil seines Daseins. Das ganze Leben im beheizten einstigen Hühnerstall, die nächtlichen Schreibarbeiten auf einer über zwei Fässer gelegten Sperrholztür, der Hunger und die Überwindung, morgens vom heißen Körper der Frau weg in den Frost hinauszugehen – all das konnte doch nicht einfach Frucht seiner Einbildungskraft sein! Nesnamow war sich der Grenzen des eigenen Verstandes sehr wohl bewußt und begriff, daß er sich ein anderes Leben in solchen Details nicht ausdenken konnte.

Irgendwo hatte ein Dammbruch stattgefunden, und Nesnamow hatte seine Seele in der Gestalt Gemos entdeckt. Mit wohligem Grauen bewegte er sich tastend durch sein alternatives Leben, ohne sich über seine Entdeckungen zu wundern.

Im großen, kühlen Saal der Öffentlichen Bibliothek an der Fontanka, zu der Nesnamow nach langer Prozedur einen rosa Einlaßschein bekommen hatte, saßen um diese Zeit nur wenig Benutzer. Er bestellte sich ein einziges Heft, die Nummer 12 vom

Jahrgang 1952 der Zeitschrift »Nowy Mir«. Er blätterte das Heft mehrmals durch: Es gab darin keine Erzählungen von Juri Gemo. Für alle Fälle sah Nesnamow das am Schluß des Heftes befindliche Verzeichnis aller Publikationen dieses Jahrgangs durch, aber auch da gab es nichts dergleichen.

Während Nesnamow den Newski in Richtung des Moskauer Bahnhofs entlangging, überkamen ihn erneut Zweifel. Als Zeitungsmacher wußte er allzugut, daß Gedrucktes nicht mehr aus der Welt zu schaffen ist. Nicht umsonst existierte die Redensart: Was mit der Feder geschrieben ist, haust du auch mit der Axt nicht aus. Im Heft 12 aber hatte weder eine Axt Spuren hinterlassen, noch gab es einen Hauch von Juri Gemo.

Was drängte ihn nur, diese sinnlose und offenbar zum Mißerfolg verurteilte Suche fortzusetzen?

6

Die Einsamkeit des Lebens im Hotel bedrückte Nesnamow, daher ließ er sich mit dem Wärter der unteren Toilette, der sich als Boris Saikin vorstellte, auf ein Gespräch ein. Klein, gedrungen, kahlköpfig, weckte er durch unaufdringliche Aufmerksamkeit und allen entgegengebrachte Freundlichkeit Sympathie. Nesnamow lud ihn zu einem Glas Bier in die Bar ein. Nach einigem Schwanken nahm Saikin die Einladung an – nicht ohne sich mehrfach zu vergewissern, ob er auch richtig verstanden habe.

»Ich ziehe mich nur um«, sagte er und verschwand durch eine unsichtbare Seitentür der Toilette. In Jackett, mit weißem Hemd und Krawatte kam er zurück.

»Was für ein Bier soll es sein?« fragte Nesnamow. »Unseres oder dänisches?«

»Dänisches wäre mir lieber.«

Nesnamow trat an die Theke und bestellte zunächst vier Flaschen »Tuborg«. Der Barkeeper betrachtete den sonderbaren Gast und verlangte Vorauszahlung. Nesnamow zog einen dicken Pakken Banknoten aus der Tasche.

»Sie sind wohl Neu-Russe?« fragte Saikin.

»Genaugenommen bin ich überhaupt kein Russe, sondern der Herkunft nach Ingermanländer.«

»Deutscher?«

»Kein Deutscher … Es gab einmal solch ein mit den Finnen verwandtes Volk im Piterschen Gouvernement. Vor dem Krieg hat man begonnen, die Leute auszusiedeln, aber unser Dorf haben die Deutschen so schnell besetzt, daß wir dort geblieben sind. Wir stehen eher den Finnen und Esten nahe.«

»Ja«, sagte Saikin gedehnt. »Viele Völker gab es in der UdSSR.«

Nesnamow brachte noch zwei Flaschen Bier. »Für einen Juden haben Sie aber einen etwas ungewöhnlichen Arbeitsplatz«, bemerkte er.

»Was soll ich denn machen?« Saikin breitete die Arme aus. »Von Beruf bin ich Ingenieur. Ich habe im geheimen Konstruktionsbüro eines Rüstungsbetriebs gearbeitet – wozu soll ich es Ihnen gegenüber verhehlen, ich war an der Projektierung atomgetriebener U-Boote beteiligt. Als ich in Rente ging, sah es so aus, als würden meine Frau und ich mehr als genug bekommen. Aber dann begannen die Reformen, und unsere Renten schmolzen wie Schnee im Frühling. Ich wollte in meinen Betrieb zurück, aber die wissen selbst nicht, was sie tun sollen: Atom-U-Boote braucht Rußland nicht mehr, die Arbeiter werden entlassen … Ich habe mich da und dort umgesehen, habe alte Bekannte aufgesucht, und nun bin ich hier untergekommen, in der Toilette.«

»Durch Beziehungen?« fragte Nesnamow erstaunt.

»Wie sonst?« rief Saikin. »Hier existiert ein Clan! Eben ein Clan und keine Mafia. Und wissen Sie, was mir geholfen hat? Meine Schwiegermutter hat viele Jahre auf einer Toilette am Moskauer Bahnhof gearbeitet. Jemand von den alten Leuten erinnerte sich noch an sie, die Jewdokija Fjodorowna, und das war

für mich die beste Empfehlung. Sie hat hier mit zwei Töchtern gelebt.«

»In der Toilette?«

»Nein doch! Da, wo wir jetzt sitzen, stand früher ein riesiges Wohnhaus. Vielleicht war das ursprünglich nicht einmal ein Wohnhaus, denn die Fenster waren riesengroß, hoch. Das Zimmer, das meine Schwiegermutter bewohnte und in dem ich auch einige Jahre gelebt habe, verfügte über den oberen Teil eines Fensters. In den Küchen standen je zwanzig Herde, die Toiletten befanden sich in den Korridoren, die Stockwerke waren statt durch normale Treppen durch Metallstiegen miteinander verbunden. Man hatte das Gefühl, auf einem großen Bahnhof zu leben, was ja auch stimmte. In den sechziger Jahren, als wir schon nach Kuptschino gezogen waren, hat man das Haus zu einem Flügel des Hotels ›Oktjabrskaja‹ umfunktioniert. So ist das.«

»Jaaa«, bemerkte nach langem Schweigen Nesnamow. »Aber ein Jude, ein gebildeter Mensch, und dann in einer Toilette!«

»Wenn es Sie interessiert«, erwiderte in gekränktem Ton Saikin, »ich verdiene hier ganz ordentlich. Und was heißt Jude? Ich habe das ganze Leben ohne dieses Judentum gelebt, wenn man von den entsprechenden Eintragungen im Ausweis absieht. War nie in einer Synagoge, kenne die Religion nicht, von der Sprache ganz zu schweigen. Die Seele, denke ich, hat keine Nationalität.«

»Was sagten Sie?« fuhr Nesnamow auf. »Die Seele hat keine Nationalität? Das haben Sie gut gesagt. Darauf könnte man auch etwas Kräftigeres trinken. Was halten Sie von Gin Tonic?«

Der Barkeeper blickte interessiert und noch aufmerksamer auf den älteren Herrn von schlichtem Aussehen, goß dann den Gin Tonic ein und setzte auf die hohen Gläser sogar noch je eine Orangenscheibe.

In der Politökonomie-Vorlesung gab Nikolai Korawje Gemo einen Brief in ungewohnt großem Umschlag. »Ich habe ihn aus dem Postfach geangelt.«

Im Dekanat der Fakultät hing ein hölzerner Kasten mit alphabetischen Fächern für die Post. Dahinein legte der Postbote alle Korrespondenz, und die Adressaten nahmen sie dann selber heraus.

Es war ein Brief der Redaktion von »Nowy Mir«. Ohne auf den Dozenten zu hören, der gerade die Profitrate erklärte, riß Gemo hastig den Umschlag auf und zog ein Blatt Papier heraus.

»Ihre Erzählungen sind angenommen, sie werden in diesem Jahr in Nummer 12 unserer Zeitschrift gedruckt. Gratuliere! Wenn Sie etwas Neues haben, schicken Sie es.« Unterschrift: »Alexander Twardowski«. Der Brief war von Hand geschrieben, was bei Gemo zunächst Zweifel hervorrief. Aber der amtliche Umschlag!

»Von wem ist der Brief?« fragte neugierig der neben ihm sitzende Korawje.

»Von Twardowski«, entgegnete Gemo laut flüsternd. »Meine Erzählungen sind angenommen und werden gedruckt!«

»Von Twardowski?« fragte Korawje ungläubig zurück und bat: »Zeig den Brief doch mal ... Jaaa«, meinte er gedehnt, »dann gratuliere ich!«

»Was meinst du? Ob das wahr ist?«

»Dem Umschlag nach – ja. Aber Twardowskis Handschrift, du mußt schon entschuldigen, die kenne ich nicht.«

Eine heiße Freudenwelle überflutete Gemo. Vor Seligkeit wäre er am liebsten aus dem Hörsaal gestürzt, doch da vernahm er die krächzende und knurrende Stimme des Dozenten: »Juri Gemo! Wenn Sie das ›Kapital‹ von Marx nicht interessiert, können Sie den Hörsaal verlassen!«

Fast hätte Gemo laut geschrien: Ja, im Augenblick pfeif ich auf das »Kapital« von Marx! Doch er hielt den Mund. Er zügelte seine Freude, tat so, als sei er betrübt, und ging hinaus auf den Flur. Er trat ans Fenster und blickte gedankenverloren auf das Denkmal Peters des Großen, das sich vor dem Hintergrund der Isaak-Kathedrale abhob. Plötzlich spürte er, wie jemand seine Schulter berührte. Es war Korawje.

»Ich habe beschlossen, in dieser historischen Minute muß einer, der dir nahesteht, bei dir sein.«

Korawje war aufmerksam und gutherzig, besaß einen leisen, zartfühlenden Humor. Eines Tages werde ich über dich schreiben, dachte Gemo, jetzt aber muß wirklich jemand bei mir sein, mit dem ich meine überschäumende Freude teilen kann!

Den ersten Schluck nahmen sie auf der Mendelejew-Linie, wo ein Bier-und-Wodka-Kiosk stand.

»Kehren wir doch irgendwo ein!« schlug Gemo vor.

Auf dem Großen Prospekt der Wassili-Insel, nicht weit vom Andrejewski-Markt, fanden sie einen gemütlichen Bierkeller. Obwohl Tag und Arbeitszeit war, drängte sich darin das Volk.

»Na schön!« sagte Korawje fröhlich. »Ich gratuliere nochmals! Kannst du dir vorstellen, was das bedeutet? Das heißt, du hast die moderne tschuktschische Literatur begründet. Also bist du bis zu einem gewissem Grad ein Grundsteinleger, ein Schrittmacher, ein Wegbereiter, weiß der Teufel, wie man es noch nennen soll!«

»Aber vor mir haben Landsleute von mir doch auch geschrieben. Tynetegin beispielsweise hat schon vor dem Krieg einen ganzen Band Tschautschu-Märchen herausgegeben, Märchen unserer Wanderhirten.«

»Das ist was anderes.« Korawje winkte ab. »Das sind Bearbeitungen tschuktschischer Märchen. Du aber hast eigenhändig Erzählungen geschrieben, obendrein in Russisch!«

»Das ist es ja«, bemerkte Gemo betrübt. »Ich fürchte, gerade das wird man mir zum Vorwurf machen.«

»Für die Deinen hast du dein Pensum schon erfüllt.«

»Wie meinst du das?«

»Deine Werke stehen in den Lesebüchern als Musterbeispiele tschuktschischer Schriftsprache«, erklärte Korawje feierlich.

Er wurde allmählich betrunken, und auch Gemo spürte, wie sein Körper nach der anfänglichen Leichtigkeit schwer und schlaff wurde und die Beschwingtheit der Gedanken einer seltsamen Lähmung wich, so daß er lange nach einem passenden Wort suchen mußte und es dann nur mühsam, mit hölzerner Zunge über die Lippen brachte.

Er begleitete den Freund zum Wohnheim und ging zur Straßenbahn. Die lange Fahrt im kalten Wagen vertrieb den Alkohol, und als er das Haus betrat, war er schon fast wieder nüchtern. Er zeigte Valentina den Brief und sagte: »Ich habe gesiegt.«

»Daran habe ich nie gezweifelt«, sagte sie leise.

Gemo betrachtete seine Frau und spürte Mitleid. Die Mühsal des Lebens spiegelte sich in ihrem Äußeren, sie hatte sich sogar das üppige Haar kurz schneiden lassen, um keine Zeit für ihre Frisur zu verschwenden, das noch vor kurzem runde Gesichtchen war eingefallen, und auch die Augen schienen tiefer zu liegen.

»Wir werden anders leben«, versprach Gemo. »In einem richtigen Zimmer.«

Damals träumte kaum jemand von einer eigenen Wohnung. Gipfel der Seligkeit war, ein so großes Zimmer zugewiesen zu bekommen, daß sich darin für jeden ein Schlafplatz fand.

Gemo wachte mitten in der Nacht auf. Er lauschte. An ihn geschmiegt, atmete leise Valentina, in seinem Bettchen schniefte der Sohn. Stille umgab das Haus, und das kleine Fenster schimmerte vom ersten Schnee dieses Jahres. Er erwachte aus einem Traum. Unter zahlreichen Traumgesichtern waren es zwei, die ihn immer wieder aus dem Schlaf rissen. Im ersten befand er sich aus unerfindlichem Grund splitternackt an einem belebten Ort, rannte weg, suchte seine Blöße zu bedecken. Erniedrigt und beschämt erwachte er dann und bemerkte erleichtert, daß er unter einer Decke lag. Gut möglich, daß das der Nachhall seines verflossenen Lebens in einem Polog war, da er als kleiner Junge nur ein kurzes, kaum bis zum Nabel reichendes Hemd trug und bemüht war, seine männliche Würde zu bedecken – schämte er sich doch vor den anderen, vor allem vor den kleinen Mädchen, die interessiert den zwischen seinen Beinen baumelnden, überraschend hart werdenden kleinen Zipfel betrachteten und manchmal sogar berührten. Der zweite Traum aber, der ihn in letzter Zeit meistens heimsuchte, war ihm ein Rätsel. Er schien gar nicht mehr Gemo zu sein, kein aus dem fernen Uëlen nach Leningrad gekommener Tschuktsche, sondern ein völlig anderer Mensch, ein Bewohner einer kleinen Kreisstadt im Leningrader Gebiet, Mitarbeiter der Kreiszeitung, verheiratet, Vater … Er mußte einen Leitartikel schreiben, fand keine Worte, quälte sich, über ihn aber neigte sich drohend der Chefredakteur in einer von Medaillen und Orden strotzenden Uniformjacke. Er drohte ihm schreckliche Strafen an, und jedesmal erwachte Gemo, in kalten Schweiß gebadet, und merkte erleichtert, daß alles nur ein Traum war. Waren diese Träume ein Widerhall jener weit zurückliegenden Reise ins Dorf, zum Ernteeinsatz? Ein Nachhall seiner Verwunderung und Enttäuschung über den von russischen Schriftstellern so oft liebevoll beschriebenen Hahnengesang, der ihm widerwärtig erschien, als unangenehmes Geschrei, neben dem das Hundegebell in einer winterlichen Mondnacht in Uëlen wie süße Musik klang? Damals, auf dem Rückweg, erinnerte sich Gemo, war er auf den staubigen, von schiefen Zäunen gesäumten Straßen der Kreisstadt spazierengegangen. Aus irgendeinem Grund hatte das grüne Häuschen der Kreiszeitung seine Aufmerksamkeit erregt, er war lange davor stehengeblieben und hatte sich vorgestellt, er sei Mitarbeiter der »Kolossower Prawda«.

Vielleicht konnte man sich diesen Traum auch so erklären: Als Gemo an der Anadyrer Pädagogischen Lehranstalt studierte, hatte er eine Zeitlang kleine Beiträge für die tschuktschische Seite der Bezirkszeitung übersetzt und oft nicht nur die Redaktion, sondern auch die Druckerei aufgesucht, wo Iwan Dawydkin arbeitete. Der verwandelte die schwere Druckform mit den spiegelverkehrten Lettern in das Wunder einer Zeitungsseite mit den schwarzen Druckbuchstaben russischer, manchmal aber auch tschuktschischer Wörter. Vorher, auf dem Weg nach Anadyr, hatte Gemo in der Lawrenti-Bucht das kleine Haus der Kreiszeitung gestrichen.

Lange lag er mit offenen Augen da und dachte darüber nach, daß seine Träume vielleicht nicht nur Erinnerungen an eine zurückliegende Erfahrung waren, an früher Erlebtes, sondern der Widerschein eines Lebens in einer anderen Zeit. Warum sollte das nicht möglich sein, wenn doch die Materialisten behaupteten, daß es eine Vielzahl von Welten gibt? Falls es zahlreiche Welten gibt, dann muß es zumindest ebenso viele Existenzformen geben. Dennoch war es nicht sehr gemütlich, sich als Ausnahme zu empfinden, als ein Mensch, dem sich ein Geheimnis offenbart hat. Das war beunruhigend und sonderbar, ähnlich dem Gefühl, wenn man lange in den Spiegel blickt und sich unversehens vom eigenen Ich losgelöst empfindet. Gemo hatte das schon in seiner Jugend erlebt, in der Jaranga seines Onkels Kmol, nachdem er sich eine Weile an den neu gekauften, ziemlich großen Spiegel geschmiegt hatte, in dem sich die ganze schlichte Einrichtung des Fell-Pologs spiegelte mit den steinernen Tranleuchten, den in warmen Winkeln zum Trocknen aufgehängten Robbenflossen und dem großen Woroschilow-Porträt, hinter dem die häuslichen Heiligtümer und Amulette versteckt waren.

Valentina regte sich und fragte verschlafen: »Hast du wieder von deinem Dorf geträumt?«

»Ja.«

»Warum träumst du gerade davon? Immer ein und dasselbe, ein und dasselbe. Wie viele Jahre sind wir schon zusammen, aber du träumst immer dasselbe. Warum?«

Gemo antwortete nicht sogleich.

»Das steckt irgendwie in meinem Kopf? Weißt du, sogar als Kind habe ich gern allein gespielt. Habe mir ganze Nomadenlager aus Ton, Holzspänen und Tierknochen an der Lagunenküste gebaut, möglichst weit weg von den Jarangas, habe sie mit Menschen besiedelt. Ganze Familien gab es, darunter sogar russische. Als ich heranwuchs, habe ich gelernt, Spielzeugboote anzufertigen, bin in ferne Länder gereist, habe tropische Dschungelwälder besucht. Dort, wo unser Bach in die Lagune mündete, war das Gras sehr hoch. In Gedanken habe ich mich kleiner gemacht, bin in den grünen Dämmer des Gestrüpps eingedrungen, auf der Suche nach Raubtieren – nach Tigern, Löwen und Leoparden. Wenn ich welche traf, habe ich sie getötet.«

»Wen hast du getötet?« fragte Valentina mißtrauisch.

»Das waren doch polare Lemmingmäuse.«

»Deine Träume kommen bestimmt von zuviel Phantasie.«

»Schon möglich«, sagte Gemo. »Aber ich spüre, daß sich hinter diesem sich ständig wiederholenden Traum vom Mitarbeiter bei der Zeitung in Kolossowo ein Geheimnis verbirgt, ein Rätsel. Manchmal kann ich kaum einschlafen, weil ich darauf warte, von ihm zu träumen, das heißt von mir in der Gestalt von Georgi Nesnamow.«

»Du weißt sogar den Namen?«

»Ja.«

Gemo setzte sich so unvermittelt im Bett auf, daß seine Frau zusammenzuckte.

»Hör mal, Valentina! Nesnamow heißt doch auf tschuktschisch Gemo! Begreifst du, Gemo heißt auf tschuktschisch ›Ich weiß nicht‹.«

»Und Georgi ist dasselbe wie Juri«, ergänzte Valentina.

Nach kurzem Nachdenken sagte Gemo: »Das ist ja mystisch … Oder ich verliere den Verstand.«

»Wie ein Verrückter wirkst du nicht«, tröstete ihn Valentina und schlug vor: »Schlafen wir lieber. Bis zum Morgen ist es noch weit.«

Daß keine Spur von der Existenz eines Schriftstellers Juri Gemo zeugte, hatte keinerlei Folgen für die Literatur und schon gar nicht für das Leben in dieser großen, schönen Stadt, mit der Nesnamow allmählich vertraut wurde. Bevorzugte Orte für seine Spaziergänge wurden das Universitäts-Ufer, das Makarow-Ufer, das in Gemos Jugend Tutschkow-Ufer geheißen hatte, und die ganze Wassili-Insel. Er pflegte seinen Weg am Ende des Kleinen Prospekts zu beginnen, setzte ihn längs der von Granit eingefaßten Newa fort, an Villen, Palästen, Wohnhäusern entlang, wobei ihm oft ein ganz anderes Bild vor Augen stand: mit Bohlen befestigte, am Ufer sowie tief im Wasser liegende und mit Brennholz beladene Frachtkähne. In der Nachkriegszeit heizte man in Leningrad noch lange mit Holz. Nicht nur Wohnhäuser, sondern auch so große Gebäude wie die Universität und die Akademie-Institute. Im Hof der Philologischen Fakultät türmten sich feuchte Brennholzstapel, zwischen denen verliebte Paare Zuflucht fanden.

Nesnamow trat unter die Arkaden der Universität und schlenderte den langen Weg zum Newa-Ufer. Mitunter betrat er das Gebäude und durchschritt den langen, berühmten Korridor, ging an den unzähligen Fenstern vorbei, zwischen denen Porträts berühmter Gelehrter hingen, und an hellen Eschenholzschränken voller Bücher.

Er hatte sich rettungslos in seine Überlegungen verwickelt: Wenn Gemo in einer parallelen Welt existiert hatte und existierte, dann mußte in jener Welt, selbst mit den kleinsten Details, auch ganz Leningrad existieren – mitsamt der Wassili-Insel, diesem langen Korridor und jedem der Bücher, die in den Schränken standen.

Die Welt ist doch wundersam! Etwas Ebenbürtiges könnte nicht einmal das vereinte Genie der Menschheit schaffen! Selbst so etwas Lächerliches wie eine Fliege wäre mit der geballten Kraft der gegenwärtigen Wissenschaft und Technik nicht zustande zu bringen. Warum sollte man sich da über die Existenz der eigenen Seele in anderer Gestalt wundern?

Allmählich ging Nesnamow mit der Tatsache seiner Verwandlung etwas gelassener um. In Gedanken stritt er sich sogar mit den Indern, die behaupten, daß die Seele in andere Lebewesen oder Pflanzen übergehen könne. Eher geschah dies wohl innerhalb der gleichen Gattung.

Manchmal ging Nesnamow nicht über die Schloßbrücke, sondern bog vom Universitäts-Ufer nach links ab, überquerte die Brücke der Bauleute und setzte den Weg am Mytinskaja-Ufer fort, auf das eine Ecke des Studenteninternats stieß. Über das Kronwerks-Ufer an der roten Ziegelwand des Artilleriemuseums vorbei erreichte er die Peter-und-Pauls-Festung, von dem Gedanken erregt, daß auch Juri Gemo über diese von der Zeit und von Soldatenstiefeln glattpolierten Steine gegangen sein mußte.

Die Einsamkeit quälte Nesnamow nicht länger, obwohl man nicht sagen kann, er sei sehr gesellig gewesen. Ihm tat es einfach wohl, gelegentlich mit Saikin in der Hotelbar zu sitzen; da sie dort aber oft genug von Prostituierten angemacht und von unzufriedenen Blicken ständiger Bargäste verfolgt wurden – breitschultriger junger Burschen in Ledersachen, die gewiß Zuhälter oder Leibwächter waren –, machten es sich die neuen Freunde meist in

Nesnamows Hotelzimmer bequem und tranken Bier oder Gin Tonic, der beiden sofort geschmeckt hatte. Nesnamow schätzte Saikin vor allem als Zuhörer, doch er hatte sich nicht entschließen können, ihm sein großes Geheimnis anzuvertrauen. Ihm schien, er brauche es nur preiszugeben, und schon würde etwas Schreckliches geschehen, würde etwas zusammenbrechen, eine Grenze überschritten werden. Vielleicht würde ihm selbst etwas zustoßen, vielleicht aber …

Sie unterhielten sich jetzt über die wachsende Religiosität in Rußland, vor allem unter der neuen Obrigkeit, vom Präsidenten bis zu den Chefs der Behörden und den Mitgliedern der Staatsduma, die besonders auffällig ihre Annäherung an Gott demonstrierten.

»Wäre ich Gott«, bemerkte Saikin, »würde ich ein Zeichen setzen, würde ich sie wissen lassen, daß ihr Glaube lästerlich ist.«

»Glaube ohne Reue«, stimmte Nesnamow zu, »ist wertlos. Das ist einfach Opportunismus.«

»Sooft ich ihre Reden, ihre Schwüre und endlosen Versprechungen höre, ihre gegenseitigen Vorwürfe, ewigen Lügen, wird mir übel, und mein Arbeitsplatz in der Toilette erscheint mir sauberer als die Tribüne der Staatsduma oder der Fernsehschirm«, ergänzte Saikin. Vor Aufregung rötete sich seine Glatze und bedeckte sich mit Schweißtropfen.

Nesnamow stimmte ihm zu, aber oft lenkte er das Gespräch auf Themen, die von der Gegenwart weit wegführten; er verbreitete sich über die Seelenwanderung, über Möglichkeiten der menschlichen Psyche, über Energieumwandlung, über denkbare Einwirkungen jener Kräfte auf das Leben des Menschen. Er versuchte sogar zu beweisen, daß die Existenz des Atheismus und der Glaube an Gott, so paradox es scheinen mochte, der überzeugendste und unstreitigste Beweis für das Vorhandensein eines grenzenlosen und allmächtigen Gottes seien.

»Ehrlich gesagt«, meinte der schon leicht angeheiterte Saikin, »für mich persönlich hat Er nichts getan. Dabei wäre es möglich

gewesen. Als ich in der Armee Dienst tat und bei Murmansk fast erfroren wäre, schon vom Leben und von Tonetschka Abschied nahm, die mich hier, in einer riesigen Wohnung dieses Hausungetüms, erwartete, haben mich Nenzen ausgegraben und auf Rentierschlitten zu meiner Einheit gebracht. Was meinen Sie, durfte Gott sich der Dienste von Heiden bedienen, die an den Schamanismus glauben? Warum sandte er nicht meine Kameraden mit einem Geländefahrzeug, sondern diese wilden Rentierzüchter?«

»Ich habe gelesen«, sagte Nesnamow, »die Nenzen seien schon im achtzehnten Jahrhundert getauft worden.«

»Als ich mich in ihrem verräucherten Nomadenzelt langsam aufwärmte, habe ich davon nichts bemerkt. Sprit haben sie getrunken, noch und noch. In mich haben sie ein Glas reinen Sprit hineingegossen, und dann mußte ich noch Schnee essen. Da habe ich doch einige Zweifel hinsichtlich Seiner Allmacht.«

»Glauben Sie an ein anderes Leben?« fragte Nesnamow.

Saikin legte eine Zitronenscheibe in den Flüssigkeitsrest auf dem Boden des Glases und sagte seufzend: »Das würde ich gern.«

Die Lage an der Universität wurde gespannt, die Professoren wirkten verunsichert und unterhielten sich leise.

Vor einem Jahr hatte auf den Seiten der »Prawda« eine Diskussion über die Sprachwissenschaft stattgefunden, an der auch der große Führer Jossif Stalin teilnahm. Er hatte das Akademiemitglied Iwan Iwanowitsch Mestschaninow in Grund und Boden kritisiert, und nun hielt der die Vorlesung »Die Stalinsche Lehre von der Sprache«. Das Institut, in dem Pjotr Jakowlewitsch Skorik arbeitete, trug nicht mehr den Namen Marrs, und die Aspiranten der Sprachwissenschaft waren eifrig mit dem beschäftigt, was sie »ausmarren« nannten – das hieß ihre Dissertationen von Berufungen auf Marr und von Zitaten aus seinen Arbeiten säubern.

Und nun gab es ein weiteres Desaster: Die zentralen

Zeitungen veröffentlichten eine Mitteilung über die Entlarvung von Giftmördern, vorwiegend jüdischen Ärzten.

Auf die jüdische Frage war Gemo erstmals in seiner Schulzeit gestoßen. Eines Tages war der Nachbar Kuky geräuschvoll in die Jaranga von Onkel Kmol getreten und hatte laut verkündet: »Naum Solomonowitsch ist gar kein Russe!«

Naum Solomonowitsch Dunajewski unterrichtete Mathematik. Von kleinem Wuchs, rothaarig und voller Sommersprossen, sprach er komisch schnarrend und versicherte, gerade so habe auch der Führer des Weltproletariats, Wladimir Iljitsch Lenin, gesprochen. Er rauchte ständig Pfeife, nahm sie fast nie aus dem Mund, unterhielt sich gern mit den alten Leuten von Uëlen und fuhr sogar manchmal in einer Schaluppe auf Walroßjagd.

Onkel Kmol sah Kuky verwundert an und fragte: »Was ist er dann?«

»Ein Mann von hebräischem Stamm!«

»Er sieht aber ganz wie ein Russe aus«, wandte der Onkel ein.

»Er sieht so aus, ja«, bemerkte Kuky kennerhaft. »Aber dem Wesen nach ist er ein reinrassiger Jude!«

»Wie bist du darauf gekommen?«

»Das hat mir der Lagerleiter Shukow gesagt«, erklärte Kuky. »Und dann hat er noch gesagt, daß die Juden auch Jidden genannt werden, aber diese Bezeichnung sei für sie kränkend, und er hat mir geraten, sie im Beisein von Naum Solomonowitsch nie zu verwenden.«

»Interessant«, sagte Kmol nachdenklich. »Wie unterscheiden sich die Tangitan eigentlich voneinander?«

Kuky sah sich um und dämpfte die Stimme. »Die Juden kürzen ihre männliche Würde.«

Mißtrauisch sah Kmol Kuky an. »Warum?«

»Das weiß Shukow auch nicht, ich habe ihn gefragt.«

Nach dieser Unterhaltung begann Gemo sich den Mathematiklehrer genauer anzusehen, fand aber nichts Besonderes. Nun ja, Naum Solomonowitsch kannte sich in seinem Fach sehr gut aus, spielte besser als alle anderen Schach und besiegte sogar den taubstummen Umly, den anerkannten Champion von Uëlen. Er hatte ein fröhliches, umgängliches Wesen, und es gab nichts, was auf einen wesentlichen Unterschied hingedeutet hätte; ein Unterschied, wie er beispielsweise zwischen Tschuktschen und Tangitan besteht, war nicht zu entdecken. Dafür spürte Gemo, daß die russischen Neuankömmlinge dem Juden mit einer gewissen Abneigung begegneten.

Als die Gerüchte über die Schandtaten der Giftmörder-Ärzte ihren Höhepunkt erreicht hatten, bekam Gemo plötzlich Zahnschmerzen und ging in die Poliklinik der Universität. Ihn wunderte die ungewöhnliche Leere und Stille auf den Fluren sowie die offensichtliche Freude des Zahnarztes über den einzigen Patienten.

Anhaltende Kälte verzögerte den Beginn des Frühlings 1953.

7

Dieser Winter schien nie zu enden. Schneestürme tobten wie auf Tschukotka, und Gemo fand nur mit Mühe den Weg zu seinem Haus, oft orientierte er sich allein an dem als leuchtender Fleck erkennbaren kleinen Fenster. Die Zimmerecken hatten sich mit Reif überzogen, was ihn an die eiskalten Winter erinnerte, die er im Wohnheim der Anadyrer Pädagogischen Lehranstalt erlebt hatte – in den alten Kasernen am Fuß des Kamelberges.

Der Sohn kam nicht aus seiner warmen Kleidung heraus. In Filzstiefeln saß er still auf seinem Bett, als verstünde er, wie schwer es seine Eltern hatten. Am schlechtesten ging es Valentina, denn Gemo verbrachte fast alle Zeit im Restaurant des Schriftstellerverbandes; mit einem Schlag ziemlich bekannt geworden, war er nun unter den Stammgästen dieser lärmenden Institution gern gesehen. Er hatte sich mit vielen Schriftstellern angefreundet, zumeist wackeren Trinkern.

Wann immer Gemo in das Schriftstellerhaus kam, stets traf er dort die Brüder Penkowski an. Sie waren zwar leibliche Brüder, aber äußerlich sahen sie sich gar nicht ähnlich. Der eine war dunkelhäutig, ziemlich hager, hatte ein spitzes Gesicht, böse Augen und eine leicht heisere Stimme. Der andere war rundlich, er hatte ein Mondgesicht, rosige Wangen und war immer fröhlich und ausgelassen. Der ältere hatte den Familiennamen gekürzt und unterschrieb mit Pen. Das entsprach seinen Werken, scharfen, satirischen Miniaturen, nicht ohne Pfiff, die in Zeitschriften erschienen, meist aber in den Zeitungen »Smena« und »Leningrader Prawda«. Alle kannten die beiden Schriftsteller – vom Servierpersonal bis zur Verbandsleitung, den Sekretären, die sich manchmal herabließen, ins Restaurant zu kommen, und zusammen mit den anderen Schriftstellern tranken. Es ergab sich, daß Gemo meistens bei dem jüngeren Penkowski saß. Einmal brachte der das Gespräch auf die Nationalität und behauptete, er, ein Jude, halte sich durchaus für einen absolut russischen Schriftsteller, und überhaupt spiele für ihn die Nationalität keine Rolle.

»Und daher«, belehrte er Gemo, »mußt du lernen, so zu schreiben, daß man nicht merkt, welcher Nationalität du angehörst. Natürlich wird es dir zuerst mächtig helfen, daß du ein Tschuktsche bist. Und wie! Da gehört er einem urgeschichtlichen Volk an – und ist Schriftsteller geworden! Man wird behaupten, so etwas sei nur unter der Sowjetmacht möglich, sie allein habe dem Sohn eines nomadisierenden Rentierzüchters ermöglicht, ein Intellektueller zu werden.«

»Ich bin weder Nomade noch Rentierzüchter«, unterbrach ihn Gemo.

»Was dann?« fragte Penkowski verwundert. »Bist du etwa kein Tschuktsche?«

»Unter den Tschuktschen gibt es auch Küstenbewohner, Meerestierjäger genauso wie Rentierzüchter, die in der Tundra leben und dort ihre Herden weiden lassen. Ich beispielsweise bin ein Tschuktsche von der Küste.«

»Was macht das für einen Unterschied«, bemerkte Penkowski. »Entscheidend ist, daß sie dich zu einer Errungenschaft der Sowjetmacht erklären.«

Gemo war sich nicht recht klar darüber, ob es gut oder schlecht war, eine Errungenschaft der Sowjetmacht zu sein. Doch ihm schmeichelte es, bei einem Schriftsteller zu sitzen, den alle grüßten. Er war ihm dankbar, daß er ihn mit verschiedenen Leuten bekannt machte und sogar Kutscherow vorstellte.

»Alexander Iwanowitsch! Hier sehen Sie einen neuen Autor, den jungen tschuktschischen Schriftsteller Juri Gemo!«

Kutscherow erkannte ihn zuerst nicht, dann aber bemerkte er: »Wenn Sie uns die Erzählungen gebracht hätten, die in ›Nowy Mir‹ abgedruckt waren, hätten wir sie genommen.«

»Das sind doch dieselben Erzählungen«, entgegnete Gemo treuherzig.

Kutscherow wurde leicht verlegen und ging rasch beiseite. Wie doch diese Tangitan einem ins Gesicht lügen konnten und dabei nicht einmal rot wurden! Noch viele Erfahrungen sollte Gemo in diesem Restaurant machen, das mit dunkler Eiche getäfelt war, deren sonderbare Ornamente an die Eier eines Rüden erinnerten, wie sie Onkel

Kmol unterm durchdringenden Geheul und Gewinsel des gefesselten Hundes aus dem behaarten Hoden herausschnitt.

Arkadi Penkowski konnte kultiviert essen und trinken, und sein junger Zechkumpan bemühte sich mitzuhalten. Doch in Unterhaltungen mit ihm und anderen Schriftstellern stellte sich etwas Kränkendes heraus: Neugierig waren sie nicht etwa auf das, was Gemo geschrieben hatte, sondern auf ihn selbst, auf seine Befähigung, etwas zu schaffen, was sie dem Abkömmling eines fernen polaren Stammes nicht zugetraut hätten. Penkowski plauderte sogar eines Tages aus, daß bezweifelt würde, ob Gemo die Erzählungen selber geschrieben habe, ob es nicht etwa ein anderer, in diesem Handwerk Erfahrener gewesen sei, der das untaugliche Manuskript stark überarbeitet habe. Das zu hören war quälend und bitter. Penkowski klopfte Gemo kräftig auf die Schulter und sagte ermutigend: »Vergiß es! Je größer dein literarischer Erfolg, desto mehr Gemeinheiten werden sie über dich erfinden!«

Gemo wurde betrunken, ihn erfaßte ein warmes Gefühl für seinen neuen Freund, der, so schien es ihm, ihn sogar besser und feinfühliger verstand als seine im eiskalten Haus in Oserki zurückgebliebene Frau Valentina.

»Weißt du«, sagte er, während er Penkowski an der Straßenbahnhaltestelle umarmte, »du kommst mir immer weniger wie ein Jude vor, sondern wie ein echter Tschuktsche!«

»Jetzt gehst du aber zu weit!« Penkowski grinste, und Gemo wurde im Nu nüchtern, denn er begriff, daß ihn sogar solch ein eher mittelmäßiger Schriftsteller unter gar keinen Umständen als ebenbürtig ansehen wollte; für ihn und die anderen war er allenfalls eine interessante Erscheinung in der literarischen Szene.

In der leeren, eisigen Straßenbahn biß er die Zähne zusammen, um die Kränkung zu unterdrücken, und gelangte zur Einsicht, daß er viele Jahre einsam sein würde.

Nach diesem denkwürdigen Gespräch mit Penkowski ging Gemo mit doppelter Energie an die Arbeit und bereitete einen Band Erzählungen für den Verlag Junge Garde vor.

Er litt an chronischem Geldmangel. Das Geld schwand unwahrscheinlich schnell dahin, obwohl es Gemo vorkam, als hätte er gar keine großen Ausgaben gemacht, hätte keine teure Kleidung gekauft, nicht in vornehmen Restaurants wie dem »Orientalischen Hof« gegessen, wäre nicht viel Taxi gefahren. Man riet ihm, sich an den Direktor des Verlags Junge Garde, Alexander Choroschilow, zu wenden und um einen Vorschuß zu bitten.

»Ist das nicht zu unverschämt?« fragte Gemo zweifelnd.

»Der erste Brief Tolstois an den Redakteur der Zeitschrift ›Der Zeitgenosse‹, Nekrassow«, sagte Penkowski belehrend, »enthielt vor allem seine Bitte um Geld. Lies überhaupt mal die Briefe unserer Klassiker Turgenjew, Dostojewski, Tschechow – ein einziges Betteln um Geld ... Eine Ausnahme bilden nur die Briefe Tschechows an seine Frau Knipper-Tschechowa und die von Majakowski an Lilja Brick.«

Eines Morgens sagte Valentina zu ihrem Mann: »Heute reicht das Geld nicht mal für Brot. Wir haben noch einen halben Liter Milch und ein Glas Grieß für Serjosha. Mehr nicht.«

Der Verlag Junge Garde befand sich im fünften Stock des Singer-Hauses auf dem Newski-Prospekt, da, wo auch die Schulbuchredaktion für die Völker des Nordens war. Gemo stieg langsam nach oben und war bemüht, nicht auf sein Bild in den riesigen trüben Spiegeln zu blicken: Er schämte sich zutiefst für das morgendliche Gespräch mit seiner Frau. Sie hatte ihm nie Vorwürfe gemacht, nicht einmal, wenn er weit nach Mitternacht angetrunken nach Hause kam. Manchmal hatte er auch bei irgendeinem Zechkumpan übernachtet. Doch nach tschuktschischem Brauch genoß in Uëlen ein Mann, der unfähig ist, seine Familie zu ernähren, keine Achtung.

In dem kleinen Vorzimmer des Direktors saß gegenüber der Sekretärin ein Mann mit kurzgeschnittenem Haar und Ponyfransen. Der Kragen seines bunten Hemdes stand weit offen. Gemo fühlte sich nicht recht wohl: Er selbst hatte ein weißes Hemd angezogen und eine Krawatte umgebunden. Das karge Frühstück war längst verdaut, er spürte immer größeren Hunger, um so mehr, als die Sekretärin einen Teller mit Würstchen und ein Glas starken Tee ins Chefzimmer trug.

»Genosse Granin«, sagte sie, »Sie können hineingehen.«

Granin stand auf, warf einen fröhlichen Blick auf Gemo und verschwand hinter der Doppeltür des Direktorzimmers.

Gemo machte sich auf langes Warten gefaßt und suchte den neugierigen Blicken der Sekretärin auszuweichen. Aber Granin kam überraschend schnell wieder heraus, und Gemo dachte neiderfüllt: So geht es also, wenn man ein bekannter Schriftsteller ist – alles wird schnell entschieden, im Handumdrehen!

Mit stockendem Herzen betrat er das geräumige Arbeitszimmer mit den zum Innenhof hinausgehenden Fenstern. Die blau gefliesten Hofwände trugen in jedem Stockwerk in Großbuchstaben die Inschrift SINGER.

Der Direktor wies mit den Augen auf einen Stuhl vor dem Schreibtisch und biß knackend ein halbes Würstchen ab. Mit Wohlgefallen nahm er einen Schluck Tee und musterte den Eingetretenen.

Gemo begann verworren zu erklären, warum er gekommen sei. Er überhaspelte sich aus Furcht, sich nicht beherrschen zu können. Er konnte vom Tisch des Direktors ein Würstchen an sich reißen oder weiß der Teufel was vor Hunger anstellen. In diesem Moment haßte er den hageren, sportlichen Mann mit den spärlichen hellen Haaren von ganzem Herzen. Choroschilow aß die Würstchen mit solchem Genuß, daß Gemo der Speichel im Mund zusammenlief und ihn daran hinderte, deutlich zu sprechen.

Doch der Direktor aß nicht nur gut, er hörte auch aufmerksam zu, und gegen Ende des Gesprächs spürte Gemo, daß er durchaus Mitgefühl mit ihm hatte und bereit war, ihm einen Vorschuß für ein noch nicht abgegebenes Manuskript zu zahlen. Er drückte auf einen Knopf, rief die Sekretärin und einen Lektor, und am Rand desselben Tisches, wo auf einem Teller verführerisch ein angebissenes Würstchen lag, stellten sie irgendwelche Papiere aus und unterschrieben sie. Alexander Choroschilow sagte Worte, die den ganzen negativen Eindruck von ihm auslöschten und das Herz des hungrigen Gemo mit warmer Dankbarkeit erfüllten.

»Heute, nach dem Mittagessen, können Sie den Vorschuß abholen.«

Während Gemo auf die festgelegte Stunde wartete, entfernte er sich nicht weit vom Singer-Haus. Er ging die Brodski-Straße entlang, blieb eine Weile vor der Tür des damals unter Schriftstellern und Schauspielern, Malern und Musikern bekannten Restaurants »Orientalischer Hof« stehen, las auf seinem weiteren Weg die Plakate der Philharmonie und überlegte, wohin er Valentina ausführen würde. Vor allem in ein Restaurant, dann in ein Symphoniekonzert. Sie würden Brennholz kaufen und das Haus so heizen, daß Serjosha endlich die warmen Sachen ausziehen und nackt in seinem Bettchen sitzen konnte.

Die Summe war so gewaltig, daß Gemo sich bei der Kassiererin erkundigte, ob auch kein Fehler vorliege.

»Da ist kein Fehler«, sagte sie mürrisch. »Gewöhnlich werden solche Summen allerdings an die Sparkasse überwiesen.«

Nesnamow trat in die silberhelle Nacht hinaus und ging langsam inmitten der spärlicher werdenden Menge der Spaziergänger den Newski-Prospekt entlang.

Auf der rechten Seite des Newski-Prospekts jagten einige Milizwagen vorbei, sie zerrissen die Stille des Sommerabends. Während Nesnamow einen Bogen um das runde Gebäude der Metrostation machte, bemerkte er schon von fern, daß das Hotel umstellt war. Milizionäre und Leute in Tarnanzügen standen dicht an dicht, umgaben das Hotel auf der Seite zum Moskauer Bahnhof. Nesnamow wurde von einem Milizionär angehalten: »Hierher dürfen Sie nicht! Zurück!«

»Ich wohne aber hier«, sagte Nesnamow und zog die Hotelkarte aus der Tasche.

»Ihren Ausweis!«

»Gehen Sie schnell in Ihr Zimmer!« sagte streng ein Major und begleitete Nesnamow bis zum Hoteleingang. Die weitläufige und gewöhnlich menschenleere Hotelhalle war voller Leute in Milizuniform und Tarnanzügen. Viele hatten Maschinenpistolen umgehängt. Im äußersten Winkel drängte sich ein erschrockener Schwarm still gewordener Prostituierten. Aus der Bar kam Saikin in Begleitung eines Arztes. Er war auffällig bleich, und sein linker Arm lag in einem Verband.

»Was ist mit Ihnen?« rief Nesnamow von weitem.

Saikin winkte ein wenig sonderbar mit dem Arm und folgte ergeben dem Arzt.

»Wohnen Sie hier?« fragte ihn drohend ein anderer Milizionär. Er überprüfte die Papiere und befahl streng: »Gehen Sie in Ihr Zimmer und bleiben Sie dort!«

»Was ist denn passiert?« versuchte Nesnamow herauszubekommen, doch der Milizionär stieß ihn zum Lift.

Der verworrenen Auskunft der Etagenfrau entnahm Nesnamow, in der Bar habe es eine Schießerei gegeben und jemand sei dabei getötet worden.

Die Zeitschrift »Ogonjok« beabsichtigte, im Frühjahr einen Sammelband von Erzählungen in ihrer »Bibliothek« herauszubringen, die Arbeit am Buch für den Verlag Junge Garde kam gut voran, im Schriftstellerverband auf der Woïnow-Straße, in der prächtigen Villa, die einst den Scheremetews, einer angesehenen Familie im zaristischen Rußland, gehört hatte, wurde Gemo nun schon erkannt, und man hatte sogar versprochen, sein Wohnungsproblem zu lösen, sobald das neue Schriftstellerhaus fertig sein würde, das auf der Kleinen Possadskaja auf der Petrograder Seite gebaut wurde. Einmal führte Gemo Valentina und den Sohn dorthin, zeigte auf die hinter einem Bauzaun wachsenden Mauern und sagte: »Bald werden wir hier wohnen!«

In den Universitätskorridoren war es kalt, und in dem eisigen Hörsaal mit den riesigen, auf die Newa, den Ehernen Reiter und die goldene Kuppel der Isaak-Kathedrale blickenden Fenstern mummelten sich die Studenten in warme Sachen, schauten sehnsüchtig auf die langsam erglühende Sonne. Zwar blieb es von Tag zu Tag länger hell, aber sonderbar: Je mehr Licht es gab, desto kälter wurde es. Gemo tröstete sich damit, daß in seiner Heimat zu dieser Zeit viel strengerer Frost herrschte. Die Erinnerung an die Kälte ließ ihn noch mehr frieren, und nach dem herbeigesehnten Ende der Vorlesungen wärmten er und Korawje sich gewöhnlich mit Wodka auf, den sie in einen Halbliterkrug angewärmten Biers gossen.

Guchuge war im vergangenen Sommer weggefahren. Er war in Schwermut verfallen, hatte Heimweh nach seinem Unasik bekommen und viel getrunken. Die Ärzte hatten bei ihm eine Tuberkulose festgestellt, was ihn schrecklich freute, denn es ermöglichte ihm, das Studium legitim abzubrechen und in die Heimat zurückzukehren. Es hatte sich so ergeben, daß Gemo am engsten mit Korawje befreundet war. Mit ihm war es interessant, er wußte viel, las viel. Vor allem aber brachte er den literarischen Erfolgen seines Landsmanns die nötige Skepsis und auch soviel Nachsicht entgegen, daß es den Schaffensdrang des Freundes nicht tötete.

»Manchmal wirken deine Erzählungen wie künstlerische Illustrationen zu Losungen«, sagte er, als er wieder einmal eine Erzählung gelesen hatte. »Ich weiß nur nicht, ob das gut ist oder schlecht.«

Gemo litt schwer unter einer solchen Beurteilung, obwohl sie den süßlich-euphorischen Artikeln widersprach, mit denen die »Prawda« das »Erscheinen eines neuen Talents, eines überzeugenden Beweises für die Richtigkeit der leninsch-stalinschen Nationalitätenpolitik« feierte. Die Lektorin des Verlages Junge Garde, Margarita Dalmatowa, versicherte Gemo immer wieder, daß er auf dem richtigen Weg sei und daß ein tschuktschischer Schriftsteller gerade so schreiben müsse. Das zu lesen und zu hören war ihm natürlich angenehm, und er tröstete sich oft mit dem Gedanken, daß seine Helden, obwohl sie nicht selten ziemlich geschönt waren, doch für alle, die einer hellen Zukunft entgegengingen, eine Orientierung sein konnten. Er machte sogar eine paradoxe Entdeckung: So zu schreiben war viel leichter und einfacher, als schlicht die Wahrheit zu berichten. Dabei müßte es doch gerade umgekehrt sein: Etwas auszudenken müßte schwieriger sein, als die Wirklichkeit widerzuspiegeln. Kam das vielleicht daher, daß die Wahrheit unbequem war? Schließlich konnte er nicht über das Schicksal seines Großvaters Mletkyn schreiben, der als Volksfeind, als Verfechter einer feindlichen Ideologie erschossen worden war. Unmöglich war es, sich auch nur vorzustellen, wie sich das lange Wehklagen von Großmutter Giwewnëut, ihr Weinen um den erschossenen Mann auf weißen Papierseiten ausnehmen würde oder die abstoßende Szene, wie der alten Schamanin Pääp die Zeichen ihrer Zauberkraft weggenommen wurden. Ganz und gar fehl am Platz wäre es schließlich, die endlosen Saufgelage der russischen Mitarbeiter vom Exekutiv- und vom Kreiskomitee der Partei der Bolschewiki zu beschreiben, die auch noch Mädchen und sogar Schülerinnen der oberen Klassen vergewaltigten. Was wäre das für eine Erzählung über den edlen russischen Richter Shigaljow, der die schöne Alijewa, halb Inguschin und halb Eskimo, kaum daß sie die siebente Klasse abgeschlossen hatte, vor den Augen des ganzen verblüfften Uëlen zur Frau nahm! Nein, was Gemo schrieb, hatte es alles gegeben, und doch ... Irgend etwas stimmte nicht an diesen Erzählungen, und seien es ihre Untertöne. Nicht daß sie gerade Lügen enthielten, aber wirkten sie nicht übertrieben schwärmerisch? Doch es war nicht nur das – am schwersten wog vielleicht das Desinteresse am ganzen zurückliegenden Leben, die Abkehr von allem, was sie in Jahrhunderten durchlebt und erfahren hatten. In einem Interview hatte Gemo gesagt: »Einige Kritiker werfen mir vor, ich beherzige nicht die Traditionen unseres Volkes, sein mündlich überliefertes Erzählgut. Von mir, einem modernen Schriftsteller, bereichert durch die Erfahrungen der klassischen russischen und der sowjetischen Literatur, so etwas zu verlangen ist dasselbe, als wolle man von einem heutigen Astronomen fordern, für die Erforschung des Himmels nicht moderne, hochpräzise Instrumente zu verwenden, sondern das Galiläische Fernrohr.« Manchmal überkam ihn ein seltsames Gefühl, eine Art Scham. Wie hatte er sich geschämt, wenn sich seine Mutter oder der Stiefvater betranken! Sie redeten dann allerlei Unsinn, prahlten, bemühten sich, russisch zu sprechen, wobei sie die Worte verdrehten, und russische Lieder zu singen, so als hielten sie Trunkenheit für den Ausdruck ihrer Ankunft im neuen Leben. In Gemos Erzählungen trank niemand, fluchte niemand, vielmehr war er beflissen bemüht, sich nur an die hellen Seiten des Lebens zu erinnern, das er in Uëlen kennengelernt hatte.

Gemo fuhr in einer Straßenbahn, die an diesem Morgen durch Schweigsamkeit überraschte, durch eine sonderbar gespannte Stille, die nur hin und wieder von einem tiefen Seufzer unterbrochen wurde, als wären alle plötzlich von einer gemeinsamen Krankheit befallen. In Gemos Haus war kein Radio, und so wußte er noch nichts von der überraschenden und, nach den in den Zeitungen veröffentlichten Bulletins zu urteilen, tödlichen Krankheit des großen Führers Stalin.

Das Eis auf der Newa taute. Juri Gemo betrat es von der Ufertreppe mit den Löwen, gegenüber der Admiralität. Als er das Universitäts-Ufer erreicht hatte, stieß er auf einen Milizionär, der neben einem Sperrholzschild stand: »Betreten des Eises verboten! Lebensgefahr! Zuwiderhandlungen werden bestraft!«

»He, hast du das Schild am andern Ufer nicht gesehen?« rief der Milizionär. »Du mußt eine Strafe zahlen!«

»Ich habe kein Geld«, entgegnete Gemo. »Ich bin Student, gehe zur Vorlesung.«

»Wenn du kein Geld hast, mußt du zurück!« kommandierte der Milizionär und versperrte ihm den Weg.

Gemo hatte das Schild bei der Admiralität tatsächlich nicht bemerkt. Mit dem Milizionär zu streiten war zwecklos. Längst hatte Gemo begriffen, daß sie ihre eigene Logik hatten, also ging er ergeben auf dem tauenden Eis wieder zurück.

Vor der Universität begegneten ihm verweinte, traurige Gesichter: Der große Stalin war gestorben. Von Leid und Verzweiflung ergriffen, spürte Gemo, wie heiße Tränen über seine Wangen rannen. Die Vorlesungen fielen an dem Tag aus, und er fuhr wieder nach Hause. Die ganze Straßenbahn jammerte und weinte.

»Stalin ist tot«, sagte er, als er das Haus betrat, und schluchzte.

»Du mußt nicht weinen«, sagte Valentina. »Schließlich ist er kein Verwandter.«

Gemo sah seine Frau erstaunt an. Auch früher schon hatte er sich gewundert, wie wenig sie sich für Politik interessierte. Nun aber wandte er ein: »Wie kannst du so etwas sagen? Er ist doch unser Führer!«

»Na und?« meinte Valentina achselzuckend. »Weinen werde ich um ihn nicht.«

Das entmutigte Gemo völlig, und um sich nicht endgültig mit seiner Frau zu verzanken, ging er Wodka kaufen. Spirituosenkäufer gab es eine ganze Menge, und er mußte lange in der Schlange warten, wo die Leute zurückhaltend Worte des Mitgefühls und der Bitternis wechselten, vor allem aber immer wieder unschlüssig fragten: Wie soll es weitergehen?

Ein alter Mann sagte: »Als Lenin starb, stand Stalin schon bereit, das Kommando über das Land zu übernehmen. Was aber kommt jetzt?«

»Der Imperialismus wird vordringen!« ergänzte ein Mann in Arbeitskleidern.

Wieder zu Hause, sagte Gemo, nachdem er sich ein halbes Glas eingegossen hatte: »Das Volk trauert. Weißt du, wieviel Wodka sie dort gekauft haben?«

»Unser Volk braucht nur einen Anlaß fürs Trinken«, bemerkte Valentina, und Gemo stellte sich plötzlich vor, wie in seiner Heimat das Volk ebenso ungeduldig nach dem Alkohol anstand, der in das ferne Uëlen in einem Blechfaß gebracht wurde. Betrunkene wird es viele geben, aber schwerlich wird die Großmutter den großen Führer beweinen. Sie wird ihren Mann beklagen, den von den Bolschewiki als Volksfeind erschossenen Schamanen Mletkyn.

Am Tag der Beerdigung des Führers stand Gemo am Universitäts-Ufer und lauschte verwundert dem nie zuvor gehörten Läuten der Kirchenglocken, das sich gegen die Sirenen der Fabriken und Werke, das Hupen der Autos und die aus Lautsprechern dröhnenden Gewehrsalven des Abschiedssaluts vom Roten Platz in Moskau behauptete.

8

Boris Saikin hatte großes Glück gehabt, denn in der Bar waren drei Menschen getötet worden.

»Nur einen kenne ich gut, Grischa Tjulkin«, erzählte er Nesnamow in dessen Zimmer, während er am Gin Tonic nippte. »Grischa kenne ich noch von der Schule her. Wir wohnten am selben Korridor dieses Hauses auf der Ligowka. Er hat dann später im Smolny-Kreiskomitee des Komsomol die Sportabteilung geleitet. Ein ganz normaler Bursche. Als aber die Perestroika begann, private Genossenschaften aufkamen, startete er plötzlich durch. Sein letzter Wagen war schon ein Sechshunderter-Mercedes. Womit er sich in jüngster Zeit befaßt hat, weiß ich nicht, da will ich nichts behaupten. Nur einmal hat er geprahlt, er habe drei Wohnungen auf der Taurischen Straße gekauft mit Ausblick auf den Park und sich dabei daran erinnert, wie wir zusammen in diesem Riesenhaus gewohnt haben. Daß er jetzt umgebracht worden ist, weist darauf hin, daß er feste Beziehungen zu Betrügern gehabt haben muß.«

Nesnamow seufzte, während er die Gläser wieder füllte. »Komsomolzen werden zu Banditen! Liefern sich blutige Schlägereien, schießen Leute tot!«

»Ist das verwunderlich?« Saikin nahm einen Schluck Gin. »Ich bin zwar kein Bandit geworden, aber wer hätte es zu Komsomolzeiten für möglich gehalten, daß aus dem Oberingenieur einer Geheimfabrik, Boris Saikin, ein Toilettenwärter würde?«

»Das ist wahr«, stimmte Nesnamow zu. Seine Sympathie für diesen unerschütterlichen Mann, sein Vertrauen zu ihm wurden immer größer. Zugleich aber wuchs Unruhe um den Sohn: Wahrscheinlich hatte auch er mit Betrügern zu tun, die ihn erpressen. Nesnamow hatte ihn schon einmal gefragt, ob er damit keine Probleme habe, aber der Sohn hatte gelacht und geantwortet, es gebe keinen Grund zur Sorge. »Ich habe einen zuverlässigen Schirm«, hatte er dem Vater versichert.

Nach jenem denkwürdigen Abend hatte man Boris Saikin fast jeden Tag in die Miliz und in den FSB – den Aufklärungsdienst der Föderation, wie der KGB jetzt hieß – geholt, und obwohl man ihm eindringlich erklärte, daß er im Interesse der Ermittlungen nicht darüber reden dürfe, erzählte er alles Nesnamow.

»Sowohl der FSB als auch die Miliz verfolgen ihre Interessen«, berichtete er. »Ich habe längst bemerkt, daß diese breitschultrigen Burschen und Grischa Tjulkin selbst mit der Miliz und den Agenten freundschaftliche Beziehungen unterhielten. Sie tranken gemeinsam in der Bar, steckten in der Toilette einander Geld zu, holten sich Mädchen in die Hotelzimmer. Hier tauchten auch hohe Chefs aus der Kreisverwaltung auf. Es kann ja sein, daß auch die höchste Obrigkeit der Stadt in unsere Bar kam.«

»Unter diesen Businessmen gibt es aber auch normale, anständige Leute«, bemerkte Nesnamow, wobei er natürlich vor allem an seinen Sohn dachte.

»Die Geschichte beweist allerdings, daß das Anfangskapital zumeist kriminellen Ursprungs ist.«

»Nicht immer!« widersprach Nesnamow energisch, und natürlich dachte er wieder an seinen Sohn.

»Sogar in dem riesigen Besitz der englischen Königin«, fuhr Saikin belehrend fort, »stammt ein großer Teil des Geldes von Raubzügen der Piraten Ihrer Majestät. Denken Sie nur an Drake. Und gemessen an unseren Piraten, war der bestimmt ein Waisenknabe!«

Während seines Umgangs mit Boris Saikin wurde ihm dieser

kleine, glatzköpfige Mann immer sympathischer. Wenn Saikin unter dem Einfluß des Getrunkenen sich in Erinnerungen an seine Jugend erging, an das Leben in der riesigen Gemeinschaftswohnung mit den gangwayartigen Eisentreppen, an seine Schwiegermutter, die das Kommando über die Toiletten am Moskauer Bahnhof führte, kam Nesnamow mitunter der Gedanke, manches davon habe er selbst erlebt, sei ihm vertraut.

»Als ich nach drei Jahren aus der Armee zurückkam«, erzählte Saikin, »das war 1954, haben Tonja und ich erst einmal sofort geheiratet. Damals gab es noch nicht so etwas Großspuriges wie den Hochzeitspalast und die Fahrt im bändergeschmückten Auto durch die Stadt zum Denkmal Peters des Großen, auf die Landzunge der Wassili-Insel. Dafür hat uns die Schwiegermutter eine großartige Hochzeit ausgerichtet. Als Gäste kamen Repräsentanten von allen berühmten Toiletten. Als Aristokraten galten unter ihnen diejenigen, die auf dem Newski-Prospekt arbeiteten, an der Litejny-Brücke, an der Moika, an der Fontanka ... Schade, das waren gute Toiletten«, bemerkte Saikin mit wehmütiger Miene. »In einigen von ihnen hat man jetzt Läden, ja, sogar kleine Restaurants eröffnet. Sagen Sie das nur einem Besucher solch eines Kellers, und schon vergeht ihm der Appetit!«

»Aufwachen, Jura! Schnell!«

Valentina rüttelte ihren Mann wach. Unter der Tür hervor schoß rauschend Wasser.

Ohne die Kälte zu spüren, stürzte Gemo zur Tür, riß sie auf, und fast hätte ihn das ins Haus brechende Wasser umgeworfen.

Valentina packte den Sohn, sprang aufs Bett und sah erschrocken auf das steigende Wasser. »Wir ertrinken, Jura! Wir müssen was unternehmen!«

Aufmerksam die Strömung betrachtend, sagte Gemo ruhig: »Das wär's, mehr Wasser gibt es nicht.«

»Woher kommt es nur?« Entsetzt sah Valentina zu, wie

ihr Mann, Wasser verspritzend, die auf dem Türtisch verstreuten Manuskriptblätter sammelte.

Der einzige, der an der Überschwemmung Gefallen fand, war Serjosha. Er klatschte in die Händchen und schrie fröhlich: »Wasser! Wasser!«

Mit einem Koffer traten sie auf die Straße. Die riesigen Schneewehen, die den ganzen Winter über ihr Häuschen umgaben, hatten sich gesetzt, waren grau geworden, hatten den von Eiskristallen erzeugten Glanz eingebüßt und tauten heftig unter der heißen Frühlingssonne. Bis sie die feste Straße erreicht hatten, waren ihre Füße völlig durchnäßt.

»Wohin fahren wir?« fragte Valentina.

»Einstweilen auf den Newski, in den Verlag«, sagte Gemo nach kurzem Überlegen. In der Grünanlage vor der Kasaner Kathedrale ließ er Valentina und den Sohn zurück und stieg in den fünften Stock. Die stets gütige und freundliche Lektorin Margarita Stepanowna sagte mit vor Erregung heiserer Stimme: »Bringen Sie Frau und Sohn hierher!«

Sie veranlaßte Valentina, die Schuhe auszuziehen, lief zur Direktionssekretärin und brachte ein Glas heißen Tee. Nach einer kurzen Beratung mit dem Direktor und dessen Anruf beim Schriftstellerverband, dann beim Stadtkomitee des Komsomol war die Lösung gefunden: Gemo werde mit der Familie einstweilen im Hotel »Oktjabrskaja« untergebracht, dann würde man weitersehen.

Sich im Hotel einzuquartieren war allerdings gar nicht einfach. Trotz der sogenannten Zuweisung über das Stadtkomitee des Komsomol sagte die Frau an der Rezeption, nachdem sie Gemos Personalausweis studiert hatte: »Sie sind Leningrader?«

»Ja«, sagte Gemo.

»Dann kann ich Ihnen kein Zimmer geben.«

»Warum nicht?«

»Weil Sie Leningrader sind.«

»Ich verstehe gar nichts«, murmelte Gemo. »Was haben die Leningrader denn verbrochen, daß sie nicht im Hotel wohnen dürfen?«

»Ein Hotel heißt auch Gasthof, weil es für Auswärtige bestimmt ist, für Gäste!« sagte die Frau an der Rezeption streng.

Gemo mußte wieder im Verlag anrufen, dort nahmen sie Verbindung zum Komsomol auf, von da riefen sie im Hotel an. Der Direktor erschien und sagte etwas zur Frau an der Rezeption. Sie sah Gemo interessiert an und bat ihn um die Ausweise. Während sie irgendwelche Papiere ausfüllte, sagte sie: »Wir quartieren Sie ausnahmsweise ein. Bleiben können Sie hier aber höchstens einen Monat.«

Doch Gemo und Valentina hörten schon nicht mehr zu, sie eilten in den ersten Stock. Ihr Quartier bestand aus zwei Räumen, einem großen Wohnzimmer mit riesigen Fenstern, die auf den Platz hinausgingen, und einem kleinen Schlafzimmer. Dann gab es noch ein Bad, ganz in Weiß, mit blitzenden Nickelhähnen, heißem und kaltem Wasser. Valentina zog sofort das Kind aus und ließ Wasser einlaufen. Gemo wartete ungeduldig, bis Frau und Sohn lange genug das warme Bad genossen hatten, stieg dann selber ins Wasser und aalte sich darin, bis es völlig erkaltet war. Wie sich herausstellte, genoß auch Valentina, obwohl sie in Leningrad geboren war, zum erstenmal diese herrliche Errungenschaft der Zivilisation. Sauber und zufrieden legten sie sich in die beiden breiten Holzbetten.

»Zuerst dachte ich, es sei Sünde, soviel Geld zu verschwenden, aber dann sagte ich mir: Sei's drum!« meinte Valentina. »Man muß auch das mal probieren.«

»Das Geld schwindet dahin, die Erinnerung an das Vergnügen bleibt.«

Plötzlich fiel Valentina ein, daß ganz in der Nähe, in

dem riesigen Haus neben dem Hotel, ihre Freundin wohnte. »Ich habe mit ihr zusammen im Konstruktionsbüro des Instituts für Städtebau gearbeitet.«

Sie holte die Freundin, gegen Abend erschien Korawje, und sie veranstalteten im Hotelzimmer ein Festessen.

Korawje, der sich noch nie in einem Bad gewaschen hatte, stieg ein paarmal ins Wasser, kam, in ein großes Badetuch gehüllt, heraus, trank etwas und verschwand wieder im warmen Dampf.

»Wie in der Tundra!« rief er begeistert. »Im Sommer gibt es Tage, an denen es so heiß ist, daß sich die kleinen Seen bis auf den Grund erwärmen ... An der tiefsten Stelle bleibt allerdings immer noch Eis. Dann liegt man im warmen Wasser, und nebenan stelzt ein Kranich herum.«

Korawje fand am tschuktschischen Leben immer etwas, was besser war als am hiesigen. Als er am Tisch saß, machte er Valentinas Freundin Antonina den Hof, goß ihr Wodka und Wein nach und lobte den Imbiß: »Nehmen Sie von dem Schinken ... Wissen Sie, wenn man ein Walroß tötet, macht man daraus auch so was Ähnliches. Nur heißt es dann Kopalchen.«

Geschmeichelt von der Aufmerksamkeit, lächelte Antonina breit, wobei sie die Hand vor die schiefen Zähne hielt, und ächzte leise: »Interessant!«

»Das heißt«, fuhr Korawje fort, »man zieht ihm das Fell mitsamt dem Fett ab, dann gibt man Fleisch, Herz und Leber hinein, formt eine Art rundes Brot, nur eben von riesigem Ausmaß, etwa vierzig Kilo schwer, und legt das in eine Erdgrube. An einem sonnigen Frosttag mitten im Winter öffnet man diese Grube, die gewöhnlich mit dem Schulterblattknochen eines Wals zugedeckt wird – und wie gut es dann riecht!«

Gemo, der den Bericht seines Landsmanns aufmerksam angehört hatte, schluckte Speichel. Er erinnerte sich, wie er einst mit einer scharfen Axt gleichmäßige Scheiben Kymgyt abhackte, die mit scharf schmeckendem grünem Schimmel durchzogen waren, sie in den Mund nahm und genießerisch die Augen zusammenkniff.

»Das ist die Hauptnahrung eines Tschuktschen!« sagte bedeutsam der sauber gewaschene und angetrunkene Korawje.

Er gab sich offensichtlich Mühe, Antonina zu gefallen, stellte es aber ungeschickt an, zeigte sich meist in komischem und unvorteilhaftem Licht. Aus unerfindlichem Grund begann er zu erzählen, daß es in einer Jaranga keine Toilette gebe und alle Geschäfte vor den Augen sämtlicher Bewohner des Fell-Pologs verrichtet würden.

»Dafür ist es im Sommer wunderschön! Da sitzt man irgendwo hinter einem Erdhügel, und nebenan spaziert ein Kranich!«

Dieser Kranich war bei ihm allgegenwärtig: frühmorgens, mittags und spätabends, wenn die letzten Sonnenstrahlen auf den Gipfeln der Chatyrer Berge erloschen. Korawje hatte offenkundig Heimweh und beklagte sich oft bei seinem Freund, daß er gezwungen sei, sich zu lange an der Universität aufzuhalten. Er hockte stundenlang in Bibliotheken und bekannte dem Landsmann betrübt, die Behauptungen der Universitätsdozenten und die Darstellungen sowjetischer Zeitschriften für Geschichte, die russischen Forschungsreisenden seien friedlich durch die Tundra und entlang der Eismeerküste gezogen, entsprächen, gelinde gesagt, nicht der Wahrheit. Gemo hatte davon selbst schon gehört, doch wie sich herausstellte, hatte es auch vorrevolutionäre Historiker gegeben, die die zaristische Kolonialpolitik hart kritisierten. So beschrieb Schaschkow in seinen »Historischen Skizzen« die russische Eroberung Alaskas ganz anders, als es der Historiker Nikolai Nikolajewitsch Stepanow in seinen Vorlesungen schilderte. Die russischen

Kosaken hatten die Bevölkerung der Aleuten brutal niedergemetzelt und die Leichen ins Meer geworfen. Wellen und Meeresströmungen hatten die toten Körper bis nach Kamtschatka getragen. Buchstäblich mit Feuer und Schwert war der russische orthodoxe Glaube eingeführt worden. Weil es in den Kosakenabteilungen keine Frauen gab, waren Frauenraub, vorübergehende Lebensgemeinschaften und Vergewaltigungen etwas ganz Normales gewesen.

Heute aber war Korawje trotz der häufigen Erwähnung seines Kranichs völlig davon in Anspruch genommen, Antonina den Hof zu machen, und seine gewöhnlich nicht sehr fröhliche Miene hatte sich auffallend verändert.

Nachdem alle gegangen waren, sagte Gemo zu Valentina: »Es wäre schön, wenn Nikolai und Antonina Freunde würden.«

»Sie hat schon einen Freund. Er dient irgendwo in Karelien in der Armee, und Tonja fährt oft zu ihm.«

»Der Junge ist in der Armee, Nikolai aber ist hier.«

»Sie hat eine strenge Mama«, sagte Valentina.

»Was ist sie denn?« fragte Gemo. »Parteiorganisatorin, Lehrerin?«

Valentina schnaubte im Dunkeln. »Sie ist Chefin der allerwichtigsten Toilette auf dem Moskauer Bahnhof«, sagte sie bedeutsam.

»Ein hoher Posten!« Gemo grinste. »Du sagst das in einem Ton, als wäre sie zumindest Professorin an der Leningrader Universität.«

»Professorin ist sie freilich nicht, aber in ihren Kreisen wird sie sehr geschätzt. Tonja hat mir erzählt, ihre Mama wollte sogar schon mal in die Partei eintreten, aber im Kreiskomitee hat man es nicht genehmigt. Es heißt, ein solcher Beruf sei eigentlich nichts für Kommunisten. Aber sie verdient sehr gut, und sie haben sich im vergangenen Jahr eine Datsche in Roshdestweno gekauft.«

»Irgendwann einmal werden auch wir uns eine Datsche kaufen«, versprach Gemo schläfrig und schlummerte ein.

Der Monat im Hotel verging schnell, und Anfang Mai erhielt Gemo dank der Bemühungen des Verlages Junge Garde und einer Kommission der Leningrader Abteilung des Schriftstellerverbandes für sich und seine Familie in Wsewoloshsk eine halbe Datsche, die Eigentum des Literaturfonds war, zur Miete. Einen solchen Komfort wie im Hotel »Oktjabrskaja« gab es da natürlich nicht, aber immerhin hatten sie zwei Räume, eine Veranda und eine Küche, auch eine relativ warme Innentoilette, allerdings ohne Wasserspülung.

»Wenn dieses halbe Haus unser ständiger Wohnsitz wäre, bräuchten wir nichts mehr«, meinte Valentina träumerisch, während sie die überraschend geräumige Unterkunft betrachtete.

»Im Winter wird es hier sicherlich kalt sein«, vermutete Gemo, der die Hoffnung nicht aufgegeben hatte, eine Stadtwohnung zu erhalten.

Wenn er auf der Petersburger Seite war, bog er jedesmal in die Kleine Possadskaja ein, um zu sehen, wie der Bau des Schriftsteller-Wohnhauses vorankam. Das Haus war schon fast fertig, und in den großen Glasfenstern spiegelte sich die Sonne.

»Wir sollten möglichst nach oben ziehen«, träumte Gemo, den Kopf in den Nacken geworfen, »in die vierte oder fünfte Etage. Von da kann man die Peter-und-Pauls-Festung sehen.« Er nahm Serjosha auf den Arm und sagte zu ihm: »Hier wirst du wohnen!«

Die Datschen wurden von Schriftstellern bevölkert. Sie liefen auf der Straße in Bademänteln und Schlafanzügen herum, nickten dem jungen Schriftsteller Juri Gemo von fern bedeutsam zu, würdigten ihn aber keines Gesprächs. Nur der Dichter Leonid Faustow kam einmal reichlich angeheitert zu Besuch und wollte wissen, ob sich nicht etwas zu trinken fände. Gemo hatte etliche Flaschen Wodka gekauft und bewahrte sie für unvorhergesehene Gäste auf. Meistens aber kamen Antonina und Korawje. Dem Landsmann war das Trinken so zum Bedürfnis geworden, daß Gemo nach seinem Besuch den Wodkavorrat immer wieder ergänzen mußte. Gemo freute sich, daß zwischen ihm und Antonina alles gut zu laufen schien.

Einmal aber kam Korawje allein. Nach dem Mittagessen mit reichlicher Zecherei legte er sich auf die Veranda, mit dem Gesicht zur Wand, und schlief bis zum Abend.

Als sie abends spazierengingen, unterwegs die Schriftsteller und ihre Familienangehörigen beobachteten, konnte Korawje nicht an sich halten: »Wir sind völlig fremd in dieser Welt. Sieh sie dir nur an! Auch wenn du dreimal so begabt bist, werden sie dich nie als ihresgleichen anerkennen. In jedem Tangitan, jedem Fremdling, schlummert ein potentieller Feind des Luorawetljan. Der Engländer Rudyard Kipling hatte völlig recht, als er schrieb:

Ost ist Ost,
und West ist West,
und niemals
treffen sich die beiden!«

»Warum ist Antonina nicht mitgekommen?«

»Sie ist wieder mal zu ihrem Soldaten gefahren!«

Gemo hatte aufrichtiges Mitleid mit seinem Landsmann, konnte aber nichts tun. In der Liebe gibt es keine Ratgeber, sie betrifft allein zwei Menschen. Das einzige, was ihn ernsthaft beunruhigte, war der immer stärker werdende Hang seines Freundes zum Alkohol. Praktisch befand sich Korawje fast immer vom frühen Morgen an in leichtem Rausch, und abends war er so stockbetrunken, daß er sich besinnungslos aufs Bett fallen ließ. Gemo trank auch gern, gegen Abend konnte er gelegentlich schon ordentlich geladen haben, aber die Notwendigkeit, sich jeden Morgen wieder an den Schreibtisch zu setzen, hielt ihn zurück. Zwar hatte ihm sein neuer Bekannter, der Dichter Leonid Faustow, versichert, daß ein leichter Rausch dem Schaffensprozeß sogar förderlich sei, und Gemo hatte es einmal versucht, aber daraus war nichts geworden. Was er unterm Einfluß von Alkoholdunst geschrieben hatte, war hilflos, abgequält, prätentiös, kurz, es taugte nichts.

»Erinnern Sie sich, daß Sie mir mal etwas über die Tschuktschen erzählt haben?« fragte eines Tages Boris Saikin.

»Und ob«, erwiderte Nesnamow.

»Hier hat mich der Ermittler vom FSB gefragt, ob ich nicht ungewöhnliche Interessen hätte, vielleicht Verbindung zu Leuten aus den Ostseerepubliken oder zu ukrainischen, georgischen Nationalisten. Da erinnerte ich mich an Ihr Interesse für die Tschuktschen. Ich hatte nämlich mit diesem Volk schon einmal zu tun.«

»Sie sprechen in Rätseln, mein Freund.«

»Es liegt zwar weit zurück, aber sich daran zu erinnern ist nicht gerade angenehm.«

In Nesnamow erwachte die Neugier: Was mochte ein Vertreter dieses kleinen Volkes nur gemacht haben, daß Saikin sich nach so langer Zeit daran erinnerte, noch dazu ungern?

»Wenn es Ihnen unangenehm ist, brauchen Sie doch davon nicht zu erzählen!«

»So ist es auch wieder nicht«, sagte Saikin unschlüssig.

Nasnamow begann ihn zu verstehen. Es kommt schließlich vor, daß man etwas nicht sagen will und es einem sogar peinlich ist, daß man es aber doch sagen muß, weil die Befreiung von der Last des Unausgesprochenen auch erleichtern kann.

»Ich diente damals in Karelien«, begann Saikin seinen Bericht. »Sie können sich kaum vorstellen, was ich da für ein märchenhaftes Glück hatte. Wir waren am Nordufer des Ladogasees stationiert, in einem Städtchen namens Pitkjaranta, wir waren ein

kleiner Truppenteil, Nachrichtenleute mit geheimem Auftrag, im Klartext: Chiffreure. Damals gab es noch nicht diese ›Opa-Despotie‹ der Altgedienten. Vielleicht kamen solche Schikanen in anderen Einheiten vor, bei uns jedenfalls nicht. In gewisser Hinsicht ging es uns sogar besser als manchen Offizieren. Wir hatten eine Kaserne für uns, eigene Verpflegung, waren vom Außendienst befreit, fuhren hin und wieder sogar dienstlich nach Leningrad. Und was völlig ungewöhnlich ist: Familienangehörige kamen zu Besuch. Meine waren zwar während der Blockade alle umgekommen – Vater, Mutter, Brüder, Schwestern. Ich habe überlebt, weil ich mit der Schule evakuiert worden war. Mich besuchte aber meine Freundin – Tonja, Antonina. Was war das für eine glückliche Zeit! Wir gingen zusammen in den Wald, liebten uns.«

Saikin verstummte für eine Weile. Es war zu sehen, daß ihn die Erinnerung erregte, obwohl er noch nichts Besonderes erzählt hatte.

»Irgendwann einmal merkte ich, daß meine Tonja in unseren Gesprächen oft einen Studenten Korawje erwähnte. Kein russischer Name, dachte ich bei mir. Damals, nach dem Krieg, waren viele Ausländer zu uns gekommen, um zu lernen, vor allem aus den Volksdemokratien, auch aus Deutschland. Dem Familiennamen nach konnte Tonjas neuer Bekannter ein Franzose sein … Lavoisier, Montesquieu, Korawje … Wie mich damals die Eifersucht packte! Was war ich schon im Vergleich zu einem ausländischen Studenten, einem Franzosen – ich, ein jüdischer Soldat. Lachhaft! Ich wurde traurig, und meine Antonina merkte es sofort. Fragte mich, was mit mir ist, warum ich plötzlich den Kopf hängen lasse. Erst versuchte ich mich zu beherrschen, dann aber habe ich rundheraus, auf Soldatenart klargestellt: Sollte sie mit diesem Franzosen ein Techtelmechtel haben, dann brauche sie mich nicht mehr zu besuchen, auch ihre Briefe könne sie sich sparen … Ach, wie hat sie da losgelacht! Damals hatte sie noch gesunde Zähne – ein wenig krumm, aber groß, weiß, glänzend, als hätte sie Sonne im Mund! Was redest du da von einem Franzosen, sagte sie lachend,

er ist doch Tschuktsche! Was meinen Sie, lieber Freund, was für ein Stein mir da vom Herzen fiel.«

»Das hieße also, ein Tschuktsche könne mit keinem Franzosen konkurrieren«, bemerkte Nesnamow mit schlecht verborgenem Verdruß.

»Ganz recht! Was wußten wir damals über die Tschuktschen? Sie seien Wilde, so etwas wie Eskimos, irgendwo am Nordpol zu Hause. Fahren mit Hundegespannen, mit Rentieren, wohnen in Tschums ...«

»In Jarangas«, korrigierte Nesnamow.

»Also in Jarangas«, verbesserte Saikin gehorsam, »knabbern an rohem, gefrorenem Fleisch. Da wurde mir doch sofort leicht und froh zumute. Seither habe ich über dieses Volk gelesen. Damals hat nur ein Schriftsteller über die Tschuktschen geschrieben – Tichon Sjomuschkin. Sein Roman ›Brand in der Polarnacht‹ hat ja sogar den Stalinpreis bekommen.«

»Dann aber ist bei den Tschuktschen ein eigener Schriftsteller aufgetaucht«, sagte Nesnamow, während in ihm leichte Erregung aufstieg, »Juri Gemo.«

Saikin überlegte. Sein Gesicht behielt noch immer den Ausdruck der Erleichterung, die er vor fast einem halben Jahrhundert empfunden hatte. »Nein, von dem habe ich nie gehört«, sagte er. »Vielleicht war das später ... Ist es ein neuer, irgendein Modernist oder Konzeptualist? Die lese ich nicht, die interessieren mich nicht. Ich habe einen schlichten, anspruchslosen Geschmack, bevorzuge die Klassiker, den Realismus ... Kann es sein, daß der Mensch von Natur aus nationalistisch infiziert ist?«

Nesnamow hielt immer noch jene sonderbare Erregung umfangen, die ihn ergriffen hatte, als Saikin Korawje erwähnte, den nahen Freund von Juri Gemo. Wenn Tonja-Antonina ihm begegnet war, konnte es nicht sein, daß sie Juri Gemo ebenfalls gesehen hatte? Wie sonst? Oder hatte sie ihren Freunden den zukünftigen Ehemann nicht vorgestellt?

Daß die gefährliche Grenzlinie plötzlich so nahe vor ihm

auftauchte, hatte Nesnamow so bewegt, daß Saikin es merkte, nur interpretierte er das auf andere Weise: »Natürlich bin ich jetzt alles andere als ein Nationalist! Aber damals fühlte ich mich doch diesem armseligen Tschuktschen so hoch überlegen, daß ich in ihm gar keinen ernsthaften Rivalen sehen konnte. Zugleich haben mich manche meiner russischen Armeekameraden ihre Überlegenheit spüren lassen, und das nur, weil ich Jude war, sie aber Russen.«

Die erregende innere Musik verstummte allmählich, der Atem wurde wieder gleichmäßig, und Nesnamow kehrte in die Gegenwart zurück, insgeheim sogar froh, daß sich die gefährliche Grenzlinie, die er fast schon berührt hatte, entfernte.

»Bei uns war das ganz anders«, sagte er. »Wir, die Ingermanländer, wurden nicht einmal als ein eigenes Volk angesehen. Ihr seid doch einfach Russen, sagte man uns, sowohl äußerlich wie der Sprache nach! Dabei habe ich in der Kindheit mit Großmutter und Großvater noch in unserer Sprache gesprochen. Jetzt sind davon nur einzelne Wörter und Kinderlieder übriggeblieben. Sie aber haben ein ganzes, ein existierendes Volk und sogar einen Staat – Israel! Mit so einem Hinterland läßt es sich gut leben!«

»Was ist das für ein Hinterland, was bedeutet schon Israel!« widersprach Saikin. »Ich habe Ihnen doch gesagt, daß in mir nichts Jüdisches ist, auch in der Kindheit nichts gewesen ist. Ich habe längst begriffen, daß es zu nichts Gutem führt, wenn man nach nationalen Wurzeln gräbt, Prozente reinen Blutes zu ermitteln sucht. Reines Blut, das gab es bei ursprünglichen, isolierten Stämmen, die nie Beziehungen zu anderen hatten, die im tiefen Wald, in der grenzenlosen, unzugänglichen Tundra lebten. So paradox es klingt, je entwickelter und zivilisierter ein Volk ist, desto vermischter ist es. Nach Beispielen brauchen wir nicht weit zu suchen, nehmen wir nur Amerika!«

Plötzlich erhob sich im Korridor gellendes Weibergeheul.

Nesnamow wollte zur Tür stürzen, aber Saikin hielt ihn ruhig zurück: »Die übliche Geschichte. Da hat sich jemand mit einer Dirne vergnügt und will nun nicht zahlen. Das kommt öfter vor.

In so einem Fall bleibt man lieber in seinem Zimmer, steckt die Nase nicht raus, sonst kann man selbst was in die Fresse kriegen.«

Das Geheul brach ziemlich schnell wieder ab, dafür hörte man vielfüßiges Getrappel, das sich über den langen Hotelkorridor entfernte.

Nach solchen Gesprächen pflegte Nesnamow in die wunderbaren weißen Nächte hinauszugehen und langsam den Newski-Prospekt entlangzuschlendern. Er ging bis zum Schloß-Ufer, vorbei an dem märchenhaft schönen Gitter des Sommergartens, überquerte die Newa, schaute zu, wie die Brücken aufgezogen wurden, und sah oft noch, wie über der »Strelka«, der Landzunge der Wassili-Insel, die Sonne aufging.

9

Als Gemo die Belegexemplare seines ersten Buches erhalten hatte, brachte er sie auf die Datsche. Das Paket war schwer, zog kräftig an seinen Armen. Er hatte stürmische, überschäumende Freude erwartet. Hatte gedacht, daß er sogar für eine Weile den Verstand verlieren könnte, aber nichts dergleichen geschah. Der einzige Gedanke, der ihn in diesem Augenblick überwältigte, war Bedauern, daß das Honorar für dieses Buch längst ausgegeben, aufgegessen war und er nicht mal mehr genug Geld besaß, um das bedeutsame Ereignis zu feiern. Sonderbarerweise war ihm das eigene Buch fast gleichgültig, als hätte nicht er schlaflose Nächte über dem Manuskript verbracht, das auf dem aus einer alten Tür gefertigten Schreibtisch lag, als hätte nicht er sich mit Zweifeln an der eigenen Fähigkeit herumgeplagt, ein Werk der schönen Literatur zu schaffen. Noch sonderbarer war ein Gefühl der Entfremdung, als hätte dieses Buch ein anderer geschrieben, einer, dem fast jedes echte Talent fehlte, der aber gelernt hatte, so zu schreiben, wie es den Lektoren gefiel und noch mehr jenen, die sich danach sehnten, die großen Errungenschaften der Leninsch-Stalinschen Nationalitätenpolitik dargestellt zu sehen. Gemo verurteilte sich selbst im höchsten Maße, wenn ihm das aber jemand ins Gesicht gesagt hätte, hätte er sich wahrscheinlich gekränkt gefühlt und heftig protestiert.

Natürlich würde er heute nicht mehr so schreiben. Es war jedoch zu spät, etwas zu verändern. In einem in Tausenden von Exemplaren verkauften Buch kann man nicht mal den kleinsten Druckfehler korrigieren, allenfalls kann man auf eine Nachauflage warten … Auf eine Nachauflage jedoch durfte er in nächster Zukunft nicht hoffen, und er hätte auch keine Nachauflage eines Buches gewollt, das er insgeheim für mißlungen hielt. Später, wenn Dutzende seiner Bücher erschienen sein würden, würde er auch nie mit einer Arbeit völlig zufrieden sein, doch er würde das gelassener hinnehmen können. Jetzt aber beunruhigte ihn dieser Zustand.

Als Valentina das Buch in die Hand nahm, war sie zu Tränen gerührt. Auch Gemo spürte ein Kitzeln in der Nase, er umarmte und küßte seine Frau.

Dank Valentinas Bemühungen feierten sie das erste Buch doch mit einem festlichen Mahl. Ihre Gäste waren der Dichter Faustow, Korawje und der unerwartet erschienene Arkadi Penkowski. Während Gemo ihren hochtrabenden Festreden lauschte, glaubte er allmählich fast selbst, etwas von Wert geschaffen zu haben. Der angetrunkene Korawje sagte: »Dieses Buch sichert uns einen Platz in der Menschheitsgeschichte. Selbst wenn wir einst völlig vom Antlitz der Erde verschwinden sollten, wird sich in irgendeiner Bibliothek ein altes vergilbtes Exemplar dieses Buches finden, und unsere Nachkommen werden sich wundern: Dieses winzige, an den Rand der Erde verschlagene Volk hatte sogar eigene Schriftsteller!«

»Sie sehen die Zukunft aber sehr pessimistisch«, bemerkte Penkowski, der, je mehr er trank, desto ernster und vernünftiger wurde. »Vor allem, was das Verschwinden des Volkes betrifft. Partei und Sowjetmacht tun doch ihr Möglichstes, damit das nicht geschieht. Zweitens, bedenken Sie, Genossen, das ist sein erstes Buch! Ich bin mir sicher, darauf werden noch andere folgen!«

»Dennoch, Völker verschwinden ebenso wie Menschen.« So leicht war Korawje nicht aus dem Konzept zu bringen. »Nehmen wir nur die alten Ägypter, die alten Griechen und Römer. Was würden wir von ihnen wissen, wenn sie uns nicht ihre Schriftdenkmäler hinterlassen hätten?«

»O ja!« pflichtete ihm Faustow bei. »Homer, die Ilias, die Odyssee ...«

Antonina kam. Sie brachte einen Blumenstrauß und eine Flasche Wein mit. Nachdem sie Gemo herzlich begrüßt hatte, ging sie Valentina zur Hand.

Korawje erstrahlte bei ihrem Erscheinen, ließ aber dann jäh den Kopf hängen und griff zum Wodka.

»Aber es gibt eine Gefahr«, sagte er herausfordernd mit einem Rest von Nüchternheit, »die Gefahr einer Zweitrangigkeit. So wie man unser Volk als zweitrangig ansieht, wird man es möglicherweise auch mit Gemos Büchern halten.«

»Na, hören Sie!« versuchte Penkowski einzuwenden. »In unserer sowjetischen Gesellschaft ...«

»Gerade in unserer sowjetischen Gesellschaft!« unterbrach ihn Korawje. »Selbst wenn sie es nicht laut sagen, werden sie immer denken: Was kann man schon von ihm verlangen – er ist doch ein Tschuktsche!«

»Ich widerspreche kategorisch!« schrie der Dichter Faustow. »Was ich gelesen habe, ist frisch und höchst originell! Hör nicht auf ihn, Juri! Und das nennt sich Landsmann! Er sollte sich freuen und nicht unken!«

»Ich unke nicht«, sagte Korawje etwas leiser, »ich sage die Wahrheit. Eine Wahrheit, über die mein Landsmann nie schreiben wird, weil sie angeblich nicht existiert. Von dieser Wahrheit will die Ideologie nichts wissen.«

»Mein Freund!« rief Faustow. »Die Meisterschaft eines Sowjetschriftstellers besteht ja gerade darin, unter allen großen und kleinen Wahrheiten die zu wählen, die der Sowjetmensch braucht!«

Penkowski führte Gemo beiseite und flüsterte erregt: »Wir müssen ihn schnell ins Bett bringen! Er kann ja weiß der Teufel was zusammenfaseln, wenn er mit diesen antisowjetischen Reden nicht aufhört!«

Gemo hatte selbst das Gefühl, sein Landsmann sei zu weit gegangen. Er sagte zu ihm auf tschuktschisch: »Wenn du mir die Feier nicht vermiesen willst, geh schlafen.«

»Antonina soll mitkommen!« verlangte Korawje.

Sie gingen in das zweite Zimmer, wo eine durchgelegene Couch stand, die sie aus dem Lager des Literaturfonds erhalten hatten.

Bei Tisch unterhielten sich nun Penkowski und Faustow über literarische Angelegenheiten in Leningrad. Wie Gemo längst vermutet hatte, gehörten beide keineswegs zur Elite der Sowjetliteratur, urteilten aber sehr kritisch über die Werke und Handlungen ihrer erfolgreicheren Schriftstellerkollegen. Zunächst zogen sie über einen angesehenen Dichter her, der vor der Revolution der poetischen Bewegung der Imaginisten angehört hatte und daher anläßlich seines Jubiläums mit keinem Orden geehrt wurde.

»Der Alte hat sich gern nackte Mädchen angesehen«, erzählte Penkowski.

»Das ist noch nicht alles!« unterbrach ihn Faustow. »Er hat heimlich Pärchen beobachtet, die es im Bett miteinander trieben. In einer Wohnung war eine Art Bordell eingerichtet. Und da der Alte selber in dieser Richtung nicht mehr tätig sein konnte, nur noch mit den Augen, hat er für dieses ›Zugucken‹ ein Wahnsinnsgeld gezahlt.«

»Das gesamte Honorar für seinen Jubiläums-Doppelband ist dabei draufgegangen«, ergänzte Penkowski kenntnisreich.

Plötzlich drangen aus dem Zimmer, in das sich Korawje und Antonina zurückgezogen hatten, Schreie. Gemo und Valentina stürzten hinein. Korawje hatte sich auf Antonina geworfen und versuchte, ihr das Kleid vom Leib zu reißen. Das Mädchen wehrte sich verzweifelt.

Mit Mühe riß Gemo den von Wodka und Begierde rasend gewordenen Landsmann von ihr los und schleuderte ihn beiseite. Er schrie ihn auf tschuktschisch an: »Was machst du? Schäm dich! Wie ein Tier benimmst du dich! Verschwinde aus meinem Haus!«

Valentina führte die schluchzende Antonina aus dem Zimmer.

Weich und schlaff wie ein Ballon, aus dem man die Luft herausgelassen hat, ließ Korawje sich auf die Couch fallen und schlug die Hände vors Gesicht. Er sagte nichts, atmete nur schwer, und von Zeit zu Zeit entrang sich seiner Brust ein kurzer, heftiger Schluchzer.

Die Gäste und Valentina trösteten die weinende Antonina.

»Ist doch nichts Schlimmes passiert«, sagte Faustow. »Der hat halt etwas zuviel getrunken. Wenn er am Morgen ausgeschlafen ist, wird es ihm peinlich sein, und er wird sich entschuldigen.«

Spätabends brachte Gemo Antonina zum Zug.

Bevor er schlafen ging, warf er einen Blick in das Zimmer, wo Korawje einsam auf der Couch lag. Der Landsmann rührte sich nicht, doch sein Atem war zu hören. Gemo trat näher. Im Licht der hellen weißen Nacht sah er die von unmenschlicher Qual zeugenden Augen seines Freundes, und tiefes Mitgefühl ergriff ihn.

Stanislaw rief an, wollte wissen, wie der Vater die Zeit verbringe, ob er nicht Geld brauche.

»Vorerst ist alles in Ordnung«, antwortete Nesnamow. »Ich habe hier einen sehr interessanten Mann kennengelernt. Bin viel mit ihm zusammen.«

»Wer ist es?«

»Der hiesige Toilettenwärter.«

Der Sohn blieb eine Weile stumm, hatte offenbar Mühe, das Gehörte zu verarbeiten.

»Er ist ein prächtiger Mann«, beteuerte Nesnamow, der erriet, was in seinem Sohn vor sich ging. »Daß er eine Toilette verwaltet, sagt gar nichts über ihn aus. Von deinem Glockenturm siehst du nicht mehr, wieviel gute Leute an den Rand des Lebens geraten sind. Saikin ist ein vorzüglicher Ingenieur, hat in einem Rüstungsbetrieb gearbeitet, ist jetzt Rentner. Weißt du, was für eine Rente der einfache einstige Sowjetbürger heutzutage bekommt? Im Vergleich zu anderen geht es ihm noch gut.«

»Schon gut, Papa«, sagte Stanislaw. »Sei vorsichtig. Ich habe in der Zeitung von einer Schießerei in der Bar des Hotels ›Oktjabrskaja‹ gelesen und daß es Opfer gegeben hat … Solltest du nicht lieber in ein anderes Hotel umziehen? Ich kann das vermitteln.«

»Nein«, erwiderte Nesnamow. »Ich habe mich hier schon eingelebt.«

Das Wetter war wunderbar. Nesnamow und Saikin verabredeten sich zu einem Besuch im Schriftstellerverband.

Sie gingen zu Fuß. Die Ligowka entlang, am Großen Konzertsaal vorbei. Saikin warf einen Blick zurück, auf den Platz des Aufstands, und sagte mit einem Seufzer: »Als ich aus der Armee zurückkam, stand dort noch eine Kirche. Es soll die Lieblingskirche des Akademiemitglieds Pawlow, Iwan Petrowitsch Pawlow, gewesen sein, desselben, der in Koltuschi ein Denkmal für einen Hund errichtet hat.«

»War er denn gläubig?« fragte Nesnamow verwundert.

»Sehr viele Wissenschaftler glaubten und glauben an Gott.«

»Wirklich?«

»Manche haben sogar mathematisch, theoretisch seine Existenz bewiesen.«

»Interessant.«

Saikin hörte aus Nesnamows Erwiderungen einen gewissen Zweifel heraus und fuhr deshalb nachdrücklich fort: »Um uns herum gibt es Tausende von Gegenständen, Erscheinungen, die die heutige Wissenschaft einfach nicht erklären kann oder plump, primitiv erklärt ... Was stellt der Mensch aus der Sicht der Wissenschaft dar? Ein Resultat der Evolution, seiner allmählichen Verwandlung aus einem Affen in ein Verstandeswesen. Aber was für ein unerklärliches Wunder ist allein das menschliche Auge! Sogar wenn sämtliche zeitgenössischen technischen und wissenschaftlichen Möglichkeiten gebündelt würden, würde es nicht gelingen, auch nur annähernd etwas Ebenbürtiges zu schaffen. Und wie ist es mit dem menschlichen Verstand, der Psyche?«

»Im Prinzip stimme ich Ihnen zu«, sagte Nesnamow. »Aber ich habe so viel über die Vorzüge des Materialismus geschrieben, daß ich mich von meinen Ansichten nicht sofort lossagen kann.«

»Das sind doch nicht Ihre Ansichten«, sagte Saikin. »Sie haben sie angenommen, genauer gesagt, sogar aufgedrängt bekommen. Wir denken eben so, wie man es uns gelehrt hat.«

»Wir hatten keine Wahl«, erwiderte Nesnamow niedergeschlagen. »Ich wüßte gern, wie es da einem ungeschulten Menschen geht, einem, der sich in allem selbst zurechtfinden muß.«

Saikin dachte lange nach, dann sagte er entschieden: »So einen Menschen gibt es nicht.«

»Und wie ist es bei den Naturvölkern?«

»Die haben auch ihre Philosophie. Die sogenannten Urmenschen sind doch nicht in völliger Isolation zur Welt gekommen, aus dem Nichts heraus. Sie hatten bereits ihre Geschichte, ihre Legenden und Sagen, ihre Schamanenbräuche. Der Mensch, mein Freund, hat nie für sich allein existiert.«

»Bis auf Mowgli«, sagte Nesnamow leise.

Sie gingen an einem riesigen grauen Gebäude vorüber, das allgemein das Große Haus genannt wurde und dessen unheilvolle Geschichte als Stabsquartier des Leningrader KGB sogar denen bekannt war, die mit dieser Institution direkt nie zu tun gehabt hatten. Nachdem sie nach links eingebogen waren, in die Spalier-Straße, die früher nach Woïnow benannt war, standen sie schließlich vor einem Haus, das teilweise eingerüstet und von einem grünen Schutznetz verhüllt war. Spuren von Zerstörungen wie die abgebröckelte Fassade zeugten von einem kürzlichen Unglück.

Hinter dem trüben Glas der Eingangstür bewegte sich der Pförtner. Er kam sofort heraus, als er sah, daß die zwei Männer stehenblieben, und erklärte: »Der Direktor des Hauses ist nicht da, und er kommt heute auch nicht.«

»Was ist denn hier bei Ihnen passiert?« fragte Nesnamow.

»Wissen Sie es nicht?« Der Pförtner wunderte sich. »Das Haus ist vor drei Jahren abgebrannt.«

»Und bis heute wurde es nicht renoviert?« fragte Nesnamow.

»Wo sollen die Schriftsteller heutzutage schon Geld für die Renovierung hernehmen?« fragte der Pförtner verächtlich. »Die sind froh, wenn sie nicht selber Hungers sterben, hier aber müßte man ein Schloß renovieren, das vor der Revolution der Familie Scheremetew gehört hat ... Es gab Türken, die sich der Sache annehmen wollten, die waren hier, haben Schutznetze angebracht und sind dann wieder verschwunden, können wohl auch kein Geld auftreiben.«

»Und Sie selbst, arbeiten Sie schon lange hier?« fragte Nesnamow.

»An die zwanzig Jahre. Als ich invalid wurde, habe ich gleich diese Arbeit angenommen. Ach, was war das für ein Weißer Marmorsaal! Und die Bibliothek – holzgetäfelt und mit Schnitzwerk! Dann ein Restaurant mit Eichenpaneel, ein Gesellschaftszimmer in maurischem Stil, eins in Weiß, eins in Rot ... Eben ein richtiges Schloß.«

»Wieso ist es denn abgebrannt?« fragte Saikin. »Ich habe davon nichts mitbekommen.«

»Im Fernsehen ist das gezeigt worden, die Zeitungen haben mehrfach darüber geschrieben«, klärte sie der gesprächige Pförtner auf. »Ich denke, die Schriftsteller werden ihr Haus selber in Brand gesteckt haben.«

»Na hören Sie!« bemerkte Nesnamow.

»Wer sonst?« sagte der Pförtner beleidigt. »Als die Perestroika begann und die Demokratisierung – was meinen Sie, was hier los gewesen ist! Die Schriftsteller spalteten sich in zwei oder gar drei Verbände, und jede Gruppe hielt sich für die wichtigste, erhob Ansprüche aufs Haus. Sie prozessierten, prügelten sich im Restaurant …« Der Pförtner senkte die Stimme. »Und dann, denke ich mir, wird jemand entschieden haben: Dann soll eben keiner das Haus haben. Und hat es angezündet.«

»Hat man sie erwischt?« fragte Saikin.

»Wen?«

»Die Brandstifter.«

»Wo denken Sie hin! Wer wird sie fangen, wenn nicht mal Mörder gefunden werden.«

Nesnamow sah sich das Haus an. Äußerlich wirkte es nicht sehr imposant, selbst wenn man sich seine einstige Pracht vorstellte. Eine gewöhnliche Villa, von denen es in Petersburg Dutzende gab. Und offensichtlich hatten sich die neuen Hausherren nicht sehr darum gekümmert.

»Haben Sie die Schriftsteller gut gekannt?« fragte er.

»Na klar!« sagte der Pförtner grinsend. »Leute wie andere auch, obwohl es darunter auch sonderbare Typen gegeben hat … Mit einem war ich befreundet, der war Taucher von Beruf. Als er jung war, hat man ihm auf Initiative Gorkis geholfen, ein Buch für Kinder über die Arbeit der Taucher zu schreiben. Man gab es in großer Auflage heraus, nahm den Burschen als Vertreter der Arbeiterklasse in den Schriftstellerverband auf, er aber hat danach keine Zeile mehr zustande gebracht. Dennoch galt er sein Leben lang

als Schriftsteller, trat vor Kindern auf, lebte von der Hand in den Mund, trank … Wieder als Taucher zu arbeiten, zur Arbeiterklasse zurückzukehren, das kam ihm jedoch nicht in den Sinn. Am Ende ist er auch als Schriftsteller gestorben, der arme Kerl … Dann gab es noch den Frontsoldaten Wassja, den Fahrer der Schriftsteller-Obrigkeit. Der wußte buchstäblich alles über sie, wer mit wem und so weiter.« Wieder senkte er die Stimme und blickte sich nach der Ecke des Großen Hauses um, die in der Ferne zu sehen war.

»Und einen Schriftsteller Juri Gemo, haben sie den gekannt?« fragte Nesnamow geradezu.

»Wer soll das sein? Über wen hat der geschrieben?«

»Er ist Tschuktsche.«

Der Pförtner dachte nach. »Hier gab es vor allem Juden. Ich erinnere mich noch an einen Tataren, Arif Satarow. Mit dem ist was Drolliges passiert: Als einmal syrische Kommunisten zu Besuch kamen, fiel ihm nichts Besseres ein als: ›Ich bin ein Muselman wie ihr!‹ Er wollte sich anbiedern. Da steht deren Oberster auf und sagt: ›Wir aber sind Ungläubige, Atheisten, Kommunisten!‹ So ist er auf die Schnauze gefallen, der Arif!«

»Versuchen Sie dennoch, sich zu erinnern … Von den Nordvölkern, gab es da niemanden?« ließ Nesnamow nicht locker.

»Ja doch!« Der Pförtner schlug sich auf die Stirn. »So einen hatten wir. Den Wogul oder Ostjaken Iwan Festalow. Der war ein Dichter, hat Verse gemacht. Und wenn er die vortrug, hat er immer wie ein Schamane getanzt. Im normalen Leben aber war er Parteimitglied, hat einmal nach einem Besäufnis sein Parteidokument verloren, worauf man ihm eine Dienstreise ins Ausland, zu unseren Brüdern in Ungarn, gestrichen und eine Rüge verpaßt hat.«

»Mich interessiert aber der Tschuktsche Juri Gemo«, wiederholte Nesnamow.

»Nein, an so einen erinnere ich mich nicht. Vielleicht ist das ein junger, ein Dissident?«

»Nicht doch, er war in meinem Alter.«

»Nein.« Der Pförtner schüttelte nachdrücklich den Kopf. »Einen Franzosen hat es noch gegeben, Gaston, aber den nannten alle Gaston Zündhütchen.«

Doch Nesnamow hatte inzwischen das Interesse verloren, obwohl der Pförtner die Unterhaltung gern fortgesetzt hätte. Er gab Saikin ein Zeichen, und sie verabschiedeten sich eilig von dem Mann, der offenkundig enttäuscht war, daß seine Zuhörer so plötzlich weggingen. Über die kurze Kritschwski-Gasse erreichten sie das Newa-Ufer.

Über die gußeiserne Brüstung der Brücke gebeugt, blickte Nesnamow auf die sich drehenden Strudel neben den Pfeilern und die Brandung des dunklen, finsteren Wassers der Newa. Vor vielen Jahren, als er noch ein Junge war, wäre er beinahe ertrunken. Bis heute erinnerte er sich mitunter mit innerem Erbeben, wie er hilflos im Wasser gestrampelt hatte, sich schämte, um Hilfe zu rufen, zugleich aber fühlte, wie schnell ihn die Kräfte verließen und die dunkle, kalte Wasserwand sich allmählich zwischen ihn und den warmen Sommertag schob. Es war die aufmerksame Pionierleiterin Lina Stepanowa gewesen, die ihm zu Hilfe eilte und ihn buchstäblich dem Jenseits entriß. Nesnamow hatte schon das Bewußtsein verloren und kam erst am Ufer wieder zu sich, während er merkte, wie aus allen Gesichtsöffnungen Wasser herauslief – aus den Nasenlöchern, den Ohren, dem Mund. Zuletzt hatte Nesnamow Lina Stepanowa am Galgen gesehen: Die Deutschen hatten sie wegen Verbindungen zu den Partisanen auf dem Platz vor der Station Wruda gehenkt. Der erstarrte Körper schwankte, drehte sich, und das fremd gewordene, gedunsene Gesicht mit den gebleckten Zähnen und der herausgequollenen Zunge sah aus, als lachte es. Während Nesnamow sich an diesen schrecklichen Anblick erinnerte, durchlebte er erneut das Grauen vor der bodenlosen Tiefe des Wassers.

Vor der tatarischen Moschee trennten sich die Freunde. Für Saikin wurde es Zeit, in seine Toilette zurückzukehren, Nes-

namow aber wollte weitergehen – über den Lew-Tolstoi-Platz auf den Großen Prospekt, von dort auf die Stschors-Straße, wo Juri Gemo in einem fünfstöckigen Haus an der Ecke Ropschin-Straße seine erste legale Stadtwohnung erhalten hatte – ein Zimmer im obersten Stock.

Nach diesem denkwürdigen Abend blieb Korawje verschwunden, und zwei Wochen darauf machte sich Gemo Sorgen.

»Er schämt sich, und da will er uns nicht unter die Augen treten«, vermutete Valentina, aber sie war einverstanden, daß Gemo ins Wohnheim fuhr und den Landsmann suchte.

Mit dem Morgenzug fuhr Gemo in die Stadt.

Zu dieser Stunde war die Luft kühl und erinnerte entfernt an die Sommerluft in Uëlen, wenn die Sonne überm Bergmassiv hinter der Deshnjow-Bucht steht und der Schatten des Leuchtturms sich auf den nie tauenden Schnee am Berghang legt. In die eigenen Texte vertieft, in die von seiner Einbildungskraft geschaffenen Bilder, weilte Gemo die meiste Zeit gleichsam in seiner Heimat, in einer Jaranga in der jenseits der Lagune beginnenden Tundra, ging von der Siedlung aus die lange, steinige Landzunge entlang, am Windkraftmotor und an der Polarstation vorbei bis zur Pilgyn-Rinne, die die Lagune mit dem Ozean verbindet; auf die unter seinen Füßen federnden Erdhügel tretend, passierte er den auf dem Linlinnej-Hügel gelegenen Friedhof, der übersät war von verblichenen Gebeinen der nach altem Brauch offen, auf dem Tundra-Boden bestatteten Verwandten. Damals hatte man in Uëlen auf neue Art nur die Russen beerdigt und einige wenige Ureinwohner, die sich für den Weg ins neue Leben entschieden hatten und im Kampf mit dem Feuerwasser unterlegen waren. Über der Erde ragten nur einige Sperrholz-Pyramiden mit abgeblätterter Farbe und aus Konservendosen geschnittenen fünfzackigen Blechsternen.

Sehr oft erinnerte sich Gemo an die Klippe gleich hinterm Leuchtturm, von der aus sich der Blick auf eine atemberaubende Weite bot – über den Horizont hinaus bis hin zum Nordpol. Hier konnte er sich stundenlang aufhalten, die unzähligen Vogelschwärme über dem Wasser beobachten, die Walfontänen, die Walroßherden, die von der Beringstraße nach Westen, zum Kap Ryrkaipi, zogen. Hier gab es nur die ewigen natürlichen Laute – das Plätschern des Wassers am Geröllufer, das pfeifende Aufschießen einer Walfontäne, das dumpfe Grunzen von Walrossen, das nie verstummende Vogelgezwitscher. In dieser jahrhundertealten Musik und der klaren Luft wurde der Leib schwerelos, schien sich in der ihn umgebenden glitzernden Weite aufzulösen, wurde Teil dieser Ewigkeit, und das Herz folgte dem Takt der ans Ufer schlagenden Wellen.

Sehnsucht ergriff Gemo bei diesen Erinnerungen, und er konnte Korawje gut verstehen, der diese Sehnsucht nicht verheimlichte, sondern von ihr sprach, vor allem, wenn er betrunken war. Dann beschimpfte er laut die steinerne Stadt und behauptete, die Seele der Leningrader sei versteinert, habe sich auch mit jenem kalten feuchten Schleim überzogen, der in den zwei Jahrhunderten, da die Stadt existierte, die Mauern der Paläste und die granitenen Uferbefestigungen bedeckt hatte. Meistens war Gemo insgeheim mit seinem Landsmann einverstanden, und er kannte den Grund seiner ausweglosen Sehnsucht. Korawje fehlte die schlichte Liebe einer Frau, ein vertrautes und mitfühlendes Herz. Aber gerade hierbei konnte Gemo seinem Landsmann nicht helfen, er konnte nur mitfühlen und hoffen. Was Antonina betraf, war Korawje offensichtlich ein ernster Fehler unterlaufen, er hatte die freundschaftliche, entgegenkommende Art des Mädchens für mehr gehalten. Offenbar kam er nicht los von diesem Gefühl, trotz seiner skeptischen Einstellung zum Leben.

Im Wohnheim war Korawje nicht. Sein Zimmernachbar, ein Philologiestudent mit dem schwülstigen Familiennamen Parishski, sagte, er habe ihn wenigstens zwei Wochen nicht mehr gesehen. Im Dekanat hatten sie auch keine Nachricht von ihm. Ein Teil der Studenten aus dem Norden war in ein Erholungsheim nach Siwerski gefahren. Vielleicht war er jetzt dort. Sicherlich, denn andere Erklärungen gab es nicht. Beruhigt kaufte Gemo Lebensmittel und ging zum Bahnhof.

Unterwegs dachte er daran, wie er selbst sich überraschend verliebt und geheiratet hatte und daß er diesen übereilten Schritt keinen Augenblick bereut hatte. Es war Intuition gewesen, daß zwei einsame Menschen sich in der riesigen Millionenstadt fanden.

Erzählungen über das Leben in Leningrad während der Blockade mußte man Valentina geradezu aus der Nase ziehen. Sie erinnerte sich nicht gern daran, ihre Stimme begann dann jedesmal zu zittern, und in ihre Augen traten Tränen. Viel lieber dachte sie an die Vorkriegsjahre zurück, besonders an die Sommermonate auf einem Vorwerk unweit von Luga, in einem Wald voller Beeren und Pilze. Ihre Kindheit war in den ersten Kriegsmonaten zu Ende gegangen, begonnen hatte eine Zeit der Entbehrungen, die nicht einmal jeder Erwachsene ohne weiteres ertragen konnte.

Aus Gemos ferner Kindheit war natürlich das Lichteste und Freudigste in Erinnerung geblieben: der Frühling in Uëlen mit der Ankunft der ersten Enten, der heilige Brauch, die Kajaks zu Wasser zu lassen, die Schuljahre, da jeder Tag die endlos scheinende Welt unwahrscheinlich erweiterte, die Lektüre von Büchern, das Versinken in andere, zauberhafte Welten, die so fern von Uëlen waren, fern von der kleinen, abgelegenen tschuktschischen Siedlung am äußersten Ende des nordöstlichen Asien. Die Tundra im Frühling, das Beeren- und Wurzelsuchen mit der Großmutter, ihre endlosen Erzählungen und Legenden von weit zurückliegenden Zeiten, von Großvater Mletkyn, dem großen Uëlener Schamanen, der von den Bolschewiki erschossen wurde. Der Großvater, dessen Abbild noch auf einer Fotografie erhalten war, die ein Straßenfotograf in San Francisco gemacht hatte, sah ganz und gar nicht tschuktschisch aus. Mit dem breitkrempigen Hut, in leichtem Hemd und Jeans glich der große Schamane von Uëlen eher einem Helden des beliebten amerikanischen Schriftstellers Jack London. Volksfeinde stellte sich Gemo immer als bis an die Zähne bewaffnete Räuber vor, die auf die sie bedrängenden Rotarmisten, Hammer und Sichel schwingenden Proletarier feuern. Und obwohl Gemo in der Schulzeit Junger Pionier und Komsomolze war, konnte er einfach nicht glauben, daß sein Großvater ein Gegner der Sowjetmacht gewesen sein sollte. Das mußte ein ungeheuerlicher Irrtum sein.

Diese Vermutung wurde dadurch bestärkt, daß einige zugereiste Bolschewiki, vorwiegend sowjetische Natschalniks, die im Namen Moskaus das riesige Gebiet von den Grenzen Kamtschatkas bis zum Eismeer regierten, vom gepredigten Ideal weit entfernt waren. Viele von ihnen tranken unmäßig, obendrein gewöhnten sie auch die meisten Uëlener noch ans Trinken. Wenn ein Feiertag war, vor allem ein revolutionärer, kam es nach den pflichtgemäßen feierlichen Ritualen – Reden, Umzügen, schon geprägt vom ungeduldigen Warten auf die Hauptsache, den Festtrunk – zu einer regelrechten Orgie. Es fand sich kaum eine Jaranga, in der sich nicht Betrunkene zusammen mit schlafenden Hunden wälzten, Frauen mit fremden Männern schliefen, junge Mädchen sich entweder schweigend betrunkenen russischen Chefs hingaben – unter denen nicht selten auch Lehrer waren – oder mit gellendem Geschrei versuchten, ihren vor Geilheit und Alkoholdunst blindwütigen Verfolgern zu entkommen. Sonderbarerweise blieben die revolutionären Feiertage gerade dadurch im Gedächtnis haften. Interessant aber war, daß es an den eigenen Feiertagen, wenn sie die alten Bräuche und heiligen Rituale fast im Geheimen und fern von den Augen der Kreispartei- und Kreis-Exekutivkomitee-Funktionäre vollzogen, keine Saufgelage gab. Während auf die Tribüne ein Redner treten konnte, der nach Schnaps roch und dessen Rede weniger von revolutionärer Euphorie als von der Menge des bereits Getrunkenen zeugte, konnte dergleichen an der Küste nie geschehen, wo den Meeresgöttern Opfergaben in Form von gelb gewordenem, lange gelagertem Rentierspeck dargebracht wurden. In den Gesprächen mit Geistern und Dämonen waren ein nüchterner Kopf und klarer Verstand gefragt.

Als Gemo erfahren hatte, daß Korawje nicht unter den Erholungssuchenden in Siwerski war, vermutete er, er sei nach Tschukotka gefahren. Und wann immer er in der Stadt war, ging er in die Fakultät und sah, in der Hoffnung, eine Nachricht des Freundes vorzufinden, unter seinem Buchstaben im Postverteiler nach.

Valentina machte sich Sorgen und teilte ihre Befürchtungen ihrem Mann mit.

»Weißt du, wie lange wir gebraucht haben, um hierherzukommen?« beruhigte Gemo seine Frau. »Vier Monate! Aus unerfindlichem Grund hat unser Dampfer ›Jean Jaurès‹ nicht auf Wladiwostok, sondern auf Sachalin Kurs genommen, und dort haben wir im Seehafengebäude des Städtchens Otomari einen ganzen Monat herumgesessen!«

Das Städtchen war gerade erst in Korsakow umbenannt

worden, aber die Ortsansässigen, unter ihnen viele Koreaner, gebrauchten weiter den japanischen Namen. Hier und da hingen noch die verlockenden Schilder »Koreanischer Imbiß«, wo man aber außer Wodka, Dauerwurst auf einer Scheibe trockenem Brot und verdächtig aussehendem Meereskohl nichts bekam. Jede Woche legten in dem Hafen Dampfer mit Kurs aufs Festland ab, doch von denen mitgenommen zu werden, fand sich nicht die geringste Möglichkeit. Tausende von Menschen, die die Insel verlassen wollten, nahmen das Schiff buchstäblich im Sturm und drängten mühelos die schüchternen Tschuktschenjungen beiseite.

Über diese Reise könnte er irgendwann einmal ein Buch schreiben, dachte Gemo. Über die Entdeckung neuen Landes durch das trübe Wagenfenster und bei den Zwischenhalten auf den unzähligen Bahnhöfen fernöstlicher, sibirischer und russischer Städte während der ganzen langen Fahrt nach Leningrad.

»Er weiß doch, daß du dich sorgst«, erinnerte ihn Valentina.

»Bei uns ist es nicht üblich, sich wegen solcher Kleinigkeiten aufzuregen«, entgegnete Gemo.

»Und wenn ihm etwas zugestoßen ist?«

»Das größte Unglück, das Korawje zustoßen kann, ist: Er betrinkt sich und verpaßt den Zug. Aber er ist gescheit und erfahren. In den vier Monaten hat er die Kunst, mit unserer Eisenbahn zu reisen, begriffen. Sicherlich sitzt er irgendwo in Wladiwostok und fleht Seeleute an, ihn auf einem Schiff nach Tschukotka mitzunehmen.«

Doch Nachricht von ihm kam von ganz anderer Seite. Als Gemo wieder einmal in die Fakultät kam, entdeckte er auf dem Schwarzen Brett eine Anzeige vom Tod seines Freundes. Die verschlafene Sekretärin konnte ihm nichts erklären. Er befragte Bekannte aus dem Wohnheim, Laborantinnen, und erfuhr schließlich, daß die Miliz den Körper in der Newamündung aus dem Wasser gezogen hatte. Bis sie jemanden fanden, der ihn identifizieren konnte, war geraume Zeit verstrichen.

»Warum haben Sie mich nicht geholt?« erkundigte sich Gemo bei Fakultätsangestellten, aber niemand konnte etwas Vernünftiges sagen. Er mußte sich die widersprüchlichsten Aussagen anhören. Die einen meinten, Korawje sei auf einem fernen Friedhof beerdigt worden, aber wo genau, wußte niemand, weil die Miliz ihn bestattet habe, andere sagten, man habe ihn im Krematorium eingeäschert.

Gemo erinnerte sich an ein weit zurückliegendes Gespräch mit dem Landsmann, als sie gerade erst angekommen und in der Nord-Fakultät immatrikuliert worden waren. In einem seiner üblichen Anfälle von Schwermut hatte Korawje gesagt: »Alle wollen aus uns neue Menschen machen. Ich sage nicht, das geschieht aus böser, schlechter Absicht. Aber damit wir völlig anders werden, so wie die hiesigen Russen, Kasachen oder Juden, müssen wir vor allem aufhören, wir selbst zu sein, müssen gewissermaßen sterben.«

Er verstummte für eine Weile, dachte über die eigenen Worte nach und sagte dann bestimmt: »Ja, genau, sterben. Wir dürfen uns nicht mehr an das verflossene Leben erinnern, an die Jaranga, an unsere Lieder, Legenden und Märchen. So aber darf man mit einem Lebenden nicht umgehen. Er wird trotzdem an alles denken, alles in Erinnerung behalten, solange man an ihm keine Gehirnoperation vornimmt. Also versuchen sie, uns zu töten.«

Korawje ist tot, ohne ein anderer geworden zu sein, daher ist er nicht gestorben, dachte Gemo plötzlich und spürte, wie ihm Tränen über die Wangen liefen.

10

Das Zimmer war ziemlich groß und hatte einen auf die Stschors-Straße hinausgehenden Erker. Außer Juri Gemo, Serjosha und Valentina, der man die Schwangerschaft bereits ansah, lebten in der Wohnung drei ältere Frauen sowie der Schriftsteller und Forschungsreisende Michail Marjenkow mit seiner Frau – Verfasser eines einzigen Buches über seine weit zurückliegende Reise nach Nowaja Semlja. Er hatte zwei nebeneinanderliegende Räume erhalten, Gemo aber hatte die Wohnungskommission des Schriftstellerverbandes nur ein Zimmer zugebilligt, obwohl sich seine Familie bald vergrößern sollte.

Die Ungerechtigkeit schmerzte Valentina tief, und sie machte ihren Mann darauf aufmerksam.

»Wenn man irgendwas umsonst bekommt, darf man nicht meckern«, bemerkte Gemo philosophisch. »Geschenkt ist geschenkt. Tröste dich damit, daß unserem Nachbarn in der Literatur nichts mehr einfällt, ich aber immerhin eine Perspektive habe. Außerdem sind wir jünger.«

Valentina indessen hatte ihre eigenen Träume. Sie stellte sich vor, sie würden in das neue Haus ziehen, das auf der Kleinen Possadskaja gebaut wurde, in ein oberes Stockwerk, eine Wohnung mit Blick auf den Kirow-Prospekt. Sie würden zumindest zwei Räume haben und endlich ein eigenes Arbeitszimmer für ihren Mann einrichten können, so daß er sich nicht jedesmal mit seinem Manuskript am Rand des Küchen- oder Eßtisches würde einrichten müssen oder abwarten, bis alle eingeschlafen waren. Sie hatte kein zweites Kind gewollt, aber es war nun einmal passiert. Die alten Hausmittel, eine Schwangerschaft abzubrechen, wie ein heißes Wannenbad, eifriges Scheuern der Fußböden und andere körperliche Übungen hatten nicht geholfen.

Gemo war mit der neuen Wohnung ganz zufrieden, sie

gefiel ihm sogar. Besonders, weil ein Telefon da war. Der Apparat hing an der Wand fast neben der Tür, Gemo hob mit Vergnügen den Hörer ab und meldete sich bedeutsam mit »Hallo!«

Er erzählte seiner Frau, wie er in der Anadyrer Pädagogischen Lehranstalt zum erstenmal telefoniert hatte.

»Den Apparat hatten sie zunächst im Flur aufgestellt, bei unserem Unterrichtsraum. Daneben klebte ein Zettel mit den Namen der Teilnehmer. Es waren nur wenige. Die erste Nummer gehörte dem Vorsitzenden des tschuktschischen Bezirks-Exekutivkomitees, dem Deputierten des Obersten Sowjets, Genosse Otke. Die zweite dem Ersten Sekretär des Bezirks-Parteikomitees, Grosin. Dann kamen noch die Miliz, andere Institutionen und unsere Pädagogische Lehranstalt. Dieser schwarze Hörer zog uns regelrecht an wie ein Magnet. Als erster griff Guchuge danach. Eine Telefonistin meldete sich, und er nannte eine Nummer, ausgerechnet die von Otke persönlich. Otke antwortete höflich. Guchuge sagte, er als Landsmann des Vorsitzenden wolle sich einmal mit ihm unterhalten. Als ich an der Reihe war, zum Hörer zu greifen, wußte ich lange nicht, was ich sagen sollte. Schließlich erkundigte ich mich nach der Uhrzeit. Otke sagte, es sei kurz vor zwölf und Zeit, schlafen zu gehen. Am nächsten Tag stellten sie das Telefon in das Zimmer des Direktors der Pädagogischen Lehranstalt, und damit endeten unsere Erfahrungen mit dem Telefonieren für lange Jahre.«

Gemo wurde fast nie angerufen, als ihn aber eines Tages Twardowski persönlich am Telefon verlangte, machte das auf seine Nachbarn, vor allem auf Marjenkow, gewaltigen Eindruck.

Marjenkow sagte: »Twardowski ist einer von uns, aus Smolensk«, und er setzte Gemo ein Glas Wodka vor.

Gemo brauchte das, denn der Chefredakteur hatte gesagt,

die letzten Erzählungen, die er an die Zeitschrift geschickt habe, seien ungeeignet und könnten nicht gedruckt werden. »Sie sind an einem Fleck stehengeblieben, junger Mann, wollen nicht mehr vorwärtsgehen. Sie haben mich sehr enttäuscht.«

Gemo war überzeugt, daß er das Beste, was er in der letzten Zeit geschrieben hatte, an »Nowy Mir« geschickt hatte. Zumindest war seiner Meinung nach das, was im »Ogonjok« und in anderen Zeitschriften erschienen war, viel schlechter. Twardowskis Worte wirkten so niederschmetternd, daß Gemo lange keinen Drang mehr verspürte, seine Manuskripte in die Hand zu nehmen, und sich sogar, wie unter den schöpferisch Tätigen gang und gäbe, aufs Trinken verlegte.

Oft kam er mitten in der Nacht nach Hause, manchmal sogar erst im Morgendämmer, und legte sich neben Valentina, die dann möglichst weit von ihm abzurücken suchte. Die erstaunliche Breite des Bettes gestattete dies zum Glück – sie hatten es von den früheren Wohnungsinhabern übernommen, der Familie einer alten Schriftstellerin, die nach ihrer Auszeichnung mit dem Stalinpreis in das Haus auf dem Marsfeld, bei den Leningrader Schriftstellern unter dem Namen »Preisträger-Silo« bekannt, gezogen war. Vor der Revolution hatte das Bett sicherlich einmal einer wohlhabenden Familie gehört. Figürchen nackter Frauen waren von Pflanzen so umrankt, daß Blätter die intimsten Körperteile bedeckten. Es gab eine Abmachung mit den vorherigen Eigentümern – beim ersten Honorar würde er dafür zahlen.

Gemo erwachte mitten in der Nacht, in kalten Schweiß gebadet. Wieder einmal hatte er geträumt, er sei Mitarbeiter der Kolossower Kreiszeitung und seine Frau sei bei der Geburt eines Kindes gestorben. Während der Totenmesse in der örtlichen Kirche bekreuzigte er sich heftig vor den dunklen Antlitzen der Ikonen und ging dann stolpernd hinterm Sarg her. Eine Blaskapelle begleitete sie jammernd, sie spielte das gleiche Musikstück, das er auf dem Treppenabsatz im Schriftsteller-Überbau gehört hatte, als er mit seinen Manuskripten den Schriftsteller Gennadi Gor besuchte, und das laute Klagen der Trompete brachte die Leute zum Schluchzen. Jede Kleinigkeit, jedes gesprochene Wort war deutlich wahrzunehmen, und alles glich so gar nicht einem gewöhnlichen Traum, an den sich zu erinnern ihn nach dem Erwachen manchmal einige Mühe kostete. Hier gab es das nicht. Alles lief vor seinen im Dunklen offenen Augen ab, mit erschreckender Wirklichkeitstreue. Gemo fielen Bücher und Artikel über Alkoholpsychosen ein, die er mit unwillkürlichem Interesse gelesen hatte, da sie auch seinem eigenen Hang zu dem Getränk galten, das in tschuktschischer Sprache schlicht »übles Wasser« hieß. In dem am Bücherstand neben der Armenischen Kirche auf dem Newski gekauften zweibändigen »Therapeutischen Handbuch« wurde als erstes Symptom von chronischem Alkoholismus die »Neigung zu platten Witzen« genannt. Wenn das stimmte, mußten die allermeisten Freunde aus dem Schriftsteller-Restaurant an dieser Krankheit leiden. Vielleicht war das, was er träumte, der Beginn einer Alkoholpsychose mit der wohlklingenden lateinischen Bezeichnung »Delirium tremens«? Im Traum verschmolzen beide Frauen zu einer, und darin sah jener Gemo, der Georgi Nesnamow war, nichts Ungewöhnliches, nichts Unnatürliches.

Valentina wurde immer zugleich mit ihrem Mann wach. Sie berührte ihn mit der Hand und fragte leise: »Was hast du?«

»Ich habe wieder geträumt, ich sei der Nesnamow von der Kolossower Kreiszeitung. Und meine Frau sei bei einer Geburt gestorben.«

Gemo berührte den sich rundenden Bauch.

»Warum ist deine Haut so kalt? Tut dir auch nichts weh?«

»Mir tut nichts weh«, beruhigte ihn Valentina. »Leg mal die Hand drauf. Spürst du, sie bewegt sich. Ist auch wach geworden.«

»Und warum bist du so sicher, daß es ein Mädchen wird?«

»Ich weiß nicht. Ich bin eben sicher. Du aber mit deinen Träumen solltest mal zu einem Psychiater gehen oder, besser noch, aufhören zu trinken.«

»Dieser Traum hat begonnen, als ich noch nicht getrunken habe.«

Nach kurzem Schweigen sagte Valentina: »Dann fahre nach Kolossowo. Versuch, dich mit dieser Person zu treffen. Vielleicht ist es dann mit deiner fixen Idee vorbei?«

Gemo kaufte auf dem Bücher-Ramschmarkt den dunkelgrünen Band »Pawlows klinische Mittwochgespräche«. Das waren Stenogramme von Gesprächen des großen russischen Wissenschaftlers mit Patienten aus Leningrader psychiatrischen Anstalten, darunter offensichtlich auch Geisteskranken. Gemo war aber doch völlig normal! Vor gar nicht langer Zeit war er am Militär-Lehrstuhl der Universität gründlich untersucht worden, und die Ärzte hatten bei ihm nichts gefunden. Beim Psychiater regte er sich zwar etwas auf, aber der klopfte ihm nur mit einem kleinen metallischen Spielzeughammer aufs Knie, zog ihm irgendwelche Linien über die Brust, ließ ihn mit geschlossenen Augen und ausgestreckten Armen eine Weile stehen und machte auf einer Karteikarte Zeichen, die bescheinigten, daß er normal war.

In der schönen Literatur kamen Verwandlungen oft vor – manchmal gelungen und manchmal mißraten. Meistens aber verwandelte sich ein Mensch in ein Tier. Solches begegnete einem vielfach in tschuktschischen Zaubermärchen. In Legenden über Menschen, die auf Eisschollen aufs Meer hinausgetrieben wurden, erzählte man, wie sie zu Teryky wurden, zu Ungeheuern, aber das waren doch immer noch Menschen, nur mit Fell bewachsen. Sie änderten ihre Persönlichkeit nicht, blieben dieselben, die sie vor ihrem Unglück gewesen waren.

Bis Kolossowo mußte er mit dem Vorortzug fahren. Die Mitreisenden waren meist einfache Leute, Arbeiter. In einer Wagenecke hatte sich alsbald eine Runde von Kartenspielern zusammengefunden, am andern Ende tranken sie Wodka, viele lasen Bücher, Zeitschriften und Zeitungen. Leser fanden sich im Land noch genug, und Gemo blickte liebevoll auf die in ihre Lektüre vertieften Leute. Er bemerkte, daß aus den Zügen die abgerissenen Schnorrer restlos verschwunden waren, die noch vor einigen Jahren das Volk belustigt hatten, indem sie zu Harmonika, Balalaika oder Gitarre seltsame, anrüchige Lieder sangen. Sie waren ebenso unmerklich und plötzlich verschwunden wie die Kriegsversehrten, die Männer ohne Arme und Beine, die Blinden mit dunklen Brillen, mit denen die Reisenden gern ihre karge Barschaft teilten. Sie konnten doch nicht alle schlagartig ausgestorben sein! Einmal teilte Gemo diese Beobachtung dem fronterfahrenen Schriftsteller German Joffe mit, und der erklärte erbittert, daß man alle Invaliden, alle Krüppel des letzten Krieges auf die Walaam-Insel gebracht habe, wo sich bis zur Revolution das älteste russische orthodoxe Kloster befunden hatte. »Damit sie aus den Augen sind!« bemerkte der ehemalige Soldat wütend, und sein lebloses Glasauge blitzte. »Damit sie nicht den guten Eindruck verderben, nicht die gute seelische Verfassung des Sowjetmenschen, des Erbauers des Kommunismus, beschädigen!«

Gemo erinnerte sich noch gut an den Weg zur Redaktion der Kreiszeitung, zu dem einstöckigen, grün gestrichenen Holzhaus. Grün war nach dem Rot die am weitesten verbreitete sowjetische Farbe. So wurden Zäune gestrichen, Häuser, Pfosten, Schautafeln mit den Porträts der besten Arbeiter und Kolchosbauern. Doch die Stufen der Vortreppe zur Redaktion waren braun. Unmittelbar neben der Tür spiegelte sich die kühle Herbstsonne in einem Schild unter Glas: »Redaktion der Zeitung ›Kolossower Prawda‹, Organ des Kolossower Kreiskomitees der Kommunistischen Partei der Sowjetunion«. Wie viele dieser Prawdas, dieser Wahrheiten, gab es doch im ganzen riesigen Sowjetland! Die mächtigste politische Partei auf Erden zeigte sich seltsam einförmig, überhaupt nicht erfinderisch bei der Namensgebung für ihre ideologischen Organe.

Gemo öffnete eine schwere Tür, die mit selbstgebauter Schließautomatik versehen war – drei Ziegelsteine an einem über eine quietschende Rolle gezogenen Seil –, und stand in einem überraschend hell beleuchteten, engen Korridor. Unmittelbar vor sich sah er eine mit schwarzem Kunststoff ausgeschlagene Tür mit den glänzenden Kuppen von Möbelnägeln und dem Schild »Chefredakteur/Anmeldung«.

An einem kleinen Tisch neben einer anderen Tür mit dem Schild »Iwan Wassiljewitsch Kwassow« saß eine Sekretärin und schrieb konzentriert Schreibmaschine. Sie hob für eine Sekunde den Kopf und sagte schnell: »Der Chef ist da.«

Der Chefredakteur sah den Hereinkommenden fragend an, er hatte offenbar nicht erwartet, einen Nichtrussen zu sehen.

»Wollen Sie zu mir?« fragte er, ohne seine Verwunderung zu verhehlen.

»Ja, zu Ihnen«, sagte Gemo freundlich lächelnd. »Ich bin zufällig in der Gegend und wollte Kollegen besuchen.«

Er stellte sich vor und zeigte für alle Fälle den Mitgliedsausweis vom Schriftstellerverband, den er vor kurzem erhalten hatte. Dem Redakteur blieb nichts anderes übrig, als den Ausweis aufmerksam zu betrachten.

»Verzeihen Sie«, sagte Kwassow lächelnd. »Verstehen Sie mich recht, ich hätte jeden anderen in meinem Arbeitszimmer erwartet, sogar den Bezirks-Parteisekretär, nur nicht Sie. Was führt Sie her?«

Gemo hatte nicht die Absicht, ihm den wahren Grund für sein Kommen zu nennen, und antwortete vage: »Mich hat der Zufall nach Kolossowo geführt. Früher, zu Beginn meiner Studentenjahre, war ich einmal beim Ernteeinsatz im Dorf Treskowizy.«

»Dann müssen Sie zur Station Wruda fahren«, bemerkte der Redakteur. »Da liegt Treskowizy. Ich kann Sie mit unserem Redaktionswagen hinbringen.«

Er war viel älter als Gemo, vielleicht hatte er schon im Krieg gedient.

»Ich glaube nicht, daß das nötig ist«, antwortete Gemo nach kurzem Überlegen und betrachtete das Arbeitszimmer des Redakteurs, als könne er hier eine Antwort auf seine ewige Frage finden. Sie lag ihm auf der Zunge, aber etwas hinderte ihn, seine Zunge schien stumm geworden zu sein. Es kostete ihn nicht geringe Anstrengung, sich die scheinbar einfachen Worte abzuringen: »Hat bei Ihnen nicht mal ein Georgi Nesnamow gearbeitet?«

»Georgi Nesnamow?«

Iwan Wassiljewitsch legte die Stirn in Falten, rieb sich mit seinen großen Händen das pockennarbige Gesicht und strich sich die Haare aus der Stirn.

»Unmittelbar nach dem Krieg wurde der Frontberichterstatter Stepan Stepanowitsch Filippow zum Redakteur bestimmt. Wir haben ihn im vergangenen Jahr beerdigt, Friede seiner Asche! Abgelöst wurde er von Boris Sergejew, aber der hat nicht lange hier gearbeitet, er ist zur Bezirks-Parteischule gefahren und nicht mehr zurückgekehrt. Unmittelbar vor mir aber war hier Wiljam Sherebzow Chefredakteur. Er ist zur selben Parteischule gefahren, und danach ist er Schriftsteller geworden, hat den Roman ›Marinas Zöpfe‹ herausgegeben. Haben Sie ihn nicht gelesen?«

Gemo kannte zu seiner Schande den Roman nicht, wohl aber den Namen des Verfassers. Er zählte wie er selbst zu den vielversprechenden jungen Autoren des Leningrader Schriftstellerverbandes.

»Der Mann, den ich suche, war, soweit mir bekannt ist, nicht Chefredakteur«, erläuterte Gemo.

»Das werden wir gleich klären.« Der Redakteur hob den Telefonhörer ab und bestellte den Redaktionssekretär zu sich.

Gemo wartete gespannt. Doch ins Zimmer trat ein Mann, der äußerlich Georgi Nesnamow überhaupt nicht glich.

»Juri Antonowitsch Kulakow arbeitet seit den ersten Nachkriegsjahren bei uns«, stellte der Chefredakteur seinen Verantwortlichen Sekretär vor. »Und das ist der Schriftsteller Juri Gemo.«

»Juri Gemo?« Juri Antonowitsch war offensichtlich verwundert. »Na, so was! Ich habe Ihre Erzählungen in ›Nowy Mir‹ und im ›Ogonjok‹ gelesen. Hätte ich das gewußt, hätte ich ein Buch von Ihnen mitgebracht, um ein Autogramm zu bekommen!«

»Juri Antonowitsch!« Der Redakteur unterbrach die für das Schriftstellerohr äußerst angenehme Rede. »Juri Gemo sucht den Genossen … wie hieß er doch, bitte?«

»Georgi Sergejewitsch Nesnamow.«

Der Sekretär blickte zum Fenster hinaus, schaute dann auf den mit Broschüren und dicken Bänden der Marx-Engels-Ausgabe vollgestopften Bücherschrank, richtete die traurig gewordenen Augen auf Gemo und breitete die Arme aus. »So einer hat zu meiner Zeit hier nicht gearbeitet. Vielleicht war er ein Arbeiterkorrespondent, aber ich habe ein ausgezeichnetes Gedächtnis und erinnere mich an keinen solchen ... Sie können sich ja an die Propaganda-Abteilung beim Kreis-Parteikomitee wenden oder an die Kaderabteilung.«

»Er war parteilos«, erklärte Gemo überzeugt.

Wie er darauf kam, hätte er nicht erklären können, doch er war fest davon überzeugt.

»Dann eben nicht«, sagte er überraschend erleichtert. »Es wird wohl ein Irrtum sein. Entschuldigen Sie, daß ich Sie bei der Arbeit gestört habe.«

»Aber nicht doch! Nicht doch!« protestierten einstimmig Chefredakteur und Sekretär.

»Wenn Sie Zeit haben«, sagte Iwan Wassiljewitsch einschmeichelnd, »möchte ich mir erlauben, Sie ins hiesige Restaurant einzuladen.«

»Zu hundert Gramm Tee!« kicherte der Sekretär.

»Nein, Juri Antonowitsch«, bremste ihn Iwan Wassiljewitsch, »Sie bleiben hier. Sie müssen noch den Umbruch machen. Wenn Sie fertig sind, können Sie gern dazukommen.«

In der Tür des Restaurants, das sich nur zwei Schritt entfernt von der Redaktion im Erdgeschoß eines steinernen Wohnhauses befand, stand ein imposanter Portier in voller Uniform. So einer war sogar im Leningrader »Orientalischen Hof« eine Seltenheit. Der Kolossower Portier begrüßte servil den Chefredakteur, musterte Gemo mit durchbohrendem Blick und öffnete schwungvoll die Tür mit den altmodischen Worten: »Habe die Ehre!«

Im geräumigen Saal waren nur wenige Gäste, offenbar kamen die meisten erst abends. Äußerlich war an dem Saal nichts Besonderes, bis auf eine kleine Bühne und ein Klavier, das mit einem großen, von fern schon erkennbaren, wie für einen Speicher bestimmten Vorhängeschloß abgesperrt war.

Doch Iwan Wassiljewitsch durchquerte den Saal selbstsicher und öffnete eine fast unsichtbare Tür hinter der Bühne. In einem kleinen Raum mit einem einzigen Fenster, das mit reichlich Kaprontüll so dicht verhängt war, daß von außen niemand hereinsehen konnte, standen ganze zwei Tische mit gestärkten weißen Tischdecken, ein Büfett mit Wein- und Schnapsgläsern aus Kristall sowie ein elektrischer Samowar. Auf den Tischen befanden sich kleine Behälter mit nicht aus Sparsamkeit zerteilten Papierservietten.

Kaum hatten sie Platz genommen, erschien auch schon ein schwarzgekleideter Mann, seinem Benehmen nach keineswegs ein einfacher Kellner.

Er grüßte höflich und redete den Chefredakteur mit Vor- und Vatersnamen an, was von langer und guter Bekanntschaft zeugte.

»Filipp Petrowitsch«, sagte der Redakteur bedeutsam, »wir haben heute einen teuren Gast. Es ist der junge, aber schon weithin bekannte tschuktschische Schriftsteller Juri Gemo. Ich hoffe, Sie haben seine letzten Werke gelesen?«

Filipp Petrowitsch verzog das Gesicht zu einer Art Lächeln und murmelte etwas, aber Gemo war klar, dieser Mann las nie etwas anderes als die Speisekarte.

»Daher hoffe ich, Sie werden sich nicht blamieren ...«

»Aber nein! Nein!« rief Filipp Petrowitsch beflissen. »Alles wird bestens erledigt. Keine Sorge!«

»Ein Dieb und Gauner!« sagte Iwan Wassiljewitsch verächtlich hinter ihm her. »Das Gefängnis wartet schon lange auf ihn. Dabei ist ihm klar, daß die Redaktion, der Staatsanwalt und das Kreis-Parteikomitee über ihn Bescheid wissen ... Aber er hält sich, der Schweinehund! Wird von jemandem da oben protegiert. Wir hatten schon wiederholt einen Bericht über ihn fertig daliegen, aber jedesmal hat man ihn im Kreis-Parteikomitee wieder rausgenommen, es sei nicht die rechte Zeit dafür, hieß es.«

Der Chefredakteur begriff, daß er zuviel gesagt hatte, wechselte unvermittelt das Thema und stellte die Standardfrage, die für Gemo aber noch neu war: »Und wie sehen Ihre Schaffenspläne aus? Schreiben Sie an etwas Neuem? Wann werden Sie uns damit erfreuen? Ich schlage ›Nowy Mir‹ immer in der Hoffnung auf, ein neues Werk von Ihnen zu finden.«

Die Erwähnung der Zeitschrift gab Gemo einen Stich ins Herz. Er hätte es vorgezogen, gar nicht über Schaffensfragen zu sprechen, doch er wollte den gastfreundlichen Iwan Wassiljewitsch nicht kränken.

»Nun ja … Ich schreibe, ohne Hast.«

»Über Tschukotka, Ihre Landsleute?«

»Ja«, bestätigte Gemo und dachte für sich: Worüber denn sonst?

Das, wie er glaubte, gespielte Interesse an ihm war ihm ein wenig lästig, er wußte nicht, wie er auf die unnatürliche Ehrerbietung reagieren sollte.

»Sogar die spärlichen Nachrichten über die historischen Veränderungen auf Tschukotka, von denen man hört oder liest, sind sehr beeindruckend. Wie doch die Urvölker in Bewegung geraten sind! Verblüffend! Und welche moralische Reinheit, welche Unberührtheit!«

Gemo hörte zu und konnte sich nicht entschließen, laut etwas einzuwenden, tat es nur insgeheim. Er dachte an seinen »urgeschichtlichen« Großvater, der Russisch und Englisch nicht nur ausgezeichnet sprechen, sondern auch lesen und schreiben konnte, den großen Schamanen Uëlens, der in San Francisco eine Zeitlang mit einer Schwarzen verheiratet war. Auch an den gerissenen Onkel Kymyrgin dachte er, der gezwungen wurde, nach Wankarem überzusiedeln; dabei war Kymyrgin, wie man sich erzählte, in der Schule sehr erfolgreich gewesen und auch als erster in Uëlen in den Komsomol eingetreten. Das waren lebendige, blutvolle Menschen gewesen, trotz aller Mängel und obwohl ihnen die bemerkenswerten Charakterzüge eines »edlen Wilden« fehlten.

Filipp Petrowitsch brachte die Vorspeisen und eine Kristallkaraffe mit Wodka und wünschte guten Appetit.

Während Iwan Wassiljewitsch den Wodka eingoß, sagte er: »Ich hätte Sie gern unseren hausgemachten Kräuteraufguß kosten lassen.«

Der Wodka paßte ausgezeichnet zum Hering und zum körnigen Kaviar, und als auf dem Tisch Teller mit Fleischsoljanka erschienen, spürte Gemo, wie sich Wohlbehagen nicht nur in seinem Magen, sondern auch im Herzen ausbreitete.

»Wissen Sie«, bekannte er Iwan Wassiljewitsch, »schreiben ist gar nicht so leicht.«

»Und ob ich das weiß!« rief der Chefredakteur. »Sogar mit einer gewöhnlichen Zeitungsnotiz muß man sich herumquälen, bis man sie in eine leicht lesbare Form gebracht hat!«

Doch nach einer Weile wurde Gemo die Unterhaltung lästig, die unnatürliche Anspannung machte ihn müde. Seine Gedanken waren weit entfernt von den Themen des Tischgesprächs, insgeheim beschäftigte ihn weiterhin Georgi Nesnamow, der ihm im Traum, vielleicht auch in einer anderen, parallelen Welt erschien, an deren Existenz zu glauben er sich immer noch weigerte. Wenn er aber an sie dachte, rechtfertigte er gleichsam die Existenz dieses sonderbaren Phänomens in seinem Leben, wertete sie als eine Art physischer Abweichung, ähnlich dem sechsten Zeh an Stalins Fuß, der im Grunde niemanden etwas anging und den Führer auch nicht hinderte, große Untaten zu begehen. Die Träume und Gedanken an ein zweites Leben beunruhigten ihn durch ihre erschreckende Realität, die Genauigkeit und Nachvollziehbarkeit aller Details, durch das Fehlen von Mystik, von rätselhaften Erscheinungen und Verwandlungen. Das ganze Leben des Georgi Nesnamow war für ihn nicht nur, wie man so sagt, verstandesmäßig erfaßbar, sondern sogar sinnlich wahrnehmbar, bis hin zum herben Geruch des in jenen Jahren populären Eau de Cologne »Chypre«.

Inzwischen kam der Verantwortliche Sekretär Juri Antonowitsch. Er atmete schwer, war wohl gelaufen, aus Angst, sich zu verspäten.

»Alles erledigt!« meldete er dem Chefredakteur. »Wir halten den Termin!«

Er setzte sich auf den freien Stuhl und goß sich Wodka ein. Gemo betrachtete ihn und konnte sich an seinem Platz Georgi Nesnamow nicht vorstellen.

Auf der Suche nach seinem liebsten Eau de Cologne »Chypre«, das in Kolossowo längst verschwunden war und das Nesnamow zu seiner Überraschung auch in keinem der Kioske im geräumigen Vestibül des Hotels finden konnte, trat er auf die Straße und ging den Newski entlang, wo er ebenfalls in alle Parfümerien blickte. In den Schaufenstern glänzte eine Vielzahl von Flakons, eleganten Döschen, Schachteln mit unvorstellbar teurer französischer Kosmetik, aber auch da fand sich nirgends sein geliebtes »Chypre«. Nesnamow betrat dieses und jenes Geschäft und fragte danach, aber die jungen Verkäuferinnen schienen nie von dieser Marke gehört zu haben. Wenn eine Ware verschwindet, verliert sich im menschlichen Gedächtnis sogar deren Name. Ebenso geht es dem einfachen Sterblichen, wenn er im Leben nicht etwas Ungewöhnliches vollbracht hat.

Nesnamow beklagte sich bei Saikin über seine vergebliche Suche.

»›Chypre‹ werden Sie jetzt nicht finden, genauso wie das ›Dreifache‹. Die Eau-de-Cologne-Automaten hingen hier im Vestibül an den Wänden. Man warf eine Fünfzehn-Kopeken-Münze ein, und schon konnte man sich an einem Spritzer erfrischen – manche durstige Seele bekam es sogar fertig, diesen zu schlucken, um einen Kater zu besänftigen. Das ›Dreifache‹ galt überhaupt als elitäres Getränk.«

Im kühlen Saal der öffentlichen Saltykow-Stschedrin-Bibliothek durchforschte Nesnamow alte Jahrgänge von Zeitungen und Zeitschriften nach einem Hinweis auf die Existenz des Schriftstellers Juri Gemo. Insgeheim hoffte er, plötzlich könne doch ein Lichtschein aufblitzen. Außer dem Rascheln, das beim Umblättern der Seiten entstand, und dem durch dicke Wände und Doppelfenster gedämpften Lärm der Autos, die auf der Fontanka vorbeifuhren, gab es hier nichts, was ihn gestört hätte nachzudenken, sich in die Texte zu vertiefen. Das vergangene Leben zeigte sich so ereignisreich, daß Nesnamow selbst staunte, obwohl er doch in einer Zeitung gearbeitet, sich gewissermaßen im Zentrum der Neuigkeiten befunden hatte und so imstande gewesen war, alles zu verfolgen. Ihm war, als durchlebte er erneut die Zeiten, die jüngst noch unerschütterlich und auf ewig gefügt zu sein schienen, die Zeiten der Sowjetmacht, die nur gelegentlich vom Tod überalterter Lenker des Staates unterbrochen wurden … Das Gefühl zunehmender Verunsicherung kam mit dem Tod von Leonid Iljitsch Breshnew auf, als die Klänge des Trauermarsches im schwarz verhängten Moskauer Säulensaal, kaum verstummt, schon von den nächsten wieder abgelöst wurden. Nach Tschernenko setzte ein Erdrutsch, ein Dammbruch ein, die Zeit der Stagnation brach unaufhaltsam zusammen, riß in ihrem Sturz vieles mit. Ideologische und politische Eckpfeiler, die unerschütterlich und fest wie Beton erschienen waren, stürzten ein, als hätten sie nicht auf dem ewigen Fundament der großen Lehre des Marxismus-Leninismus gestanden, sondern auf Treibsand. Manchmal legte Nesnamow zwei Aufsätze, beispielsweise von Alexander Jakowlew, die im

Abstand von zwei Jahren erschienen waren, auf dem Tisch vor sich nebeneinander, verglich sie und staunte, wie schnell sich die Ansichten des kürzlichen Chefideologen der Partei in ihr Gegenteil verkehrt hatten.

Auf der Suche nach Juri Gemo gab sich Nesnamow der heimlichen Hoffnung hin, auf eine vielleicht vergessene Broschüre zu stoßen, der er entnehmen könnte, wie sein Doppelgänger all diese Vorgänge aufgenommen hatte. Sonderbarerweise schrieb man aber über die Peripherie der Sowjetunion sehr wenig, und wenn, dann nur im Zusammenhang mit den Erfolgen bei der Erschließung des hohen Nordens. Man schrieb über den Bau des Atomkraftwerks in Bilibino, über die Einführung der Navigation in den arktischen Häfen der Prowidenija-Bucht und in Pewek, über den Rentierzüchter Arento, einen Delegierten des Parteitags und Helden der sozialistischen Arbeit, über eine Kunstausstellung von Uëlener Walroßbein-Schnitzern. Einmal blieb Nesnamows Blick an dem Wort »Tschukotka« in der »Leningrader Prawda« hängen. Es waren nur einige Zeilen. Darin war die Rede von Gastauftritten des tschuktschisch-eskimoischen Ensembles »Ergyron« im Kulturpalast »Maxim Gorki«.

Nesnamow verspürte Hunger, legte die Zeitungsjahrgänge zusammen und trat hinaus in die schwüle Hitze des Leningrader Sommers.

Im Hotel erwartete ihn aufgeregt Saikin. Unruhe erfaßte Nesnamow: Sollte es wieder eine Schießerei gegeben haben?

»Ich habe eine Enkelin bekommen!« rief Saikin schon von weitem. »Ich warte auf Sie, um Sie zu mir einzuladen. Wir müssen das feiern. Es wird ja auch höchste Zeit, daß Sie meine Frau Antonina kennenlernen.«

Ungeachtet der Proteste Saikins kaufte Nesnamow in einem Kiosk an der Station »Platz des Aufstands« einen riesigen Strauß Nelken.

»Sie sind noch im Krankenhaus«, sagte Saikin, »Mutter wie Enkelin. Zu Hause ist nur Antonina.«

»Dann bekommt die glückliche Großmutter diesen Strauß, die Enkelin wird ihren zu gegebener Zeit erhalten«, erwiderte Nesnamow.

Sie waren recht lange mit der Metro unterwegs, bis zur Station Kuptschino. Dafür hatten sie dort bis zum Haus ganze fünf Minuten Fußweg.

»Das ist er!« sagte aufgeregt Saikin, während er Nesnamow vorwärtsstieß. »Von ihm habe ich dir erzählt.«

Saikin blickte mit unverhohlener Vergötterung auf die dick gewordene Greisin, die nur mit Mühe ihre aufgeschwollenen Beine bewegte und deren mehliges Gesicht mongolische Züge angenommen hatte, wie es im Alter mit slawischen Gesichtern oft geschieht. Da sieht man, wo die Vergangenheit bleibt, überlegte Nesnamow. Sie lebt im Gefühl weiter, in der Liebe; Boris Saikin sieht in seiner Antonina doch vor allem jene, die er vor fast einem halben Jahrhundert getroffen hat.

»Genau so habe ich Sie mir vorgestellt«, sagte Antonina mit tonloser, überraschend tiefer und ein wenig heiserer Stimme. »Kommen Sie herein.«

Die Wohnung gehörte zu dem verbreiteten Typ aus der Blütezeit des sowjetischen Wohnungsbaus, damals »Flatterhemd« genannt – ohne Diele, mit einem schmalen Korridor, durch den man in ein relativ großes Zimmer gelangte, in das noch zwei Türen mündeten. Die Zierde der Einrichtung war ein gut erhaltenes Eichenbüfett, das sich sehr gut in das zeitgenössische Interieur mit einem japanischen Fernseher sowie einem mächtigen Philips-Abspielgerät für CDs einfügte.

Saikin, der den Blicken des Gastes gefolgt war, sagte: »Ich war immerhin leitender Ingenieur eines Konstruktionsbüros.«

Antonina arbeitete in der Küche, ab und an ging Saikin zu ihr, brachte Teller mit verschiedenen Imbissen, stellte sie auf den Tisch, wechselte einige Worte mit dem Gast und verschwand wieder. Nesnamow aber betrachtete indessen mit Herzklopfen Fotos des einstigen jungen Paares; als Datum stand darunter 1954.

Etwas beklemmte ihn. War es die Erinnerung an die eigene, so früh verstorbene Frau, die nie mehr altern würde und in seinem Gedächtnis unverändert jung blieb? Es war erstaunlich, aber die Erinnerung an sie verblaßte nicht, im Gegenteil, sie wurde mit den Jahren noch heller, noch gegenwärtiger.

Antonina lächelte dem Gast zu und zeigte dabei große, ein wenig vorstehende, gelbliche Zähne. Sie tranken, aßen, tauschten Erinnerungen aus, und je näher Nesnamow den Augenblick kommen fühlte, da er nach Korawje, dem Freund von Juri Gemo, fragen könnte, desto schwerer wurde ihm ums Herz, desto öfter durchzuckte ihn ein scharfer Schmerz. Dann aber entschied er sich, das tschuktschische Thema während des Tischgesprächs nicht zu berühren. Sofort besserte sich seine Stimmung, und am Ende sangen sie gemeinsam sogar einige Lieder aus ihrer Jugendzeit:

»Über Rußland blaut der Himmel,
und ihn spiegelt die Newa.
Keine Stadt, such, wo auch immer,
gleicht an Schönheit Leningrad.«

11

Gemo bemerkte die Veränderung der Einrichtung sofort. Das Zimmer wirkte größer, geräumiger. Erst nach einiger Zeit kam er darauf: Das auffallendste Möbelstück war verschwunden – das luxuriöse Mahagonibett, das die alten Besitzer dagelassen hatten.

»Sie sind gekommen und haben es mitgenommen«, teilte ihm Valentina niedergeschlagen mit. »Zuerst haben sie telefonisch nachgefragt, ob wir es bezahlen können.«

»Sie hätten zumindest warten sollen, bis ich wieder da bin«, meinte Gemo. Er stellte sich vor, daß es der Stalinpreisträgerin gewiß nicht an Geld mangelte, und hatte es daher nicht eilig gehabt, für das Bett zu zahlen.

»Ärgere dich nicht«, tröstete er seine Frau, »ehrlich gesagt, das Bett hat doch gar nicht zu unserer Einrichtung gepaßt.«

»Und voller Wanzen war es auch!« erinnerte Valentina.

Statt des prunkvollen Mahagonibetts stellten sie eine billig erworbene zweischläfrige Federkernmatratze auf ein paar Ziegelsteine. Valentina nähte auf der Singer-Nähmaschine ihrer Mutter, die sie mit Mühe Verwandten abgebettelt hatte, einen Überzug aus buntem Stoff, dazu einige Kissenbezüge, und im Zimmer wurde es sogar gemütlicher als zu der Zeit, da das Prunkbett darin dominiert hatte und das kleine Bücherregal, das Kinderbett und den prächtigen Erker nicht zur Geltung kommen ließ.

»Jetzt ist es sogar schöner«, bemerkte Gemo.

»Und geräumiger«, ergänzte Valentina.

Eine Weile nachdem er in Kolossowo gewesen war, fühlte sich Gemo schwach wie nach einer langen und schweren Krankheit. So war es ihm einst im Vorfrühling 1943 ergangen, als in Uëlen eine Grippeepidemie wütete. Er hatte die Krankheit als einer der ersten überstanden und trat geschwächt aus der dunklen, kalten Jaranga in das blendend helle Licht, setzte sich an die Südseite und wärmte sich, indem er mit dem Gesicht die warmen Strahlen einfing. Niemand ging auf Jagd, mit der Krankheit plagte die Bewohner Uëlens nun auch der Hunger. Ein paarmal am Tag stieg Gemo in die Fleischgrube, den Uweran, hinab und kratzte den fetten Belag von den Erdwänden, den die Großmutter dann in Wasser auskochte. Aber der Tran war längst ausgegangen, und so mußten sie ihre karge Nahrung auf der spärlichen Flamme von Spänen und Rindenstücken zubereiten, die sie im Herbst am Meeresufer gesammelt hatten. Einige Uëlener verbrannten sogar die hölzernen Streben der Jarangas, und fetter schwarzer Rauch stieg über den Wohnstätten auf.

Gemo sah teilnahmslos zu, wie hin und wieder jemand einen Verstorbenen auf den Linlinnej-Hügel schleppte und dann beim Jaranga-Eingang für kurze Zeit ein reinigendes Begräbnisfeuer entzündet wurde, aus dessen schwacher, unsichtbarer Flamme Rauch davonflog.

Alle Gedanken galten allein dem Essen, dem mit einem großen Vorhängeschloß zugesperrten Laden, in dem es alles gab – Kondensmilch, Butter, Hartbrot, Zucker, Grütze, Tee ... Plötzlich ordnete jemand an, den Laden zu öffnen, und jeder konnte sich nehmen, soviel er brauchte. Gleich am ersten Tag holte sich Gemo Hartbrot und Kondensmilch, genoß den unerwarteten Reichtum und dachte: So wird es nach dem Krieg sein, wenn sie die deutschen Faschisten besiegt haben und endlich der Kommunismus erbaut wird. Die lichte Zukunft der Menschheit stellte man sich in jenen Jahren als ein offenes Geschäft ohne Verkäufer vor, voller Nahrungsmittel und Waren.

Wenn Gemo jetzt an jene Tage dachte, überwältigte ihn nicht nur sein nie erlöschendes Heimweh nach Uëlen, sondern er erinnerte sich schmunzelnd auch an seine Träume.

Die Schriftstellerei war eine Arbeit, die alle Kräfte und alle Zeit forderte. Ihm blieb nicht einmal mehr Zeit fürs Studium. Gemo wechselte von der Fakultät für die Völker des Nordens zur Fachrichtung Journalistik an der Philologischen Fakultät, aber die Vorlesungen besuchte er nicht sehr eifrig, und zum erstenmal seit vielen Jahren zeigten sich in seinem Studienbuch Dreier.

Dennoch war das Leben schön, denn an seiner Seite waren Valentina und der Sohn Serjosha, und auch die Tochter Olga war geboren. Die Familie verlangte immer mehr Aufmerksamkeit, er wurde bekannter.

Immer öfter und stärker verspürte Gemo den Wunsch, in seine Heimat, nach Uëlen, zu fahren. Er hatte Sehnsucht nach seiner Mutter, dachte oft an ihr scheues, gewissermaßen schuldbewußtes Lächeln, wollte den Bruder wiedersehen, die kleine Schwester, die Großmutter, Onkel Kmol. Ihm kam der Gedanke, überhaupt in die Heimat zurückzukehren. Er könnte bei der Zeitung arbeiten oder unterrichten – dafür müßte er allerdings erst die Universität beenden.

Von Sehnsucht nach seiner Heimat Tschukotka getrieben, nahm Gemo eine autobiographische Erzählung in Angriff. Er beschrieb das heimatliche Uëlen, änderte nur leicht den Namen, genauer, er entschied sich für die Bezeichnung, die die Nachbarn, die Eskimos aus Naukan, verwendet hatten. Aus der Ferne erschien das vergangene und weit zurückliegende Leben so schön, daß ihm beklommen zumute wurde und in seinen Ohren die Lieder und die Melodien aus seiner Kindheit erklangen – Tschuktschen- und Eskimoweisen, russische Volkslieder, jüdische Lieder, Opernarien, die damals aus den wenigen nach Uëlen geratenen Koffergrammophonen schallten.

Zwischendurch schrieb er Erzählungen und schickte sie an Zeitschriften. Er erhielt einen Anruf von der neuen Leningrader Zeitschrift »Newa«.

»Uns hat Ihre Erzählung gefallen, wir werden sie herausbringen«, sagte der Redakteur. »Doch wir bitten Sie um eine kleine Änderung. Haben Sie ein Exemplar da? Suchen Sie die Stelle, wo die Ankunft des Helden im Dorf beschrieben wird. Haben Sie sie? Den Satz ›Auf dem Dach des Dorfsowjets hing schlaff eine feuchte rote Fahne‹ müssen Sie ändern. Überlegen Sie, wie, und rufen Sie uns an.«

Gemo starrte verständnislos auf das Manuskript und überlas den Satz etliche Male. Was sollte daran falsch sein? Alle Worte schienen angemessen zu sein, gerade diese Fahne drückte doch die Stimmung des Helden aus, der keinen großen Anlaß hatte, sich nach dem Gefängnis über die Rückkehr ins Heimatdorf zu freuen.

Nach kurzem Überlegen wählte Gemo die Nummer der Redaktion und teilte ihnen munter mit, er habe nichts gefunden, was man korrigieren könne.

»Mein Lieber«, die Stimme des Redakteurs wurde einschmeichelnd, »Sie sind doch talentiert und findig. Sie müssen verstehen, daß der Einwand nicht von mir kommt. Überlegen Sie: das Symbol der Sowjetmacht, die rote Fahne, über einer offiziellen Institution, und plötzlich ist sie feucht und schlaff.«

»Es regnet doch in Strömen«, wandte Gemo ein. »Und die Fahne ist so durchnäßt, daß ein schwacher Wind sie nicht heben kann, deshalb hängt sie auch da wie erschlafft.«

»Juri, ich verstehe Sie ja«, fuhr der Redakteur geduldig fort. »Aber wenn Sie sich nichts einfallen lassen, werden wir die Erzählung aus dem Heft nehmen müssen.«

Gemo stellte sich lebhaft vor, wie man aus seiner Tasche dreitausend Rubel nimmt, für die er einen Haufen Brennholz, warme Stiefel für die Frau, Lebensmittel, einen Pelzmantel für den Sohn kaufen und so manche Stunde in netter Gesellschaft im »Orientalischen Hof« verbringen könnte.

»Die Änderungen diktieren Sie dann gleich dem Korrektor«, sagte der Redakteur.

Nach einigen Stunden Überlegen wählte Gemo die angegebene Nummer und diktierte folgende Änderung: »Trotz Wind und Wolkenbruch flatterte die rote Fahne trocken und mächtig überm Dorfsowjet.«

Tags darauf rief der Chefredakteur an und sagte langsam: »Man hat mir gesagt, deine Änderungen machen es noch schlimmer. Es soll nun alles so bleiben, wie es war.« Er schwieg eine Weile und setzte hinzu: »Aber sei dir klar, jetzt haben sie dich auf dem Kieker.«

Das war nicht Juris erster Zusammenstoß mit der Zensur oder, wie es noch hieß, mit dem Städtischen Literaturamt.

Wie sich herausstellte, durfte man aus Gründen der militärischen Geheimhaltung nicht schreiben, daß auf Tschukotka Gold gewonnen wird. Das Wort wurde durch den Ausdruck »wertvolles gelbes Metall« ersetzt, dessen Bedeutung sogar ein Vollidiot erraten konnte. Es war nicht erlaubt, über die Waljagd zu schreiben. Wale wurden im Text zu den »größten Meerestieren«. Wenn ein besiedelter Punkt erwähnt wurde, durfte man auf gar keinen Fall sagen, daß es dort einen Flugplatz oder einen Landeplatz gab. Offenbar war das Verzeichnis der Verbote so groß, daß sich in einem Text von Gemo immer etwas fand, das er auf Verlangen eines rätselhaften und ihm unbekannten Menschen aus dem »Städtischen Literaturamt« ändern mußte. Als Gemo einmal versuchte, die Adresse herauszubekommen oder zumindest die Telefonnummer des Zensors, winkte man erschrocken ab: Was fällt dir ein! Das ist kategorisch verboten! Ist ein Staatsgeheimnis! Doch den Zensoren war das noch nicht genug. Sie achteten streng auf die richtige ideologisch-künstlerische Tendenz eines Werkes. In einer Erzählung mußte er den ganzen Text umarbeiten und schließlich auf ihre Veröffentlichung verzichten, weil darin beschrieben wurde, wie ein russischer Bursche ein Mädchen betrog, ihr die Heirat versprach, aber dann wegfuhr und sie mit kleinen Kindern sitzenließ. So etwas war auf Tschukotka gang und gäbe – für die Zeit eines Vertrages oder einer Dienstverpflichtung zu heiraten. Doch wie sich herausstellte, war auch das ein streng gehütetes Staatsgeheimnis.

Bald ertappte sich Gemo dabei, daß er gewissermaßen mit Blick auf die geheimnisvollen Unsichtbaren schrieb, die über nicht minder geheime Staatsgeheimnisse wachten.

Er begeisterte sich für ein neues Manuskript und saß nächtelang an der Arbeit. Manchmal richtete er den Tag so ein: Er ging gegen vier schlafen, stand um elf auf, trank starken Tee und setzte sich an den Tisch. In der Stille der schlafenden Wohnung, der zur Ruhe gekommenen Stadt arbeitete es sich jedoch nicht so gut. Vor allem konnte Valentina nicht schlafen, solange ihr Mann am Tisch saß. Er bat sie inständig einzuschlafen, versicherte ihr, daß ihr Wachbleiben ihn störe. Valentina tat, als schliefe sie ein, aber Gemo erriet an ihrem Atem, daß sie sich verstellte.

In der Stille, in dem unerwarteten Ausbleiben von Eindrücken, kamen ihm seltsame Gedanken. Er dachte an alles, nur nicht an das Manuskript, zu dem zurückzukehren er sich zwingen mußte. Ein schmerzliches Gefühl frostiger Einsamkeit, trotz der Anwesenheit von Frau und Kindern, überwältigte Gemo, unwillkürlich dachte er an seinen Doppelgänger, an dessen Gedanken, daran, wie schwer es ihm fallen mußte, nach dem Tod seiner Frau allein das Kind aufzuziehen. Dem Leben fehlt etwas, wenn man sich als einsamer Wanderer auf dem allen Winden ausgesetzten großen Lebensweg fühlt, wie ein hinterm Schwarm zurückgebliebener Vogel, wie ein von der Herde getrenntes Ren ... Kam das daher, daß er sich von seinem Volk gelöst hatte, von der gewohnten, in Jahrhunderten herausgebildeten Lebensweise? Aber so erging es ja vielen Menschen, nicht nur auf Tschukotka, sondern im ganzen Land, es geschah bis zu diesem oder jenem Grad auf der ganzen Welt – aber fühlten sich alle so verwaist, der unsichtbaren Unterstützung, der Gegenwart ihrer Landsleute beraubt? Er war wie ein Wal, der den Anschluß an die Herde seiner Artgenossen verloren hatte, war von kalten, feindlichen, sich türmenden Eisschollen umgeben. Selten zwar, doch es kam vor, daß solche einsamen Wale unweit von Uëlen im Eis einfroren.

Einsamkeit ist verhängnisvoll für ein Lebewesen, zumal für einen Menschen, und sicherlich ist es gut, wenn man den Atem eines vertrauten, nahen Menschen hört. Gemo stellte sich vor, er wäre allein, ohne Valentina, ohne die friedlich in ihren Bettchen schlafenden, schniefenden Kinder, und ein Kälteschauer ließ seinen ganzen Körper erbeben. Er schob das Manuskript beiseite, zog sich aus, kroch ins warme Bett und preßte sich an seine Frau.

»Was hast du?« fragte Valentina. »Kannst du nicht schreiben?«

»Das ist es nicht«, antwortete Gemo. »Zum Schreiben komme ich noch immer. Ich habe mich plötzlich so einsam gefühlt.«

»Du solltest wieder einmal in die Heimat fahren«, sagte seine Frau nach einer Weile. »Du hast doch gesagt, die beste Zeit für eine Reise sei der Sommer. Also fährst du im Sommer, und wir werden nun schon zu dritt in der Datsche auf dich warten. Hast du übrigens einen Antrag gestellt?«

Der Dichter Leonid Faustow hatte ihnen mitgeteilt, daß es für Mitglieder des Schriftstellerverbandes literarische Dienstreisen gebe. Bezahlt würden ihnen nicht nur die Fahrtkosten, sie würden auch großzügig bemessene Spesen und Wohngeld erhalten. Gemo wurde klar, daß es mehr war, als er für die Reise brauchte – er konnte seiner Familie genug Geld für die Datsche und sogar für eine Kinderfrau dalassen.

»Ich habe alles erledigt. Wir werden die alte Datsche bekommen, in Wsewoloshsk.«

Er stellte sich vor, wie er an der heimatlichen Küste in Uëlen aussteigt. Viele erwarten ihn schon, darunter seine Mutter, die er fast zehn Jahre nicht gesehen hat. Sie trägt eine bunte Kamlejka. Gespannt betrachtet sie den erwachsen gewordenen Sohn, der schon ein richtiger Mann ist, Ehemann, Vater und Schriftsteller. Mama wendet das Gesicht ein wenig zur Seite – an diese Gewohnheit erinnerte sich Gemo genau –, als geniere sie sich, sie ist verwirrt über die Aufmerksamkeit, die man ihrem Sohn und auch ihr selbst schenkt. Er umarmt die kleine Schwester, den Bruder. Nur – wie soll er sich dem Stiefvater gegenüber verhalten? Die Demütigungen und die Schläge, die er in der Kindheit erdulden mußte, konnte Gemo nicht vergessen. Ein Gefühl der Schutzlosigkeit, der Furcht vor Drangsalen, vor denen ihn sogar die Mutter nicht bewahren konnte, überwältigte Gemo jedesmal, wenn er sich an die Jahre in der Jaranga seines Stiefvaters erinnerte. Daher waren seine besten und schönsten Erinnerungen mit der Jaranga seines Onkels Kmol verknüpft, zu dem er oft floh, wenn er sich vor dem Zorn des vom »üblen Wasser« wütend gewordenen Stiefvaters retten wollte. Und er beschloß, wenn er nach Uëlen fuhr, würde er beim Onkel wohnen.

Noch vor kurzem war die Straße nach der ruhmreichen Roten Reiterei benannt, nun aber hieß sie Cavaliergarde-Straße. Dieser neue Name ließ einem fast den Geruch von Pferdemist in die Nase steigen, erinnerte an das Getrappel gut beschlagener Hufe auf dem Steinpflaster. Es gab da keine architektonisch bemerkenswerten Bauten, bis auf ein riesiges graues Gebäude, das sich Bank nannte und an dem eine Gedenktafel aus rosa Granit angebracht war mit der Inschrift, daß hier, im Kriegslazarett, während des Großen Vaterländischen Krieges Verwundete und medizinisches Personal von einer Bombe getötet worden seien. In der Nähe mußte das Haus stehen, in dem Anna Andrejewna Achmatowa die schwersten Jahre ihrer Verfolgung und Verleumdung verbracht hatte. Nesnamow hatte erwartet, wenigstens eine kleine Tafel zu sehen, fand aber nichts dergleichen. Den Leuten aus der Stadtverwaltung hatte der Verstand offenbar nur dazu gereicht, die Straße umzubenennen. Nesnamow war schon aufgefallen, daß die Nachkommen stets nur ruhmreichen Vorkommnissen Denkmale widmen, nicht aber Niederlagen und Notsituationen. Hätten nicht an dem Haus, in dem der Schöpfer der tschuktschischen Literatursprache gelebt hatte, die dankbaren Luorawetljan-Nachfahren wenigstens eine Inschrift anbringen lassen können, die an Pjotr Jakowlewitsch Skorik als einen der ersten Lehrer von Tschukotka erinnerte, an den Autor der ersten tschuktschischen Grammatik und zahlreicher Lehrbücher für die Schulen des fernen Nordens?

Nesnamow hatte sich telefonisch mit dessen Sohn Boris Petrowitsch verabredet. Schwankend und quietschend, als sei er mit der Last unzufrieden, brachte der Fahrstuhl mit seiner halbdunklen Kabine Nesnamow in den vierten Stock.

Es war eine Gemeinschaftswohnung mit einer recht geräumigen Diele, die Nesnamow aber wegen der trüben Beleuchtung eng erschien. Boris Petrowitsch, groß und blond, mit angehender Glatze und einer Brille, deren starke Gläser im Halbdunkel aufblitzten, führte den Gast durch ein Labyrinth von Korridoren in seine Wohnungshälfte, die aus zwei nebeneinanderliegenden Zimmern bestand. Das erste war relativ klein, an einer Wand hing ein vergilbtes Eisbärfell, und ein Schreibtisch aus alten Zeiten war vor das Fenster geschoben.

Boris Petrowitsch bereitete dem Gast Tee. Zum Gespräch begaben sie sich in das andere, große und helle zweifenstrige Zimmer.

»Ich habe nicht erwartet, daß sich noch jemand für das Schicksal meines Vaters interessieren könnte«, sagte Boris Petrowitsch mit bitterem Lächeln. »Seit er gestorben ist, hat sich niemand seiner erinnert. Das schmerzt. Mich tröstet nur, daß er nicht mehr erlebt hat, wie heute alles in den Schmutz gezogen wird, was seine Generation geschaffen hat. Sie fuhren als echte Enthusiasten in den Norden, als Pioniere, erfüllt von dem Bewußtsein, daß es ihre Pflicht sei, den Nordvölkern das Lesen und Schreiben zu vermitteln. Und nun soll es diese Großtat nicht gegeben haben … Schrecklich, wie ein lebendiger Mensch dem Vergessen anheimfällt. So, als habe es ihn nie gegeben!«

Diese Worte ließen Nesnamow zusammenzucken, das Gefühl einer unerwarteten Last, die sich plötzlich auf seine Schultern gelegt hatte, trieb ihm sogar den Schweiß auf die Stirn.

»Ist Ihnen nicht gut?« fragte Boris Petrowitsch teilnahmsvoll. »Soll ich Ihnen kaltes Wasser bringen?«

Während er Wasser holte, sah sich Nesnamow in dem Zimmer um, in dem Juri Gemo oft gewesen war und in das er noch seine Kinder gebracht hatte, um seinem Lehrer – wie er sagte – »seine besten Werke« zu zeigen. Ihm wurde bewußt, daß sein unerwarteter Schwächeanfall von der drohenden Annäherung an jene Grenzlinie rührte, die seine und Juri Gemos Existenzen voneinander trennte.

»Pjotr Jakowlewitsch hatte aber doch Schüler, und gar nicht wenige«, sagte Nesnamow etwas erleichtert, nachdem er Wasser getrunken hatte.

»Er hatte eine Menge Schüler!« antwortete mit gehobener Stimme Boris Petrowitsch. »Wie viele sind in diesem Zimmer gewesen! Sie kamen mit Jahresabschluß- und Diplomarbeiten, mit Dissertationen, Manuskripten, mitunter auch nur, um sich Geld zu leihen. Mama sagte manchmal, er habe zur Unterstützung tschuktschischer Studenten so viel ausgegeben, daß sie selbst bis zum nächsten Gehalt Schulden machen mußten. Deshalb gab es oft Streit zwischen ihnen.«

Nesnamow hatte zu Beginn des Gesprächs ein Notizbuch bereitgelegt, da er sich als Journalist vorgestellt hatte, der über die ersten Lehrer von Tschukotka Material sammle. Boris Petrowitsch erzählte und ließ ab und an einen Blick auf das leere Notizbuch seines Gastes fallen.

Nesnamow beruhigte ihn: »Seien Sie unbesorgt, ich habe ein gutes Gedächtnis.«

Boris Petrowitsch berichtete von der Selbstlosigkeit und Großzügigkeit seines Vaters. »Sooft man in der Akademie Wohnungen verteilte«, erinnerte er sich, »überließ Vater jedesmal sein Anrecht einem wohnungslosen Aspiranten, selbst aber blieb er in diesen zwei Zimmern, in denen er seit 1946 bis zu seinem Tod wohnte, obwohl er Professor und Doktor der Wissenschaften war!«

Nesnamow erfuhr, wie Pjotr Jakowlewitsch seine zechenden

Studenten bei der Miliz herausholte, für sie eintrat, ihnen sogar half, familiäre Beziehungen wieder einzurenken.

»Gab es denn unter den Studenten von Pjotr Jakowlewitsch nicht auch solche, auf die er stolz war?« fragte Nesnamow.

Boris Petrowitsch errötete. »Aber ja, natürlich. Ganz besonders war er einem Jungen zugetan, Korawje hieß er. Vater prophezeite ihm eine glänzende Zukunft. Der ist aber leider umgekommen. In der Newa ertrunken. Man vermutete, er habe sich aus Liebeskummer ins Wasser gestürzt.«

Die Erwähnung Korawjes gab Nesnamow einen Stich ins Herz, erinnerte ihn an Antonina Saikina, die erste und letzte Liebe des ins Nichts eingegangenen tschuktschischen Studenten.

»Hatte Pjotr Jakowlewitsch vielleicht einen Schüler, den er besonders schätzte, in den er besondere Erwartungen setzte?«

Boris Petrowitsch dachte nach, richtete den Blick auf das mit Tüll verhängte Fenster.

»Er hatte eine sehr begabte Schülerin, Alewtina Nikodimowna. Als sie dann aber auf eigenen Beinen stand, einen wissenschaftlichen Grad erworben hatte, begann sie gegen Vater zu intrigieren. Sie wollte gar zu gern die Leitung der Institutsabteilung übernehmen, die sich mit den Problemen der nördlichen Sprachen befaßte. Aber damit mußte sie bis zu Vaters Tod warten.«

»Ich meine aber Schüler aus dem Kreis der tschuktschischen Studenten.«

Boris Petrowitsch lächelte. »Einen gab es!« erklärte er fröhlich. »Pjotr Iwanowitsch Inenli. Der trank freilich auch gern. Befaßte sich dennoch zielstrebig mit der Wissenschaft. Hat einige Aufsätze veröffentlicht, ein Lehrbuch der tschuktschischen Grammatik für die Pädagogische Lehranstalt. Aber seine Hauptarbeit galt einem großen tschuktschischen Wörterbuch … Er hat es nicht vollenden können, dieser Pjotr Iwanowitsch. Erst starb sein Lehrer, dann er selbst an einem Schlaganfall. Ich habe keine Ahnung, wer jetzt seine Arbeit fortsetzen wird!«

»Gab es unter Pjotr Jakowlewitschs Studenten vielleicht auch

einen, der Gedichte, Erzählungen geschrieben hat?« fragte Nesnamow und spürte, wie sonderbare Kälte seinen Körper umfing.

»Sie meinen, einen Schriftsteller?«

Nesnamow nickte.

»Aber ja!« erwiderte Boris Petrowitsch bestimmt. »Vater war mit Viktor Këulkut bekannt, traf sich mit ihm auf Tschukotka, wenn er an einer Expedition teilnahm, er korrespondierte auch mit Antonina Kymytwal. Überhaupt freute er sich über jedes Buch, das in tschuktschischer Sprache erschien, er sammelte sie.«

»Könnte ich diese Bücher sehen?« bat Nesnamow.

»Ach, da ist wenig übriggeblieben.« Boris Petrowitsch winkte ab. »Da waren welche vom Anadyrer Museum hier, dies und das haben sie gekauft, manches habe ich ihnen geschenkt.«

Das Bücherregal befand sich hinter einem an Metallringen hängenden Vorhang.

Mit klopfendem Herzen ging Nesnamow daran, die Bücher durchzusehen. Es waren vorwiegend linguistische Arbeiten: Mestschaninow, Marr, Grammatiken der Sprachen der einstigen Sowjetunion, von Völkern des Nordens, der Indianer Nordamerikas, schöne Literatur über den Norden, einige Bücher von Tichon Sjomuschkin …

»Das sind nur traurige Reste von Vaters ziemlich großer Bibliothek«, sagte Boris Petrowitsch, der inzwischen eine Flasche Mineralwasser und zwei Gläser geholt hatte. »Ich vergaß, Sie zu fragen, vielleicht möchten Sie etwas Kräftigeres trinken?«

»Nein, danke«, lehnte Nesnamow ab. »Bei dieser Hitze gibt es nichts Besseres als Mineralwasser.«

Er nahm einen Schluck und entschloß sich schließlich zu fragen: »Sagt Ihnen der Name Juri Gemo etwas?«

Boris Petrowitsch antwortete nicht sofort. »Wissen Sie, ich war als kleines Kind auf Tschukotka und erinnere mich an nichts mehr. Wer soll denn das sein – Juri Gemo? War er Student bei Vater?«

»Er konnte es gewesen sein.«

»Alle habe ich nicht gekannt. Im Lauf der Jahre sind es viele gewesen.«

»Meines Erachtens hat Juri Gemo Bücher geschrieben.«

Boris Petrowitsch sah den Gast verblüfft an. »Einen Schriftsteller würde ich kennen«, sagte er überzeugt. »Von Beruf bin ich zwar Geologe, und wenn ich auch auf Tschukotka nicht gearbeitet habe, so wußte ich doch alles Wichtige, was Tschukotka betrifft. Juri Gemo ... Vielleicht ist es einer der alten Schriftsteller aus der Vorkriegszeit, die einst am Institut der Nordvölker studiert haben?«

»Nein, er ist relativ jung, könnte Ihr Altersgefährte sein«, sagte Nesnamow, wobei er spürte, wie schwer ihm diese Worte fielen. Wieder überkam ihn dieses sonderbare Gefühl, als stieße er auf ein unsichtbares Hindernis.

»Ich komme nicht darauf, entschuldigen Sie bitte. War er ein bekannter Schriftsteller?«

»Ziemlich bekannt«, antwortete Nesnamow, während ihm endgültig klar wurde, daß es in der Welt von Boris Petrowitsch Skorik einen Schriftsteller Juri Gemo nicht gab und nie gegeben hatte. Er kam auch in den Lehrbüchern nicht vor, die auf dem verhängten Regal standen.

Als Nesnamow wieder auf die Straße trat, überlegte er verzweifelt, ob denn wirklich Pjotr Jakowlewitsch Skorik, wenn er noch lebte, auch sagen würde, er kenne keinen Juri Gemo – solch einen Studenten, noch dazu Koautor von ihm, und bekannten tschuktschischen Schriftsteller habe es nicht gegeben?

Am traurigsten aber war, daß die Umwelt dadurch weder besser noch schlechter wurde ... Juri Gemo war ja nun wirklich kein gewöhnlicher Mensch, und doch hatte die Welt durch sein Nichtsein nichts verloren. Es gab ihn nicht, fertig! Bestimmt gab es auch Welten, in denen es weder Lew Tolstoi noch Puschkin gab, weder Tschaikowski, Beethoven, Brahms, Schiller, Tschechow oder Shakespeare, noch Anna Andrejewna Achmatowa, die hier gelebt hatte.

Doch das stand wohl auf einem anderen Blatt. Nesnamow begriff, was er schon lange ahnte: In einer Welt, in der es Juri Gemo gab, gab es Georgi Nesnamow nicht. Und umgekehrt. Sollte es ihm durch ein Wunder gelingen, seinen Doppelgänger zu finden, würde er selbst, Georgi Nesnamow, verschwinden, sich in Juri Gemo verwandeln. In ein und derselben Welt konnten nicht zwei völlig identische Menschen existieren, obwohl die Wahrscheinlichkeitstheorie das zuließ. Auch wenn es diese Theorie gibt, überlegte Nesnamow, hier geht es um etwas anderes, um eines Höchsten Ratschluß, sein Verbot. Die Seele konnte es nur einmal geben, sie war unwiederholbar, mochten auch die körperlichen Hüllen gleich sein ... So gesehen, konnte, wenn Juri Gemo existierte, zur gleichen Zeit Georgi Nesnamow nicht existieren? Wo sollte er dann sein? Oder blieb die Zeit stehen? Also war die Zeit das Entscheidende. Wenn die Zeit eine Form der Existenz von Materie war, dann ging sie auch in eine andere Form über. Aber unmöglich konnte es zwei Zeiten geben ... Weiß der Teufel, in welches Labyrinth einen diese Überlegungen führen konnten!

Jetzt endlich verstand er seine kindlichen Phantasien, die er für Fortsetzungen seiner nächtlichen Träume gehalten hatte. Damals hatte er keine Vorstellung von Juri Gemo gehabt, hatte sich selbst einfach hin und wieder als einen anderen empfunden, der auf einer anderen Erde, unter anderen Menschen lebte. Am häufigsten geschah dies an der Scheide von Jahreszeiten: im zeitigen Frühling, wenn Sonnenlicht und wohlige Wärme auf die Erde trafen, oder im Spätherbst, eher noch zu Beginn des Winters, wenn das Licht frischgefallenen Schnees die Dämmerung erhellte. Stundenlang saß er dann am Fenster, starrte in das fürs gewöhnliche Auge Unsichtbare, das aber fürs innere, seelische Auge wahrnehmbar war. Das alles war undeutlich, vage, glich eher verschwindenden Schatten, war aber auch schrecklich verlockend, erfüllte ihn mit süßem, faszinierendem Grauen.

Den Leuten um sich herum jagte er mit diesem Zustand Angst ein, sie schrien ihn ständig an, als wollten sie ihn aus einer Ohn-

macht wecken, auf die Erde zurückholen, und führten alles auf seine Lesewut zurück. Die Verwandten verteidigten ihn freilich, sagten, Lesen und Wissen würden einem Menschen nie schaden: Von der Kenntnis des Guten würde der Mensch besser, die Kenntnis des Bösen aber gereiche ihm zur Warnung. Die Eltern waren tiefgläubig, hatten aber keine Ikonen im Hause, und erst nach ihrem Verschwinden, als sich Nesnamow seiner ethnischen Herkunft bewußt geworden war, begriff er, daß sie Katholiken gewesen waren. Sie hatten ein kleines, aber solide gebautes Haus besessen, das auch jetzt noch in einem so guten Zustand war, daß es keine Renovierung benötigte. Vielleicht sollte er nach seiner Rückkehr endgültig nach Treskowizy umziehen, für immer die staubige Komintern-Straße in Kolossowo verlassen, die so sehr einer städtischen Straße zu gleichen suchte und nun Wosnessenskaja, Himmelfahrtsstraße, hieß. Sollte er Stanislaws Plan zustimmen, Gas- und Wasserleitungen dorthin verlegen zu lassen, und den Rest seiner Tage in Gedanken an seine sonderbare Doppelexistenz auf Erden verbringen?

In den ersten Junitagen stieg Gemo in den Zug, um von Moskau mit dem Flugzeug in den Fernen Osten zu fliegen und von dort in seine ferne Heimat zu gelangen.

12

Der Magadaner Flugplatz lag beim dreizehnten Kilometer der Kolymaer Chaussee, und während sie auf der erbärmlichen Fahrbahn durchgerüttelt wurden, erzählte der Taxifahrer, daß die an der Küste der Nagajew-Bucht beginnende Straße durch die Taiga führe, durch Sumpfgebiet, Hügel und Bergkuppen bis zu der ins Eismeer mündenden Indigirka, tausendzweihundert Kilometer weit.

»Gebaut wurde sie in den dreißiger Jahren von Gefangenen, und Alteingesessene erzählen, daß unter der Straßendecke die Gebeine von vielen zehntausend Menschen liegen, die verhungert oder an der ihre Kräfte übersteigenden Arbeit gestorben sind.«

»Sind Sie selbst kein Alteingesessener?«

»Ich bin vor vier Jahren mit einem Komsomol-Aufgebot hierhergekommen. Nach der Entlarvung des Personenkults und der Verhaftung Berijas, als eine Welle von Rehabilitierungen einsetzte, stellte sich plötzlich heraus, daß keiner da war, der in den Goldgruben arbeiten konnte. Da hat man eben den Komsomol aufgerufen. Ich persönlich stamme aus dem Gebiet Orjol, von den Turgenjewschen Stätten. Sie haben doch sicherlich davon gehört? Haben die ›Aufzeichnungen eines Jägers‹ gelesen.«

Fast hätte Gemo gesagt, daß er mit Literatur zu tun habe, doch er schwieg.

Das Hotel war anständig, und nachdem Gemo den Schriftstellerausweis vorgewiesen hatte, erhielt er ohne Mühe ein Einzelzimmer mit Fenster zum Hof. Von Stützbalken gehalten, stand da eine schief gewordene Baracke, offensichtlich noch aus den ersten Jahren des Dalstroi, der Hauptverwaltung Bauwesen im Hohen Norden.

Magadan war nicht das Endziel von Gemos Reise. Vor ihm lag noch ein weiter Weg – über Anadyr, die Prowidenija-Bucht und die Bucht des heiligen Lawrenti nach Uëlen.

Die Architektur der Stadt verriet Geschmack. Das war übrigens nicht verwunderlich: In den Lagern hier hatten große Talente von Kunst und Wissenschaft geschuftet. Manche von ihnen hatten sogar den Stalinpreis bekommen, während sie offiziell Gefangene waren.

Gemo ging durch das Zentrum und fragte Passanten nach dem Weg zur Redaktion der »Magadaner Prawda«. Voll gespannter Neugier betrachtete er die Stadt und suchte nach sichtbaren Zeichen der düsteren Geschichte, doch alles ringsum war festlich, hell, und vor allem begegneten ihm nur junge und äußerst sympathische Leute. Ihm fielen die Worte des Taxifahrers über das noch nicht weit zurückliegende Komsomol-Aufgebot ein, und er begriff, woher die augenfällige Jugendlichkeit der Magadaner Bevölkerung rührte.

Die Zeitungsredaktion war in dem nach Gemos Meinung schäbigsten Gebäude der Stadt untergebracht – in einem Flügel einer einstöckigen Baracke. Allerdings konnte man sich gut vorstellen, daß das gerade fertiggebaute, verputzte und geweißte Haus seinerzeit, als es weit und breit keine vielstöckigen Steinhäuser gab, in der kargen, entlegenen Taiga, am Ufer des rauschenden Flüßchens wahrscheinlich wie ein Palast ausgesehen hatte.

Während Gemo sich dem Redakteur, einem kahlköpfigen freundlichen Militärangehörigen im Rang eines Obersten, vorstellte, ahnte er nicht, was er für einen Eindruck machte.

»Ich traue meinen Augen nicht!« rief der Chefredakteur. »Warum haben Sie uns Ihr Kommen nicht angekündigt? Wir hätten Sie doch entsprechend empfangen! Marina! Marina!«

Ins Zimmer stürzte eine leicht erschrockene Sekretärin.

»Holen Sie alle her! Alle, die in der Redaktion sind! Den Fotografen, den Fotografen!«

»Der Fotograf ist beim Entwickeln«, teilte ihm die Sekretärin mit.

»Ich weiß schon, wie er dort in seinem Laboratorium entwickelt! Sicherlich pflegt er seinen Kater! Schaff ihn her!«

Der Chefredakteur, Nikolai Stepanowitsch Kirillow, wies dem verlegenen Gast einen Platz neben sich an, und als das enge Arbeitszimmer von Mitarbeitern überquoll, verkündete er feierlich und laut: »Zu uns ist ein berühmter Landsmann gekommen, der Schriftsteller Juri Sergejewitsch Gemo!«

Zum erstenmal im Leben vernahm Gemo Beifall, der ihm galt, und obwohl ihn das freute, bedauerte er nun ein wenig, daß er in die Redaktion gegangen war, ihn machte ein solch feierlicher Empfang verlegen, es war ihm peinlich, schon gar angesichts der offensichtlich aufrichtigen Neugier der Mitarbeiter.

Nikolai Stepanowitsch hielt eine dem Ereignis angemessene Rede über den Triumph der Leninschen Nationalitätenpolitik, die einem solchen Talent die Möglichkeit geboten hatte, sich zu entfalten. Der bärtige Fotograf, dem man den tüchtigen Trinker ansah, knipste von verschiedenen Seiten, bald mit dem einen und bald mit dem anderen Apparat, und blendete alle mit dem Blitzlicht.

Dann stellte der Chefredakteur alle Mitarbeiter vor. Als der Leiter der Kulturabteilung an der Reihe war, der hier ansässige Dichter Boris Nikolajewitsch Wolshenin, setzte er feierlich hinzu: »Er wurde vor kurzem in den Schriftstellerverband aufgenommen!«

Sie verabredeten, daß Gemo der Zeitung ein Interview geben sollte, und wollten eine Erzählung veröffentlichen. Gemo hatte nichts Neues mitgenommen, doch Boris Nikolajewitsch sagte, er würde etwas von dem bereits Publizierten drucken lassen, ihm aber ein Honorar wie für eine Erstveröffentlichung anweisen.

Die Tage verflogen mit Besuchen, Interviews, Empfängen bei hochgestellten Persönlichkeiten des Gebiets. Außerdem erhielt er das Recht, einen Wagen aus dem Fuhrpark des Gebiets-Exekutivkomitees anzufordern.

Überallhin begleitete ihn Boris Nikolajewitsch Wolshenin, er war es auch, der dafür sorgte, daß Gemo vom Radio und von der Gesellschaft »Wissen« die höchsten

Honorarsätze erhielt, er führte den Gast in Restaurants und wollte stets die Rechnung zahlen, wobei er jedesmal sagte: »Das Geld wirst du noch brauchen können, Juri! Vor dir liegt ein weiter Weg!«

Gemo trank jeden Tag, aber die festliche Stimmung verhinderte, daß er sich betrank. Er hatte erkannt, daß er, zumindest im Magadaner Gebiet, wirklich berühmt geworden war, und der Ruhm war ihm nicht nur angenehm, sondern erleichterte ihm auch das Leben.

Wie mochte Juri Gemo damit umgegangen sein, daß er ziemlich bekannt war? überlegte Nesnamow, während er auf seinem Hotelbett lag. Er selbst hatte dergleichen nie erlebt, sogar in der kleinen Kreisstadt Kolossowo lebte er unauffällig. Der neu berufene Chefredakteur wurde sehr schnell überall erkannt: in den Geschäften, auf dem Markt, auf der Busstation, nicht zu reden von den offiziellen Institutionen; er aber, Nesnamow, war sogar im Kreis-Parteikomitee kaum bekannt. Genauer gesagt, er hatte in der Stadt zahlreiche Bekannte verschiedenster Art – unter den Mitarbeitern des Kreiskomitees, des Exekutivkomitees, jener Arbeitspferde, die Jahrzehnte auf ihren Plätzen blieben, obwohl die ersten und zweiten Personen der Führungsebenen, die Chefs diverser Einrichtungen, einander ablösten. Ihn kannten Schullehrer, Bibliothekare, Mitarbeiter der Miliz und der Staatsanwaltschaft. Aber er wurde aus der Menge ringsum nicht so herausgehoben wie der Erste Sekretär des Kreiskomitees, der Vorsitzende des Exekutivkomitees, der Staatsanwalt, der Chef der Miliz, der Chefredakteur der Zeitung und der Schuldirektor. In keiner Schlange, wie sie sich damals vielerorts bildeten, ließ man ihn vorgehen, für ihn fand sich kein Billett mehr, wenn das örtliche Kino überfüllt war. Der Bekanntheitsgrad von Juri Gemo war ein anderer. Er erstreckte sich auf das ganze Land. Sein Name fand sich nicht nur in den großen, wichtigen Zeitungen und Zeitschriften sowie im Rundfunk, sondern auch in der regionalen Presse, in den Medien der Republiken. Seine Bücher waren auf englisch, französisch und deutsch erschienen, in den sogenannten Volksdemokratien ... Eine solche Popularität mußte nicht nur Achtung, sondern auch Neid hervorrufen. Vor allem seitens der Berufskollegen. So waren die Menschen nun mal, dagegen gab es vorerst keine Arznei.

Für diesen Tag hatte sich Nesnamow den Besuch der Auslandsabteilung der Öffentlichen Saltykow-Stschedrin-Bibliothek vorgenommen. Vielleicht stieß er im dortigen Katalog-Dickicht auf die Erwähnung irgendeiner ausländischen Ausgabe von Juri Gemo.

Die Auslandsabteilung war mit Computern ausgestattet, und mit Hilfe einer jungen Angestellten vertiefte sich Nesnamow in die Unerschöpflichkeit des elektronischen Gedächtnisses. Wie zu erwarten war, brachte dies keinen Erfolg, genauso wie die Durchsicht des systematischen Katalogs mit Aberhunderten von Karteikarten in langen Holzkästchen.

Nesnamow fühlte sich durch den Mißerfolg nicht entmutigt, hatte er doch ebendieses Ergebnis erwartet. Oft kam ihm der Gedanke, ob er nicht nach Tschukotka fahren sollte. Dort, wo Juri Gemos Leben begonnen hatte, könnte etwas Erstaunliches geschehen, zumindest könnte in Uëlen niemand sagen, einen Mann namens Juri Gemo hätten sie nicht gekannt. Dennoch konnte er in jener Welt unbekannt sein, in der Georgi Nesnamow existierte.

Boris Saikin hatte sich seit der Geburt seiner Enkelin völlig verändert.

»Sehen Sie, ich habe einen Lebenssinn sowie das Gefühl gewonnen, daß ich über mich hinaus existieren werde. Noch vor kurzem fand ich mich mit dem Gedanken ab: Wenn ich sterbe, ist alles vorbei. Eine Weile werden sich nahe Bekannte an mich erinnern, dann werden sie mich vergessen. Verwahrloste, vergessene Gräber sind auf unseren Friedhöfen viel zahlreicher als solche, die weiterhin gepflegt werden. Jetzt aber brauche ich nur in die Augen meiner Enkelin zu sehen, und schon denke ich, daß darin ein Teil von mir ist, daß sie mit diesem Teil von mir eine ferne Zukunft sehen wird ...

In Gedanken stimmte Nesnamow Boris Saikin zu. Als Stanislaw geboren wurde, hatte er genauso gedacht, hatte er stundenlang dessen ruhelosen Blicken folgen können. Doch je erwachsener der Sohn wurde, desto seltener kamen ihm solche Gedanken: Der Sohn entwickelte fremde, nicht wiedererkennbare Charakterzüge. Er ertappte sich selbst beim Gedanken, daß er sich immer seltener seiner Eltern erinnerte, die wer weiß wo in den unermeßlichen sibirischen Weiten beerdigt waren, namenlos, vermutlich in einem Massengrab ohne jede Kennzeichnung.

Nach den chaotischen, trunkenen Magadaner Tagen und Nächten war es wohltuend, die Beine unterm Flugzeugsessel auszustrecken, sich zurückzulehnen und beim Getöse der IL-14-Motoren ein wenig zu dösen. Von Zeit zu Zeit sah Gemo zum Fenster hinaus und schaute auf das grüne Gehölz der Taiga, das von hier oben dicht und angenehm wirkte. Doch er wußte, in diesem Grün wimmelte es von Mücken, und es war unmöglich, auch nur für eine Sekunde das Gesicht zu entblößen – im Nu würden die blutgierigen kleinen Insekten daran kleben, eine wahre Plage von Taiga und Tundra. Dort, in Uëlen, an der Küste des von kaltem Wind durchtosten Eismeers, gab es dieses Geschmeiß nicht, dort würde er mit bloßem Gesicht der Küste der Uëlener Landzunge entlang bis zum Pilgyn-Kap laufen können – oder in die andere Richtung, bis unter die Senluner Felsen.

Gemo hielt es auch diesmal nicht für nötig, der Anadyrer Obrigkeit seine Ankunft mitzuteilen, daher stieg er, nachdem er in der Schar der Flugreisenden das unbefestigte, auf einem Plateau über der Fischkonservenfabrik liegende Feld des alten Flugplatzes betreten hatte, zum Ufer hinab und überquerte auf einem Kutter den Anadyrer Liman.

Bereits unterwegs nahm er den bekannten Fischgeruch wahr, der aus den Tiefen des bräunlichen Flußwassers aufstieg. Riesige Lachsschwärme zogen zum Laichen an den Oberlauf des großen tschuktschischen Flusses. Ihren Weg markierten zahlreiche ihnen folgende Seehunde und Weißwale, deren weiße Rücken hier und da neben dem Kutter auftauchten. Auf dem Liman war es windig und kühl, dafür erwarteten Gemo an der Küste die Mückenschwärme und die Wärme des Tundrabodens.

Der in der Menge der Wartenden stehende Tschuwanze Arkadi Kossygin bemerkte Gemo sofort und stürzte auf ihn zu. »Bist du's, Jurka?«

Sie hatten zusammen an der Anadyrer Pädagogischen Lehranstalt studiert. Arkadi Kossygin hatte sich fürs Theater begeistert, er hatte in der örtlichen Laientruppe mitgespielt und trotz seines Lispelns und des unausrottbaren tschuwanzischen Akzents bei den nicht gerade anspruchsvollen Zuschauern von Anadyr Erfolg gehabt. So fest glaubte er an sein Schauspieltalent, daß er, ohne das Pädagogikstudium abgeschlossen zu haben, nach Magadan gezogen war und versucht hatte, beim dortigen Schauspiel- und Musiktheater unterzukommen; hin und wieder erhielt er eine Rolle als schweigender Statist, meistens aber betätigte er sich als Stellvertreter des Verwalters.

»Wohnen wirst du bei mir, in der Pädagogischen Lehranstalt!« erklärte Arkadi. »Die Studenten sind in die Ferien gefahren, manche auch zum Fischfang, das Haus steht leer.«

Unterwegs stellte sich heraus, daß Arkadi, von Magadan auf die Dauer enttäuscht, ins heimatliche Anadyr zurückgekehrt und Bibliothekar an der Pädagogischen Lehranstalt geworden war. Ungewöhnlich akkurat, auf Sauberkeit und Ordnung versessen, hatte er aus einem alten, vernachlässigten Lager, in dem die Bücher in Stapeln herumlagen, eine musterhafte Bibliothek gemacht und es geschafft, für sich einen gemütlichen Wohnraum abzutrennen, voll von Regalen mit kostbaren Ausgaben seiner eigenen Bücher. Die neue Leidenschaft hatte von Arkadi restlos Besitz ergriffen. Er prahlte vor Gemo, er habe all die Rezensionen seiner Publikationen gesammelt und geordnet – und er zeigte ihm das Album, auf dessen erster Seite ein Gruppenfoto der Studenten des ersten Studienjahres der Anadyrer Pädagogischen Lehranstalt aus dem Jahr 1946 prangte. Gemo blickte beklommen auf die jungen Gesichter seiner Studiengefährten und stellte bedauernd fest, daß einige schon nicht mehr am Leben waren.

Arkadi überließ Gemo sein Zimmer und zog zu Verwandten, war aber faktisch die ganze Zeit mit ihm zusammen, hielt immer starken Tee bereit, frischen Kaviar und einen Vorrat von verdünntem Sprit.

Nachdem Gemo sich mit all seinen Freunden getroffen hatte, suchte er nach einer Möglichkeit, weiter nach Uëlen zu gelangen. Regelmäßige Flug- oder Schiffsverbindungen gab es jedoch nicht, er mußte auf eine günstige Gelegenheit warten. Indessen hatte sich die Nachricht von der Rückkehr des jungen tschuktschischen Schriftstellers in die Heimat dank Zeitung und Radio schnell auf der Halbinsel verbreitet.

Abends saß Gemo gewöhnlich inmitten von Büchern, trank Tee abwechselnd mit verdünntem Sprit und plauderte mit Arkadi, der freigebig allerlei Alltagsgeschichten zum besten gab, da er vermutete, sie könnten dem Schriftsteller als Material für neue Werke dienen.

»Ach, wenn ich doch selber schreiben könnte!« rief Arkadi bekümmert. »Aber ich mache bis heute Fehler. Dabei heißt es, meine Muttersprache sei Russisch!«

Dafür konnte er herrliche Gerichte aus Lachs zubereiten, dessen sie freilich bald überdrüssig wurden. Gelegentlich trieb er irgendwo frisches Gänse- und Renfleisch auf und einmal sogar ein Robben-Bruststück.

Kurz vor Gemos Abreise in die Prowidenija-Bucht teilte

Arkadi ihm mit, der Vorsitzende des Bezirks-Exekutivkomitees und Deputierte des Obersten Sowjets, Iwan Iwanowitsch Rultytegin, bäte Gemo zu sich.

»Ich habe für dich ein Hemd gewaschen und gebügelt«, fügte Arkadi hinzu. »Eine Krawatte habe ich in deinem Koffer nicht gefunden, deshalb gebe ich dir meine.«

Rultytegins Arbeitszimmer befand sich in einem langen niedrigen Gebäude, das mit einem Seitenflügel wie ein L angelegt war. Mit einer Seite wies es auf den Kasatschka-Fluß, mit der anderen auf das Ufer des Anadyrer Limans. Auf dem Dach flatterte eine erst kürzlich ausgewechselte, noch grellrote Fahne. So lange Anadyr Verwaltungszentrum von Tschukotka war, kamen die staatlichen Verordnungen aus diesem Gebäude, das eigens dafür noch von der zaristischen Regierung gebaut worden war.

Alles war so, wie es sich für einen großen Chef gehört: eine Sekretärin, ein geräumiges Dienstzimmer mit einem Porträt Nikita Chrustschows, etliche Telefone auf einem kleinen Tisch.

Iwan Iwanowitsch begrüßte den Gast auf tschuktschisch: »Amyn etti, Gemo!«

Rultytegin kam hinterm Schreibtisch hervor und setzte sich Gemo gegenüber an den quer gestellten Sitzungstisch. Zwischen ihnen erhob sich ein mit einer weißen Serviette bedeckter Hügel. Iwan Iwanowitsch hob die Serviette ab und legte eine Kristallkaraffe frei, zwei Gläser, eine in Scheiben geschnittene Zitrone und etliche belegte Brote mit der üblichen Anadyrer Vorspeise – rotem Kaviar vom Ketalachs.

»Da uns ein schwieriges Gespräch bevorsteht«, sagte Iwan Iwanowitsch stockend, er schien nach Worten zu suchen, »wollen wir zuerst ein Gläschen trinken.«

In Anadyr wurde in jenen Jahren wie auf ganz Tschukotka viel getrunken. Vor allem Sprit, der in großen

Mengen in Blechfässern herangeschafft wurde. In einigen Kreisen versuchte man daraus mehr oder minder edle Getränke herzustellen, »Zubrowka«, »Limonnaja« oder sogar »Moskowskaja«, meistens trank man den Sprit allerdings einfach mit Wasser verdünnt. Im Winter galt es als besonders verwegen, einen Schluck reinen Sprit zu trinken und etwas Schnee dazu zu essen.

Aber einfach so, fast am frühen Morgen, in der offiziellen sowjetischen Verwaltung ...

Nachdem Iwan Iwanowitsch eine Weile davon gesprochen hatte, wie froh er über die Ankunft eines Schriftstellers aus dem Kreis der Ihren sei, und aus irgendeinem Grund auch einen zurückliegenden Grenzstreit zwischen den Jakuten und den Tschuktschen erwähnt hatte, seufzte er tief, senkte leicht die Stimme und sagte: »Ich muß dir eine für dich sehr traurige Mitteilung machen. Deine Mama ist nicht mehr.«

Gemo verstand zunächst die Bedeutung dieser schrecklichen Nachricht nicht und fragte: »Ist sie aus Uëlen weggefahren?«

»Sie ist gestorben.«

»Wieso?« murmelte Gemo betroffen und spürte, wie ihn Schwäche überfiel und es ihn Anstrengung kostete, auf dem Stuhl sitzen zu bleiben.

»Dein Stiefvater hat sie erschlagen ... Ich begreife, wie schwer das für dich ist. Laß uns noch ein Glas trinken. Die Russen nennen das Totengedenken.«

Gemo aber hörte Rultytegin schon nicht mehr. Schwankend erhob er sich vom Tisch, ging durchs Vorzimmer hinaus an die frische Luft. Er stürmte vorwärts, ohne auf den Weg zu achten, und blieb erst stehen, als er auf die brodelnden Wasser an der Mündung der Kasatschka stieß. Erst hier begann er zu weinen. So wie in der Kindheit, wenn sein Stiefvater ihn geschlagen und die Mama ihn verstohlen, sich ängstlich umblickend, getröstet und ihm über den Kopf gestrichen hatte. Er dachte an ihre weiche warme Brust, an der, wie ihm schien, Trost und Zuflucht vor den Übeln und Unbilden der ganzen Welt zu finden war, an sie geschmiegt, konnte man Kummer und Leid vergessen, konnte sich beruhigen, die Augen mit heilsamen Tränen waschen und zurückkehren in eine Welt voller Hoffnungen. Das würde es jetzt nie mehr geben, es war dahingegangen, ins Nichts. Die Mama würde nur noch in seiner Erinnerung leben. Dann würde sie also nicht in der Menge derer stehen, die zu seiner Begrüßung kommen, das halbe Gesicht vom Kapuzenrand ihrer bunten Kamlejka bedeckt, aber stolz auf ihn, den erwachsenen, verheirateten Mann. Und nie würde sie ihre Enkel sehen. Wie ein Stück schweres Eis legte es sich ihm aufs Herz, beengte ihm die Brust, hinderte ihn beim Atmen. Viel Zeit verging, ehe Gemo wieder normal Luft holen konnte.

Auf dem Rückweg in die gastfreundliche Bibliothek der Pädagogischen Lehranstalt überlegte er: Hatte es jetzt Sinn, nach Uëlen zu fahren? Würde er diese Prüfung ertragen, den Besuch des Grabes, die endlosen Worte des Trostes und das gramvolle Weinen der alten Frauen? Vielleicht sollte er hier die Reise in seine Heimat beenden, sollte er zurückkehren nach Leningrad und nach Uëlen später einmal fahren …

Arkadi sah den Gast mitfühlend an. Gemo fragte: »Hast du es gewußt?«

Arkadi nickte schweigend.

»Und warum hast du nichts gesagt?«

»Die Obrigkeit wollte es nicht«, er zeigte mit den Augen an die Decke, »sie haben gemeint, misch dich nicht ein, wir sagen es ihm selbst.«

Gemo ließ sich entkräftet auf einen Stuhl sinken.

»Vielleicht sollte ich nicht nach Uëlen fahren?«

Arkadi kaute auf seinen Lippen. Das tat er immer, wenn er angestrengt nachdachte. Dann wurden seine wie bei einem Erdhörnchen leicht herabhängenden Wangen fest.

»Ich an deiner Stelle würde fahren. Jetzt ist es deine Sohnespflicht, zumindest eine Weile am Grab der Mutter zu stehen, wenn es dir schon nicht gelungen ist, sie wiederzusehen. Sie hat doch so auf dich gewartet.«

Bereits in Leningrad hatte Gemo der Mutter einen Brief geschrieben, er hatte ihn mit Luftpost geschickt, damit sie ihn vor seiner Ankunft in Uëlen erhielt. Sie hatte ihn ganz bestimmt erwartet. Sogar wenn sie nicht aus dem Brief von seiner Ankunft erfahren hätte, hätte sie es erfahren; dank dem sogenannten gestiefelten Funk, der einer gewöhnlichen Übermittlung oft zuvorkam.

Das Schiff fuhr am Morgen in die Prowidenija-Bucht ein. Die ganze Nacht hatte Gemo an Deck gesessen. Im silbrigen Schein der Polarnacht war die heimatliche Küste an ihnen vorbeigezogen. Sehr selten blitzte irgendein Licht auf, und bei der Entfernung war schwer zu erkennen, ob es elektrisches Licht war oder ob jemand in einem Steinlämpchen mit Robbentran das Leuchtmoos angezündet hatte, um einem heimkehrenden Jäger den Weg zu weisen. Gemo versuchte an etwas anderes zu denken, er dachte an Frau und Kinder, aber plötzlich preßte ihm ein unwillkürlicher Krampf die Kehle zu, in seine Augen traten Tränen und verschleierten ihm den Blick auf die Weite des Meeres und die helle Spur der Schiffsschraube.

Während Gemo in der Prowidenija-Bucht auf ein Flugzeug wartete, schlenderte er durch die größer gewordene Hafensiedlung, in der er im Sommer 1946 zuerst als Schauermann und dann als Matrose auf einem hydrographischen Vermessungsschiff gearbeitet hatte. Dieses eiserne kleine Schiff war noch immer in Betrieb, lag im Hafen. Gemo erfuhr, daß die »Wega« nach Norden fuhr, zuerst in die

Lawrenti-Bucht und dann nach Uëlen. Dorthin wollte er ja gerade. Aber hydrographische Schiffe nahmen, soweit Gemo sich erinnerte, keine Passagiere mit; falls dies aber doch geschah, wurden sie in die Schiffsrolle eingetragen und als Mitglied der Besatzung geführt. Er mußte sich dem Leiter des hydrographischen Stützpunkts von Prowidenija, dem jungen Osseten Juri Abajew, vorstellen.

Zum erstenmal sah Gemo die Beringstraße vom Süden her und in einer Entfernung, die es erlaubte, ihre gewaltige Breite einzuschätzen. Daß sie auf der geographischen Karte so eng erscheint, hat schon viele getäuscht. Es sah aus, als wäre es eine Kleinigkeit, sie zu durchqueren. Aber im Winter, wenn driftende zertrümmerte Eisschollen einen sich rasend schnell bewegenden Strom in einer Breite von fast hundert Kilometern bilden, ist die Straße völlig unpassierbar, und in dem kurzen Sommer können nur Uëlener und Naukaner, die den wechselhaften Charakter des Wetters kennen, relativ sicher durch die Beringstraße fahren.

Darüber unterhielt sich Gemo in der engen Kapitänsmesse der »Wega« mit Juri Abajew. Abajew hatte die Arktische Seefahrtsschule in Strelna absolviert und erkundigte sich ausgiebig nach Leningrad.

»Naukan gibt es heute nicht mehr«, teilte er mit.

»Wieso nicht?«

»Die Einwohner wurden nach Nunjamo umgesiedelt.«

»Warum?«

»Für die Ortsansässigen, die Eskimos, lautete die Erklärung: In Naukan sei es schwierig, neue Holzhäuser anstelle der Jarangas zu bauen, das Ufer sei steil, ein Anlegeplatz für Schiffe gefährlich wegen der starken Strömung. Die Hauptsache aber war ... Nun, Ihnen kann ich's ja sagen – die Eskimos wurden im Interesse der Sicherheit umgesiedelt.«

»Wessen Sicherheit?«

»Der Staatssicherheit«, präzisierte Abajew. »Sie pflegten

heimlich Umgang mit den Eskimos von der amerikanischen Küste, wenn sie auf der Jagd waren. Den Machthabern hat das nicht gepaßt.«

»Sie hatten schon immer Umgang mit ihnen«, bemerkte Gemo.

»Hier ist immerhin die Staatsgrenze.«

»Dort haben sie Verwandte.«

In den Kriegsjahren waren Stammesverwandte von der Insel Kleiner Diomid, aus Nome und Wales nach Uëlen zu Besuch gekommen. Diese Begegnungen hatten jeweils anläßlich des größten Sommerfestes stattgefunden – das war der Tag des Wals.

Ehe sie das Kap Deshnjow passierten, ging Gemo an Deck. Rechts in Fahrtrichtung sah man die Inseln Großer und Kleiner Diomid, und links konnte man unter dem tiefhängenden Himmel die halb in die Erde getriebenen Wohnstätten der Naukaner erkennen. Rein äußerlich hatte sich in Naukan nichts verändert, wenn man von dem neuen Leuchtturm und dem Denkmal für Semjon Deshnjow absah, das unweit des alten Wahrzeichens, eines großen Holzkreuzes, errichtet worden war.

Gemo stellte sich vor, wie den Naukanern zumute war, als sie das heimatliche Nest verlassen mußten. Warum hatte man das getan? Schmerz preßte ihm das Herz zusammen.

Die »Wega« ging gegenüber der Uëlener Polarstation vor Anker, und Gemo wurde in einem kleinen, eis- und wassergängigen Boot ans Ufer gebracht. Da die Hydrographen häufig in Uëlen zu Gast waren und keine Passagiere beförderten, war außer dem Leiter der Polarstation niemand ans Ufer gekommen. Gemo erstieg die Landzunge, blickte vom Ödland, auf dem ein halbzerstörter Windmotor in die Höhe ragte, auf seine heimatliche Siedlung und erkannte sie nicht wieder. In einer Reihe, genau so wie früher die Jarangas, standen nun völlig gleichartige Holzhäuschen.

Gemo versuchte herauszufinden, wo der Platz von Onkel Kmols Jaranga gewesen sein mochte. An der Stelle der geräumigen Wohnstatt des reichen Gemalkot stand ein Blockhäuschen wie Dutzende andere. Und Gemo empfand plötzlich Trauer und Beklemmung, ihm schien, als wäre er nicht nach Uëlen gekommen, sondern in eine andere, fremde Siedlung. Nur der an seinem früheren Platz auf der Klippe stehende Leuchtturm deutete darauf hin, daß es tatsächlich Uëlen war.

Einsam schritt Gemo bis zu den ersten Häuschen, und der erste, der ihm über den Weg lief, war Rypel, der von den Russen Wassili Kornejewitsch genannt wurde.

»Du, Gemo?«

»Ja, ich bin's, Rypel.«

»Bist du mit der ›Wega‹ gekommen?«

»Ja, mit der ›Wega‹.«

Rypel blickte Gemo noch einmal ins Gesicht und sagte langsam: »Wäre deine Mutter noch am Leben, sie hätte dich nicht gleich erkannt. Du hast dich so verändert. Siehst aus wie ein hoher Komsomolsekretär. Bist ein Mann geworden. Man erzählt sich, daß du Schriftsteller bist …« Er schloß sich Gemo an und fuhr fort: »Als ich noch zur Schule ging, dachte ich, alle Schriftsteller seien längst gestorben. Aber wie sich herausstellt, gibt es noch lebende.«

Aus dem nächstgelegenen Häuschen trat eine Frau. Gemo erkannte sofort seine Tante mütterlicherseits, Ranau. Nachdem sie Gemo flüchtig gemustert hatte, klatschte sie in die Hände, kam angelaufen, schmiegte sich mit dem Gesicht an seine Brust und sagte schluchzend: »Sie wird dich nicht mehr begrüßen, wird dich nicht nach altem Brauch beschnuppern! Wird dir kein schmackhaftes Walroßfleisch zubereiten, keinen Tee kochen und keine Fladen mit Robbenfett backen!«

Auf ihr durchdringendes Klagen hin schauten aus den

nahe gelegenen Häusern Menschen. Die Kunde, daß der Sohn der erschlagenen Tuar zurückgekehrt sei, hatte sich im Nu in Uëlen verbreitet. Angelaufen kam auch das Schwesterchen Galja. Sie schluchzte laut und wehklagte mit den anderen Frauen. Erst jetzt bemerkte Gemo, daß sie alle betrunken waren und sauren Schnapsdunst verbreiteten.

Galja führte den Bruder ins Haus. Ihr jetziger Mann, der einstige Rentierzüchter Aljanto, schnarchte laut auf der über das zusammengeknüllte Bettzeug geworfenen Decke. Alle Versuche der Schwester, ihn zu wecken, waren vergebens, obwohl sie ihm ins Ohr brüllte: »Steh auf! Mein Bruder ist gekommen! Steh auf! Gemo ist da!«

»Was hat er denn? Ist er krank?«

»Von wegen krank! Betrunken ist er!« sagte die Schwester böse und bot ihm an: »Willst du ein Glas Selbstgebrautes?«

Ohne die Antwort abzuwarten, schöpfte sie aus einem mit altem Renfell bezogenen Gefäß eine stinkende Flüssigkeit und reichte sie dem Bruder. »Gedenken wir der Mama!«

Von dem widerlichen Geruch mußte sich Gemo fast übergeben. »Warum trinkt ihr denn schon so früh?«

»Warum schon! Heute ist Samstag. Da ruhen wir aus. Im Laden gibt es Sprit, aber für jeden nur eine Flasche.«

Ganz Uëlen war betrunken.

Gemo ging die Straße entlang, an die er in Leningrad so oft denken mußte, und ihm begegnete, abgesehen von Kindern, kein einziger Mensch, der nüchtern gewesen wäre.

Die Frauen weinten, zeigten Mitgefühl mit seinem Leid, die Männer waren bemüht, über Nebensächliches zu reden, wollten Gemo wohl von der traurigen Wirklichkeit ablenken. Selbst die Hunde schienen von dem starken berauschenden Getränk gekostet zu haben – träge, mit trüben

Augen begleiteten sie den unbekannten Mann, und kein einziger begann zu bellen.

Am Ende der Siedlung, nicht weit vom Bach, aus dem die Uëlener Wasser holten, erblickte Gemo plötzlich neben einem neuen Häuschen die ihm bekannte Jaranga Atyks, eines entfernten Verwandten, der Sänger und ein hervorragender Interpret alter Tänze des Nordostens war.

Er war nüchtern wie auch seine Frau, die, als sie den Gast erkannte, nach altem Brauch zu weinen begann, dann aber bald für eine Bewirtung sorgte.

Atyk führte Gemo auf den Friedhof.

Der Hügel war noch nicht zerfallen und bedeckte gänzlich den Sarg. Der Boden hier war so beschaffen, daß er nach einer gewissen Zeit die Särge an die Oberfläche hob, so daß sie auf der Erde standen, aufplatzten, auseinanderbrachen und die verblichenen Gebeine und Schädel dann neben den verwitterten Brettern lagen. Die Sperrholzpyramide auf dem Grab der Mutter stand noch, und auf dem Blechstern war neben dem Namen das Geburts- und das Todesjahr eingeritzt. Gemo würgte es in der Kehle.

»Er hat mit einem Brett voll scharfer Nägel auf sie eingeschlagen … Auch als sie schon tot war.«

»Sag nichts …«

Abends, am Feuer im Tschottagin der Jaranga, erzählte Atyk von Gemos Verwandten, von dem berühmten Großvater Mletkyn.

»Die Mama hat deinen Stiefvater genommen, als sie schon schwanger war. Und als du geboren warst, hat er sich sinnlos betrunken, ist durch Uëlen gelaufen und hat geschrien: Gemo ist geboren! Gemo ist geboren! Du aber warst wirklich ein Gemo, ein Unbekannter, denn Mama hat den Namen deines leiblichen Vaters nie preisgegeben.«

Gemo stieg auf das felsige Kap, ließ rechter Hand den Friedhof Linlinnej zurück, wo in einem Holzsarg seine

Mama lag, schaute von der Höhe auf das unbekannte Uëlen, das nun mit Holzhäusern zugebaut war, auf die Weite des Ozeans und träumte von seiner Rückkehr nach Leningrad, wo seine Frau Valentina und die Kinder, der Sohn Serjosha und die Tochter Olenka, auf ihn warteten.

13

Nesnamow erinnerte sich ungern an das Leben im Kinderheim. Das war alles andere als die in Liedern besungene glückliche Kindheit. Die wirkliche Kindheit bewahrten dunkle Erinnerungen an das Vaterhaus, an die untergehende Sonne, deren rote Strahlen auf die Vortreppe fielen, an das von dieser Sonne beleuchtete Haar der Mutter, an das Lächeln des Vaters. Die Trennung von den Eltern, das Kinderheim und der Beginn des Krieges – zurückweichende Rotarmisten zogen durch das Dorf, schmutzig, den wackeren Soldaten auf den Plakaten und in den Liedern ganz und gar nicht ähnlich. Sie gingen schweigend, antworteten nicht auf die Rufe der Menschen, die dem Feind überlassen wurden.

Die Deutschen schlossen das Kinderheim nicht. Sie rührten auch weder das Dienstpersonal an noch die Lehrer noch den alten, einarmigen Direktor Michnewitsch, den sie ehrerbietig »Partisan« nannten. Mehr noch, einige Male lieferten sie Lebensmittel, und einmal, zum Geburtstag des Führers, bewirteten sie die Heimkinder mit einer noch nie gesehenen, köstlichen Delikatesse – süßem Kakao mit Kondensmilch. Doch aus den Fenstern des niedrigen Holzhauses war sehr gut der Platz mit dem Galgen zu sehen, an dem immer wieder tagelang von den Deutschen im Wald aufgespürte und hingerichtete Partisanen hingen. Die Jahre im Kinderheim hatten sich ihm durch ständigen Hunger eingeprägt. Sogar an die revolutionären Feiertage erinnerte er sich nicht wegen der historischen Ereignisse, derentwegen sie begangen wurden, sondern wegen des festlichen Essens – es gab süßen Reisbrei statt Perlgraupen, schmackhafte Eierspeise, würzige Hühnersuppe und eine Doppelportion süßes Kompott aus Dörrobst. Im Sommer wurden die Heimkinder genauso wie das Vieh der Selbstversorgung überlassen; dann ernährten sie sich von den Früchten der Felder und Gemüsegärten.

Der kleine Nesnamow verstand intuitiv, daß es gefährlich war, nach dem Schicksal der Eltern zu fragen. Man bleute ihm die Vorstellung ein, daß er der Sowjetmacht dafür dankbar sein müsse, nicht das Los der Eltern zu teilen: Ihn hatte man nicht ins kalte Sibirien verbannt. Doch mit den Jahren war Nesnamow brockenweise zu Informationen über Vater und Mutter gekommen. Er erfuhr, daß er nicht Russe, sondern Ingermanländer war, und sein Familienname Nesnamow, »Ich weiß nicht«, verriet eindeutig, daß er eigens erfunden worden war.

Nach Stalins Tod setzte eine Woge von Rehabilitierungen ein, die einige Jahrzehnte anhielt. Zuerst erhielt Nesnamow eine Bescheinigung, die besagte, daß seine Eltern »ungesetzlich Repressalien unterworfen« gewesen seien, und unmittelbar vor der Perestroika bekam er das Haus zurück. Den eigentlichen Familiennamen Gawrin wiederzuerlangen gelang ihm trotz allem nicht, weil das komplizierter bürokratischer Prozeduren und einer Entscheidung des Volksgerichts bedurft hätte. Gawrins gab es viele im Dorf, Nesnamow aber hieß nur er, und schließlich gefiel ihm das sogar.

Nesnamow frühstückte für gewöhnlich im Imbißraum seiner Etage, wo man ihn bereits kannte und grüßte. Doch die Büfettfrau und die Geschirrspülerin konnten über seine wahre Beschäftigung und über seine gesellschaftliche Stellung nur Vermutungen anstellen. Er gehörte offenkundig nicht zu den »neuen Russen«, obwohl er, wie es schien, über Geld verfügte. Er verschwendete es aber nicht, warf damit nicht um sich, und das brachte ihm besonderen Respekt ein.

Oft gesellte sich beim Frühstück Boris Saikin zu ihm. In aller Ruhe tranken sie gemeinsam Tee, unterhielten sich.

»Übrigens, meine Antonina hat nach Ihnen gefragt. Als Sie neulich aufbrachen, fühlte sie sich nicht wohl, aber jetzt scheint es ihr wieder gutzugehen. Sie meint, sie sei Ihnen früher schon einmal begegnet.«

Nesnamow stockte das Blut in den Adern, er verspürte einen dumpfen Schmerz in der Brust. »Wo könnten wir uns getroffen haben? Den ganzen Krieg über war ich auf besetztem Territorium, im Kinderheim. Und dann habe ich, ohne den Ort zu verlassen, in der Kreiszeitung gearbeitet.«

»Sie behauptet aber fest, Ihr Gesicht käme ihr bekannt vor.«

»So etwas gibt es.«

Das Vorgefühl eines Unglücks hinderte Nesnamow daran, sich zu offenbaren. Sein selbstauferlegtes Tabu blockierte Gedanken und Sprache, so kamen ihm nur diese gemurmelten Worte über die Lippen.

»Sie ist eine bewundernswerte Frau«, fuhr Saikin fort. »Sie hat keine abgeschlossene Mittelschulbildung, hat die Schule nach der achten Klasse nur unregelmäßig besucht, dafür einen Lehrgang absolviert und dann als Kopiererin in verschiedenen Projektionsbüros gearbeitet. Aber sie ist gescheit und gerecht. Besitzt Lebensklugheit, ein Bewußtsein der eigenen Würde. Ich habe sie einmal scherzhaft gefragt, ob ihre Eltern vielleicht edler Abstammung gewesen seien und ob die Mutter deshalb in der Toilette gearbeitet habe, um ihre aristokratische Vergangenheit vor der Sowjetmacht zu verbergen. Darauf hat sie nur gelacht.«

Als Valentina den Bericht ihres Mannes über die traurige Tschukotka-Reise gehört hatte, drückte sie seinen Kopf an ihre Brust und sagte: »Ich kann dich verstehen. Ich weiß, was es heißt, Mutter und Vater zu verlieren. Aber du bist nicht mehr allein. Sieh nur, wie viele wir jetzt sind!«

Ja, zum Glück war er nicht allein, hatte eine Familie und ihm nahestehende Menschen, Valentina, ohne die die Einsamkeit so unerträglich hätte werden können, wie sie es für Korawje geworden war. Jetzt erst begriff Gemo vollends, was für seelische Qualen dieser außergewöhnliche Mensch erlitten hatte – losgerissen von seiner heimatlichen Tundra, vom Kreis vertrauter Menschen und der seit Kindertagen vertrauten Sprache. Es hatte ihm physische Qualen bereitet, inmitten der riesigen Steinbauten zu leben, neben den über die Gleise ratternden Straßenbahnen, neben den stinkenden Autos durch die Straßenschluchten zu gehen. Sogar auf der Schriftstellerdatsche bei Gemo hatte er bekannt, daß ihm die Weite fehle, daß er das Gefühl habe, an Luftmangel und an der Enge des Horizonts ersticken zu müssen. »Bei mir zu Hause hatte ich ständig das Empfinden, das Leben drehe sich um mich«, gestand er. »Hier aber bin ich so was wie ein verlorenes Staubkorn, lebendiger Unrat inmitten einer Anhäufung von Häusern, fahrenden Autos und staubigen Pflanzen.« Gemo hatte damals noch gescherzt, im Dschungel würde es für den Freund wohl ganz und gar unerträglich sein, und Korawje hatte ihm sofort beigepflichtet: »Bestimmt!«

Unter der Post, die sich während seiner Abwesenheit angesammelt hatte, fand Gemo einige Sendungen mit Büchern, die im Ausland erschienen waren, und einen der englischen Ausgabe beigelegten Brief mit einer offiziellen Einladung nach Großbritannien.

Der in Gemos Heimat längst zu Ende gegangene Sommer dauerte in Leningrad noch an, und im Schriftstellerverband war alles still und verschlafen.

Die Sekretärin Panna Jelissejewna, eine geschäftige, aber allen Schriftstellern gleichermaßen zugetane Frau, meldete dem Sekretär Gemos Besuch.

Der Dichter Alexander Andrejewitsch Kopjew, ein unmäßig dicker, kleiner Mann mit herabhängender Unterlippe, saß an einem großen Schreibtisch und unterhielt sich mit jemandem über ein weißes Telefon, das direkt mit dem

Gebietskomitee der Kommunistischen Partei verbunden war. Das Gespräch war freundschaftlich, Alexander Andrejewitsch lächelte, lachte sogar manchmal laut.

Gemo griff schon nach der Türklinke, um das Dienstzimmer zu verlassen, doch der Dichter winkte ihm und wies einladend auf einen Sessel vor dem Schreibtisch.

Als das Telefongespräch beendet war und er die von Gemo vorsorglich angefertigte Übersetzung des Briefes aus dem englischen Verlag gelesen hatte, lehnte sich Alexander Andrejewitsch in seinem Sessel zurück, streckte die Unterlippe noch weiter vor und sagte langsam: »Schön, daß sie dich im Ausland herausgeben. Für jeden Autor ist es angenehm, die Grenzen seines Sprachraums zu überschreiten. Da ist jedoch ein Aber. Hast du geklärt, was das für ein Verlag ist, von dem dieser Brief stammt?«

Alexander Andrejewitsch beugte sich über das Papier.

»Lawrence & Wishart ... Ist der fortschrittlich oder reaktionär? Vielleicht haben sie, bevor sie dein Buch übersetzen ließen, Dutzende von Bänden mit Verleumdungen unseres Landes herausgebracht? Vielleicht haben sie deinen Text verfälscht?«

»Ich habe das gelesen ... Sie haben nichts verfälscht.«

»Dennoch – weshalb haben sie dich herausgebracht? Und warum gerade dich und nicht Juri German oder Vera Panowa?«

»Soweit mir bekannt ist, werden diese Schriftsteller schon im Ausland herausgegeben.«

»Alles wäre klar und verständlich, wenn sie dein Buch in einem Land der Volksdemokratie herausgebracht hätten.«

»Da hat man mich herausgegeben. In der Tschechoslowakei, in Polen, in der DDR.«

»Das ist was anderes!« Kopjew wurde heiter. »Warum fährst du nicht in die DDR?«

»Dahin laden sie mich nicht ein. Nach England schon.

Außerdem kann ich nicht Deutsch, aber auf englisch kann ich mich verständlich machen.«

»Du kennst also Fremdsprachen«, sagte Alexander Andrejewitsch nachdenklich. »Na schön, ich werde mich hier mit jemandem beraten. Komm nächste Woche wieder.«

Als der Dichter Faustow von Gemo hörte, was Alexander Andrejewitsch Kopjew gesagt hatte, rief er erschrocken: »Das hättest du lassen sollen!«

»Warum?«

»Schriftstellerreisen ins Ausland sind bei uns nur mit Genehmigung des KGB und des Gebietskomitees der Kommunistischen Partei möglich. Aber ob du nun gefahren bist oder nicht, schon nachdem du nur den Wunsch geäußert hast, sitzt du bereits im Glashaus.«

Als Valentina den Bericht ihres Mannes gehört und Faustows Meinung vernommen hatte, rief sie beunruhigt: »Am Ende schadet dir das nur? Sie werden dich nicht mehr drucken und, Gott verhüt's, zum Volksfeind erklären.«

»Die Zeiten sind vorbei. Gerade haben sie den jukagirischen Schriftsteller Tekki Odulok rehabilitiert, den sie seinerzeit zum japanischen Spion erklärt und eingesperrt hatten. Ich habe über ihn in der Zeitschrift ›Der Grenzer‹ gelesen. Hör dir das an: Anfang der dreißiger Jahre, als dazu aufgerufen wurde, sich ums Studium am Institut für die Völker des Nordens zu bewerben, machte sich der begabte jukagirische Junge Spiridonow auf den weiten Weg von Jakutien nach Leningrad. Er war getauft, daher trug er einen russischen Vor- und Familiennamen. Angeblich hatte der japanische Geheimdienst davon erfahren und den Jukagiren irgendwo in der Gegend von Irkutsk durch einen jungen Japaner etwa gleichen Alters ausgetauscht. Der Japaner kam nach Leningrad, wurde im Institut für die Völker des Nordens angenommen, erlernte in kurzer Zeit die Sprache. Er wurde einer der besten Studenten, man nahm ihn nach dem Abschluß in die Aspirantur auf, und er legte eine Dissertation über die Wirtschaft des hohen Nordens ab. Zu guter Letzt schrieb er das Buch ›Das Leben von Imtëurgin dem Älteren‹, das Maxim Gorki gefiel, worauf der junge Mann in den Schriftstellerverband aufgenommen wurde. 1937 aber wurde er entlarvt. Eingesperrt und erschossen … Erst unlängst stellte sich heraus, daß Spiridonow überhaupt kein japanischer Spion war. Damals aber klang alles sehr überzeugend: Wie konnte ein Jukagire, der in einer Jurte geboren und in der Taiga aufgewachsen war, so schnell höchst komplizierte wissenschaftliche Aufgaben bewältigen und obendrein literarisches Talent zeigen?«

»Jedenfalls wäre es besser für dich, du hieltest dir diese Leute vom Leib.«

Auf den weisen Rat seiner Frau hin interessierte sich Gemo nicht mehr für das weitere Schicksal seines Gesuchs, aber nach einigen Tagen erhielt er einen Anruf vom Schriftstellerverband, und Panna Jelissejewna sagte, Gemo werde im Sekretariat erwartet.

Dort aber war ein Gemo unbekannter Mann. Er trug einen maßgeschneiderten Anzug, sah wie geleckt aus, nicht nur nach seiner Kleidung, auch mit seinem sauber rasierten Gesicht und dem dezenten Duft eines unbekannten Eau de Cologne, und er drückte Gemo freundschaftlich und lange die Hand wie ein guter Freund nach langer Trennung.

»Ich bin ein alter Leser und Verehrer von Ihnen«, sagte der Mann, der sich als Sergej Iwanowitsch Koschkin vorstellte, aber nicht sagte, was er sei und woher er komme. »Ich bin auf Sie schon bei den ersten Erzählungen aufmerksam geworden, die, wenn ich mich nicht irre, in der Zeitschrift ›Nowy Mir‹ abgedruckt wurden?«

Man hätte Koschkin für einen Literaturwissenschaftler halten können, der sich auf die moderne sowjetische Literatur spezialisiert hat. Er warf nur so mit Namen und Titeln von neuen bemerkenswerten Werken um sich, die als Einzelausgaben, aber auch in Zeitschriften erschienen waren. Zuerst dachte Gemo, er sei ein Aspirant, ein Anwärter auf einen Doktortitel an der Universität, am Herzen-Institut oder Puschkinhaus.

»Ihre Werke«, fuhr Koschkin fort, »lassen vermuten, daß Sie eine gewisse Barriere des Tribalismus überwunden haben, die das Schaffen vieler Schriftsteller der Völker unseres Landes einengt. Bei Ihnen verbindet sich die Kenntnis des künstlerischen Schaffens eines Volkes ohne Schriftsprache ganz natürlich mit der Kenntnis der gesamten Weltliteratur. Wenn ich Sie lese, spüre ich, daß Sie Homer, die alten Griechen, Cervantes und Dante, Goethe, Shakespeare und Dickens zutiefst verstanden haben, ganz zu schweigen von den Schöpfern der großen russischen Literatur. Ihr Russisch übrigens ... Schwer vorstellbar, daß es nicht Ihre Muttersprache ist!«

Plötzlich fiel Gemo, der eingelullt war von den nie zuvor gehörten, aber ersehnten Worten, die so erstaunlich mit seiner geheimen Selbsteinschätzung übereinstimmten, die Warnung von Großmutter Giwewnëut ein: »Glaube nie bis ins letzte den schmeichelnden Reden eines Tangitan.« Er kam zur Besinnung wie nach süßen Träumen.

»Ihre Werke sind Werke eines echten Patrioten, eines Sowjetmenschen im vollständigen und wahren Sinn des Wortes, und wir wissen dies zu schätzen.«

Gemo kam nicht darauf, wen er eigentlich vor sich hatte. War es ein Gast aus dem Zentralkomitee oder dem Komitee für Leninpreise? Die Zeitschrift »Oktjabr« hatte eine Erzählung zur Auszeichnung vorgeschlagen, aber weiter als bis zur ersten Liste war die Angelegenheit noch nicht gediehen.

»Wir wissen, daß Ihre Werke in andere Sprachen übersetzt werden und Sie sogar eine Einladung des Verlages

Lawrence & Wishart erhalten haben. Wie sonderbar es auch ist, da ist alles möglich.« Koschkin schmunzelte. »Erforderlich ist nur ganz wenig, nur Ihre Einwilligung, mit uns zusammenzuarbeiten. Viel wird von Ihnen nicht verlangt. Sie werden uns nur von Zeit zu Zeit Ihre Meinung über die schöpferische und politische Atmosphäre in der Leningrader Abteilung des Schriftstellerverbandes mitteilen. Natürlich wird nie jemand etwas davon erfahren.«

Gemo spürte aufsteigende Übelkeit, entschuldigte sich schnell und rannte auf den Flur. Die Toilette war zum Glück auf derselben Etage.

Nachdem er sich erleichtert und den Mund ausgespült hatte, wusch er sich, rieb sich mit einem Taschentuch ab, kämmte sich und überlegte: Sollte er zurückgehen oder weglaufen? Weglaufen lohnte wohl nicht – sie würden ihn überall erwischen.

Wieder im Dienstzimmer, warf er einen Blick auf Panna Jelissejewna, aber die tat, als sei sie damit beschäftigt, ein Dokument mit der Maschine zu schreiben. Also wußte sie, wer Koschkin war und was das für ein Gespräch mit dem Vertreter dieser Organisation sein konnte, deren Stabsquartier sich buchstäblich eine Ecke weiter, auf dem Litejny-Prospekt, befand.

Nachdem er etwas Unverständliches gesagt und versprochen hatte, es sich zu überlegen, verließ Gemo hastig das Zimmer.

Valentina sagte entschieden: »Du darfst dich nicht mehr mit diesem Mann treffen! Als ob du nicht leben könntest ohne dieses England!«

»Wie soll ich das machen? Sie sind doch allgegenwärtig!«

»Uns fällt schon was ein. Geh nicht von selber ans Telefon. Ich sage, du seist krank geworden.«

In gespanntem Warten vergingen einige Tage, bis Koschkin anrief.

Juri Gemo hörte die ganze Unterhaltung durch die offene Zimmertür. Valentina sprach streng, aber ruhig. »Nein, krank ist er nicht. Nur betrunken. Sie wissen doch, das kommt bei Schriftstellern vor. Schwer zu sagen, wann das vorbei ist. Rufen Sie in zehn Tagen wieder an. Das kann Wochen dauern.« Valentina legte den Hörer auf, kam zurück ins Zimmer und sagte fröhlich zu ihrem Mann: »Besser als Säufer zu gelten, als mit Schuften zusammenzuarbeiten, die so viele Menschen zugrunde gerichtet haben.«

Nach zwei Wochen rief Koschkin erneut an. Auch diesmal sprach Valentina mit ihm.

»Was wollen Sie? Er kann nicht mal mit mir ein Wort reden, geschweige denn mit Ihnen. Er lallt nur noch. Wissen Sie, nach England lasse ich ihn sowieso nicht. Er kann nüchtern hinfahren, aber dort so viel saufen, daß er nicht nur sich selbst Schande macht, sondern der gesamten Sowjetliteratur!«

Doch Koschkin hatte offenbar beschlossen, bis zum Letzten zu gehen. Eines Abends, als Faustow zu Besuch war und sie tatsächlich genug getrunken hatten, klingelte es, und herein trat Koschkin persönlich. In einer Hand hielt er einen Blumenstrauß, in der anderen eine Flasche Champagner. Die Blumen überreichte er Valentina wie ein Kavalier.

»Koschkin! Gendarmenseele! Was willst du hier?« rief Faustow betrunken. »Wozu brauchst du den braven Mann? Gibt es nicht genug Schufte in unserem Schriftstellerverband, die bereit sind, mit euch zusammenzuarbeiten, zu denunzieren?«

Faustows Zunge verhedderte sich, fast wäre er vom Stuhl gefallen. Gemo bekam kaum etwas mit und versuchte nur, Faustow zur Raison zu bringen.

»Laß das, Ljonja! Nicht doch!«

»Weißt du, wie viele Menschen sie an der Front zugrunde gerichtet haben?« tobte der Dichter weiter. »Wegen angeblichen Kampfes gegen Spione haben sie prächtige Menschen in die Enge getrieben und erschossen, selber aber sind sie nie an die vorderste Linie gekommen!«

Wäre Gemo nüchtern gewesen, hätte er sich über Koschkins Selbstbeherrschung und Stehvermögen gewundert. Valentina erzählte später, Koschkin habe Entschuldigungen gemurmelt und sei gegangen. Er rief noch etliche Male an, aber Valentina sagte jedesmal, ihr Mann sei betrunken und könne nicht ans Telefon kommen.

Gemo sah den Vertreter des KGB wiederholt auf Schriftstellerversammlungen. Er wechselte freundschaftliche Worte mit einigen Sekretären, literarischen Konsultanten und Schriftstellern. Wenn sich seine und Gemos Augen trafen, tat er, als kenne er ihn nicht. Gemo überlief es bei jedem dieser Blicke kalt, als läge schon darin eine unausgesprochene Drohung, und eine Weile fühlte er sich danach unwohl. Immer öfter sprach er davon, nach Tschukotka zu ziehen.

»Wenn sie dich haben wollen, holen sie dich unterm ewigen Eis hervor«, sagte Valentina.

Wenn Gemo an seine chaotische und traurige Reise in die Heimat dachte, bedauerte er, daß es ihm nicht gelungen war, an allen Orten zu verweilen, nach denen er sich in Leningrad gesehnt hatte. Vor allem war ihm das Grab der Mutter in Erinnerung geblieben, unweit vom ersten Tangitan-Grab, in dem der verstorbene Bäcker beigesetzt worden war – als erster in einem Holzsarg. Der Sarg war längst an der Oberfläche vermodert, herausgestoßen vom ewigen Frostboden, die Gebeine des Bäckers aber hatten sich mit den Gebeinen anderer Verstorbener vermischt, die meist nach altem tschuktschischem Brauch bestattet worden waren, indem man die nackten, entkleideten Leichen einfach auf den Tundraboden legte. Schon in der Kindheit hatte Gemo mitunter unverständliche Worte über eine weit zurückliegende Verbindung seiner Mama zu einem Anfang der dreißiger Jahre nach Uëlen gekommenen Bäcker gehört. Angeblich war er in Rußland ein wohlhabender Mann gewesen, ein Kulak. Gemo konnte sich an ihn nicht erinnern, hatte es nur hin und wieder erlebt, daß sein Stiefvater in trunkenem Wahnsinn Mama anschrie und sie »zu ihrem geliebten Tangitan« auf den Hügel des Gedenkens schickte. Vor der Abreise aus Uëlen, im Sommer 1946, hatte Gemo die Mutter nach seinem leiblichen Vater gefragt. Sie aber hatte sich eine Träne abgewischt und nur gesagt: »Er war ein ehrenwerter Mann.«

Atyks Bericht über seinen wirklichen Vater machte Gemos Gedanken nur noch trauriger, und als Valentina davon hörte, sagte sie: »Wir müssen suchen. Vielleicht gibt es noch irgendwelche Verwandten.«

Eines frühen Morgens lag Gemo schlaflos im Bett, dachte über alles nach, lauschte auf die Atemzüge der schlafenden Kinder und der Frau, und plötzlich durchbohrte eine schreckliche Vermutung sein Hirn wie ein Pfeil. Von fiebriger Erregung gepackt, weckte er ungeduldig seine Frau. »Valja, Valja, hör mal!«

»Was ist denn? Was ist passiert?«

»Dieser Bäcker aus Uëlen, Gawrin, stammt doch aus dem Kreis Kolossowo!«

»Na und?«

»Der mir im Traum erscheint, dieser Georgi Nesnamow, kommt doch gerade aus dem Kreis Kolossowo.«

Valentina betrachtete ihren Mann aufmerksam. »Mein Lieber, schlag dir das aus dem Kopf! Was träumt man nicht alles! Der Psychiater hat doch neulich gesagt, bei dir finden sich keine Abweichungen. Aber wenn du erneut zu trinken anfängst, kommt auch dieser Traum wieder.«

Sollte er wirklich das Trinken völlig aufgeben? Absolute Nüchternheit brachte allerdings viele Unannehmlichkeiten. Vor allem würde sich sein Bekanntenkreis jäh einengen, verlöre er die sogenannten Freunde, deren größtes Vergnügen eine trunkene Unterhaltung war. Praktisch bliebe niemand mehr übrig ... Andererseits verhieß ein nüchterner Kopf vieles, vor allem größere Arbeitsfähigkeit. Zwar schrieb Gemo am besten gerade nach einer langen Saufsträhne, aber weniger, um Versäumtes, in einem Bewußtseinsloch verlorene Zeit nachzuholen, als um sich selbst zu beweisen, daß er nicht völlig verloren war, wenn er den letzten Rubel seines Honorars oder das für den Kauf einer neuen Nähmaschine zurückgelegte Geld versoff ... Gemo teilte seine Gedanken Valentina mit. Sie hörte ihn wie immer schweigend an und fragte plötzlich: »Und wenn Koschkin das erfährt?«

»Man muß es vor ihm verheimlichen.«

»Er wird es sowieso herausbekommen«, sagte Valentina fest. »Deine Zechkumpane werden es in eurem ganzen Schriftstellerverband ausposaunen.«

Valentina ging nicht gern ins Schriftstellerhaus. Nur manchmal raffte sie sich dazu auf, wenn sie einen westlichen Film sehen wollte, der nur Vertretern der Intelligenz in einer geschlossenen Vorführung gezeigt wurde.

Meistens endeten diese Ausflüge im Restaurant, wo ein nicht trinkender Schriftsteller schräg angesehen wurde – einmal, als Gemo versuchte, eine Einladung zum Trinken abzulehnen, bemerkte gar der Dichter Kopjew: »Hitler war auch Abstinenzler.«

Eine autobiographische Erzählung wurde von der Presse sehr gelobt, wiederum als Zeugnis dafür, wie ein im Dunkel der Urgesellschaft geborener Tschuktsche dank der Leninschen Nationalitätenpolitik an die moderne Kultur herangeführt wird. Die Erzählung erschien in der Romanzeitung, brachte ihm spürbaren finanziellen Erfolg und fand sich sogar auf der ersten Vorschlagsliste für den Leninpreis.

Wenn Gemo jedoch die Seiten hin und wieder durchlas, empfand er immer öfter Widerwillen gegen den eigenen Text. Natürlich gab es darin auch gute, sogar glänzende Seiten, aber insgesamt war es zähes Geschwätz im Wechsel mit unkonzentriert erzählter Handlung.

»Mir scheint«, tröstete ihn Valentina, »das kommt daher, weil du die klassische Literatur gut kennst und von deiner Fähigkeit, den Text selbst zu analysieren. Du betrachtest dein Werk oft wie der Pathologe einen Leichnam, nicht wie ein gewöhnlicher Mensch, der das Leben – statt es am Ideal zu messen – nimmt, wie es ist, mit all seinen Fehlern, Mängeln und guten Seiten. Das ist so, als würdest du bei einer schönen Sache ständig daran denken, wie sie entstanden ist, oder als würdest du ein schönes Mädchen nur als Gefäß für verschiedene, oft nicht sehr appetitliche Organe betrachten.«

Seine Zweifel und Gedanken teilte Gemo nur Valentina mit, er weihte niemand anderen ein, nicht einmal die Schriftstellerkollegen, von denen man meinen konnte, sie stünden ihm sehr nahe. Das waren nicht sehr viele. Für alle übrigen war er ein glücklicher Sowjetschriftsteller, der seine Herkunft ausnutzte sowie eine Nationalitätenpolitik, die Talente aus kleinen, zurückgebliebenen Völkern förderte.

Ein zweiter Sohn wurde geboren. Das kam ihm bei der Zuweisung neuen Wohnraums sehr zustatten.

Es gab Stunden und Tage, da Nesnamow fast jegliches Interesse an seinen fruchtlosen Nachforschungen verlor, nur durch die Stadt schlenderte, sich über die Verwahrlosung der wunderbaren Architektur-Ensembles wunderte, Museen und Kirchen besuchte, in den Parkanlagen spazierenging. Doch oft blitzte in seinem Kopf un-

verhofft der Gedanke auf, hier müsse Juri Gemo gegangen sein. Nesnamow bog vom Newski-Prospekt in den Wladimir-Prospekt ein, wählte einen weithin sichtbaren Glockenturm als Orientierung und ging auf gut Glück dorthin. Nach einigen Quartalen mündete die Straße in einen Platz. Nesnamow schaute sich um. Als er an den Eingang einer Kirche kam, las er dort die Inschrift: »Arktisches und Antarktisches Museum«. Das war so unerwartet, daß Nesnamow die Inschrift einige Male las, ehe er die schwere Eichenholztür aufstieß, die ihn nur widerwillig in das Halbdunkel eines mit Ausstellungsstücken vollgestellten hohen Saals einließ. Unter der Kuppel schwebte ein kleines, an Spielzeug erinnerndes Flugzeug, und auch das Zelt von Papanins polarer Überwinterung nahm einen besonderen Platz ein. Dann waren da Schaukästen mit Dokumenten, mit diversen Resten von Polarausrüstungen – Skiern, Bekleidungsmustern, Hundeschlitten, Kufen, Booten. Im Museum war es kühl, als hätten diese Dinge, die in unerträglichem Frost, inmitten blendender Eislandschaften und grenzenloser Schneefelder gewesen waren, in ihrem Inneren diese Kälte bewahrt.

»Was interessiert Sie?«

Nesnamow zuckte zusammen, als er diese Stimme hörte, die ihn aus dem Nichts zu erreichen schien.

»Mich interessieren vor allem die arktischen Völker«, erwiderte Nesnamow, nachdem er einen unansehnlich gekleideten Mann entdeckt hatte, offenkundig den Museumsführer.

»Die Völker, das ist oben. Hier im unteren Stockwerk befinden sich gewissermaßen Zeugnisse der Heldentaten von Sowjetmenschen bei der Erschließung der Arktis.«

Der Mann sprach schnell, als fürchte er, der Besucher könne kehrtmachen und weggehen.

»Sie haben Glück. Bald wird man das Museum zumachen.«

»Warum?«

»Erstens müssen wir diesen kirchlichen Raum freigeben, und zweitens kommen kaum Besucher. Heute sind Sie der erste. Sogar Schulbesuche finden nicht mehr statt. Entweder fehlt dafür das

Geld oder das Interesse. Das ist schade, denn das Museum ist einzigartig auf der ganzen Welt.«

Im oberen Stockwerk, dem hohen Chor, hingen eng nebeneinander Bilder der arktischen Landschaft. Von der Vielzahl glasierter Eisberge flimmerte es vor den Augen, fast geriet man in Versuchung, an diesem glatten Lasurblau zu lecken. Und obwohl diese Bilder, wie sich bei genauerer Betrachtung herausstellte, von verschiedenen Malern geschaffen waren, machten sie einen erstaunlich schablonenhaften Eindruck.

Nesnamow beschleunigte den Schritt, um diese langweilige Einförmigkeit schnell hinter sich zu bringen, als er plötzlich auf etwas stieß, das ganz anders war und ihn zwang stehenzubleiben. Äußerlich war an dem Bild nichts Besonderes, weder in farblicher noch in formaler Hinsicht. Zwei Ufer zu beiden Seiten eines Flusses, spärlich von Nadelbäumen bewachsen, dienten Rentieren, die überall auf dem Bild zu sehen waren, als Weide. Menschen waren nicht dabei. Aber von dem Ganzen ging so sorglose Ruhe aus, als habe sich der Himmel mit seiner Ewigkeit auf die Erde ergossen, hätte die Ufer voneinander getrennt und würde nun als Fluß dahinströmen. Es entstand der Eindruck, als lege sich über das Bild, ein wenig von der Leinwand abgehoben, ein zweites Bild, unsichtbar, aber das Wesentlichere erfassend – die über der weiten Taiga schwebende Seele des Künstlers. Unwillkürlich blickte sich Nesnamow nach seinem Begleiter um. Ob der wohl diese Stimmung auch spürte?

»Das ist ein Bild des Nenzen-Malers Pankow, eines ehemaligen Studenten des aufgelösten Instituts für die Völker des Nordens. Primitiv, aber manch einem gefällt es.«

Zweifellos war das ein großes Werk, mehr wert als diese Zelte, das unter der Kuppel hängende Flugzeug und die Bruchstücke der Ausrüstung von Arktisforschern, doch Nesnamow hatte schon begriffen, daß der Museumsangestellte anderer Meinung war. Der Nenzen-Künstler Pankow und der Angestellte des Arktischen und Antarktischen Museums existierten in unterschiedlichen Zeiten, die sich getrennt hatten und nicht zusammenkamen, sich nicht vereinigten.

Nesnamow hielt sich nicht für einen Kunstkenner, sein Geschmack reichte über die weltweit anerkannten Meisterwerke der klassischen realistischen Kunst nicht hinaus, aber hier, vor dem Bild des unbekannten Nenzen-Malers hatte er plötzlich verstanden: Die Größe eines echten Kunstwerkes und seine Wirkung auf den Menschen hängen nicht davon ab, in welcher Manier das Werk ausgeführt ist – was groß ist, bleibt groß.

14

Der beste Ort zum Lesen, sein Lesesaal der Weltliteratur, war die steil abfallende Klippe unmittelbar hinterm Leuchtturm. Dort war Gemo außer Gefahr, vom Stiefvater erwischt zu werden, der, obwohl relativ gebildet, den lesenden Stiefsohn nicht leiden konnte. Wie viele Bücher hatte er zerrissen, mit dem Fett eines Meerestieres begossen, mit Hundekot verschmiert! Für den Verlust von Büchern wurde Gemo wiederholt die Berechtigung entzogen, die Schulbibliothek zu nutzen. Dann bat er Freunde um Hilfe oder holte sich Bücher aus der meteorologischen Polarstation.

Unter der Klippe schlug das Eismeer den Rhythmus auf seiner Trommel, der Küste. Dort kreischten die Vögel, die sich am Felshang Nester gebaut hatten, es grunzte ein Walroß, und hin und wieder stieg mit pfeifendem Seufzer eine Walfontäne auf. Wenn die Augen von der Schrift ermüdet waren, wandte Gemo den Blick zur Wasseroberfläche und sah vor sich den gleichsam belebten, Wirklichkeit gewordenen Globus, den Teil, der an die Spindel der Erdachse grenzte und sich blau um die weißgefärbten Eismassen des Nordpols ausbreitete.

Die Cervantes-Biographie von Bruno Frank hatte Gemo gleich nach dem »Don Quijote« gelesen. Das Leben des Autors dieses unsterblichen Buches war nicht weniger stürmisch und dramatisch gewesen wie die Taten, die Höhenflüge und Abstürze des Ritters von der traurigen Gestalt.

Während er die vorüberfahrenden Schiffe betrachtete, deren entschwindende Rauchwolken, stellte er sich das Leben der Menschen auf den großen Dampfern vor, ein Leben mit ganz anderen Sorgen, Wünschen und Werten. Manche dieser Schiffe nahmen Kurs auf Uëlen, gingen auf der Reede vor Anker, doch solche, die ihm am rätselhaftesten und schönsten vorkamen, fuhren vorüber, waren bemüht, einen Bogen um die öden und trostlosen Küsten zu machen – so hatte sie der Arktisforscher Admiral Wiese in seinen Vorlesungen an der Nord-Fakultät beschrieben.

Sehnsucht nach einem anderen Leben preßte mit süßem Schmerz sein Herz zusammen, und eine Ahnung, was ihn erwartete, ließ ihn nicht mehr los: All das würde er sehen! Er würde die eisernen Decks riesiger Schiffe betreten, würde in einem schnellen Flugzeug in den Himmel steigen, in einem Zug durch dunkle grüne Wälder rauschen, barfuß über eine von seidigem Gras bewachsene grüne Flußwiese laufen … Die Bücher waren Fenster in eine andere, ferne Welt, und die Sehnsucht nach ihr weckte das Bestreben, möglichst viel über sie zu erfahren. Gemo lernte in der Schule zwar nicht gerade leicht, aber sein großer Wunsch trieb ihn dazu an, in seinem Gedächtnis jedes Körnchen Wissen zu speichern und in den Gegenstand, den er gerade studierte, tief einzudringen. Gewöhnlich hatte er bereits zu Beginn eines Schuljahres alle Lehrbücher gelesen, die Aufgaben gelöst, die Daten historischer Ereignisse auswendig gelernt, um die von solchen Aufgaben freie Zeit einer gierigen, ununterbrochenen Lektüre zu widmen.

Unmittelbar vor dem Krieg hatte sich in Uëlen die Gefahr eines Bücherhungers abgezeichnet. Gemo hatte die Schulbibliothek und die Bücherei der Offiziersmesse der meteorologischen Polarstation ausgelesen und wollte sich bereits an die Werke von Marx, Engels, Lenin und Stalin wagen, da wurden zu seinem Glück am Geröllufer von Uëlen schwere Kisten ausgeladen. Sie waren für die Bezirksbibliothek in Anadyr bestimmt, aber es hatte sich so ergeben, daß der Dampfer, der Kurs auf Kolyma hielt und von dort die Küste des Eismeeres entlang Murmansk ansteuern sollte, aus irgendeinem Grund die Ladung nicht an den Bestimmungsort bringen konnte. Zuerst wußte niemand, was sich in den Kisten befand. Dann riß jemand ein Brett ab und entdeckte Buchrücken klassischer Ausgaben. Als der Herbstregen einsetzte, wurden die Bücher in die Schule geschleppt. Alle, die gute Lektüre liebten, nutzten nun die überraschend Uëlen zugefallene Bibliothek, auch einige Lehrer. Im Verlauf einiger Jahre hatte Gemo dann alle wesentlichen Werke der Klassik gelesen, und insgeheim war er dem Unbekannten, der diese ungewöhnliche Bibliothek zusammengestellt hatte, dankbar.

Es war verwunderlich, aber in Schriftstellerkreisen wurde am wenigsten über Literatur gesprochen. Sie war kein Thema für das halbtrunkene Geplauder im Restaurant des Schriftstellerhauses, bei ihren Begegnungen konnten sich die Schriftsteller sehr allgemein über Neuigkeiten auslassen, die dieses und jenes Buch betrafen, doch vor allem beschäftigten sie Klatsch, das Familienleben von Schriftstellerkollegen und insbesondere Aufmerksamkeiten seitens des Gebietskomitees der Kommunistischen Partei oder noch höher – des Zentralkomitees. Das häufigste Gesprächsthema waren die Literaturpreise, die Jubiläen und die damit verbundenen Glücksfälle – Nachauflagen. Die meisten Schriftsteller lebten gerade von diesen Nachauflagen, die weniger glücklichen von Lesungen in Werken und Fabriken, in Lehranstalten und verschiedenen Institutionen, sogar in Kindergärten und Vereinen von Tauben und Taubstummen. Außerdem wurden wochenlange Reisen durchs ganze Land organisiert, am attraktivsten waren die sogenannten Tage der Literatur in den Bruderrepubliken. Zu diesen Reisen wurden besonders angesehene Schriftsteller eingeladen, vor allem solche, die hohe Posten in den Schriftstellerorganisationen innehatten.

In den sechziger Jahren durfte Gemo zum erstenmal ins Ausland reisen, nach Bulgarien. Scheinbar unwillig informierte man Gemo im Parteibüro über diesen Beschluß der »Instanzen«, dann bestellten sie ihn in die Auslandskommission, wo er einen umfangreichen Fragebogen auszufüllen hatte. Vor allem fürchtete er das Gespräch mit der Kommission für Auslandsreisen.

Nach den Worten erfahrener Schriftstellerkollegen bestand diese Kommission aus alten, unbeugsamen Bolschewiki, für die ein ins Ausland reisender Schriftsteller ein potentieller Überläufer und künftiger Agent der imperialistischen Spionage war.

Die Unterhaltung fand in einem alten Schloß statt, das einstmals der alten russischen Fürstenfamilie Kotschubej gehört hatte. In der mit Eichenholzschnitzereien üppig ausgestatteten ehemaligen Schloßkapelle hingen zwischen Kruzifixen und einfachen Kreuzen Porträts von Marx und Engels, Lenin und Breshnew. Mit ihren grellen, lebensfrohen Farben stellten sie die religiösen Kultgegenstände in den Schatten.

Die Mitglieder der Kommission thronten hinter einem riesigen Eichenholztisch auf Sesseln, deren Rückenlehnen bestimmt das Fürstenwappen zierte. Es waren würdige Greise mit weißem Haar, bärtig und hinfällig, einige dösten unübersehbar, zuckten zusammen und erwachten, wenn sie Fragen zu stellen oder abzustimmen hatten. Den Vorsitz führte ein Mitarbeiter vom Stadtbezirkskomitee der Kommunistischen Partei, ein relativ junger Mann, den Gemo schon ein paarmal auf großen Schriftstellerversammlungen gesehen hatte. Er stellte Gemo den Kommissionsmitgliedern vor und betonte besonders, daß mit ihm die multinationale Sowjetliteratur ein bedeutendes Talent gewonnen habe. Er trug einige Angaben zur Person vor und erteilte den Anwesenden das Wort: »Gibt es noch Fragen an den Genossen Gemo?«

Einer der Greise schlug die Augen auf. »Sie sind also – Tschuktsche?«

Gemo nickte schweigend.

»Das erlegt Ihnen besondere Verantwortung auf«, fuhr der Greis fort, »als Vertreter eines kleinen Volkes im sowjetischen Norden. Sie müssen das Banner des proletarischen Internationalismus und der Völkerfreundschaft hochhalten.«

Was da vor sich ging, war so albern und lächerlich, daß Gemo den Angestellten des Stadtbezirkskomitees fragend ansah. Der aber mied seinen Blick und führte die Sitzung nach dem zuvor festgesetzten Szenarium fort.

»Und Sie dürfen sich nicht auf eine Provokation einlassen!« setzte ein weiterer aufgewachter Greis hinzu.

»Ich fahre doch zu einem Brudervolk.«

»Gerade unter den Brudervölkern gibt es die meisten Provokateure!« bemerkte der Greis böse.

Der Versammlungsleiter beeilte sich, die Sitzung zu beenden, und sagte feierlich: »Das Parteikomitee des Dzierzynski-Stadtbezirks schlägt den Schriftsteller Juri Sergejewitsch Gemo für eine Reise in die Volksrepublik Bulgarien als Mitglied einer Delegation des Schriftstellerverbandes der UdSSR vor!«

In Moskau lernte Gemo die beiden anderen Delegationsmitglieder kennen: den Schriftsteller Vitali Krutilin und einen jungen Kritiker der Zeitschrift »Völkerfreundschaft«, Lew Oninski.

Vitali Krutilin, Träger des Stalinpreises, der jetzt einfach Staatspreis hieß, war ein hagerer Mann mit einer Brille in Metallfassung, trug einen Uniformmantel, eine Uniformbluse und blitzblank geputzte Stiefel. Die ganze Kleidung war trotz des militärischen Schnitts aus hochwertigem Material, feinem Wollstoff, gefertigt. Krutilin lebte in einem Vorwerk am Don.

Lew Oninski hatte vorn eine kahle Stelle, daher wirkte seine Stirn erschreckend hoch, als berge sie unwahrscheinliche Weisheit und Intelligenz. Er war schweigsam, blickte aber bedeutsam drein, und Gemo fühlte sich in seiner Gegenwart verlegen; allerdings löste sich seine Zunge im Flugzeug nach dem dritten Glas Don-Wein von Krutilins eigenem Weinberg. Krutilin bewirtete seine Reisegefährten freigebig und erzählte von seinem berühmten Landsmann Michail Scholochow, mit dem er allem Anschein nach eng befreundet war. Von allen lebenden Schriftstellern interessierte Michail Scholochow Gemo wohl am meisten, und er lauschte begierig dem Bericht über den gemeinsamen Fischfang der am Don beheimateten Schriftsteller, über Festgelage am Ufer des großen kosakischen Stromes.

»Wie schreibt er?« fragte Gemo in einem passenden Moment. »Setzt er sich jeden Tag an den Schreibtisch?«

Vitali Krutilin strich sich über den verblichenen rötlichen Schnurrbart, nahm die Brille ab, rieb das Glas und antwortete langsam: »Dieses Geheimnis kennt wohl nur seine Gattin.«

Lew Oninski erklärte weitläufig, daß die Schriftstellerarbeit zu vielfältig sei, als daß man hierbei allgemeine Ratschläge geben könne. »Ich habe versucht, Angaben über die schriftstellerische Tätigkeit zu systematisieren, und bin zur Überzeugung gelangt, daß jeder so schreibt, wie er es vermag und wie er will«, sagte Oninski. »Die einen können ein wunderbares Werk sozusagen auf einen Ritt schaffen, andere müssen sich buchstäblich an den Schreibtisch zwingen.«

Gemo selbst schrieb relativ leicht, bisweilen konnte er sich stundenlang nicht vom Manuskript losreißen, füllte Seite um Seite, dafür war es ihm später eine Qual, das zu lesen. Er versuchte, seine Feder zu bremsen, legte Pausen ein, befaßte sich mit anderem, aber das Schreiben selbst kostete ihn nur wenig Zeit. Er verheimlichte das und antwortete auf die Frage, ob ihm das Schreiben schwerfalle, mit einem Seufzer, daß er manchmal für eine einzige Seite einen ganzen Tag brauche.

Die bulgarischen Genossen bemühten sich, die Delegation so zu empfangen, daß oft kaum zu unterscheiden war, wann ein Gelage zu Ende ging und wann ein neues begann. Trinksprüche auf die Freundschaft des bulgarischen und sowjetischen Volkes, auf die Freundschaft der Literaturen, auf die brüderliche Vergangenheit der slawischen Kulturen, auf die Begründer des slawischen Schrifttums, Kyrill und Method – das war nur ein Teil der obligaten Trinksprüche, auf die man ein volles Glas Wein zu leeren hatte.

Ein seltsames Gefühl erfaßte Gemo beim Sonnenaufgang, den er auf dem Balkon seines Hotelzimmers unterm Schipkapaß erlebte. Vielleicht wurde dieses seltsame Empfinden von der gekachelten Wanne begünstigt, die aussah wie ein Sarg. Vor dem Aufwachen hatte er wieder von der Siedlung Kolossowo geträumt und von Georgi Nesnamow, der an der fälligen Nummer der Kreiszeitung arbeitete.

Gemo trat auf die Terrasse. Die Sonne stieg hinter den fernen, in einen Dunstschleier gehüllten Bergen auf. An unbekannten Orten kostete es ihn jedesmal Mühe, sich nach dem Licht zu orientieren. In Uëlen war das natürlich und einfach. Im Sommer ging die Sonne hinterm Bergmassiv auf dem Kap Deshnjow auf, hing den ganzen Tag über der Lagune, die die Geröll-Landzunge mit ihren Jarangas an der Südseite begrenzte, und ging hinter dem Intschoun-Kap unter, versank im Meer. Der winterliche Weg der Sonne war kurz. Er begann auf dem Festland und endete fast ebendort, wo die durchfrorene rote Sonnenscheibe für kurze Zeit aufgegangen war. Hier in den bulgarischen Bergen versengte ihm die aufgegangene Sonne sogleich das ihr zugewandte Gesicht, obwohl schon September war, und die Dorfhäuschen versteckten sich hinter Girlanden von rotem Paprika. Zuerst dachte Gemo, hier werde Stör gedörrt, so wie Ende des Sommers in Anadyr, als er aber näher hinsah, entdeckte er, daß es roter Paprika war. In den Dörfern setzte man ihnen starken, duftenden Sliwowitz vor, den sie in großen Teekesseln wärmten. Der an so starke Spirituosen nicht gewöhnte Lew Oninski wurde schon nach dem ersten Glas schläfrig und legte sich gewöhnlich ins Auto, wo er auf die tafelnden Gefährten wartete.

Bulgariens Sonne weckte sonderbare Gefühle, und Gemo beobachtete sich gewissermaßen von außen, stellte sich vor, er schwebe über diesen grünen Hängen in dem aus Sonnenstrahlen gewebten Dunst und den dünnen herbstlichen Spinnennetzen. Gedanken an seine Doppelexistenz suchten ihn hier des öfteren auf, und diesmal kämpfte er nicht dagegen an, gab sich keine Mühe, sie loszuwerden.

In den stillen Weiten des Rila-Klosters, von dem aus man die umliegenden Gipfel sah, wich das Gefühl einer Selbstabgewandtheit sogar nach einem Glas guten Klosterweins nicht, und in sich selbst, in eigene Gedanken versunken, hielt Gemo nach Möglichkeit Abstand von der Gruppe.

Als Vitali Krutilin das bemerkte, sagte er spöttisch: »Ich hätte nicht gedacht, daß die Tschuktschen so religiös sind.«

Gemo fand es unhöflich, nicht zu antworten, und sagte: »Meine Landsleute haben das Christentum nicht angenommen.«

»Ich dachte, alle sibirischen Nichtrussen wären seit den Zeiten Jermaks zum orthodoxen Glauben bekehrt worden.«

»Fast alle, bis auf die Tschuktschen und Eskimos im Nordosten Asiens.«

»Warum?«

»Meiner Meinung nach, weil sie sehr pragmatisch waren und von den Auswärtigen nur annahmen, was ihnen nutzen konnte. Die Lehre von Gut und Böse, von einer Strafe Gottes, die darin besteht, daß Sünder in die Hölle kommen, schien ihnen unlogisch, denn ihnen hätte ein Überfluß an Wärme und sogar Hitze geradezu Träume erfüllt. So war für Menschen, die ihr Leben lang unter Kälte litten, ewige Hitze eher eine göttliche Belohnung als eine Strafe.«

Hinsichtlich des Pragmatismus und des gesunden Menschenverstandes seiner Landsleute hatte Gemo ein wenig übertrieben. Die Tschuktschen und Eskimos im Nordosten Asiens hatten viele schlechte Gewohnheiten angenommen, darunter den Konsum von »üblem Wasser«, dem Alkohol.

Während Juri Gemo durch die stillen Winkel des Klosters schlenderte, auch über die abgetretenen Bodenplatten seiner Bibliothek, spürte er schmerzhaft Sehnsucht nach dem fernen Ort, der staubigen Straße der Siedlung Kolossowo im Leningrader Gebiet, und begriff, daß es ihm schlechtgehen würde, wenn er nach seiner Heimkehr nicht dorthin fuhr.

Soeben war ein morgendlicher Regen niedergegangen, und in der Luft lag der unangenehme Geruch von Auto-Abgasen und giftigen Ausdünstungen des nassen Asphalts. Es war wohl an der Zeit, nach Hause zurückzukehren, nach Treskowizy, ins elterliche Haus, das so vertraut und gemütlich inmitten von Beerensträuchern und ungemähtem Gras stand. Das Mähen würde Mühe bereiten, die Halme waren bestimmt schon hart geworden. Etwas aber hinderte Nesnamow daran, eine endgültige Entscheidung zu treffen, und er schob die Rückkehr auf unbestimmte Zeit hinaus. Ja, es war ihm nicht gelungen, in diesem Leben Spuren von Juri Gemo zu finden, und doch war da etwas ... Ähnlich dem, was über Pankows Bildern im Arktischen und Antarktischen Museum geschwebt hatte, ein unsichtbarer Lichtschein, ein nicht wahrnehmbares Spinnengewebe, eine Ausstrahlung, die nur das Unterbewußtsein wahrnahm.

Zurück in der Hotelhalle, fragte Saikin Nesnamow: »Waren Sie schon mal im Ausland?«

»Einmal, in Bulgarien, mit einer Touristengruppe.«

»Ich noch nie. War wegen meiner Arbeit an geheimen Projekten für Auslandsreisen gesperrt. Bis heute läßt man mich nicht ausreisen ... Wie waren Ihre Eindrücke?«

»Gut. Ich weiß nicht, wie es jetzt ist, aber damals, vor zwanzig Jahren, schien mir, die Bulgaren lebten viel besser als wir.«

Doch von seiner tiefen Ergriffenheit, die ihn beim Besuch des Rila-Klosters überwältigte, sagte Nesnamow nichts. Sie blieb verborgen in seinem Innern, nur gelegentlich beunruhigten ihn plötzlich aufsteigende Erinnerungen, von denen sich sein Herz in süßem Schmerz, der einer unbekannten, warnenden Zukunft galt, zusammenkrampfte.

»Sie nehmen nie an Lesungen teil!« warf Nelli Prokofjewna, die Leiterin des Büros für Propagierung schöner Literatur, Gemo vor.

»Ich bin doch kein Dichter, meine Prosa ist lang und langweilig, wenn man sie vorliest.«

Das Gespräch fand im Eichensaal des Restaurants statt. Gemo speiste mit Leonid Faustow. Nelli Prokofjewna, eine füllige, ältere Frau und leidenschaftliche Raucherin von Zigaretten Marke »Belomorkanal«, besaß die Baßstimme eines Mannes.

»Sie werden von der Kreisbibliothek in Kolossowo angefordert. Fahren Sie?«

»Ich bin noch nie vor einem Auditorium aufgetreten.«

»Was ist schon dabei? Sie müssen doch nicht eine ganze Erzählung oder einen Roman lesen. Vielleicht nur einen Auszug. Sie können ja mit Leonid Faustow fahren.«

Diese Idee gefiel Gemo, und zwei Tage darauf saßen sie im elektrischen Vorortzug. Faustow hatte nach alter Frontgewohnheit eine Taschenflasche Wodka und etwas zu essen mitgenommen, und die zwei Stunden Zugfahrt waren im Nu verplaudert. Nachdem die Freunde je eine Knoblauchzehe gekaut hatten, traten sie auf den Bahnsteig und wurden von der Leiterin der Kreisbibliothek empfangen, einer ziemlich jungen Frau, Absolventin des Leningrader Bibliotheksinstituts. Sie war merklich aufgeregt, aber der erfahrene Faustow fand sofort den richtigen Ton und erkundigte sich sachlich, ob es hier ein Restaurant gebe.

»Ja, schon«, antwortete die Leiterin und sagte besorgt: »Falls Sie nicht sehr hungrig sind, laden wir Sie nach der Abendveranstaltung zu einem Abendessen ein.«

»Versteht sich!« Faustow lächelte breit.

Die Leute hatten sich im Lesesaal versammelt. Es waren wider Erwarten viele, Gemo empfand eine gewisse Unruhe und war insgeheim froh, daß der in solchen Angelegenheiten erfahrene Leonid Faustow die Leitung des Abends übernahm. Zuerst stellte er seinen Gefährten vor und sagte von ihm solche Dinge, daß Gemo nicht wußte, wohin er sich vor Scham verkriechen sollte, er verglich ihn bald mit Hemingway, bald mit Lomonossow, Tschechow und Tschingis Aitmatow.

»Allein dafür, daß er den Leser nicht nur in unserem

Land, sondern auf der ganzen Welt mit seinem kleinen Volk bekannt gemacht hat, verdient er Unsterblichkeit!«

Nach diesen Worten erbebte der kleine Saal vom stürmischen Beifall. Trotz seiner Erfahrung hatte Leonid Faustow diesmal einen wesentlichen Fehler begangen, denn seine Verse und verschiedene auf das Publikum zugeschnittene Witze und Wortspiele hörten die Leute jetzt nur mit halbem Ohr, sie warteten auf Gemos Auftritt. Und als der an der Reihe war, beruhigte er sich überraschend.

»Ich komme erst das dritte Mal in Ihren Kreis«, begann er.

Er bemerkte, wie die Zuhörer die Ohren spitzten.

»Das erste Mal war ich als Student des ersten Studienjahres beim Ernteeinsatz hier im Dorf Treskowizy. Ehrlich gesagt, mich bewegte weniger der Wunsch, den Kolchosleuten zu helfen, als vielmehr mit eigenen Augen ein russisches Dorf zu sehen, von dem ich so viel in den Büchern großer russischer Schriftsteller gelesen hatte.«

Doch Gemo erzählte nicht davon. Er sprach über die Schuljahre im fernen Uëlen, über seine damals erwachte Sehnsucht nach der russischen Erde, von der er aufgrund seiner Lektüre sogar träumte.

Zum Schluß las er einen Ausschnitt aus einer neuen, noch unveröffentlichten Erzählung vor: wie ein Landsmann von ihm, der gerade in die Partei aufgenommen worden war, in betrunkenem Zustand zwei Füchse aus der Pelztierfarm herausließ und sich dafür im Kreis-Parteikomitee verantworten mußte. Als er sich bei erfahrenen Parteileuten nach der Art seiner bevorstehenden Strafe erkundigte, erfuhr er, daß man ihn wohl »an den Pranger stellen« würde, er aber stellte sich vor, wie er auf einem öffentlichen Platz in der Kreisstadt stehen würde, dort, wo der granitene Lenin steht, spannte die Hunde an und fuhr in die Tundra, wo er sich am Leuchtturm beim Pilgyn-Kap erhängte.

Die Anwesenden lauschten mit angehaltenem Atem, und am Ende blieb der gewohnte Beifall aus.

Nur Leonid Faustow, der beim Lesen hin und her gerutscht war und Gemo Zeichen gemacht hatte, stand schnell auf und sagte: »Alle anderen Werke von Juri Gemo sind vom Glauben an unsere Partei durchdrungen, diese Erzählung aber zeigt, wie hoch ein Mann aus der Tundra die Verantwortung gegenüber der Partei bewertet.«

Nach der Veranstaltung, auf dem Weg ins Restaurant zum Freundschaftsessen, zischte Faustow böse: »Einen Bärendienst hast du uns erwiesen! Mußtest du so eine Erzählung vorlesen! Wenn das nun jemand anzeigt?«

»Was ist denn schlecht an dieser Erzählung?«

»Überleg selber. Du bist doch kein kleiner Junge.«

Selbst Leonid Faustows fröhliche Trinksprüche retteten die Situation nicht. Gemo gab vor, überraschend Kopfschmerzen bekommen zu haben, verließ das Restaurant und ging auf dem bekannten Weg in die Redaktion der Kreiszeitung.

Die wenigen Straßenlaternen konnten das tiefe winterliche Dunkel nicht vertreiben, aber schon von fern sah er ein erleuchtetes Fenster und erblickte mit stockendem Herzen sich selbst, über eine morgige, von Korrekturen übersäte Zeitungsseite gebeugt.

Er blieb stehen, holte tief Luft und spürte voller Schrecken, wie er sich gleichsam auflöste, verschwand, Fleisch und Blut verlor. Mit unwahrscheinlicher Willenskraft versetzte er sich wieder in die gewohnte Wirklichkeit, kehrte fast im Laufschritt ins Restaurant zurück und rief schon auf der Schwelle nach einem großen Glas Wodka.

15

Gemo erhielt eine Vierzimmerwohnung am Gribojedow-Kanal, im sogenannten Schriftsteller-Überbau. Nach einer in Leningrader Schriftstellerkreisen kursierenden Legende hatte Anfang der dreißiger Jahre der damalige Parteiobere der Stadt, der später ermordete Sergej Mironowitsch Kirow, erlaubt, das zur einstigen Manege, der kaiserlichen Cavàliergarde gehörende Wohnheim für Pferdeknechte, um zwei Etagen für Schriftsteller aufzustocken. Es war die Zeit der Begeisterung für neue Ideen eines kommunalen Gemeinschaftslebens, daher gab es in den Wohnungen keine Küchen, weil man annahm, in nächster Zukunft würden alle Werktätigen, darunter auch die Schriftsteller, in öffentlichen Gaststätten essen. Daraus wurde aber nichts, und so trennte man später für die Küchen einen Teil der langen Wohnungsflure ab. In den engen Verschlägen fand sich gerade noch Platz für einen Gasherd und einen winzigen Tisch.

Früher hatte in der Wohnung 48 ein berühmter Literaturwissenschaftler gewohnt, der feinsinnige Ästhet und Verfasser grundlegender Arbeiten über das Schaffen von Klassikern der russischen Literatur, Boris Michailowitsch Eichwald. Als Gemo die Schlüssel erhalten hatte und zum erstenmal die Wohnung betrat, glaubte er in einen lange nicht mehr ausgemisteten Pferdestall geraten zu sein: modriger Geruch nach etwas längst Verfaultem, Bücherstaub, Gestank aus dem schwarz gewordenen Klobecken, eine schmutzige, rostige, wie von scheinbar nie verheilenden Geschwüren überzogene Wanne, ein offensichtlich jahrelang nicht gescheuerter Fußboden und, was am schlimmsten war, zahllose Spuren zerdrückter Wanzen an den mit giftgrüner Ölfarbe gestrichenen Wänden.

Der ihn begleitende Hausmeister, der Tatar Onkel Grischa, rümpfte die Nase und sagte: »Hier muß gründlich renoviert werden.«

Für die Renovierung ging fast das gesamte Honorar vom letzten Buch drauf. Am meisten Scherereien bereiteten ihnen die Wanzen, die sogar in den Lichtschaltern nisteten. Eine Sonderbrigade der Stadtbezirks-Hygienekommission behandelte in Gasmasken mit einer giftigen Flüssigkeit etliche Male alle vier Räume, Küche, Toilette und Bad. Das hatte der allgegenwärtige Onkel Grischa veranlaßt, der, als er das Geld in Empfang nahm, sagte: »Die Wanzen sind garantiert vernichtet!«

Zum erstenmal hatten Juri und Valentina ein eigenes Schlafzimmer, ein Arbeitszimmer mit Bücherregalen und Schreibtisch, ein Kinderzimmer und ein Wohnzimmer mit Fernseher. Die Freude über den Einzug in die neue Wohnung wurde vom Gedanken getrübt, daß die Leitung der Schriftstellerorganisation Gemo wieder einmal übergangen und ihm nicht, wie versprochen, eine Wohnung in dem neuen Haus gegeben hatte, sondern eine aus dem sogenannten alten Bestand.

Der leitende Sekretär der Schriftstellerorganisation sagte: »Als wir die Listen im Gebietskomitee bestätigten, erinnerte jemand an dein Auftreten in Kolossowo. Du sollst da eine antisowjetische Erzählung gelesen haben.«

Das erzählte Gemo seiner Frau erst, nachdem sie in die neue Wohnung gezogen waren.

»Mir gefällt es hier aber«, sagte Valentina. »Wir wohnen unmittelbar im historischen Zentrum Leningrads. Hier tritt man nur aus dem Haus und kann den Newski, die Kasaner Kathedrale, alle Theater und die Eremitage zu Fuß erreichen.«

Valentina war eine ideale Schriftstellerfrau. Die schwere Kriegskindheit hatte zwar verhindert, daß sie eine systematische Ausbildung erhielt, doch ihr Takt und ihr Geschmack waren durch keine Diplome aufzuwiegen. Eines Tages bekannte sie: »Da ich jetzt eine Familie habe, dich und die Kinder, fürchte ich nichts mehr im Leben. Als ich dir begegnete, war ich so einsam und glaubte zuerst nicht an mein Glück. Du wirktest auf mich so kalt. Freilich weiß ich auch jetzt nicht genau, wie es bei dir im tiefsten Herzen aussieht. Vielleicht gibt es das gar nicht, daß auch nur der einem am nächsten stehende Mensch alles vom andern weiß … Erinnerst du dich, damals war mir immer kalt. Sogar im heißen Sommer, sogar, wenn ich warm angezogen war, konnte ich plötzlich vor einer drohenden Kälte der Einsamkeit erschrecken. Jetzt ist das vorbei. Und falls uns jemand das streitig machen will, was wir erreicht haben, kratze ich ihm die Augen aus, gehe ich ihm an die Kehle.«

Sie lagen in dem breiten Bett, das sie in einem Geschäft für Gebrauchtmöbel gekauft hatten. Es erinnerte sie an das Mahagonibett, von dem sie sich hatten trennen müssen.

»Sag mal, träumst du noch immer von deinem Doppelgänger?«

Gemo antwortete nicht sogleich. Überhaupt ließ sich dieses Gefühl nur schwer in Worte fassen, er hatte sich des öfteren aus der Sicht des Schriftstellers überlegt: Würde er all das beschreiben können? Eher nicht. Er wußte, daß diese Barriere unüberwindbar war.

»Er ist gewissermaßen immer bei mir. Manchmal vergesse ich seine Existenz, dann wieder bringt er sich in den überraschendsten Situationen wieder in Erinnerung. Als ich im Sommer mit Faustow nach Kolossowo fuhr, habe ich erwartet, daß er gerade dort immer neben mir sein würde, aber da schien es ihn überhaupt nicht zu geben. Ich bin nicht mal in die Redaktion der Kreiszeitung gegangen, denn ich wußte, man würde mir sagen: So einen gibt es nicht und hat es nie gegeben.«

»Wo ist er denn aber?«

»In einem anderen Leben, gleichsam in einer anderen Zeit.«

»Phantastik«, meinte Valentina. »Vielleicht solltest du dich mit den Gebrüdern Strugazki beraten?«

»Nein, das ist keine Phantastik, ist keine Frucht der Einbildung«, sagte Gemo. »Das ist einfach ein anderes Leben, ein normales anderes Leben.«

»Weißt du noch, du hast von einer zweiten Wirklichkeit gesprochen, die der schöpferische Mensch geschaffen hat«, meinte Valentina.

Gemo erinnerte sich an seinen Gedanken, daß die Menschheit gewissermaßen eine eingebildete Wirklichkeit geschaffen hatte, besetzt mit erfundenen literarischen Gestalten, die genauso bekannt geworden waren wie historische Persönlichkeiten. Diese Wirklichkeit war bereits zum unverzichtbaren Teil der gesamten Menschheit geworden. Nähme man den Menschen der heutigen Welt die Odyssee, Herakles, Don Quijote, Gargantua und Pantagruel, Othello und Hamlet, Natascha Rostowa und Eugen Onegin – wie arm würden da die Menschen sein!

»Aber Christus – ist das eine literarische Gestalt oder ein Mensch, der wirklich existiert hat?« fragte Valentina.

»Vielleicht das eine wie das andere«, erwiderte Gemo in einem Anflug von Scherz.

Er hütete sich davor, mit seiner Frau über religiöse Themen zu sprechen. Vor allem, nachdem er entdeckt hatte, daß sie die Kinder heimlich hatte taufen lassen. Der ältere Sohn beendete schon die Schule und hatte bereits seine Einberufung zum Militär erhalten.

Auf der anderen Seite des Gribojedow-Kanals, zwei Schritte vom Haus entfernt, stand nun schon viele Jahre eingerüstet die »Blutkirche«, errichtet an der Stelle, wo ein Terrorist einen russischen Herrscher getötet hatte. Gemo bemerkte, daß Valentina sich manchmal verstohlen mit Blick auf die enthaupteten Kuppeln bekreuzigte – auf der einen ragte eine ausladende Rundfunkantenne. Alte Weiblein schlüpften durch die zahlreichen Löcher, die es auf allen Seiten des Gotteshauses gab, zu dem riesigen, wandhohen Mosaikbild von Christus, brachen Smalte-Stückchen heraus und hatten ihn so schon weitgehend um die Beine gebracht.

»Auf diese Weise werden sie ihn noch völlig vernichten«, bemerkte Gemo einmal.

»Immer noch besser, sie vernichten ihn auf diese Weise«, seufzte Valentina.

Die Zerstörung von Kirchen hatte in Leningrad gigantische Ausmaße angenommen. Nicht genug, daß die Gotteshäuser einfach durch mangelnde Pflege und Baufälligkeit verkamen, sie wurden auch abgetragen, und an ihrer Statt wurden pompöse Stationen der schnell wachsenden Metro errichtet.

Und, sonderbar, niemand protestierte dagegen, bis auf ein jämmerliches Häufchen von Freunden des Altertums, gebrechlichen Akademiemitgliedern aus der altrussischen Abteilung des Puschkinhauses.

In Valentinas Charakter hatte Gemo längst Züge eines aufrichtigen Gefühls bemerkt, das die Kommunisten Internationalismus nannten; dennoch war sie der russischen Kultur zugetan und putzte streng alle herunter, die über alte russische Lieder und Kirchengesänge die Nase rümpften.

Sie war eine echte russische Frau, und Gemo war stolz auf sie. Obwohl sie wenig miteinander sprachen, bemerkten sie mit der Zeit, daß sie nicht nur den gleichen Geschmack hatten, sondern mitunter auch zur gleichen Zeit den Mund aufmachten, um einander etwas zu sagen, und entdeckten, daß sie ein und denselben Gedanken äußern wollten.

Zunächst bewunderte Nesnamow das Gotteshaus nur von fern, von der Ecke Gribojedow-Kanal und Newski-Prospekt. Nun aber entschloß er sich, näher heranzugehen. An diese Kirche erinnerte er sich seit seinem ersten Aufenthalt in Leningrad. Damals war sie ihm wie eine verfallende Ruine vorgekommen, der nur noch wenig Zeit bleiben würde, und erstaunte durch ihren hartnäckigen Widerstand.

Heute nun war sie fast völlig restauriert, festlich leuchteten ihre Mosaik-Kuppeln, ihre spitzenartig durchbrochenen, neu errichteten Kreuze. Die aufgefrischte Farbe, die sauber gewaschenen Kacheln, die wiederhergestellten Mosaiken der Figuren verliehen dem erstaunlichen Bauwerk neuen Glanz – ungeachtet seines Gegensatzes zum streng klassizistischen Stil der benachbarten Gebäude. Wie die meisten Baukunstwerke, die in einer Aufwallung überschäumender Inspiration entstanden, wirkte die »Blutkirche« dennoch als harmonischer Bestandteil des Ganzen ringsum.

Der Zutritt zum Gotteshaus war noch nicht frei. Doch von dorther, von den Wänden, vom weit geöffneten Tor ging eine Wärme der Ruhe, der erhabenen Stimmung aus.

Nesnamow umging die Kirche, begab sich auf die andere Seite des Gribojedow-Kanals, wo das Haus mit dem Schriftsteller-Überbau stand, und bog in die Tscheboksary-Gasse ein. Vom Torbogen her war schon der gewohnte Fäulnisgeruch der Petersburger Torwege wahrzunehmen, der von überfüllten Müllcontainern und den ungepflegten Treppen der Vorder- und Hinterhäuser herrührte. Der Hof, vollgestellt mit Autos verschiedener Größe, erstreckte sich weit nach hinten, wahrscheinlich bis zum Marstall-Platz, der glücklicherweise von revolutionären Umbenennungen verschont geblieben war. Neben einem angebauten Lift gähnte schwarz die Eingangstür, und Nesnamow stieg langsam die breite, schartige, zwischen den Stockwerken von großen Plattformen unterbrochene Treppe hinauf. Katzen liefen an ihm vorbei, mitunter fielen von den zahlreichen rostigen Rohren unter der Decke große Tropfen, hinterließen auf seinem weißen Hemd an Blut erinnernde rote Flecken.

Je mehr er sich dem dritten Stock näherte, desto stärker wurde sein Herzklopfen, das Herz schien den ganzen Brustkorb einzunehmen, das Atmen fiel schwerer, so daß Nesnamow immer häufiger innehalten mußte, um Luft zu holen, sich zu beruhigen. Erstaunlicherweise war es in dem Haus so still, als wären die Einwohner ausgestorben oder hätten die vielen Wohnungen verlassen, deren Türen auf die durch das ganze Gebäude sich hinziehenden Korridore hinausgingen.

Im dritten Stockwerk wandte sich Nesnamow nach links, umging eine lange, verputzte, mit unzähligen obszönen Inschriften in Russisch und Englisch bedeckte Wand und blieb vor der mit braunem Kunstleder bezogenenen Tür der Wohnung 48 stehen.

Er verharrte und lauschte auf sein vor Aufregung klopfendes Herz, unterdrückte nur mit Mühe ein in die Kehle aufsteigendes Stöhnen, verdrängte mit letzter Kraft eine das Bewußtsein vernebelnde Finsternis. Nur wenige Schritte, und er würde in eine Schlucht fallen, tief, als stürzte er vom dritten Stock in den breiten Treppenschacht. Nesnamow zwang sich, von der Tür zurückzutreten. Er wußte, daß in dieser Wohnung längst andere Leute lebten, die einen waren umgezogen, andere hatten das Land verlassen. Wie würde es ihm ergehen, wenn sich hinter der Tür tatsächlich Juri Gemo befände?

Nesnamow ging die Treppe hinunter und trat auf die Tscheboksary-Gasse hinaus. Am Ufer des Gribojedow-Kanals blieb er lange stehen – ein wenig zum trüben Wasser hinuntergebeugt, in dem sich die neuen Kuppeln der »Blutkirche« spiegelten – und kam langsam wieder zu sich, in seine Zeit zurück.

Das Leben schien in feste Bahnen gekommen zu sein. Die Kinder gingen zur Schule, Valentina besorgte den Haushalt, Gemo aber konnte sich ganz dem Schaffen in seinem Arbeitszimmer hingeben – dem letzten Zimmer auf dem Korridor der Wohnung 48 im dritten Stock des Schriftstellerhauses.

In der ersten Zeit gefiel ihm dieses Leben.

Als er wieder einmal einen Sammelband vorbereitete, las er aufmerksam seine Werke und erschrak. Einige Tage trank er, kam mitunter sogar nachts nicht mehr nach Hause. Wenn er dann schmutzig, unrasiert und schuldbewußt zurückkam, ließ ihn Valentina schweigend ein und bereitete ihm im Arbeitszimmer ein Bett mit frischer Wäsche.

Gemo starrte an die Decke und durchlebte qualvoll, mit brennender Scham seinen Absturz, versetzte sich im Halbschlaf in ein anderes Sein, nach Kolossowo, an den mit Tinten- und Leimflecken übersäten Schreibtisch bei der »Kolossower Prawda«. Ihm machte es Spaß, anspruchslose, kleine Artikel über das Leben in der Kreisstadt zu redigieren, darin war die Rede von der Reparatur landwirtschaftlicher Maschinen, von Melkerträgen, von Futterbeschaffung und der Einbringung der Ernte.

Wenn Gemo wieder zu sich kam, korrigierte er verbissen seine Werke, aber meistens fuhr er dann für ein, zwei Monate in die Heimat, wo er vor allem an der Prowidenija-Bucht Gefallen fand. Zunächst mußte er einige Tage mit den Einheimischen trinken, mit Vertretern der Obrigkeit und der örtlichen Intelligenz, dann aber kam eine Zeit, da er frei Atem holen und sich Erinnerungen hingeben konnte. Er stieg auf die nächstgelegene Bergkuppe, von der aus sich ein hinreißendes Panorama bot – auf die nahen Fjorde des Prowidenija-Bergmassivs, auf die Inseln Arakamtschetschen und Sekljuk, und bei klarem Wetter konnte man im Osten sogar die Sankt-Lorenz-Insel sehen, die die Eskimos Siwukak nannten.

Mit Hilfe der Obrigkeit gelang es ihm sogar, eine Zweizimmerwohnung in der vierten Etage eines Plattenbaus mit Blick auf die Bucht zu erhalten.

1946 war Gemo an der Küste dieser Bucht an Land gegangen und hatte sich in einem großen Hauszelt auf dem abschüssigen Felsenufer der Bucht einquartiert. In den Doppelbetten darin schliefen Schauerleute – Tschuktschen und Eskimos –, die aus den umliegenden Nomadenlagern und Siedlungen angeworben worden waren, Männer und Frauen bunt durcheinander. Nachts kamen russische Hafenarbeiter, und es begannen Saufereien und Gelage. Manchmal konnte sich Gemo kaum noch in seinem oberen Bett halten, so sehr schwankte es im Takt der Liebesspiele seiner jungen und liebebedürftigen Landsmännin Poljau, die das untere Lager belegt hatte. Es gab auch blutige Auseinandersetzungen, und man konnte noch von Glück reden, wenn am Morgen nur vergossenes Blut von den Fußbodenbrettern gewischt werden mußte; es kam aber auch vor, daß leblose Körper weggeschafft wurden. An solchen Tagen ergriff Gemo oft Entsetzen, und er bemühte sich nach Kräften, dieser schrecklichen Umgebung zu entfliehen: der kräftezehrenden schweren Arbeit im Hafen, der trunkenen Besinnungslosigkeit, dem Gezänk, dem Schmutz und Gestank im Zelt. Das war eine echte Hölle, doch dessen ungeachtet kam der örtliche Eskimo-Aktivist, Iwan Aschkamakin, der auch Mitglied des Kreis-Parteikomitees war, regelmäßig dorthin und hielt seine Lektion über die internationale Lage. Er vergaß auch nie, am Ende dem bedeutenden Lehrer und Führer, dem großen Freund der Völker der Tschuktschen und Eskimos, Genosse Stalin, Lob und Dankbarkeit auszusprechen.

Damals hatte der junge Gemo den Weg auf die Bergkuppe gefunden, zum Friedhof hier auf dem Kap, wo er, das Gesicht dem Meer zugewandt, sich einbilden konnte, mutterseelenallein zu sein, ohne all diesen ihn in der Hafensiedlung umgebenden Schmutz.

In Gedanken fuhr er in ferne Städte, in die großen grünen Weiten russischer Felder, auf helle, von Bäumen umsäumte Lichtungen. Seltsamerweise kam ihm nie in den

Sinn, zur Insel Siwukak fahren zu wollen, ans andere Ufer der Beringstraße, wo nach den Erzählungen von Großmutter Giwewnëut noch Verwandte leben mußten, im Nichts verschwunden, als wären sie gestorben. Der Weg dorthin war von Grenzsoldaten dicht verschlossen.

In der Prowidenija-Bucht befand sich ihr Hauptstützpunkt, und einmal wurde Gemo zu einem Treffen eingeladen. Bevor er in den Offiziersklub ging, erzählte der Abteilungskommandeur dem Gast vom System des Grenzschutzes auf Tschukotka. Nur hier kamen die beiden Großmächte einander nahe, und nur hier, zwischen den Inseln Großer und Kleiner Diomid, betrug der Abstand zwischen ihnen ganze vier Kilometer und hundertvier Meter Wasser. Beim Freundschaftsessen nach der Veranstaltung fragte Gemo den Oberst: »Wenn ich Sie richtig verstanden habe, besteht die Hauptaufgabe unserer Grenzer darin, die Grenzen von unserer sowjetischen Seite her abzuriegeln?«

»Ganz recht«, entgegnete der Kommandeur, »unsere Hauptaufgabe ist es, dafür zu sorgen, daß niemand abhaut.«

Als er Gemos fragendem Blick begegnete, erläuterte er: »Von dort, von der amerikanischen Seite, gab es, solange der sowjetische Grenzschutz existiert, nur einige wenige Versuche, die Grenze zu übertreten, und auch das waren strenggenommen keine Spione und Diversanten, sondern verirrte Jäger vom Kleinen Diomid sowie zwei sonderbare, halbirre Abenteurer. Der eine, Castro, war sogar aus Mexiko gekommen. Unsere Russen aber versuchen jedes Jahr wegzulaufen. Sie sehen auf der Karte, wie schmal die Beringstraße ist, und hauen ab! Im Winter erfrieren sie einfach und gehen auf driftendem Eis zugrunde. Im Sommer ertrinken sie.«

»Und was geschieht mit denen, die Sie erwischen?«

»Die übergeben wir den Organen.«

»Kommt es auch vor, daß Landsleute von mir versuchen, dorthin wegzulaufen?«

Ohne seine Verwunderung zu verhehlen, antwortete der Kommandeur: »Seltsam, aber solche Fälle hat es, soweit ich mich erinnere, nicht gegeben. Natürlich treffen sie sich bei der Jagd heimlich mit Leuten von drüben, vor allem im Frühjahr, wenn die Walrosse durch die Meerenge ziehen. Aber das tun sie sehr überlegt. Die Aufklärung meldet, daß sie eine eherne Regel haben: Nie etwas mitnehmen! Damit es keine Beweisstücke gibt. Die Grenze zu überschreiten ist für einen Hiesigen eine Lappalie, trotz unserer Sicherung. Aber sie tun es nicht! Sie lieben eben ihre Heimat!«

»Ich glaube«, ergänzte sein stellvertretender Politoffizier, »eine nicht geringere Rolle spielt, daß keiner von Ihren Landsleuten in den Kapitalismus will. Die Sowjetmacht und der Sozialismus können ihnen alles geben, im Kapitalismus aber sterben die Einwohner von Alaska aus, durch Krankheiten, Armut und Alkoholismus.«

Die Propaganda über das glückliche Leben von Gemos Landsleuten füllte nicht nur die Seiten der Kreiszeitung, sondern auch Bücher und Broschüren, die in der Bezirksstadt Magadan herausgegeben wurden. Jede negative Information konnte weitreichende Folgen haben. Dennoch faßte Gemo Mut, schrieb die Wahrheit über die gewaltsame Aussiedlung der Naukaner Eskimos vom Kap Deshnjow und schickte den Artikel an die Redaktion der »Literaturnaja Gaseta«. Lange erhielt er keine Antwort. Als er wieder in Moskau war, ging er in die Redaktion. Aus der Abteilung Nationalliteraturen schickten sie ihn zur Abteilung Publizistik, dann zum literarischen Leben, der Schriftstellertribüne. Der Artikel fand sich auf dem Tisch des Chefredakteurs.

Dieser, ein bekannter Schriftsteller, Liebhaber guter Zigarren und eleganter Krawatten, empfing Gemo recht kühl und hochmütig. Boris Alexandrowitsch Bakowski galt als ein Mann, der der Obrigkeit nahestand, und hatte sogar Zutritt zum Kabinett des greisen Generalsekretärs.

Sich in Wolken aromatischen Zigarrenrauchs hüllend, musterte er den Schriftsteller durch die dunklen Gläser seiner goldgefaßten Brille und sagte väterlich, mit heiserer tiefer Stimme: »Sie sind, soweit mir bekannt ist, ein gebildeter Mann. Was hat es für einen Sinn, im Schmutz zu wühlen und sich an verschiedenen Fehlern zu weiden, von denen es, das gebe ich zu, in unserem Leben noch genug gibt? Sie haben an der Universität studiert und kennen die Methoden des sozialistischen Realismus. Also wenden Sie diese Methoden in Ihrem Schaffen auch an, und folgen Sie nicht dem schlechten Beispiel einiger unserer Schriftstellerkollegen. Dissidenten haben wir ohnehin genug, uns hätte gerade noch gefehlt, wenn ein tschuktschischer Schriftsteller einer würde.«

Gemo hörte Boris Alexandrowitsch zu und dachte daran, wie er auf einem Hundegespann mit der Großmutter nach Naukan gefahren war. Der Weg führte unter den dunklen Senlun-Felsen entlang, und die Zeit verrann langsam, während die Hunde dahintrabten und Großmutter gemächlich ihre Legenden erzählte. Von jedem Felsen, jedem Talkessel, jedem erstarrten, eisfunkelnden Wasserfall hatte sie etwas Besonderes zu berichten. Hinter den Senlun-Felsen stand hoch im Meer auf einem Plateau ein einzelner Felsen – die Ewig Trauernde Frau. Der Überlieferung zufolge hatte sich die Frau eines Jägers, der vom eisbedeckten Meer nicht in die heimische Jaranga zurückgekehrt war, in Stein verwandelt. Unter den Felsen war es so still, daß man das Rauschen hörte, mit dem der Schnee über das Eis der zugefrorenen Ströme fegte. Über den Felsvorsprüngen sah man die Ruinen alter Behausungen von Kriegern, die ihre Heimatdörfer gegen Feinde verteidigt hatten. Die Großmutter war klug genug, nicht hervorzuheben, wer mit den alten tschuktschischen Kriegern gekämpft hatte. Es konnten sowohl Russen als auch Eskimos gewesen sein in jenen weit zurückliegenden Zeiten, da ein Begriff wie Völkerfreundschaft nicht existierte.

Die Naukaner Verwandten empfingen die Uëlener mit unverhohlenem Ärger. Sie waren in der schlechtesten und hungrigsten Zeit zu Besuch gekommen, mitten im Winter, da die Tiere sich weit von der Uëlener Küste entfernt hatten. Allerdings kehrten die Reisenden nie mit leeren Händen heim, und oft dauerte der Rückweg mit den schwer beladenen Schlitten unter Mondschein und aufflammendem Polarlicht besonders lang.

Gemo liebte diese Fahrten wegen ihres erniedrigenden Charakters nicht sehr. Viel lustiger war es, Naukan während der Walroßjagd im Frühling zu besuchen, wenn am Ufer Feuer brannten, in dem kleinen Schulhaus Trommeln dröhnten und Uëlener und Naukaner um die Wette Tänze darboten und Lieder sangen, die sie noch aus den kriegerischen Zeiten bewahrt hatten.

Während er den wohlgenährten, glattgekämmten und seine Selbstzufriedenheit nicht verbergenden Boris Alexandrowitsch betrachtete und seiner gleichmäßig dahinplätschernden Rede lauschte, die man ohne jede Korrektur in der Zeitung hätte drucken können, dachte Gemo darüber nach, daß er nie mehr nach Naukan fahren würde, weder mit Hunden noch auf einer Jagd-Schaluppe. Und, seltsam, alles, was der Chefredakteur sagte, rief keinen Protest hervor, denn ein neuer Mensch wurde in diesem Land dringend gebraucht, und es war ehrenhaft, sich denen zugehörig zu fühlen, die ein Führer Ingenieure der menschlichen Seele genannt hatte. Nur tief im Innern regten sich Schmerz und Sehnsucht nach dem vernichteten, wunderschönen Naukan, wo die Menschen in jener Höhe lebten, in der die Vögel durch die Lüfte zogen, und wo ein Teil von Gemos Wurzeln sich an die Felsen klammerte.

Natürlich war es naiv gewesen, zu hoffen, daß ein solcher Artikel gedruckt würde. Die kleine Ungerechtigkeit angesichts der großen Aufgaben und großen Errungenschaften mußte tapfer ertragen und vergessen werden.

Allein die Naukaner schienen mit Verspätung zu begreifen, wie raffiniert und grausam sie betrogen worden waren, als man sie für immer der Heimat beraubt hatte. Diese Kränkung, dieser Schmerz brach sich in Stunden trunkenen Rausches Bahn, denn die Quelle des tröstenden Tranks lag recht nahe; im Winter bereitete es einem arktischen Jäger keine Mühe, übers Eis der zugefrorenen Lawrenti-Bucht ins ersehnte Geschäft zu gelangen, in dem, anders als im Dorf, Alkohol die ganze Woche über verkauft wurde. Viele schieden freiwillig aus dem Leben, andere unternahmen alles, um nach Uëlen, in die Prowidenija-Bucht umzuziehen, bis die Kreisobrigkeit, erschrocken über die ungewöhnliche Welle von Protest und Unzufriedenheit der stets ergebenen Eskimos, für die Naukaner Fertigteil-Baracken in der Kreisstadt baute und sie dahin verfrachtete.

Gemo erzählte seiner Frau von der Unterhaltung mit dem Chefredakteur der »Literaturnaja Gaseta«.

»Schreib einen Roman oder eine Erzählung darüber, keinen Artikel«, riet sie ihm.

Nach einigem Nachdenken war Gemo klar, daß auch ein größeres Werk über dieses Thema schwerlich gedruckt werden würde.

Nun geriet er in eine Verfassung, die er selbst als »Zwischenbuchzeit« bezeichnete: Eine Sache war beendet, die nächste aber noch nicht begonnen, und er wußte nicht, worüber er schreiben sollte. In einer solchen Zeit wurde der Gedanke an schöpferisches Unvermögen und Untalentiertheit unerträglich, da half nur die Flucht in den Rausch.

Gemo begriff, daß ein Andauern dieses Zustands für ihn böse enden konnte und es bereits schwer sein würde, mit dem Saufen Schluß zu machen.

Ohne die Schriftstellerei hätte er längst das Los vieler Landsleute seines Alters geteilt, die in einem unerträglichen Alkoholnebel verkommen waren. Manche hatten die aufgrund ihrer Diplome erhaltenen Posten im Partei- und Sowjetapparat verloren, andere waren ganz aus dem Leben gegangen.

Nach jedem Ausbruch einer Alkoholsträhne brauchte es länger, bis er seine Schöpferkraft zurückgewann, manchmal erstreckte sich die Erholungsphase über Wochen völliger Untätigkeit und Depression. Gemo schreckte die Aussicht auf eine Zeit, da er nicht mehr imstande sein würde, auch nur ein einziges Wort zu schreiben.

Eines Morgens spürte Valentina, daß ihr Mann längst wach war und sich unruhig im Bett wälzte. Sie fragte: »Hast du wieder von Kolossowo geträumt?«

»Nein … Ich habe nur gedacht, ich sollte mit dem Trinken aufhören.«

»Ich wäre die glücklichste Frau auf Erden, wenn du damit Schluß machen würdest.«

Gemo antwortete nicht sofort. Er erinnerte sich plötzlich an seine letzte Fahrt mit der Großmutter nach Naukan, an das matte Licht der Schneedecke, inmitten derer wie teure Brillanten Eisstücke glänzten, an Großmutters Legenden über die Herkunft der Vorfahren ihres an der Küste lebenden Jägerstamms, über den Urvater Wal und den armen, mit Fell bewachsenen Teryky, den die eigenen Stammesbrüder erschlagen hatten.

»Ich weiß nicht, für wie lange«, antwortete Gemo. »Aber von heute an lasse ich das Trinken und setze mich an den Schreibtisch.«

Nesnamows verstorbene Frau kam aus einer religiösen Familie. Äußerlich betrachtet, war es eine normale Kolchos-Familie aus dem Nachbardorf, doch die alten Frauen gingen an Feiertagen in die siebzehn Kilometer entfernte, schief gewordene Holzkirche und nahmen sie mit.

Galja wuchs als gewöhnliches sowjetisches Mädchen auf, wurde wie die anderen ein »Oktoberkind«, dann aber sofort Komsomolzin, da ihre »Pionierjahre« in die Zeit der deutschen Besetzung gefallen wären.

Sie heirateten kirchlich und nahezu heimlich, in kleinem Kreis. Nur ältere Verwandte der Braut waren zugegen, da Nesnamow keine nahen Verwandten besaß. Die Zeremonie selbst weckte den sonderbaren Eindruck, so etwas habe man vor langer Zeit einmal im Traum gesehen und erlebt.

Galja nahm in das Haus ihres Mannes eine Ikone mit und brachte sie so unter, daß sie nicht sofort ins Auge fiel. Sie betete nicht, bekreuzigte sich auch nicht, doch die unsichtbare Gegenwart Gottes war im Hause immer zu spüren.

An religiösen Feiertagen, insbesondere aber zu Ostern und zu Weihnachten, herrschte im Haus eine festliche Atmosphäre, anders als an den gewohnten revolutionären Feiertagen.

Freilich hinderte das die Männer nicht, sich an den heiligen Tagen ausnahmslos zu betrinken, genauso übrigens wie am ersten Mai, am siebenten November, am Tag der Verfassung oder am Tag des Sieges.

Nesnamow selbst fühlte im Herzen keine Religiosität, obwohl er von der Existenz einer höheren Macht und einer höheren Weisheit, die sich den materialistischen, marxistischen Dogmen nicht unterordneten, überzeugt war. Doch irgend etwas hielt ihn davon ab, jenen Gott anzuerkennen, an den Galja im stillen glaubte. Ohne den Mann zu fragen, ließ sie Stanislaw taufen, und der Kleine trug eine Zeitlang, bis er eingeschult wurde, sogar ein Kreuz auf der Brust.

»Haben die Tschuktschen denn einen Hauptgott?« fragte Valentina.

»Ja«, antwortete nach kurzem Überlegen Juri Gemo. »Aber er ist sehr vage, niemand kann genau sagen, in welcher Gestalt er existiert. Tätige Götter sind die sogenannten Keljet, unter denen es viele böse gibt, gegen die der Mensch kämpft – mal redet er ihnen zu, dann wieder jagt er sie weg, füttert oder beschimpft sie. So jedenfalls haben es Onkel Kmol und Großmutter Giwewnëut gemacht. Als ich zur Schule ging, wurden alle Unterhaltungen über Götter nur im engen Familienkreis geführt. Die Hauptrolle spielt der Kampf des Guten gegen das Böse.«

»Dann waren es also unter den Tschuktschen vor allem die Frauen, die die Religiosität bewahrten?«

»Das würde ich nicht sagen. Eher die Männer. Aber in meinen Kinderjahren geschah das schon sehr im verborgenen. Besonders verborgen vor russischen Augen. Auf der Jagd, in der Tundra, wenn sie unter sich waren, haben sie die Rituale befolgt und Opfergaben dargebracht, aber bereits in Uëlen mußte der Onkel mit mir weit hinaus aufs Eis oder auf die Küstenfelsen gehen, um den Meeresgöttern Opfer zu bringen.«

Begeistert und mit der inneren Ruhe, die Gemo immer während eines Schreibprozesses begleitete, schrieb er eine Legende über die Abstammung des Küstenmenschen vom Wal-Urvater und der ersten Frau, Nau.

16

Die eintönigste Jahreszeit in Leningrad ist der lange Herbst, der sich oft bis Neujahr hinzieht. Es regnet endlos, der tiefe graue Himmel bedrückt den Menschen, und alles Warten auf den ersten Schnee ist vergebens. Wenn er dann fällt, ist er vermischt mit kaltem Regen und verwandelt sich sofort in schmutzigen Brei, der durch die vergitterten Gullideckel entlang der Gehsteige abfließt. Sicherlich ist das die beste Zeit fürs Schaffen: man sitzt beim freundlichen Schein der Tischlampe im warmen, gemütlichen Arbeitszimmer.

Manchmal kamen nach der Schule die Tochter und der jüngere Sohn hereingelaufen, der älteste hatte bereits seinen Wehrdienst abgeleistet und war so selbständig, daß er sich nur zu einem Gespräch mit den Eltern herabließ, wenn er nach irgendwas gefragt wurde. Immer wenn Gemo seine Kinder ansah, machte er sich in Gedanken Vorwürfe, daß er ihnen nicht genügend Zeit widmete und die ganze Erziehungslast der Mutter überließ. Sogar im Sommer, wenn es ihnen gelang, in ein Schriftstellerheim im Süden zu fahren, setzte er sich nach ein paar Tagen Freizeit wieder an sein Manuskript.

Die Legende vom Wal und der ersten Frau, die er zunächst in eine größere Fabel einbeziehen wollte, damit er von alten Bräuchen, Ritualen und Sagen berichten konnte, hatte sich überraschend in eine ziemlich konzentrierte Erzählung von nur fünf Druckbogen verwandelt. Als Gemo das Manuskript beendet hatte, schickte er es an »Nowy Mir« – ohne große Hoffnung, daß sie es drucken würden, denn er hielt sein Werk für ein Nebenprodukt, geschaffen, um die Pause auszufüllen, bevor er wieder ein ernsthaftes Buch in Angriff nahm. Die Antwort kam erstaunlich schnell, und die Erzählung, eine Art moderne Legende, erschien schon bald, wurde von der Presse überraschend gut besprochen; es gab auch Übersetzungen in andere Sprachen.

Gemo war einigermaßen verwundert: Die Werke, die er für Übergangslösungen auf dem Weg zu einem epochalen Werk hielt, zogen die Aufmerksamkeit von Kritikern und Lesern mitunter mehr als erwartet auf sich, ja, in ihnen wurde sogar ein bedeutender philosophischer Inhalt entdeckt. So war es auch mit der Wal-Geschichte. Er selbst hatte, ehrlich gesagt, an nichts Besonderes gedacht, als er an der Schreibmaschine saß, er hatte keinerlei Versuche unternommen, das Werk philosophisch zu durchdringen. Es kam zwar vor, daß er während der Arbeit in Erregung geriet und einen inneren Aufschwung spürte, etwas, was man gerne Inspiration nennt, aber das geschah relativ selten.

Das Buch wurde für den Staatspreis der UdSSR vorgeschlagen, aber Gemo gab sich keinen trügerischen Hoffnungen hin. In den letzten Jahren war er einige Male für Preise vorgeschlagen worden, doch in der letzten Vorschlagsliste fehlte jedesmal sein Name. Viele Leser und auch Verleger hielten ihn für einen Preisträger und zahlten ihm Spitzenhonorare, die ersehnte Medaille allerdings war ihm nicht vergönnt.

»Dieses Mal könntest du sie bekommen«, sagte der erfahrene Leonid Faustow, der wußte, was sich hinter den Kulissen des literarischen Lebens abspielte.

»Wenn sie dir nun den Staatspreis wirklich geben«, sagte Valentina, »kaufen wir dann eine Datsche?«

»Lieber ein Auto«, ließ sich der ältere Sohn vernehmen.

»Das mit der Datsche ist ein großes Problem«, sagte Gemo. »Ich habe mich mal bei uns im Verband erkundigt. Die Parteiführung meint, der Sowjetmensch, zumal ein Schriftsteller, darf sich kein Eigentum zulegen. Wir müssen das Netz der Schriftstellerheime und der Gewerkschafts-Erholungsheime erweitern, sagen sie.«

»Ich habe immer davon geträumt, ein eigenes Haus zu haben, auch wenn es nur klein ist«, sagte Valentina.

Obwohl es sehr viele Schriftstellerheime und zentral verwaltete Datschen vom Literaturfonds gab, war jedes Gesuch um Zuteilung eines Reiseschecks oder einer zur Miete genutzten Datsche von verschiedenen bürokratischen

Maßnahmen begleitet, und der Traum von einem Eigenheim beseelte auch Gemo. Manchmal ließ sich die höchste Parteiobrigkeit herab und gestattete den Kauf einer fertigen oder den Bau einer neuen Datsche. Einige Leute vom Theater oder Film genierten sich nicht einmal, darauf anzuspielen, daß ihnen die Erlaubnis, ein Eigenheim zu kaufen oder zu bauen, lieber wäre als ein Orden oder eine Prämie.

Um sich zu vergewissern, daß er etwas Wertvolles geschrieben hatte, las Gemo noch einmal die »Wale«. Statt die philosophischen Verallgemeinerungen zu finden, erinnerte er sich mit beklemmendem Seelenschmerz an die längst nicht mehr existierende Jaranga in Uëlen, an den einstigen Frühlingsbrauch, an einem frühen Morgen die Kajaks ins Meer hinabzulassen. Das geschah zu so früher Stunde weniger aus Treue zur alten Tradition als aus Erwägungen der Sicherheit: Die Darbringung der Opfer und das Beten durften nicht unter den Augen der russischen Einwohner von Uëlen geschehen und schon gar nicht unter den Augen der Machthaber auf Tschukotka.

Schwer war es, sich aus süßen Träumen loszureißen und in den kühlen Tschottagin zu gehen, der nach warmem Hundefell und dem Rauch offenen Feuers roch. Die Großmutter holte von irgendwoher Vorräte, die sie den ganzen langen Winter über, selbst in den hungrigsten Tagen, da sie den stinkenden Belag von den Wänden der Fleischgrube kratzten und kochten, aufbewahrt hatte – Stücke gedörrten Renfleisches, Streifen gelben Specks –, und schnitt alles auf einem großen Holzbrett klein.

Onkel Kmol hüllte sich in eine dünne Kuchljanka aus Renkalbfell mit weißem Hermelin auf dem Rücken. Ebenso ein Hermelin mit langem, in einem schwarzen Pinsel endenden Schwanz hing auf dem Rücken von Gemos Kuchljanka. Alles, was sie taten, verlief in tiefem Schweigen, die Leute wechselten nur die allernötigsten Worte. Die gleichen Handlungen wurden offenbar auch in den anderen Wohnstätten von Uëlen vollzogen, und sobald sie aus der Jaranga traten, zog sich eine Menschenkette bereits bis zum Meeresufer hin. Die jungen Leute banden die Kajaks los, die den ganzen Winter an hohen Gestängen gehangen hatten. Das getrocknete Fell polterte wie ein loses Stück Blech auf dem Schuldach. Die Kajaks wurden feierlich und langsam zum Meer getragen, wo man schwer gewordenen Frühlingsschnee um sie häufte. Der Schnee würde langsam tauen und das trockene, straff gespannte Fell durchnässen. Bis zur Jagdzeit würde das Fell wieder elastisch und dehnbar sein und die scharfen Ränder der Eisschollen nicht fürchten müssen.

Doch der wichtigste Moment für Gemo und seine Altersgefährten näherte sich, sobald die Meeresgötter zu essen bekamen.

Die Opfernahrung für die Götter wurde mit einem Mal aus etlichen ziemlich großen Holzschüsseln auf den Strand geworfen. Nun mußte man den Hunden zuvorkommen und möglichst große Stücke von gedörrtem Renfleisch und von den Brocken gelben Specks ergreifen. Strenggenommen blieb für die Götter gar nichts übrig, denn die Hunde fraßen selbst die oberste Schneeschicht, die schwach nach der Opfergabe roch. Gemo fragte einmal die Großmutter danach, und die erklärte ihm lächelnd, daß die Götter diese Opfer eigentlich gar nicht brauchten. Sie hätten genügend Fleisch und Fett. Aber indem ihnen der Mensch das Kostbarste gibt, das er sogar in den größten Hungertagen für sie aufbewahrt hat, zeigt er ihnen: Sie, die Götter, müßten mit ihm genauso ihr Letztes teilen, wie er es tut, obwohl er doch in allem von ihnen abhängig ist.

Beseelt vom Erfolg der Legende über den Wal-Vorfahren schrieb Gemo noch eine Legendenerzählung über einen auf driftender Eisscholle ins Meer hinausgetragenen Jäger, der sich in einen Teryky, ein mit Fell bewachsenes Ungeheuer, verwandelt. In der Kindheit hatte Gemo oft gehört, daß Teryky bald hier und bald da gesehen wurden, und man erzählte sogar, daß die Grenzer vom Naukaner Posten einmal ein solches Wesen gefangen, es verwundet und in einen Kohlenschuppen gesperrt hätten. Als sie dann am nächsten Morgen wiederkamen, hätten sie statt des Teryky einen gewöhnlichen Menschen vorgefunden, der mit einer Renkalbfell-Kuchljanka bekleidet, aber schon tot war.

Die Erzählung wurde in der Zeitschrift »Völkerfreundschaft« gedruckt, blieb aber von den Kritikern fast unbeachtet, denn sie waren mit Werken beschäftigt, in denen der Mensch als Vertreter einer neuen historischen Gemeinschaft, des Sowjetvolkes, herausgestellt wurde.

Und wieder begann für Juri Gemo eine Zwischenbuchzeit, in der er sich mit Reisen nach Tschukotka und Gedanken an künftige Bücher befaßte.

»Haben Sie nie das Gefühl gehabt, als würden Sie sich in zwei Wesen teilen?« fragte Nesnamow Saikin.

Auf dem Weg zum Ethnographischen Museum, das auf dem Platz der Künste an das Russische Museum grenzt, überquerten sie soeben den Litejny-Prospekt.

»Und ob«, antwortete Saikin gutmütig, ohne nachzudenken. »Vor allem, wenn ich getrunken hatte. Sehen Sie, in meinem Leben gab es Augenblicke, wo ich viel in mich hineinschütten mußte, insbesondere vor der Ablieferung eines neuen Produktes. Nach den vielen schlaflosen Nächten, den Hoffnungen und Enttäuschungen, vermeintlichen und wirklichen Entdeckungen, nach dem Zittern vor der Parteiobrigkeit auf zentraler und Gebietsebene, dem Ministerium für Verteidigung, dem Befehlshaber und weiß der Teufel wem noch mußten wir uns entspannen. Unser Hauptwerk befand sich in Sewerodwinsk, jetzt ist das kein militärisches Geheimnis mehr. Also glauben Sie mir, verehrter Georgi Sergeje-

witsch, dort verträgt man was. Ich rede vom Alkohol. Ob reiner Sprit, ob Wodka – für kräftige Jungs im Norden spielt das keine Rolle. Wenn man dann am nächsten Morgen in seinem Zimmer aufwacht, hat man schon das Gefühl, man sei gar nicht mehr man selber. Das eigentliche Ich ist woanders geblieben, im Gestern, und im Bett liegt ein sonderbares, kraftloses Wesen, dem man aus Versehen dein im Alkohol aufgelöstes Gehirn in den zerspringenden Schädel gesetzt hat.«

Das hatte Nesnamow freilich nicht gemeint, als er seine Frage stellte. Er selbst war nie im Leben betrunken gewesen, auch wenn er sich bei einem schmackhaften Mittagessen ein, zwei Gläschen genehmigte und gutes Bier liebte. Er begriff, daß es keinen Sinn hatte, Saikin nach dem zu fragen, was ihn eigentlich interessierte.

In der Dämmerung eines Museums überkam Nesnamow immer eine Art Friedhofs-Andacht, deshalb fragte er einen Aufseher mit gedämpfter Stimme, wo sich die sibirische Abteilung befinde.

Sibirien nahm einen ziemlich großen Raum ein. Ohne die Dienste eines Museumsführers in Anspruch zu nehmen, gingen die Freunde zu einem »Tschum«, einem Nomadenzelt, mit der Nachbildung eines Tungusen, der mit einer Pfeife in der Hand davor saß. Trotz der großen Meisterschaft, mit der das Modell angefertigt war, sah man, daß das eine tote Szene war. Die Arbeitswerkzeuge, die russische Forschungsreisende von den fernen Randprovinzen Sibiriens und des Nordens mitgebracht hatten, Gerätschaften, Bekleidung, ein Hundeschlitten und sogar ein ganzer lederbespannter Kajak weckten den Eindruck unnötigen Gerümpels, sorgsam zusammengestellten Mülls. Sie wirkten vollkommen entseelt, und Saikin, der sich aufrichtig für die Konstruktion des ledernen Kajaks interessierte, verstand nicht, warum ihn sein Gefährte dorthin zog, wo Arbeiten von Meistern der berühmten Uëlener Beinschnitzer-Werkstätten ausgestellt waren. Die aus Walroßbein gefertigten Figürchen von Tieren, Vögeln, Jägern in vollständiger, erstaunlich genau ausgeführter Ausrüstung, die vollständigen Hunde- und Rentiergespanne, die Schiffsmodelle schienen noch die Wärme der Hände ihrer meisterhaften Schöpfer zu bewahren.

Im Museum waren nur wenige Besucher, und der Aufseher kam einige Male, um sich zu erkundigen, ob Auskünfte gewünscht würden. Nesnamow fragte, ob es im Museum auch Exponate gebe, die die zeitgenössischen kulturellen Errungenschaften der kleinen Völker des Nordens spiegelten.

»Natürlich gibt es die!« antwortete der Aufseher bereitwillig und führte sie in die andere Hälfte des Ausstellungsraums.

Hier gab es vor allem Fotografien. Alte, schon vergilbte aus der frühen Sowjetzeit und neue, glänzende und farbige. Schulgebäude, ein Panorama des ersten tschuktschischen Kulturzentrums in der Lawrenti-Bucht, Porträts von Künstlern und Schriftstellern.

»Kennen Sie vielleicht einen tschuktschischen Schriftsteller namens Juri Gemo?«

Der Aufseher beugte sich kurzsichtig zu den Schautafeln, las die Namen und hob die Schultern. »Ist das ein junger Autor?«

»Nein, er ist ungefähr so alt wie der«, Nesnamow zeigte auf ein Porträt des Niwchen-Autors Wladimir Sangi: ein fröhliches Gesicht auf hohem, dünnem Hals.

»Vielleicht ist er ein Wissenschaftler, ein Linguist?« fragte der Aufseher und erklärte: »Im Prinzip zeigt unser Museum keine Porträts lebender Schriftsteller, Wissenschaftler und Künstler, aber im gegebenen Fall bestand Wladimir Michailowitsch darauf, überzeugte uns, dies sei doch nicht schlecht.«

»Wer ist Wladimir Michailowitsch?« fragte Nesnamow.

»Sangi.«

Nesnamow blickte nochmals auf das Porträt. Der Schriftsteller sah ihn kalt und streng an.

»Vielleicht hat er recht«, murmelte Nesnamow.

Als sie wieder auf die Straße hinaustraten, seufzte Nesnamow tief, Saikin aber war wohl sehr zufrieden.

»Wie wenig wissen wir doch über unsere Mitbürger!« sagte er bedauernd. »Amtliche Nachrichten über die großen Erfolge beim

Aufbau des Sozialismus und Kommunismus ... Mit welcher Präzision haben sie sich doch das Gestell für den Jagd-Kajak ausgedacht! Wie ich weiß, hatten sie keine Schrift. Also mußten sie alle Berechnungen und Entwürfe im Kopf haben und sich nur von Erfahrung und Intuition leiten lassen. Und dann diese Schnitzereien! Mich würde interessieren, ob Ihnen auch aufgefallen ist, daß die künstlerische Ausdruckskraft in dem Maße verschwindet, wie sie sich der Gegenwart nähert und an ihre Stelle der berüchtigte sozialistische Realismus tritt. Nach meiner Ansicht gibt es keine schlimmere Symbiose, keine unnatürlichere Verbindung als die von sozialistischem Realismus und der Kunst von Naturvölkern!«

Während Nesnamow seinem Freund zuhörte, stimmte er ihm innerlich zu, da auch er bei einigen Arbeiten junger Künstler der Uëlener Werkstatt einen Anflug von Unwahrhaftigkeit wahrgenommen hatte, aber er hätte seine Gedanken nicht so treffend formulieren können wie Saikin. Der war ja auch Spezialist der technischen Wissenschaften, Träger eines Staatspreises!

»Weißt du«, sagte der Sekretär des Leningrader Schriftstellerverbandes zu Gemo, als wundere er sich selbst, »sie haben dich im Endverzeichnis der Anwärter auf den Staatspreis stehengelassen!«

Gemo hatte auf Umwegen erfahren, daß seine Leningrader Schriftstellerkollegen und die Kulturabteilung der Partei seine Kandidatur nicht unterstützten. Aktiv waren sie allerdings nicht gegen ihn aufgetreten, sie hatten einfach nicht die erforderlichen Papiere abgeschickt. Dennoch hatte das Preiskomitee, in dem nicht nur Schriftsteller saßen, sondern auch Maler und Musiker, Schauspieler und Filmleute, alles getan, damit Gemo in der Vorschlagsliste blieb. Wieder einmal hatten informierte Leute durchblicken lassen, das heiße praktisch, er habe den Staatspreis schon in der Tasche.

All das erschreckte Gemo mehr, als daß es ihn froh machte. Vor allem konnte er in diesem Zustand gespannter Erwartung überhaupt nicht arbeiten, konnte er sich keine Zeile abringen.

Valentina fragte ihn ein paarmal nach dem Grund seiner so ungewöhnlichen Verfassung, und als sie sein Geständnis vernahm, lächelte sie.

»Darüber regst du dich auf? Wir haben bisher ohne den Preis gelebt und sind auch weiterhin nicht auf ihn angewiesen. Auch ohne Preis hält man dich für einen guten Schriftsteller, und ich fürchte, das könnte dir nur das Leben komplizieren.«

»In welcher Hinsicht?«

»Du wirst dich verpflichtet fühlen.«

»Wem gegenüber?«

»Der Partei und dem Staat … Wie heißt es doch – nur dank der Fürsorge der Kommunistischen Partei, ihrem Zentralkomitee und der Sowjetregierung hätten sich die kleinen Völker aus Dunkel und Unwissenheit befreit und den Weg des Aufbaus einer lichten Zukunft beschritten. Ich habe diese lichte Zukunft gesehen.«

Etliche Male hatte Gemo Valentina auf eine Reise durch Tschukotka mitgenommen. Was sie da sah, hatte ihr einen Schock versetzt, und sie hatte gesagt: »Sie werden aussterben, wenn sie weiter so trinken!«

Gemo hatte sich so daran gewöhnt, seine Landsleute betrunken zu sehen, daß die Worte seiner Frau ihn sogar ein wenig kränkten, und er bemerkte: »Die Russen trinken doch auch.«

»Ein Russe trinkt und schläft sich aus. Und wir sind immerhin Millionen. Tschuktschen und Eskimos aber gibt es insgesamt fünfzehntausend! Seht ihr nicht das Entsetzliche, das hier geschieht?«

Valentina bestürzte und empörte vor allem die unverhohlene Verachtung und der Hochmut der Zugereisten gegenüber der ortsansässigen Bevölkerung. »Weißt du, jene deiner Stammesgefährten, die an der Seite der Macht ein warmes Plätzchen gefunden haben«, sagte sie, »sorgen sich mehr um das eigene Wohlergehn als um ihr Volk.«

»Warum denkst du das?«

»Wenn man sie aus den Kreis-Parteikomitees und den Kreis-Exekutivkomitees jagt, sind sie verloren, denn etwas anderes können sie nicht. Sie sind keine Jäger mehr und auch keine Rentierzüchter, sind in gutausgestatteten Wohnungen verweichlicht worden.«

»Wenn ich den Preis bekomme«, sagte Gemo, »werde ich große Möglichkeiten haben, in Tschukotka Einfluß zu nehmen. Vielleicht ziehen wir dann überhaupt dorthin.«

»Das nützt gar nichts«, entgegnete Valentina entschieden. »Ohnehin verbringst du viel Zeit in der Heimat. Und wenn du für immer dahin ziehst, werden sie dich zum Saufen verleiten oder dich einfach fertigmachen.«

»Warum sollten sie?«

»Weil du unbequem bist! Begreifst du nicht, warum sie dir jede Bitte erfüllen? Weil du immer nur für kurze Zeit da bist und wieder wegfährst. Sie aber bleiben. Und dann: Die Zeiten, da Romantiker und Helden dahin kamen, sind längst vorbei. Im Gegenteil – die Leute, die jetzt kommen, sind keineswegs die besten.«

Gemo hörte seine Frau an. Nun erinnerte er sich auch, daß die Ortsobrigkeit ihr oft noch mehr Aufmerksamkeit schenkte als ihm. Einige Male hatte man ihr angeboten, in der Pelzfabrik von Prowidenija etwas für sie zu nähen, hatte sie in Lager mit Mangelware eingeladen. Dort hätte sie sich von Kopf bis Fuß einkleiden können, aber Valentina war standhaft geblieben, hatte alle verlockenden Angebote abgelehnt mit der Begründung, daß sie kein Geld habe. Da hatte man ihr großzügig Kredit angeboten. Doch sie hatte geantwortet, sie würde es später nicht zurückzahlen können.

»Ein Preis bringt immerhin viel ein«, träumte Gemo weiter. »Vor allem Nachauflagen. Und das heißt Geld. Dafür könnten wir eine Datsche kaufen oder bauen.«

Der Traum von einer Datsche war eine Schwäche Valentinas, und sie pflichtete ihm bei, daß der Staatspreis für sie trotz allem von Vorteil sein würde.

Inzwischen erreichten sie von überall her günstige Einschätzungen. »Literaturnaja Rossija« und »Literaturnaja Gaseta« brachten lobende Artikel über Gemos Schaffen, im Radio wurden seine Werke oft gelesen, das Fernsehen lud ihn zu verschiedenen Sendungen ein und machte Interviews mit ihm.

Der Schnee blieb auf dem Asphalt nicht liegen, so daß die Stadt kein festliches Aussehen annehmen konnte. Trotz der zahlreichen roten Fahnen und Transparente, trotz der vielen Wimpel, die den revolutionären Kreuzer »Aurora« auf seinem ewigen Ankerplatz schmückten, und trotz der Girlanden aus elektrischen Lampen, die über die Straße gezogen waren – der rauschend in die Kanalisation abfließende schmutzige Schneebrei und der nicht enden wollende, mit Schnee vermischte Regen ließen keine festliche Stimmung aufkommen.

Der Beschluß des Staatspreis-Komitees wurde gewöhnlich am Vorabend des Jahrestages der Oktoberrevolution verkündet, und Gemo erwartete diesen Tag natürlich so ungeduldig, daß er keinen Schlaf mehr fand und den Appetit verlor. Etliche Male verspürte er den Drang zu trinken, doch die Scheu, seiner Frau seine Schwäche zu zeigen, hielt ihn davon ab.

Gegen neun Uhr setzte er sich vor den Fernseher. Die Meldungen über die Werktätigenkollektive, die ihre Errungenschaften dem anbrechenden größten Feiertag des

Landes gewidmet hatten, rauschten an seinen Ohren vorbei; Spannung ergriff ihn erst, als der Sprecher mit feierlicher Stimme den Beschluß über die Staatspreise auf dem Gebiet von Literatur und Kunst zu lesen begann. Bei jedem genannten Namen verkrampfte sich Gemos Herz schmerzhaft. Schon waren alle neuen Preisträger genannt, doch seinen Namen hatte er nicht vernommen. Hatte er ihn vielleicht in seiner Aufregung überhört?

Die ganze Nacht wälzte er sich in seinem Bett. Gegen Morgen konnte er es kaum erwarten, daß die Kioske öffneten, und lief nach Zeitungen. Er kaufte ein ganzes Bündel Zeitungen und begann schon im Lift, sie durchzublättern.

Zu Hause dann schloß er sich in seinem Arbeitszimmer ein und studierte den Beschluß von der ersten bis zur letzten Zeile, als hätte sich sein Name inmitten der anderen Glücklichen verlieren können. Er studierte sogar die Verzeichnisse all derer, die Preise für Film, Architektur, Malerei und Musik erhalten hatten – vielleicht war er aus Versehen darunter geraten? Doch vergebens. Er fand nicht den geringsten Hinweis auf seinen Namen. Noch einmal las er aufmerksam das Verzeichnis der Schriftsteller, die des hohen Preises für würdig befunden worden waren. Da fiel ihm der Name des usbekischen Dichters Rams Babadshan ins Auge, der in den vorbereitenden Listen nicht enthalten gewesen war. Nun war klar, daß der in letzter Minute hinzugekommen war, daß das Komitee dem Usbeken den Vorzug vor dem Tschuktschen gegeben hatte.

Vor Kränkung und Erniedrigung kämpfte er mit den Tränen, und auf Valentinas Frage, was geschehen sei, reichte er ihr schweigend die Zeitung.

»Etwas anderes habe ich nicht erwartet«, sagte sie ruhig. »Verwunderlich ist nicht, daß sie dir den Preis nicht gegeben haben, sondern daß du dir das so zu Herzen nimmst … Möchtest du ein Glas Wein?«

»Nein!« rief Gemo laut, er schrie es fast. »Deswegen werde ich mich nicht betrinken! Irgendwie stehe ich das durch!«

»Bravo!« rief Valentina froh. Sie sah ihren Mann beifällig an, und Gemo wurde ein wenig leichter zumute.

Man kann nicht sagen, daß Gemo sein Pech so ganz gleichgültig hingenommen hätte. Die Kränkung saß tief und machte sich manchmal überraschend bemerkbar.

Nach Neujahr hatte Gemo in Verlagsangelegenheiten in Moskau zu tun. Er ging in den Schriftstellerverband und traf in der geräumigen Diele der ersten Etage Georgi Mokejewitsch Markow, den damaligen Vorsitzenden des Verbandes und zugleich des Komitees für Staatspreise. Er begrüßte Gemo freundlich und bat ihn in sein Arbeitszimmer. Dann ließ er die Sekretärin Tee bringen. Er erkundigte sich nach Gemos Schaffensplänen, nach seinen Ausgaben.

Als sie den Tee getrunken hatten, sagte Georgi Mokejewitsch verlegen: »Mit deinem Preis ist folgendes geschehen: Die Liste lag schon zur Unterschrift beim Vorsitzenden des Ministerrats. Da rief der Erste Sekretär der Kommunistischen Partei Usbekistans an und teilte mit, daß die Republik in diesem Jahr eine Rekordernte von Baumwolle eingebracht habe. Man müsse auch die usbekische Literatur auszeichnen, die bei der Hebung der Arbeitsmoral der Baumwollarbeiter keine geringe Rolle gespielt habe. So war's. Das ist eben Politik, dagegen kann man nichts machen. Das nächste Mal, das verspreche ich, werde ich alles tun, damit du den Staatspreis bekommst. Verdient hast du ihn längst.«

Gemo seufzte und sagte: »Daraus wird nichts.«

»Warum nicht?« fragte Georgi Mokejewitsch verwundert.

»Weil auf Tschukotka nie Baumwolle wachsen wird!«

Nesnamow suchte schon nicht mehr nach Juri Gemo, nicht einmal nach dessen Spuren, sondern er versuchte sich dessen Umfeld in der Stadt vorzustellen. Er lehnte es ab, in ein anderes Ethnographisches Museum zu gehen – in die Kunstkammer, wo es nach Saikins Worten eine gute Abteilung nicht nur der Urvölker Sibiriens, sondern auch der ganzen übrigen Welt gab.

»Das alles ist irgendwie fragwürdig«, meinte Nesnamow.

»Wieso?« wunderte sich Saikin.

»Stellen Sie sich ein Museum vor, in dem wir beide als Exponate vorgeführt würden. In Form von Modellen oder ausgestopft oder als Wachsfiguren mit einem Schild: Intellektuelle aus der Zeit der Perestroika und des Beginns der Marktwirtschaft in Rußland.«

Nach kurzer Überlegung stimmte Saikin zu: »Ja, das wäre komisch ... Dieser Gedanke ist mir gar nicht gekommen.«

Nesnamow hatte jetzt Gefallen daran gefunden, in den städtischen Parkanlagen spazierenzugehen. Hinter der »Blutkirche« betrat er den Michail-Park, von dort gelangte er zum Marsfeld, und wenn er die festlich offenen, von alten Gebäuden eingefaßten Grünflächen passiert hatte, brauchte er nur eine Brücke zu überqueren, und schon tauchte er ins Halbdunkel des Sommergartens. Gemächlich ging er an den antiken Statuen entlang, betrachtete den von der Zeit und von Unwettern benagten Marmor, bemühte sich, an nichts zu denken, sondern die Stimmung und den Eindruck dieser grünen Insel inmitten der großen, lauten Stadt auf sich wirken zu lassen.

Das Halbdunkel eines Waldes ist ganz anders als das Halbdunkel eines Parks – die unbelebten und finsteren Wälder um Kolossowo waren mit dem dekorativen Grün der städtischen Parkanlagen nicht zu vergleichen. Wie mochte sich Gemo in diesem abgeschlossenen Raum gefühlt haben, den hohe, den Horizont verdeckende Bäume begrenzten?

Nesnamow versuchte sich seine Empfindungen vorzustellen, doch es gelang ihm nicht; dafür erinnerte er sich an eigene Erlebnisse der Kriegszeit, als aus den Kolossower Wäldern Schüsse und

Granateinschläge zu hören waren. Die Deutschen fürchteten den Wald und rechneten unbarmherzig mit jedem ab, den sie der Verbindung zu den Partisanen verdächtigten.

Einige Tage verbrachte er in der Eremitage und im Russischen Museum, dann überfiel ihn als Folge dieses Übermaßes an Eindrücken von den Bildern mit Gold- und Bronzerahmen, vom Glanz der Farben, von der Pracht der Innenausstattung plötzlich tiefe Müdigkeit. Mitunter zersprang ihm gegen Ende eines Tages buchstäblich der Kopf, und das aufgewühlte Bewußtsein ließ ihn lange nicht einschlafen.

Was bedeutete es, daß in seinen Gedanken ständig sein Doppelgänger anwesend war – war es ein Zeichen von Glück oder Ausdruck eines Minderwertigkeitsgefühls? Vielleicht war diese Zweiteilung der Grund seiner ewigen Unzufriedenheit mit sich selbst, seines Gefühls, für eine wichtigere und gehaltvollere Tätigkeit nicht geeignet zu sein? Und warum waren ihm früher diese Gedanken nicht gekommen, sondern quälten ihn erst seit jenen Tagen, da er nach Petersburg gereist war, um die Spuren von Juri Gemo zu verfolgen?

Und dann dieser nicht endende, mal stärkere und mal schwächere Schmerz im Herzen, die plötzlich einsetzende Kurzatmigkeit, als verringerte sich das Fassungsvermögen der Lungen? Das hatte es früher auch nicht gegeben. Überhaupt hatte Nesnamow nie über seine Gesundheit geklagt, er erinnerte sich nicht, jemals krank geschrieben worden zu sein.

Jede Annäherung an Juri Gemo rief Herzschmerzen hervor – das hatte Nesnamow schon bemerkt, und in ihm war sogar das Vorgefühl einer Gefahr aufgekommen. Immer häufiger überlegte er, ob er nicht mit allem Schluß machen und in sein Dorf Treskowizy zurückkehren sollte, in sein Haus am Dorfrand, inmitten hoher Gräser. Aber eine Kraft, die er und sein Bewußtsein nicht beherrschen konnten, hielt ihn in dieser von ungewöhnlicher Sommerglut erhitzten Stadt fest.

Von der Auslandskommission des Schriftstellerverbandes kam die Benachrichtigung, daß Gemo den italienischen Literaturpreis Grinzane Cavour erhalten habe und er nach Mailand fahren müsse, um ihn in Empfang zu nehmen.

»Na bitte«, sagte Valentina, »und du ärgerst dich, weil du den Staatspreis nicht erhalten hast. Haben etwa viele sowjetische Schriftsteller ausländische Literaturpreise erhalten? Etwa solche, die sowohl den Stalinpreis als auch den Leninpreis und den Preis des Leninschen Komsomol haben?«

Die Italienreise kam Gemo vor wie ein Märchen.

Im Arbeitszimmer des Verlagsgründers und Sammlers von Galionsfiguren – hölzerner Skulpturen, die am Bugspriet von Segelschiffen angebracht wurden – gab Gemo Reportern italienischer Zeitungen endlose Interviews. Es stellte sich heraus, daß man ihn zwar bereits für einen Grinzane-Cavour-Preisträger hielt, er aber erst an der Wettbewerbs-Endrunde mit dem berühmten brasilianischen Schriftsteller Jorge Amado teilnehmen mußte. Vergebens versuchte er die Besitzerin des Verlages zu bewegen, daß sie von diesem ungleichen und offensichtlich hoffnungslosen Wettstreit absah, doch die Matrone und Verlagschefin blieb unbeugsam.

Die Zeremonie der endgültigen Auswahl des Hauptpreisträgers fand in der mittelalterlichen Stadt Alba statt, vor uralten Ruinen. Zu Gemos Überraschung wurde ihm der Hauptpreis verliehen, und vor Freude betrank er sich mit prächtigem italienischem Weißwein. In die Freude mischte sich bald Verwunderung und das Gefühl, alles sei nur ein Traum. Als er am Morgen im Hotelzimmer erwachte, holte er noch einmal die Urkunde hervor und den Scheck über eine beeindruckende Summe. Nun konnte er sich Italien ansehen, Venedig besuchen und für Valentina und die Kinder einen Haufen Geschenke kaufen.

Venedig glich einer weit zurückliegenden Erinnerung,

die in Fragmenten erhalten geblieben und zu schön war, um im Ganzen wahrgenommen zu werden. Das einzige, was den Eindruck verdarb, war der Geruch fauligen Wassers aus zahllosen Kanälen und Verbindungsgräben sowie der Gestank verbrannten Benzins von den Motorschiffen, der ihn unerwartet an die Uëlener Küste zur Sommerzeit erinnerte, wenn die Schaluppen von der Walroßjagd zurückkehrten und die Leute die noch nicht erkalteten Motoren in die Kolchoswerkstatt hinauftrugen.

Im Zug Venedig–Rom ging Gemo ins Restaurant, um ein Bier zu trinken. Fast bis Rom saß er am Fenster und betrachtete das Leben Italiens, das ihm früher so fern und unerreichbar erschienen war wie in seiner Kindheit ein Märchenland mit Zwergen und Riesen, in dem Dinge vor sich gingen, die es im Leben gewöhnlicher Leute nicht gab.

Es zog ihn mit allen Kräften nach Hause, nach Leningrad, nach Tschukotka, zu den Seinen, und wäre das Aeroflot-Billett nicht schon für einen bestimmten Tag gebucht gewesen, er hätte das nächste Flugzeug genommen.

Wieder in seinem Abteil, entdeckte Gemo, daß sein Koffer und die beiden Taschen mit den Geschenken verschwunden waren. Er rief den Schaffner, erklärte recht und schlecht, was vorgefallen war, worauf der Schaffner zwar in seiner italienischen Muttersprache, aber erstaunlich verständlich sagte: »Das ist Italien, hier muß man auf seine Sachen aufpassen!«

17

Der ältere Sohn, Sergej, war in ein eigenes Zimmer gezogen und hatte Arbeit in der Lomonossow-Porzellanfabrik gefunden. Der jüngere, Alexander, begeisterte sich fürs Fechten und hatte sich ein Florett übers Bett gehängt. Die

Tochter besuchte die Schule, und es war noch ungewiß, was sie einmal tun würde. Als gehorsames kleines Mädchen hatte sie ohne Murren die Musikschule absolviert, aber nach dem Examen hatte sie den Klavierdeckel zugeklappt und das Instrument seither nie wieder angerührt. Einstweilen lernte sie eifrig Französisch und wollte sich an der Philologischen Fakultät der Leningrader Universität einschreiben lassen. An Tschukotka zeigten die Kinder kein großes Interesse, obwohl sie bei der Ausstellung der Pässe einmütig erklärt hatten, Tschuktschen zu sein.

Wenn Gemo die Kinder ansah, war er betroffen über den unerwartet großen Zeitabschnitt, den er durchlebt hatte, und wurde sich seines eigenen, gar nicht mehr geringen Alters bewußt.

»Warte nur, wenn wir erst mal Enkel haben«, bemerkte auf sein Bekenntnis hin Valentina, die ihr jugendliches Aussehen bewahrt hatte, obwohl sie dafür keine besondere Mühe aufwandte.

Sehr lange, bis in die letzten Jahre, hatte Gemo als junger Schriftsteller gegolten, was wahrscheinlich daher kam, daß die obere Altersgrenze eines jungen Schriftstellers ständig stieg; viele waren bereits über fünfzig, wurden aber immer noch zum Komsomol-Aktiv gerechnet.

Die Zeit verbrachte Gemo teils in Tschukotka und teils in Leningrad. Im zeitigen Frühjahr flog er nach Anadyr und von dort in die Prowidenija-Bucht. Manchmal schloß sich ihm Valentina an, dann verbrachten sie einen großen Teil des Sommers damit, auf Linienschiffen, hydrographischen Schonern und Jagdschaluppen die Küste der tschuktschischen Halbinsel entlangzureisen. Wenn der Lachszug begann, zogen sie nach Anadyr und fingen mit der Bewilligung der Ortsansässigen Fische, bereiteten einige gesalzene Lachse und ein Glas eigenhändig gesalzenen Kaviars, um beides nach Leningrad mitzunehmen.

Einmal flogen Gemo und Valentina zu einem bekannten Rentierzüchter unweit der Prowidenija-Bucht.

Tutais Rentiere weideten auf einem Plateau, das die Wasserscheide zwischen dem Stillen Ozean und dem Eismeer bildete.

Durch das runde Hubschrauberfenster blendeten zahlreiche kleine Seen, die wie Splitter eines riesigen zerschlagenen Spiegels wirkten, die Augen. Auf den Hügeln lagen Flekken von noch nicht getautem Schnee und ließen das grelle Grün und die Geröllhalden besonders hervortreten. In den fast ausgetrockneten Flußtälern wuchs ziemlich hohes Polarbirken- und Weidenbuschwerk. Von hoch oben war die Nomadensiedlung schwer zu erkennen. Die Rentiere waren ziemlich weit von den Wohnstätten entfernt, weideten an den Rändern einer großen Schneefläche.

Als dic riesigen Rotoren stillstanden und um den Hubschrauber Stille eintrat, vernahmen sie erregte menschliche Stimmen. Gemo erkannte Tutai, der die Flieger begrüßte und schon von weitem die Gäste zu erkennen suchte.

Als sie einander umarmten, sagte er erleichtert: »Uff! Ich dachte schon, eine Eigenbräu-Kommission sei gekommen.«

Die Obrigkeit hatte streng verboten, Spirituosen in die Tundra zu bringen, aber die Hubschrauberpiloten tauschten, ohne es vor dem Schriftsteller zu verheimlichen, für eine Flasche frisches Fleisch und Renkalbfelle ein.

Valentina sah sich im halbdunklen Tschottagin einer Tundra-Jaranga neugierig um. Unmittelbar vor ihr tat sich wie das gemütliche Nest eines gigantischen Vogels das Innere des Fell-Pologs mit einem gelöschten steinernen Leuchter auf. Wie warm und gemütlich muß sich einer fühlen, der aus eisigem, durchdringendem Schneesturm in so eine Wohnstatt tritt! Die auf dem Fußboden ausgebreiteten Felle luden geradezu ein, sich hinzulegen und auszuruhen. In der Mitte des Tschottagins brannte ein kleines

Feuer, und darüber stieß ein verräucherter Teekessel fauchend Dampfwolken aus. »Wenn ich an meine Kindheit, an Uëlen denke, fällt mir meistens der Fell-Polog ein, das weiche Lager und der tiefe Schlaf mit bunten Träumen«, sagte Gemo leise. »In den neuen Häusern fühlt man sich nicht so behaglich, selbst wenn sie mit den modernsten Möbeln ausgestattet sind.«

»In einigen Jahren wird es auch das nicht mehr geben, es wird in Vergessenheit geraten sein«, sagte Valentina leise.

»Vielleicht«, sagte Gemo nach einer Weile, »dennoch wird es in der Erinnerung selbst derer fortleben, die nie in einer Jaranga gewohnt haben. Die Last des Vergessens wird ihre Herzen beunruhigen.«

»Geb's Gott«, antwortete Valentina, die spürte, wie wahr das ist: Die Last des Vergessens ist nicht leicht, aber eine unumgängliche Bürde des Menschen.

Manchmal schrieb Gemo nach solchen Reisen Artikel, aber sie zu veröffentlichen war sehr schwer, denn sie entsprachen nicht den Stereotypen über ein glückliches und frohes Leben der Nordländer.

»Ist es dir mit mir nicht langweilig?« fragte er einmal seine Frau.

Valentina sah ihren Mann aufmerksam an. Ihr Blick war so, daß es große Mühe kostete, ihm standzuhalten. In der Zeit, die Gemo in Gedanken »die Zeit des großen Trinkens« nannte, fürchtete er nicht so sehr verbale Vorwürfe als gerade diesen Blick, der ihn bis in den tiefsten Winkel seiner Seele zu durchdringen schien.

»Mit dir ist es mir niemals langweilig«, antwortete Valentina leise lächelnd. »Wir haben soviel miteinander erlebt, haben uns soviel geplagt und soviel durchgemacht, daß mir mitunter scheint, wir brauchten gar keine Worte, um uns einander verständlich zu machen. Es genügt, daß wir beisammen sind, uns sehen und nachts den Atem des anderen spüren.«

Immer wenn Gemo ein Manuskript beendet hatte, nahm er sich vor, einige Monate der Familie, der Frau zu widmen, aber kaum waren ein paar Tage vergangen, setzte er sich wieder an eine neue Arbeit. Er konnte der Versuchung eines noch unbeschriebenen Blattes nicht widerstehen.

»Wenn ich sechzig sein werde«, versprach er seiner Frau, »will ich ein ganzes Jahr nicht schreiben.«

Seinen sechzigsten Geburtstag feierte er in der Lawrenti-Bucht. In seinem »Luxuszimmer« des Kreisstadt-Hotels piepsten und raschelten nachts Ratten, in der großen Toilette, in der zwei Keramikbecken nebeneinanderstanden, kletterten sie über den glitschigen Rand und tranken Wasser. Wenn er das Licht einschaltete, mußte er eine Weile warten, bis diese Vertreter einer neuen arktischen Tierrasse sich wieder in ihren hinter den hölzernen Scheuerleisten angelegten Löchern versteckt hatten.

An seinem Geburtstag lud Gemo ehemalige Naukaner, die aus Nunjamo in die Kreisstadt, in ein eigens für sie gebautes Haus umgesiedelt worden waren, zum Tee ein. Hier schlugen sich die Männer mit Gelegenheitsarbeit durch – sie schafften aus den Lagern Ware in die Geschäfte, zerkleinerten zu Klumpen gefrorene Kohle aus den an der Küste der Bucht aufgeschütteten Haufen, reinigten die Toiletten. Die stolzen Walfänger empfanden diese Arbeit als beschämend, und wenn sie nüchtern waren – was ziemlich selten der Fall war –, genierten sie sich offensichtlich vor dem Schriftsteller.

Doch zum Geburtstagstee kamen sie beinahe gut herausgeputzt, einige hatten sogar Zeit gefunden, sich die Haare schneiden zu lassen.

Margarita Gluchich, eine geborene Naukanerin, bemühte sich schon seit vielen Jahren mit großer Anstrengung darum, zumindest die Lieder und Tänze zu bewahren, für die die Eskimosiedlung an der Küste der Beringstraße noch vor nicht allzulanger Zeit berühmt gewesen war. Bei den Sommer-Festtagen des Liedes und Tanzes, die zeitlich mit dem Walfang abgestimmt waren, hatten die Naukaner immer großen Erfolg. Diese Melodien kannte Gemo noch aus seiner Kindheit, und jetzt, durch die Gegenwart der Naukanerin, erinnerte er sich daran, wie seine Mutter sie halblaut gesungen hatte, die Augenlider mit den dichten schwarzen Wimpern halb geschlossen.

Kalter Bodenwind fegte Schnee über die kleinen Eisbänke, am Himmel zeigte sich ein nicht verlöschender Streifen Morgenrot, der unauffällig in Abenddämmer überging und das aufflackernde Polarlicht von unten beleuchtete. Die Lieder der Mutter ließen in der Erinnerung die kurzen warmen Sommertage in Uëlen wiederaufleben, erinnerten daran, daß es, wie kalt der Winter auch sein mochte, doch wieder warm würde, daß die Schneemassen tauen und Vogelschreie, das Rauschen der Brandung sowie das dumpfe Gebrüll von Walroßherden das blaukalte Schweigen brechen würden.

Der alte Nikuljak, einst ein starker und kühner Walfänger, der bei der Verfolgung der Meeresriesen mit der Harpune am Bug der Schaluppe zu stehen pflegte, schien die Jahre und die vom übermäßigen Alkoholkonsum herrührenden Krankheiten abgeschüttelt zu haben und zeigte den ewigen Tanz der Beringstraße – den Tanz des Jägers.

Sie gedachten der Jugend, der Zeit der Hoffnungen auf eine lichte und schöne Zukunft.

»Als ich die russischen Pionierlieder sang, schien mir, es würde nicht mehr lange dauern, bis sogar in Naukan Gärten entstehen würden.« Margarita Gluchich lächelte traurig und zeigte dabei eine ebenmäßige Reihe von Stahlzähnen. »Statt dessen ...«

»Sie haben uns betrogen«, seufzte Nikuljak und streifte Gemo mit einer Alkoholfahne.

Gemo wechselte einen Blick mit Valentina und zog etliche Flaschen aus seiner Vorratstasche. Sie stellten die Schalen mit dem nicht ausgetrunkenen Tee, mit Gebäck und Konfekt beiseite, holten Fisch und gedörrtes Walroßfleisch, und das Festmahl wurde fröhlich, als hätte es frische Kraft geschöpft. Gelächter und Scherze erklangen. Niemand war mehr traurig, alle erinnerten sich nur an Schönes und Freudiges, an die Schultage, die ersten russischen Lehrer, die Reisen »aufs Festland« voll wunderlicher Erlebnisse. So erinnerten sie sich zum Beispiel an unerfahrene Reisende, die versuchten, einen abfahrenden Zug, weil sie sich verspätet hatten, zu Fuß einzuholen ... Dennoch konnten sie gegen Ende des Abends ein trauriges Thema nicht vermeiden – sie gedachten ihrer verstorbenen Altersgefährten. Niemand betrank sich an diesem Abend, niemand verlor sein menschliches Antlitz, aber sie gingen in aller Stille auseinander, verabschiedeten sich so, als würden sie sich nie mehr wiedersehen.

Erneut erhielt Nesnamow einen Zettel mit dem Angebot »intimer Dienstleistung«, wie es darin hieß. Während er die bürokratisch-höflichen Worte las, die aus der Zeitung abgeschrieben zu sein schienen, sah er in Gedanken diese langbeinigen Grazien, die – erstaunlich bescheiden und still – an den Hotelgästen vorüberschwammen wie schöne Aquariumsfische und verlockende Düfte zurückließen. Offenkundig bemühte sich derjenige, der dieses Business im Hotel »Oktjabrskaja« leitete, alle Geschmacksrichtungen der Freier zu berücksichtigen. Und an Freiern fehlte es nicht. Manche traten einfach an die gelangweilt herumlungernden Mädchen heran, doch jedesmal erschien irgendwoher ein großgewachsener, höflicher junger Mann und übernahm die Verhandlungen. Unter den Mädchen gab es dicke und dünne, große und kleine, einfältige und intelligente, Brillenträgerinnen, die an Studentinnen erinnerten. Vereinzelt gab es sogar ältere Damen, offenbar waren auch die gefragt.

Der morgendliche Kitzel verflog nicht, sondern verstärkte sich sogar, bedrängte und quälte den männlichen Trieb. Nesnamow wunderte sich über seinen Zustand, den er schon lange nicht mehr erfahren hatte, so daß er annahm, er habe die Manneskraft mit dem Alter endgültig eingebüßt. Leicht betreten beobachtete er seine innere Verfassung, konnte trotz aller Mühe das Bild der in der Hotelhalle herumschwirrenden Hoteldamen nicht vertreiben. Warum sollte er eigentlich nicht von diesen »Dienstleistungen« Gebrauch machen? Er war doch ein freier Mann, konnte tun und lassen, was er wollte. Mit der Befriedigung seines natürlichen Bedürfnisses würde er niemandem schaden. Natürlich wäre das peinlich und beschämend, aber doch nur sich selbst gegenüber.

Zuerst kam ihm der Gedanke, sich wegen dieser Angelegenheit mit Saikin zu beraten, mit dem er stets morgens im Imbißraum Tee trank. An einem entfernten Tischchen saßen zwei Mädchen, die eindeutig zur Brigade für »sexuelle Dienstleistungen« gehörten.

»Wieso kümmert sich das Gesundheitswesen nicht darum, diese Mädchen sind doch bestimmt krank?« bemerkte Nesnamow wie nebenher.

»Sagen Sie das nicht!« widersprach Saikin. »Sie achten sogar sehr auf ihre Gesundheit, halten sich sauber, gehen oft zum Arzt. Außerdem lassen sie niemals zu, daß ein Mann ohne Kondom mit ihnen verkehrt. Das ist wie ein Gesetz. Kein Kondom – kein Vergnügen.«

»Sie kennen wohl schon viele?«

»Zwangsläufig«, antwortete Saikin. »Viele kommen aus anständigen Familien. Ich sage Ihnen im Vertrauen, unter ihnen gibt es auch verheiratete, ordentliche Hausfrauen. Die verdienen sich hier nicht schlecht etwas hinzu. Es gibt viele Studentinnen, Mädchen aus anderen Städten und sogar aus dem nahen Ausland. Kurz, für jeden Geschmack etwas … Warum interessieren Sie sich

so für diese Vögelchen?« fragte er scherzhaft. »Wollen Sie es selbst probieren?«

»Warum eigentlich nicht?« antwortete Nesnamow. »Ich bin schon lange Junggeselle, praktisch vier Jahrzehnte, und arm bin ich auch nicht.«

»Hundert Dollar für zwei Stunden«, teilte Saikin im Ton eines Sachverständigen mit.

Die Mädchen beendeten ihr Frühstück und nickten Saikin freundschaftlich zu, während sie an ihnen vorbeigingen.

»Mit Soja Petuchowa, der Schwarzen dort, bin ich schon lange bekannt. Sie wohnt auf der Wassili-Insel. Hat nach dem Studium am Kulturinstitut als Instrukteurin im Kreiskomitee des Komsomol gearbeitet, ist schließlich hierhergekommen. Hat ein Kind. War verheiratet. Ihr Mann ist in Tschetschenien umgekommen.«

Einige Tage lang beobachtete Nesnamow die Mädchen in der Hotelhalle besonders aufmerksam, ertappte sich bei der Absicht herauszufinden, welcher er den Vorzug geben sollte. Sooft er an ihnen vorbeiging, spürte er, wie ihm das Blut ins Gesicht stieg, und er wandte sich ab, damit sie seine Erregung nicht bemerkten. Er zählte sein Geld und wunderte sich, wieviel er noch hatte: Es würde für mehr als eine reichen, und er würde immer noch etwas übrigbehalten … Aber diese Krankheiten. Wie man hörte, gab es Fälle, in denen auch das Kondom vor Ansteckung nicht bewahrt hatte. Vor allem vor dieser neuen Krankheit, Aids.

Morgens im Bett überließ er sich Erinnerungen an seine Jugend, wie unsicher und ängstlich er mit den Mädchen geflirtet hatte – immer in Sorge, er könne ungeschickt wirken und sich lächerlich machen. Die meisten Mädchen der Nachkriegszeit hatten eilige Liebe mit jungen Soldaten erfahren, die dem Tod an der Front glücklich entronnen waren, und es war schwierig, ihre Aufmerksamkeit zu gewinnen. Am meisten litt Nesnamow unter seiner armseligen Bekleidung. Die Sachen, die er im Kinderheim erhalten hatte, verrieten sofort, daß er als Waise aufgewachsen war, und so war es damals sein größter Wunsch, sich neu einzukleiden, damit nichts mehr an seine Herkunft erinnerte. Was im Kaufhaus der Kreisstadt zu haben war, war sehr teuer, und von seinem ersten Gehalt bei der Zeitung kaufte er sich Hosen und die damals modische Windjacke »Moskwitsch« – mit Reißverschluß.

Die neue Bekleidung verlieh Nesnamow Kühnheit, und er ging zu einer Tanzveranstaltung. Dort entdeckte er Galja, die sich – verlegen und ängstlich umherblickend – an die Wand drückte. Die meisten Kavaliere, die Feldblusen, Offiziersjacken oder Jacketts mit breiten Schultern trugen, beachteten sie nicht, sondern forderten größere und ansehnlichere Mädchen auf, sie aber blickte enttäuscht beiseite. Als aus dem schwarzen Kasten der heiseren Musiktruhe die Klänge des beliebten Tanzes »Río Rita« erklangen, eines fröhlichen lateinamerikanischen Foxtrotts, den Nesnamow im Kinderheim erlernt hatte, trat er entschlossen auf das Mädchen zu und forderte es auf. Erschrocken sah sie den Burschen an, ratlos, wie sie reagieren sollte. Er mußte sie geradezu von der Wand losreißen. Überraschend spürten beide, wie wohl sie sich beim Tanzen fühlten, und als die Musik zu Ende war, entrang sich der Brust des Mädchens sogar ein leiser Seufzer der Enttäuschung. Doch nach diesem Tanz blieben sie beieinander, tanzten den ganzen Abend zusammen. Galja blühte regelrecht auf, und einige Burschen, die sie aufforderten und einen Korb bekamen, blickten verwundert auf ihn, ihren Partner, der vergeblich zu studieren versucht hatte und statt dessen literarischer Mitarbeiter der Kreiszeitung »Kolossower Prawda« geworden war.

Von jenem Abend an hatten sich Georgi und Galja nicht mehr getrennt. Ihre Mutter arbeitete als Putzfrau im Kreis-Exekutivkomitee, der Vater war gleich zu Beginn des Krieges an der Front gefallen. Das Mädchen hatte alle Kriegsjahre in einem von den Deutschen besetzten Dorf verbracht, unweit von jenem, in dem Nesnamow zur Welt gekommen war. Ein Jahr, nachdem sie sich gefunden hatten, heirateten sie, und die ganze Zeit ihres kurzen Familienlebens kam es nie zu längeren Trennungen. Sogar seine Dienstreisen suchte Nesnamow so einzurichten, daß er am Abend *wieder zu Hause war – der Kreis war ja glücklicherweise relativ klein.*

Nachdem der Sohn geboren war und sie eine kleine Wohnung bekommen hatten, betrachtete sich Nesnamow als den glücklichsten Menschen auf Erden, und obwohl er sich für einen Atheisten hielt, dankte er Gott für das ihm vom Himmel gesandte Glück.

Einige Jahre lang nach Galjas Tod konnte Nesnamow Frauen nicht ansehen. Stets hatte er ihr Antlitz vor Augen, in den Nächten hörte er ihre Stimme, wenn er schweißnaß aufwachte und gespannt in das Dunkel lauschte. Die Stimme des Sohnes ähnelte so sehr Galjas Stimme, daß Stanislaw sich in der Kindheit oft über die stürmischen Gefühlsausbrüche des Vaters wunderte, der ihn manchmal ohne ersichtlichen Anlaß packte, an sich preßte und tränenüberströmt mit heißen Küssen bedeckte.

In den gut vierzig Jahren hatte es bei ihm nur einige wenige flüchtige Beziehungen gegeben, obwohl sich Frauen fanden, die ernsthafte Absichten hatten. Diese überzeugten sich aber sehr schnell, daß Nesnamow seine verstorbene Frau, deren Porträts in jedem Zimmer seiner Wohnung hingen, nicht vergessen konnte.

Ob es ihm wohl gelingen würde, mit einer Prostituierten zu schlafen? Allein von diesem Gedanken wurde ihm heiß, und vor Scham konnte er bei der morgendlichen Rasur nicht einmal in den Spiegel blicken.

Einige Tage verbrachte Nesnamow in dieser Spannung, und manchmal hätte nicht viel gefehlt, und er hätte sich entschlossen. Eine Zeitlang hörte er sogar auf, den Spuren seines Doppelgängers zu folgen. Die Versuchung war mitunter so stark, daß die Hand von selbst nach dem Hörer griff. Einige Male wählte er sogar die ersehnte Nummer. Dann kam ihm erneut der Gedanke, daß es besser wäre, wegzufahren, diesen sonderbaren Aufenthalt in Petersburg, die fruchtlose Suche nach dem nichtexistenten Doppelgänger zu beenden, ohne den die Welt schon ewig bestand und ewig fortbestehen würde, ohne davon geistig ärmer zu werden.

Während er den Korridor entlangging und mit der Etagenfrau

Grüße tauschte, stellte sich Nesnamow vor, wie ein Zuhälter ein Mädchen zu ihm ins Zimmer führt. Das Mädchen geht wie zum Opferaltar, die Etagenfrau aber wundert sich: Da denkt man, ein anständiger Alter, aber auch er ... Wenn er das macht, wird er nicht nur der Aufseherin, sondern sich selbst nicht mehr in die Augen sehen können! Am Ende wird auch Saikin davon erfahren: Der Toilettenaufseher sammelte alle Neuigkeiten aus dem Hotel, mit ihm tauschten sich nicht nur die Etagenfrauen aus, auch die Empfangschefs und sogar die finsteren Wachleute mit der fremdsprachigen Aufschrift SECURITY auf dem Ärmel.

Alle diese Überlegungen brachten Nesnamow endgültig von dem Gedanken ab, eine Prostituierte zu bestellen. Das erstaunlichste aber war – auch das Verlangen, das ihn vor allem morgens gequält hatte, verschwand.

»Weißt du noch«, sagte Valentina zu ihrem Mann, »du hast mich mal gefragt, ob es mir mit dir nicht langweilig ist. Und wie geht es dir mit mir?«

»Ich weiß nicht, was ich darauf antworten soll.« Gemo fand sich nicht gleich zurecht. »Darüber habe ich nie nachgedacht. Nur eins kann ich dir mit Sicherheit sagen: Ich fühle mich mit dir wohl. Wenn du nicht da bist, bin ich unruhig, weiß nicht, wohin mit mir, und schreiben kann ich dann überhaupt nicht.«

»Wenn ich höre, dieser Schriftsteller hat sich scheiden lassen, den hat seine Frau verlassen, kann ich es nicht verstehen. Das heißt, verstehen kann ich schon, daß es Situationen gibt, in denen man nicht mehr zusammenleben kann, aber wie kann man nach so vielen Jahren gemeinsamen Lebens plötzlich auseinandergehen?«

»Ich habe mir darüber Gedanken gemacht«, meinte Gemo. »Mir scheint, wir sind mit der Zeit gewissermaßen ein einziges Wesen geworden.«

Der jüngere Sohn aber hatte sich bereits von seiner Frau

getrennt, die er mit achtzehn Jahren geheiratet hatte. Vielleicht geht man in einem so jugendlichen Alter leicht darüber hinweg, merkt es kaum. Doch ein Leben ohne Valentina konnte Gemo sich nicht vorstellen, dieser Gedanke versetzte ihn in Schrecken, und er wollte daran gar nicht denken.

In den letzten Tagen träumte er ohne erkennbaren Grund so oft von Georgi Nesnamow, und die Träume waren manchmal so lebhaft und intensiv, daß er lange brauchte, um wieder zu sich zu kommen. Er hatte sich bereits mit diesem unvermeidlichen Übel abgefunden, zumal solche Traumgesichte keinen Schaden brachten, nur Erstaunen über die menschliche Natur und Neugier: Wozu kann ein solcher Zustand der doppelten Existenz führen? Und noch ein Gedanke kam Gemo eines Tages: Vielleicht rührte dic Unvollkommenheit seines Talents daher, daß er gleichsam halbiert war und folglich auch seine eigenen schöpferischen Fähigkeiten halbiert waren?

Unter den fast dreißig Büchern, die er geschrieben hatte, konnte er keins nennen, mit dem er voll zufrieden gewesen wäre und von dem er hätte sagen können, daß er darin alles verwirklicht habe, woran er zu Beginn der Arbeit gedacht hatte. Das bedrückte ihn am meisten, mehr noch als die gewohnten Träume, in denen er sich als literarischer Mitarbeiter der »Kolossower Prawda« sah. Vielleicht wäre er auf diesem Posten mit seiner Arbeit zufriedener gewesen? Wenn es ganz schlimm kam, könnte er nach Tschukotka fahren und bei irgendeiner Kreiszeitung Arbeit finden. Zum Beispiel in der Lawrenti-Bucht.

1946 hatte Juri Gemo auf dem Weg nach Leningrad in der Kreisstadt Station gemacht. Früher war hier ein sogenannter Kultureller Stützpunkt gewesen, eine Erfindung der Bolschewiki, um der einheimischen Bevölkerung der Tschuktschen-Halbinsel ein zivilisiertes Leben zu ermöglichen. Hier befanden sich ein Krankenhaus, eine Druckerei, ein Schulinternat und eine Zuchtstation für Polarhunde. Unmittelbar vor Ausbruch des Krieges wurde das Verwaltungszentrum von Uëlen nach Lawrenti verlegt, und an den langen Holzhäusern tauchten plötzlich unzählige leuchtende Schilder von Institutionen auf.

Während er auf eine Transportmöglichkeit zur Prowidenija-Bucht wartete, langweilte er sich einige Tage in der Kreisstadt, ging auf der einzigen Straße hin und her, die sich bis in die grüne Tundra hinzog und einen wasserreichen kleinen Fluß überquerte, der von den benachbarten Hügeln kam. Lange sah er durch ein schmutziges Fenster zu, wie ein Setzer, der Eskimo Alim, aus den Fächern des Schriftkastens Lettern pickte und daraus ganze Worte und Artikel zusammenstellte. Einmal kam der Setzer heraus und fragte: »Ist es interessant?«

»Sehr!«

»Komm rein!«

Er machte Gemo mit dem Chefredakteur bekannt, dem kleinen rotblonden Tangitan Naum Rasbasch. Nach einem Blick auf den jungen Burschen fragte Naum: »Willst du dir was verdienen?«

In diesen Tagen brauchte Gemo dringend Geld, er hätte gehungert, wäre da nicht ein entfernter Verwandter gewesen, der als Aufseher im örtlichen Gefängnis Arbeit gefunden hatte. Der gab seinem Landsmann manchmal etwas zu essen, in der Gefängniskantine, in der außer ihm zwei Häftlinge Grütze aßen: ein Mörder aus Neschkan, der in einem Anfall von Eifersucht seine junge Frau erwürgt hatte, und ein russischer Bursche, der wegen Vergewaltigung einer Minderjährigen eine Haftstrafe verbüßte.

Das unlängst verputzte Redaktionshaus mußte weiß gekalkt werden. Die Arbeit, die zuerst wie eine Lappalie ausgesehen hatte, erwies sich in Wirklichkeit als gar nicht so leicht. Der flüssige Kalk rann reichlich vom langen Pinselstiel und geriet in den Ärmel. Dennoch nahm das weiße Häuschen bald ein festliches Aussehen an, und Naum Rasbasch bezahlte den Maler großzügig.

Nie im Leben hatte Gemo soviel Geld besessen. Als erstes ging er in die Kantine und aß zwei Portionen. Der Setzer Alim, der mit ihm gegessen hatte, warnte ihn: »Du kannst krank werden. Man darf nicht zuviel auf einmal essen.«

Aber krank wurde Gemo nicht. Jetzt hatte er genug zu essen. Die übrige Zeit verbrachte er in der Redaktion, die ihm lieb geworden war, und beobachtete, wie ein Wunder Wirklichkeit wurde – ein gedrucktes Wort auf einer großen weißen Zeitungsseite.

Wer weiß, vielleicht führte von daher ein roter Faden zum Verantwortlichen Redakteur der »Kolossower Prawda«.

Nesnamow erfuhr, daß es an der Sankt Petersburger Pädagogischen Universität eine Fakultät für die Völker des Nordens gab. Sie befand sich auf der Straße der Streiks, hinter dem Narwa-Tor, im Zentrum des Stadtbezirks.

Das Gebäude, schon lange nicht renoviert, hätte ein prächtiges Bauwerk sein können, aber offenbar gab es niemanden, der sich für die jungen Leute aus dem Norden eingesetzt hätte, die ihre Ausbildung in der Stadt an der Newa erhielten.

Durch die riesige, seinerzeit verglaste, zweiflügelige, knarrende Tür betrat Nesnamow das halbdunkle Vestibül. Tief im Innern erhellte eine trübe Lampe das Wächterhäuschen, daneben befand sich eine Art metallisches Drehkreuz. Beim Anblick von soviel Armseligkeit verging Nesnamow der Wunsch weiterzugehen. Er stellte sich in einiger Entfernung hin und beobachtete die hinein- und hinausgehenden Studenten.

Wegen des Sommers waren es nicht sehr viele. Nesnamow

blickte aufmerksam in jedes Gesicht und bemühte sich zu erraten, wer Tschuktsche war. Auf den ersten Blick sahen alle gleich aus. Nach einer Weile vermochte Nesnamow sie zu unterscheiden. Die einen hatten ausgeprägte mongolische Züge, andere ähnelten äußerlich mehr den nordamerikanischen Indianern. Nesnamow wählte einen aus, der nach seiner Meinung bestimmt Tschuktsche war, überwand eine leichte Scheu, rief den Jungen zu sich und fragte: »Entschuldigen Sie, sind Sie Tschuktsche?«

Der Student blickte Nesnamow verunsichert an und antwortete: »Nein, ich bin Selkupe, die Tschuktschen sind meines Erachtens alle in die Sommerferien gefahren, von denen ist niemand da.«

Nesnamow bat nochmals um Entschuldigung und trat hinaus auf die heiße Straße. Wieder spürte er Beklommenheit in der Brust, sogar einen ziehenden Schmerz. Sobald er wieder in Kolossowo wäre, müßte er zum Arzt gehen. Zum erstenmal im Leben machte ihm das Herz Beschwerden, es war wohl an der Zeit, die Reise zu beenden, die so sonderbar, so beunruhigend war, als handle es sich um eine Pflicht, der er sich nicht entziehen konnte.

18

Von langem Läuten aufgeweckt, stieß Valentina ihren Mann an. Im Hörer war die erschrockene Stimme der Telefonistin vom Ortsnetz zu vernehmen: »Juri Sergejewitsch! Der Präsident von Amerika wünscht Sie zu sprechen!«

Gemo griff nach dem Hörer und wollte den Witzbold schon barsch zurechtweisen, doch die Stimme im Hörer überzeugte ihn, daß der Anruf tatsächlich aus Amerika kam.

Insgeheim lobte er sich, daß er seinerzeit eifrig die Sprache gelernt und nie aufgehört hatte, sich mit Englisch zu befassen – er las und hörte Radio.

»Mit Ihnen spricht der Chefredakteur der amerikanischen

Zeitschrift ›National Geographic‹, Bill Garret, im Auftrag des Präsidenten der Geographischen Gesellschaft. Unsere Zeitschrift beabsichtigt, eine Nummer über die heutige Lage der arktischen Völker der Welt herauszugeben, und wir haben Sie als einen der Autoren ausgewählt. Wir kennen und schätzen Ihre Werke, und unser Präsident ist überzeugt, daß niemand besser als Sie den Teil der vorgesehenen großen Publikation schreiben kann, der dem Leben der arktischen Völker Rußlands von der Halbinsel Kola bis nach Tschukotka gewidmet sein soll. Ich würde gern wissen, wann Sie in Moskau oder Leningrad sein werden, damit Mitarbeiter unserer Zeitschrift kommen und mit Ihnen alle Details besprechen können. Vorerst wüßte unser Präsident gern, ob Sie prinzipiell einverstanden sind.«

Gemo bekam die umfangreichen gelben Hefte der weltbekannten und populären Zeitschrift selten zu sehen und hielt es natürlich für eine große Ehre, in einem Magazin gedruckt zu werden, das in Millionenauflagen die ganze Welt erreichte.

»Ich bin einverstanden.«

»Sehr schön, was halten Sie von März? Können Sie bis dahin wieder in Leningrad sein?«

»Ich habe vor, in zwei Wochen von hier wegzufahren.«

»Wir rufen Sie in Leningrad an und verabreden dann den endgültigen Termin für unser Treffen.«

Gemo legte den Hörer auf und hörte seine Frau sagen: »War das wirklich der Präsident?«

Gemo nickte schweigend.

»Du hast natürlich nicht schlecht englisch gesprochen«, bemerkte sie, geriet aber ins Stottern. »Was wollte er denn von dir? Warum hat er hier angerufen?«

»In Moskau ist jetzt Nacht«, antwortete Gemo fröhlich, »auf Tschukotka aber schon Morgen. Da hat er sich eben gesagt – ich ruf mal Juri Gemo an!«

»Du machst immer Witze.« Valentina war ein wenig beleidigt.

Gemo erzählte ihr den Inhalt des Gesprächs und sagte: »Wir fahren zurück nach Leningrad. Das wird eine ernste Reise, ich muß mich vorbereiten, etwas lesen.«

Gewöhnlich frühstückten sie in der kleinen Küche, aus deren Fenster sich ein herrlicher Blick auf die verschneite Bucht bot, auf die zum Überwintern hiergebliebenen und eingefrorenen Schiffe, aufs gegenüberliegende Ufer, wo einst Eskimos gelebt hatten, die Ende der zwanziger Jahre auf die Wrangel-Insel umgezogen waren. Heute standen an der Stelle der alten Behausungen gelbweiß gestrichene vierstöckige Plattenbauten.

Aufdringliches Telefonläuten störte das friedliche Mahl.

»Schon wieder Amerika?« fragte Valentina erschrocken.

Es war der Erste Sekretär vom Kreis-Parteikomitee, Sergej Iwanowitsch Tscherpanow.

»Wir wollen gerade zum Fischfang an den Estichet-See«, sagte er. »Und möchten Sie einladen.«

Das war das erste Mal in all den Jahren, daß der Erste Sekretär Gemo zum Fischfang einlud. Gewöhnlich waren Tscherpanows Begleiter der Vertreter der KGB-Kreisbehörde und der Chefmechaniker des Hydrographischen Stützpunktes.

»Wir holen Sie mit dem Auto ab, seien Sie in einer Stunde bereit.«

Das Geländefahrzeug war eigens für Fernfahrten ausgerüstet. Innen war es mit Rentierfellen und Wollteppichen ausgelegt. Am Dach war ein Klapptisch befestigt, und die Isolierung hatte der Chauffeur Wolodja mit speziellen Materialien vervollkommnet. Außer Tscherpanow befand sich im Wagen noch der KGB-Chef des Kreises, Major Kuptschenko, der zwar einen ukrainischen Namen trug, sich aber als Tschuktsche ansah, weil er in der Jaranga seines Großvaters, eines berühmten Jägers vom Nordkap, aufgewachsen war. Beide Vorgesetzten begrüßten Gemo betont ehrerbietig.

Der Estichet-See lag ganz in der Nähe der Hafensiedlung, hinterm Flugplatz. Von da aus wurden Siedlung und Hafen mit Wasser versorgt. Das Wasser im See war kristallklar, aber aus den Hähnen tropfte rostiges. Erklärt wurde es damit, daß das Wasser derart mit Sauerstoff gesättigt sei, daß es die Stahlwände der Röhren zerfresse.

Das Eis war so durchsichtig, daß man in Ufernähe den Grund und majestätisch schwimmende Äschen sah. Der Chauffeuer bohrte einige Löcher, und sie begannen mit dem Fischfang. Glück hatte vor allem Major Kuptschenko. Nach einer halben Stunde waren zu seinen in warmen Fellstiefeln steckenden Füßen drei prächtige Fische erstarrt. Inzwischen hatte der Chauffeur zwei transportable Petroleumkocher angezündet, auf den einen einen Teekessel mit frischem, klarem Seewasser gestellt und auf dem anderen Fischsuppe angesetzt.

Gemo hatte nur einen Fisch gefangen, aber einen ziemlich großen. Er bot ihn für die Fischsuppe an oder für Stroganina, aber Tscherpanow sagte: »Den nehmen Sie mit nach Hause, für Valentina Petrowna.«

Als die durchgefrorenen Fischer sich dem Geländefahrzeug näherten, erblickten sie in der Kabine einen reich gedeckten Tisch. Als Vorspeise gab es Ketakaviar, gesalzene »Lachs Wampen«, dänischen Konservenschinken und mariniertes Gemüse. Wladimir Kuptschenko lud Gemo mit weit ausholender Geste ein, Platz zu nehmen.

Die Stroganina füllte mit ihren hellrosa Schnitzeln eine Emailleschüssel. Aus dem Kessel, der zugedeckt war, damit der Inhalt nicht so schnell auskühlte, duftete es verführerisch nach Fischsuppe. Selbstverständlich standen auf dem Tisch Flaschen mit Wodka, Kognak und Mineralwasser.

Als alle am Tisch Platz genommen hatten, sah der Sekretär des Kreis-Parteikomitees Gemo fragend an. »Bei so einem Imbiß kann man auch mal sündigen.«

Sie stießen an, tranken und begannen zu essen, vor allem Stroganina. Der Chauffeur Wolodja hatte eine Tomaten-Paprika-Soße vorbereitet, die er »Dipsoße« nannte. Dahinein tunkten sie die durchschimmernden, gefrorenen Fischschnitzel.

Vor der Fischsuppe gossen sie jedem ein zweites Glas ein, aber Gemo lehnte ab: »Valentina hat mir aufgetragen, stocknüchtern zurückzukommen.«

»Na schön, wir aber trinken!« rief Kuptschenko froh, nachdem er mit Genuß einige Löffel von der herrlich duftenden Fischsuppe gegessen hatte, schob den Teller beiseite und sah Gemo forschend an.

»Was sollen wir drum herumreden?« sagte er. »Wir möchten sehr gern wissen, worüber du mit dem Präsidenten am Telefon gesprochen hast!«

»Wir – das ist wer?« fragte Gemo. »Du persönlich, Tscherpanow oder deine Organisation?«

»Genaugenommen – auch die Organisation«, erwiderte mit nun strenger Stimme Kuptschenko.

Gemo hätte sie natürlich ein wenig quälen, sich über die Chefs des Kreises lustig machen können, die, wie er nun sah, sich amüsierten und tafelten und ihn nie eingeladen hätten, gäbe es nicht plötzlich einen besonderen Grund.

Der Sekretär bemühte sich, der Unterhaltung eine verbindlichere Tonlage zu geben. »Nein, Genossen, es mag sein, wie es will, jedenfalls finde ich es toll, wenn der Präsident in Tschukotka anruft! Und wen – einen Schriftsteller! Sicherlich, weil ein Buch in Amerika erschienen ist?«

»Leider nicht aus diesem Anlaß, aber angenehm war es doch«, sagte Juri Gemo rätselhaft.

Wladimir Kuptschenko wechselte den Ton und sprach nun freundschaftlich, fast flehend: »Hör mal, Gemo. Wir beide sind doch Landsleute! Nun ist so was passiert, und du ergehst dich in Andeutungen, willst nicht sagen, worüber du mit dem Präsidenten gesprochen hast.«

»Woher wißt ihr denn, mit wem ich gesprochen habe?« fragte Gemo mit gepielter Empörung. »Ich denke, bei uns ist es verboten, Gespräche von Privatpersonen abzuhören …«

»Ganz so ist es nicht«, erklärte Kuptschenko geduldig. »In Ausnahmefällen haben wir nicht nur das Recht, sondern sind geradezu verpflichtet, das zu tun. Zumal, wenn der amerikanische Präsident anruft.«

»Wenn ihr das abgehört habt, warum fragt ihr dann?«

»Wir haben nichts verstanden.«

»Er hat doch sehr deutlich gesprochen.«

»Weißt du«, meinte Kuptschenko verlegen, »von unseren Mitarbeitern kann keiner Englisch. In ihren Diplomen steht zwar, sie hätten Englisch als Fremdsprache erlernt, aber wenn es darauf ankommt, verstehen sie kein Wort.«

»Wie ist das denn möglich?« Gemo stellte sich verwundert. »Wir befinden uns hier sozusagen an dem einzigen physischen Berührungspunkt mit der uns nicht sehr freundschaftlich gesinnten Großmacht, aber die Organe der Staatssicherheit haben niemanden, der ihnen auch nur so ein lächerliches Gespräch übersetzen kann? Das verstehe ich nicht.«

Wladimir Kuptschenko war anzusehen, daß er mit seiner Geduld am Ende war. In Gemo regte sich Mitleid. »Ich habe in der Tat mit Amerika gesprochen, aber nicht mit dem Präsidenten persönlich, sondern mit einem Vertreter, das Gespräch wurde in seinem Namen geführt.«

»Und was wollte er?« fragte Kuptschenko gespannt.

»Wer?«

»Reagan.«

»Ich habe doch nicht mit einem Stellvertreter von Reagan gesprochen«, erklärte Gemo, jedes Wort auskostend, »sondern mit einem Vertreter des Präsidenten der Geographischen Gesellschaft der USA, der übrigens keineswegs der letzte Mann in Amerika ist.«

Ein Weile sahen sich Kuptschenko und der Sekretär Gemo verständnislos an. Als ihnen der Sinn des Gesagten bewußt geworden war, grinsten beide betreten und schuldbewußt, der Chauffeur Wolodja aber, der an dem Gespräch gewissermaßen nicht teilgenommen hatte, schlug vor: »Trinken wir darauf, daß wir den Schriftsteller Juri Gemo haben, den bedeutende Leute aus Amerika anrufen.«

Alle stießen an, auch Gemo mußte sein Glas heben. Die Lage hatte sich leicht entspannt, und als Kuptschenko vernahm, worüber sie sich unterhalten hatten, versprach er wichtigtuerisch: »Von unserer Seite findest du volle Unterstützung.«

»Ohne die geht es natürlich nicht.«

Die Reisen durch den sowjetischen Norden und durch Amerika waren einfach märchenhaft, sowohl hinsichtlich der Bedingungen als auch der Ergebnisse. Das einzige, was sie überschattete, waren die Beschränkungen, die die örtlichen Machthaber ihnen nach Belieben auferlegten, aus Furcht, der amerikanische Fotograf Dean Conger und dieser verdächtige, englisch sprechende Sowjetschriftsteller könnten ein besonderes Geheimnis herausbekommen. Das größte Problem aber bestand darin, daß man vor den fremden Augen allerlei wirtschaftliche Versäumnisse verbergen mußte, die Armut und die Trunksucht der Ureinwohner, die Erbärmlichkeit der Behausungen und die absolute Macht der zugereisten weißen Bevölkerung.

Ihr Weg führte von der Halbinsel Kola bis zur Ostgrenze

Jakutiens und dauerte fast einen Monat. Die lokalen Behörden bemühten sich, ihnen in kürzester Frist alles Notwendige zur Verfügung zu stellen, um die unruhigen und verdächtigen Gäste möglichst schnell wieder loszuwerden. KGB-Agenten, die als Mitarbeiter der Presseagentur Nowosti getarnt waren, als Kolchosbrigadiere, Chauffeure oder Wegbegleiter, verhehlten kaum ihre Zugehörigkeit zu der geheimen Institution. Gemo wunderte sich über die Geduld des Fotografen Conger, der aus der Menge der sie begleitenden Journalisten mit sicherem Gespür den jeweils Zuständigen herausfand und ihn tiefernst fragte, in welche Richtung er fotografieren müsse, damit keine geheimen Objekte ins Bild gerieten.

»In den zehn Jahren, die ich durch die Sowjetunion reise, habe ich gelernt, wie man mit solchen Leuten umgehen muß. Vor allem darf man auch den dümmsten Ratschlägen nicht widersprechen, muß sich ihnen fügen. Alles Nötige nehme ich sowieso auf, ich weiß schon, wie man das macht. Was die KGB-Leute betrifft – ihre Arbeit achte ich, und ich behindere sie nicht.«

Diese Unterhaltung fand aber bereits in Amerika statt, als Gemo anläßlich des Erscheinens der Zeitschriftennummer nach Washington geflogen war. Beim Festessen im »Asia«-Saal des Restaurants der Geographischen Gesellschaft sagte der Botschafter der UdSSR in Gegenwart des Präsidenten der Gesellschaft, höchst zufrieden mit dem Inhalt des Artikels und den Fotos: »Wir denken, diese Publikation läßt erwarten, daß auch andere Sowjetschriftsteller in einer so populären und achtenswerten Zeitschrift wie ›National Geographic‹ gedruckt werden.«

Der Chefredakteur hielt ihm entgegen: »Euer Exzellenz! Wir haben uns als Autor dieser den arktischen Völkern der Welt gewidmeten Zeitschriftennummer für Juri Gemo entschieden, weil wir seine literarischen Fähigkeiten schätzen. Was aber die anderen sowjetischen Schriftsteller anbelangt, so haben wir, verzeihen Sie, nicht die Absicht, die ›National Geographic‹ in die Zeitschrift ›Kommunist‹ zu verwandeln.«

Der Botschafter hielt diese Bemerkung für einen Scherz und lachte als erster.

Die Redaktion der Zeitschrift organisierte eine Reise nach Alaska. Dahin zu kommen hatte Gemo nicht einmal zu träumen gewagt. Wie bei der Zeitschrift üblich, erhielt er ein Billett erster Klasse, und der Komfort, die Zuvorkommenheit des Personals erinnerten ihn zwangsläufig an die Leiden bei Aeroflot, die er bei seinen zahlreichen Flügen von Moskau nach Anadyr, durch Tschukotka und das Gebiet Magadan hatte erdulden müssen: Wie lange hatte er da in kalten und schmutzigen Flughäfen herumgesessen, wo es schon als unerhörter Glücksfall galt, wenn man eine Schlafstelle mit grauer Bettwäsche in einem allen Winden ausgesetzten Hotel und ein warmes Mittagessen fand.

Das Flugzeug der Alaskan Airlines traf in Nome genau laut Flugplan ein, und im Flughafengebäude wurde Gemo, von widersprüchlichen Gefühlen überwältigt, vom Bürgermeister Leo Rasmussen, von ehrenwerten Bürgern der Stadt sowie von der Eskimolehrerin Jenny Alowa, die ihn während seines Aufenthalts betreuen würde, willkommen geheißen.

Das Leben der Eskimos auf Alaska beeindruckte Gemo. Jenny aber versicherte dem Gast, daß die Lage der Eskimos keineswegs so gut sei.

Sie gab sich große Mühe, bewirtete den Gast mit halbvergessenen Leckerbissen: Walhaut, Seehundrippchen, gefrorenen Torfbeeren.

»Wir müssen noch viel tun, damit unser Volk tatsächlich Herr auf dem eigenen Land wird.«

Als Gemo schon beim Flugzeug stand, das ihn, Jenny

und einen Reporter des örtlichen Radios auf die Insel Kleiner Diomid bringen sollte, zweifelte er noch immer, daß es ihm gelingen würde, seine Kindheitsreise auf diese kleine Insel in der Beringstraße zu wiederholen. Mit sieben Jahren, unmittelbar vor Kriegsausbruch, als die Übereinkunft zwischen Amerika und der Sowjetunion über den visafreien Reiseverkehr der Ortsansässigen noch nicht abgeschafft war, hatte Onkel Kmol Gemo auf seiner Schaluppe mitgenommen. Nach seinen Erinnerungen, die mit der Zeit nicht verblaßt waren, unterschied sich das Leben auf der amerikanischen Insel damals wenig vom Leben der Stammesgefährten an der sowjetischen Küste.

Gemo setzte sich auf den Platz des zweiten Piloten, der nicht anwesend war, die übrigen Passagiere drängten sich mit Müh und Not hinter ihm. Der Flug dauerte etwa eine Stunde, und die ganze Zeit konnte er den Blick nicht von der sich ihm bietenden Szenerie losreißen. Die Tundralandschaft der Halbinsel Seward unterschied sich nur wenig von derjenigen auf Tschukotka irgendwo zwischen der Prowidenija- und der Lawrenti-Bucht. Wie Fäden aussehende eisglänzende Bäche, kleine Seen, Hügelhänge und felsige Bergkuppen. Jenseits des Prince-of-Wales-Kaps, das bei gutem Wetter vom Kap Deshnjow oder von jener Stelle hinter dem Uëlener Leuchtturm zu sehen war, die Gemo als Lieblingsplatz für seine Lektüre erkoren hatte, bot sich ihm eine solche Weite, daß es ihm den Atem verschlug. Die Diomid-Inseln sahen aus wie nebeneinanderschwimmende, versteinerte Meerestiere aus dem Märchen. Dahinter lagen schon Kap Deshnjow, sein zur Beringstraße abfallender Hang, auf dem man das neue Semjon-Deshnjow-Denkmal erkennen konnte, errichtet in Form eines Leuchtturms mit einer Bronzebüste des kühnen Forschungsreisenden, und die Wohnstätten der alten Eskimosiedlung Naukan. Sie waren gebaut wie für Jahrhunderte, so daß sie auch nicht verfielen, seit sie leerstanden, und es schien nur, als hätten sich die Besucher wegen des Flugzeuglärms in ihren Wohnstätten verkrochen.

Der Pilot flog eine scharfe Kurve und nahm von Norden her Kurs auf die schmale Meerenge zwischen den Diomid-Inseln. Der kleine, durch Metallfässer markierte Landeplatz befand sich genau da auf dem Eis, wo die Staatsgrenze zwischen den Vereinigten Staaten Amerikas und der Sowjetunion verlief. Als der Propeller stillstand, kam ein grauhaariger, imposanter alter Mann in weißer Kamlejka zum Flugzeug und sagte auf tschuktschisch: »Sei gegrüßt! Steig aus! Du wirst bei mir wohnen!«

Die Häuschen auf Inalik, wie der Kleine Diomid für die Einheimischen hieß, krallten sich am steilen Felshang der Insel fest, und die Behausung von Dwight Mylygrok lag am südlichen Ende, über den anderen Häusern.

Dwight war schon über achtzig, aber Gemo hatte ihn als schlanken jungen Mann in Erinnerung, der die Tänze der Jäger von großem Meeresgetier der Beringstraße am besten vorführen konnte. War es nun Wahrheit oder Legende, jedenfalls erzählte man sich in Uëlen, daß Atyk, ein Verwandter von Gemo und Uëlener Sänger, ein Halbbruder von Mylygrok sei. Nach altem Brauch hätten ihre Väter seinerzeit für eine Weile die Frauen gewechselt, um ihre Freundschaft für Jahrhunderte zu festigen, und so wurden zwei Brüder geboren, die gleichermaßen das Talent besaßen, neue Lieder und Tänze zum Ruhme von Menschen zu erfinden, die an der äußersten Grenze des menschlich Erträglichen lebten.

Als sie nach dem Abendessen allein geblieben waren, erkundigte sich Gemo wie beiläufig danach.

»Ich habe diese Legende auch gehört. Aber genau weiß ich nicht, ob es tatsächlich so war. Meine Eltern sind längst gestorben, ich konnte sie nicht mehr fragen.«

»Atyk ist ebenfalls gestorben«, sagte Gemo. »Er war mein Vetter mütterlicherseits.«

»Da siehst du – wir sind verwandt! Und um uns wiederzusehen, haben wir fast ein halbes Jahrhundert gebraucht! Ist das etwa menschlich?«

»Wer ist schuld daran?«

»Unsere und eure Politiker!« bemerkte Mylygrok böse. »Ein Schurkenpack!«

Gemo genoß die Unterhaltung mit dem alten Mann, der ausgezeichnet tschuktschisch sprach. Manchmal verfielen sie ins Englische. Etliche Male versuchte Dwight Mylygrok russisch zu sprechen, aber das gelang ihm nicht.

»Während des letzten großen Krieges mit Deutschland«, erzählte er, »als unsere Länder Verbündete waren, habe ich mit euern Fliegern gearbeitet, die auf dem Flughafen Nome landeten, bevor sie sich auf den langen Weg durch ganz Sibirien an die Front machten. Gute Burschen!«

Plötzlich stieß Dwight Mylygrok eine solche Flut bildstarker russischer Mutterflüche aus, daß Gemo vor Überraschung und Lachen fast vom Stuhl gefallen wäre.

Das Fenster von Mylygroks Häuschen, das er, wie er bekannte, aus Verpackungsmaterial gebaut hatte, in dem die neue Schule auf die Insel transportiert worden war, blickte unmittelbar auf die sowjetische Insel, die von den Russen bald Ratmanow-Insel und bald Großer Diomid genannt wurde, obwohl sie von alters her den Eskimonamen Imaklik trug. Ganze vier Kilometer von hier befand sich das heimatliche Sowjetterritorium, die beste Welt auf Erden, wie die Propaganda der Bolschewiki fast sieben Jahrzehnte behauptete. Hier aber lebten, wenn auch nicht Gott weiß wie komfortabel, Stammesgefährten, die laut dieser Propaganda in Armut und Trunksucht dahinvegetierten, ihr eigenes normales, ruhiges Leben.

In Nome hatte Gemo so manchen betrunkenen Eskimo

gesehen, hier aber, auf der Insel, schien niemand diesem Gifttrank verfallen zu sein. Selbst bei den festlichen Vorführungen von Liedern und Tänzen anläßlich der Ankunft des seltenen Gastes erschienen alle nicht nur in den schönsten Festtagskleidern, vor allem die Frauen, sondern auch nüchtern.

»Bei euch scheint man gar nicht zu trinken.«

»Das ist bei uns streng verboten«, erwiderte Mylygrok mit ernstgewordener Stimme. »Sogar die Weißen, die in der Schule arbeiten, sind verpflichtet, sich dem Alkoholverbot zu fügen. Wer bei einer Verletzung dieses Gesetzes ertappt wird, muß unverzüglich die Insel verlassen. So ist es in allen nationalen Siedlungen auf Alaska.«

»Wer hat das verfügt? Die Regierung? Der Kongreß?«

»Die Regierung ... Der Kongreß ...« Mylygrok lächelte schief. »Die wären nur froh, wenn wir dem Trunk verfallen, endgültig degenerieren und aussterben würden. Dann könnten sie Alaska problemlos ausrauben – Erdöl, Gas, Gold ... Sie würden alle Wildtiere und Vögel töten, sämtlichen Fisch aus Flüssen und Seen holen. Unsere Existenz ist ihnen ja nur hinderlich.«

Wieder in der Heimat, war Gemo in allen seinen Berichten über Alaska recht vorsichtig. Aber manchmal gab er sich doch offenherzig, besonders unter Parteileuten und sowjetischen Verwaltern des Tschuktschischen Autonomen Bezirks.

In Anadyr hatten sich im Dienstzimmer des Ersten Sekretärs vom Bezirkskomitee der Kommunistischen Partei der Sowjetunion, Kobez, die wahren Herren von Tschukotka versammelt, wie sie sich selbst zu nennen nicht scheuten: die Chefs von KGB und Miliz, die Leiter zahlreicher Institutionen; darunter war allein der Vorsitzende des Bezirks-Exekutivkomitees ein Landsmann von Gemo.

»Wir alle plagen uns mit dem Problem herum, wie wir meinen Landsleuten das Trinken abgewöhnen können, aber nun stellt sich heraus, es gibt schon eine Lösung«, erzählte Gemo den Versammelten im geräumigen Dienstzimmer des Ersten Sekretärs, dessen riesige Fenster zum Anadyrer Liman hin blickten.

Sie hörten ihn schweigend an, fast ohne ihm Fragen zu stellen.

Als alle auseinandergegangen waren und im Zimmer allein Kobez und Juri Gemo zurückgeblieben waren, sagte der Erste Sekretär mit unzufriedener und unheilverkündender Stimme: »Was du uns erzählt hast, widerspricht der offiziellen Information. Alle diese Vergleiche des Lebensniveaus, die Berichte über die Wohnstätten, die Schulbildung, die Ausrüstung der Jäger mit Waffen, über die Entschädigung der Eskimos durch die Industriegesellschaften sind kapitalistische Propaganda. Die Partei hat Ihnen, Juri Sergejewitsch, diese Mission nicht anvertraut, damit Sie uns Märchen über das hohe Lebensniveau der Ureinwohner von Alaska erzählen.«

»Was soll ich denn machen? Lügen, mir etwas ausdenken?«

»Der Schriftsteller in unserem Land ist vor allem ein ideologischer Mitarbeiter«, sagte Kobez belehrend.

Kein einziger von Gemos Berichten über das Leben der amerikanischen Eskimos wurde gedruckt.

Nesnamow brach zu einem Besuch auf. Anlaß war der Geburtstag von Antonina Saikina. Auf dem Malzew-Markt kaufte er einen großen Blumenstrauß.

Schon bei der ersten Begegnung mit der kränklichen und ältlichen Frau hatte Nesnamow gespürt, daß sie ein besonderes, während ihres langen Lebens unausgesprochenes Geheimnis in sich trug und daß sich dieses Geheimnis auf unvorstellbare Weise mit jenem anderen verband, das er bewahrte. Wenn Antonina mit Nikolai Korawje befreundet gewesen war, einem Freund und Landsmann von Juri Gemo, dann mußte sie doch auch Juri Gemo getroffen haben? Damals war sie geschickt solchen Fragen ausgewichen. Vielleicht war die Anwesenheit ihres Mannes daran schuld, in dessen Beisein sie natürlich Hemmungen hatte, sich Erinnerungen an Romanzen ihrer Jugend hinzugeben.

Doch war allein der Gedanke schrecklich, was sein würde, wenn sie sagte: Ja, ich kannte Juri Gemo, seine Frau Valentina, die Kinder, die damals geboren wurden … Wohin wäre er dann verschwunden? Wie konnte sie das spurlose Verschwinden eines Freundes und einer Jugendfreundin erklären? Selbst wenn sie aus irgendeinem Grund diese Bekanntschaft abgebrochen und sich mit ihnen nach dem Selbstmord von Nikolai Korawje nicht mehr getroffen hatte, wie wäre zu erklären, daß sie von einem einst bekannten Menschen nie mehr gehört hatte – einem Menschen, von dem in großer Zahl Bücher verlegt, Aufsätze gedruckt worden waren, über den im Rundfunk gesprochen wurde und der gelegentlich im Fernsehen auftrat?

Die letzten Tage hatte Nesnamow wie im Fieber zugebracht. Sooft er im Hotel an dem Mädchenschwarm vorüberkam, bemühte er sich, nicht zu ihnen hinzusehen, weil er unverständlichen Haß auf sie und Abscheu gegen sich, gegen seine kürzlichen Anwandlungen empfand. So fühlt sich vermutlich ein Mensch, der aufgehört hat zu trinken. Er empfindet nicht nur Widerwillen gegen die Flasche, sondern auch gegen alle, die trinken.

Die heißen Tage waren vorüber, und in der Stadt war es kühler geworden, obwohl in der Natur noch keine Anzeichen des nahenden Herbstes zu erkennen waren. In den Parkanlagen blühten Rosen und unbekannte, offenbar eigens für die Stadt gezüchtete Blumen. Sie dufteten auch auf besondere Weise, scharf, herausfordernd, als wollten sie Aufmerksamkeit auf sich ziehen.

Plötzlich begriff Nesnamow, daß er die Stadt überhatte. Er wollte sich das nicht eingestehen und schon gar nicht seine Ent-

deckung preisgeben, doch die Sinnlosigkeit vieler steinerner Bauwerke begann ihn zu verdrießen. Sein gesunder Verstand verstand das Bestreben der Architekten nicht, an den Wänden steinerne Ornamente anzubringen, Spitzen und Türme zu errichten, die Kuppeln der Gotteshäuser zu vergolden. Das sollte schön sein? Warum? Warum schätzte man eine einfache dörfliche Hütte hinsichtlich ihrer Architektur geringer als das Winterpalais? Wozu brauchte der Mensch diese zyklopischen Bauwerke, in denen es wahrscheinlich in den matschigen, nassen Wintern am Baltischen Meerbusen kalt und feucht war? Oder war das die Erinnerung an die Zeiten im Morgenrot des menschlichen Lebens, als die Wände und Decken riesiger Höhlen hoch oben im Dunkel verschwanden und sogar das Licht eines großen Lagerfeuers nicht dorthin reichte?

Als er das Stockwerk erreicht hatte, schüttelte er den Strauß, damit sich die Blütenblätter der Rosen aufrichteten, und drückte auf die Klingel.

Die Tür öffnete sich augenblicklich, als hätte Saikin dahinter bereitgestanden, um den Gast zu begrüßen.

»Wo ist das Geburtstagskind?« fragte Nesnamow fröhlich, während er die enge Diele betrat.

Hinter den geschlossenen Türen zum großen Zimmer waren Stimmen, das Klirren von Geschirr zu hören.

Saikin schaute sonderbar drein. Sogar die kaum sichtbaren Reste seines Kopfhaars, die gewöhnlich, sorgsam gekämmt, an die braune Haut des Schädels gepreßt waren, ragten zottig in die Höhe.

Mit schuldbewußtem Gesicht führte er den Gast nicht ins Zimmer, sondern in die winzige Küche. »Ich weiß gar nicht, was ich Ihnen sagen soll, Georgi Sergejewitsch«, meinte er verlegen.

»Was ist denn geschehen?«

»Sehen Sie, Antonina weigert sich aus irgendeinem Grund kategorisch, Sie zu sehen.«

Nesnamow krampfte sich das Herz zusammen, für eine Weile rang er nach Luft.

»Ich habe ihr auf jegliche Weise zugeredet, habe herauszu-

bekommen versucht, warum, sie aber sagt kein Wort. Überhaupt ist sie die letzte Zeit etwas sonderlich geworden. Sie war nie wirklich religiös, jetzt aber fängt sie plötzlich an, in die Kirche zu gehen, hat sich eine Ikone gekauft und sie im Schlafzimmer aufgehängt.«

Nesnamow merkte, wie ihm kalter Schweiß über den Rücken lief. Ihm wurde klar, daß er schnellstens gehen mußte, er wußte nur nicht, wie er das machen sollte, ohne den Anstand zu verletzen und bei Saikin Verdacht zu wecken.

»Und früher haben Sie nie Derartiges an ihr beobachtet?«

»Wie bei jeder Frau ... Unerklärbare Launen, merkwürdige Forderungen, unlogische Handlungen. Ich habe mir von Anfang an gesagt: Eine Frau hat immer recht, am besten pflichtet man ihr bei. Später kann man versuchen, sie nach und nach von etwas anderem zu überzeugen.«

»Nehmen Sie es mir nicht übel«, erklärte Nesnamow, »ich gehe dann.«

Er blickte auf seinen Strauß.

»Den Strauß nehmen Sie auch mit!« sagte Saikin schnell. »Sie will Sie nicht nur nicht sehen, sondern hat auch gleich gesagt, daß sie von Ihnen nichts annehmen würde.«

Als sich die Tür hinter ihm geschlossen hatte, verspürte Nesnamow eine gewisse Erleichterung.

Im Hof schaute er sich um, warf den Strauß in einen Müllcontainer, dann hielt er ein Taxi an und fuhr zum Hotel.

Sonderbare Gefühle überwältigten ihn. Einerseits erkannte er, daß er unmittelbar davorstand, das Rätsel um Juri Gemo zu lösen, andererseits schien eine Katastrophe, ein unabwendbares Unglück auf ihn zuzukommen, und er spürte geradezu den eisigen Hauch des Todes im Gesicht. Die Unruhe, die Beklommenheit in der Brust, die unwillkürlichen Gedankensprünge – all dies schuf eine Stimmung auswegloser Trauer und trüber Aussichten. Natürlich wäre es in dieser Situation das beste, dachte er, nach Kolossowo zurückzufahren, von dort schnell nach Treskowizy umzu-

ziehen und alles zu vergessen suchen, eine körperlich anstrengende Arbeit anzupacken – Holz hacken, mit eigenen Händen das ganze von Unkraut überwucherte Grundstück rund ums Haus umgraben. Doch eine unbegreifliche Kraft hielt ihn immer noch in der Stadt fest.

Während er zur gewohnten Zeit zum Imbißraum herunterkam, um dort zu frühstücken, überlegte Nesnamow angespannt, ob Saikin auch kommen würde. Saikin kam, hohlwangig und beunruhigt.

»Ich verstehe überhaupt nichts«, sagte er und breitete die Arme aus. »Als unsere Kinder sich gestern schon versammelt hatten und wir nur noch auf Sie warteten, hieß es plötzlich, daß sie Sie nicht sehen will. Soviel wir ihr auch zuredeten, sie sogar zu beschämen suchten – es half alles nichts. Sie sagte, wenn er kommt, lege ich mich im Schlafzimmer ins Bett und bleibe dort … Sagen Sie bitte, sind Sie irgendwann, vielleicht in der Jugend, mit Antonina zusammengetroffen? Vielleicht geht ihre Laune auf weit zurückliegende Erlebnisse zurück? Wir waren ja alle einmal jung, Georgi Sergejewitsch, ich werde es Ihnen nicht übelnehmen, Sie würden mir das Herz erleichtern.«

»Ich schwöre Ihnen bei allem, was mir teuer ist, was ich auf Erden habe, beim heiligen Andenken meiner unvergeßlichen Frau Galja, ich habe Ihre Antonina niemals gesehen und hatte von ihr keine Ahnung, ehe ich Ihnen begegnet bin.«

»Dann begreife ich gar nichts mehr!« sagte Saikin niedergeschlagen und ließ den Kopf hängen. »Ich habe ihr auf jede Weise zugesetzt, sie auszufragen versucht, sie aber blieb dabei: Ich verstehe selbst nicht, was mit mir los ist, aber ich kann nichts dagegen tun.«

Natürlich hätte Nesnamow dem unglücklichen Saikin von seiner Suche nach Gemo erzählen können, von der Vermutung, die ihm selbst gekommen war, daß Antonina ihn gekannt hatte und ebendies der Grund für ihre plötzliche Laune gewesen sei. Sie spürte wohl die tödliche Gefahr, die von diesem Geheimnis ausging.

War vielleicht Nesnamow selbst daran schuld? Indirekt, so sagte ihm das Gefühl, ja, doch andererseits folgte er selbst einem unüberwindlichen fremden Willen. Die davon ausgehende, ihn antreibende Kraft hatte er schon wahrgenommen, als er nach Petersburg aufbrach, sich in den Zug setzte und auf dem Witebsker Bahnhof ausstieg. Alle seine Bemühungen und Versuche, Zeugnisse, einen Widerhall vom Leben eines Menschen zu finden, der in diesem Leben nicht existiert hat, waren Ausdruck seiner Unterwerfung unter eine Macht, der sich zu widersetzen er weder gewagt noch vermocht hätte. War es eine Unterwerfung unter die Macht des Schicksals?

Nesnamow merkte, daß Saikin ihm aus dem Weg zu gehen begann, Begegnungen mied. Eines Tages kam er nicht einmal zu dem gemeinsamen, fast zum Ritual gewordenen Frühstück, und als Nesnamow in die Herrentoilette nach unten kam, teilte er ihm schuldbewußt mit: »Heute habe ich mich zur Arbeit verspätet. Das hat es bei mir noch nie gegeben, aber Antonina fühlte sich sehr schlecht, ich mußte den Notarzt rufen. Sie wissen ja, wie das in unserer Stadt ist: Eher stirbt einer, als daß rechtzeitige medizinische Hilfe kommt. Schließlich erschienen unsere Äskulap-Jünger doch und erklärten: Nichts Schlimmes. Im Herzen und in den anderen Organen finden sich allein altersbedingte Veränderungen. Der Arzt tröstete mich: In diesem Alter wird man mitunter ängstlich, fängt an, sich Krankheiten einzubilden ...«

Doch Saikin kam auch am nächsten Tag nicht zum Frühstück. Da unterließ es Nesnamow, in die untere Herrentoilette zu gehen, um ihn nicht in Verlegenheit zu bringen.

19

Gemos letztes Buch war 1991 erschienen, die letzte Veröffentlichung in einer Zeitschrift 1992, danach waren nur einige Erzählungen von ihm gedruckt worden. Darüber hinaus gab es weder Verträge mit Verlagen noch Vorschüsse, die er früher, vor der Perestroika, von fast allen Verlagen leicht erhalten hatte, auch keine Angebote für Nachauflagen. Die letzte Ausgabe in einer Sprache der Brudervölker war in Georgien erschienen, von da hatte er ein recht beeindruckendes Honorar bekommen. Die geplante Ausgabe seiner gesammelten Werke in der Leningrader Abteilung des Verlages Schöne Literatur war für unbestimmte Zeit verschoben worden, weil das gesamte Papierkontingent für die Fertigstellung früher geplanter Bücher draufgegangen war – so behauptete die neue Direktorin, die das in den letzten Zügen liegende Leningrader Gebietskomitee der KPdSU eingesetzt hatte.

Aber das stimmte natürlich nicht. Papier gab es genug, die Papierfabriken standen nicht still – im Gegenteil, es war die Zeit einer noch nie erlebten Produktion angebrochen, eine Zeit der Zensurlosigkeit und des schnellen großen Geldes, das die Verleger mit der Herausgabe von Pornographie verdienten, mit erotischer Literatur, früher verbotenen antisowjetischen Büchern, mit den Werken von Emigrantenschriftstellern … Auf der gesamten Länge des Newski-Prospekts, vor den Bahnhöfen, den Metrostationen, auf den belebten Plätzen standen jetzt Dutzende von Buchkiosken, Verkaufstischen mit Büchern in Umschlägen aus ungewohntem Glanzpapier, auf denen Mädchen mit üppigen entblößten Brüsten strahlten, Maschinengewehrmündungen starrten, Messer und Dolche blitzten. Die durchdringenden Augen verschiedenerlei Übermenschen, von berüchtigten Verbrechern, Triebtätern, Mördern, Heiligen aller Art bis hin zu den von Stalin erschossenen einstigen Kampfgefährten schauten lockend auf die Vorübergehenden, verhießen fesselnde Lektüre, die Aufdeckung aller Mysterien und der noch vor kurzem eifrig gehüteten Staatsgeheimnisse.

Gemo lebte von seinen geringen Ersparnissen, von den

Honoraren ausländischer Verlage, die ihn auch weiterhin druckten. Wie sich herausstellte, hatte die WAAP – die Allunionsagentur für Autorenrechte – von ausländischen Honoraren einen so hohen Prozentsatz einbehalten, daß der sowjetische Autor nur symbolische Summen ausgezahlt bekam. Wenn man jedoch dieses Geld ohne Umwege erhielt, konnte man davon zwar nicht gerade luxuriös, aber immerhin bescheiden leben.

Als ein Honorar von der Buchabteilung der Zeitschrift »National Geographic« eintraf, baute Gemo seine Datsche zu Ende und kaufte sich ein Auto. Nun verbrachte er einen großen Teil seiner Zeit auf dem Land, pflanzte Blumen, hackte die gesteckten Kartoffeln und überzeugte sich, daß diese Arbeit, die aus der Ferne so idyllisch und schön erschien, von nahe besehen zu einer wahren Plackerei ausartete. Insgeheim war er der verflossenen Sowjetmacht dankbar, daß sein Grundstück, obgleich die Sowjetunion ein Sechstel der Erde umfaßte, gerade mal dreißig mal zwanzig Meter groß war! Und weil es auch noch ein erbärmlicher Boden war, kroch Valentina tagelang auf allen vieren zwischen den Beeten herum, jätete, lockerte die Erde, brachte Dünger ein. Abends träumte sie laut von einer ganzen Wagenladung Mist, den unternehmungslustige Geschäftsleute zwischen den Häusern ausfuhren – mit seinem Geruch und seinem breiigen Aussehen sehr zum Ärger der Datschenbewohner. Sie hinterließen eine feuchte Spur, die dann etliche Tage an den ältesten und besten natürlichen Dünger erinnerte, aber welchen Preis verlangten sie dafür! Schwer vorstellbar, daß Kuhscheiße so teuer sein konnte. Valentina versicherte jedoch, daß sich dieses Geld durch eine reiche Ernte von Kartoffeln, Gemüse und Beerenobst noch und noch auszahlen würde.

Gemo mußte sich fügen. Er karrte den Mist zu seinem Grundstück und verteilte ihn sorgfältig darauf. Der Naturdünger stank nicht nur, er wog zudem gar nicht wenig, als hätten die Kühe Blei ausgeschieden.

Die erste Ernte brachte jedoch eine herbe Enttäuschung, und Gemo sah sich zum erstenmal gezwungen, ernsthaft über seine Zukunft nachzudenken. Sie hatten zehn Eimer Kartoffeln gelegt, Saatkartoffeln, hatten eigens auf Märkten nach der geeigneten Sorte gesucht. Im Herbst aber ernteten sie fünf Eimer, kleine Knollen nur, die größten etwa pflaumengroß. In dieser Zeit war die Schriftsteller-Rente durch die Inflation zu einer so lächerlichen Summe zusammengeschmolzen, daß sie kaum für die Miete und die Stromrechnung reichte.

Früher einmal hatte Gemo davon geträumt, daß er, wenn er in Rente ginge, endlich schreiben könnte, was er wollte, zu seinem Vergnügen sozusagen. Nach seiner Berechnung hätte die Rente gut und gern gereicht, um für sie beide ein bescheidenes Auskommen zu sichern. Vor allem reizte ihn die Möglichkeit, eine Art Kommentar zu seinen Büchern zu schreiben, zu überlegen, was ihm gelungen war und was nicht, ganz gemächlich seine eigenen Fehlleistungen und die seltenen Erfolge zu analysieren.

Die Honorare aus dem Ausland konnten jederzeit versiegen. Dann würde er mit Valentina entweder den Kindern zur Last fallen oder einfach hungern müssen. Einer seiner Schriftstellerkollegen lebte bereits in offener Armut, war dabei, seine Bibliothek zu verkaufen. Doch die in Jahrzehnten gesammelten Bücher waren schon nicht mehr gefragt. Das breite Publikum sehnte sich nach anderer Lektüre. Das erstaunlichste dabei war, daß die neue, sogenannte demokratische Regierung, die lauthals die künftige Blüte einer neuen Kultur unter neuen, freien Bedingungen verkündete, gleichgültig zusah, wie Geschäftemacher von den Verlagen Besitz ergriffen und die Ladentische in den Buchhandlungen mit offensichtlichem Schund überschwemmten, dessen man sich in einer zivilisierten Gesellschaft schämt.

Zu allem Übel ging auch noch das Schriftstellerhaus in Flammen auf. Die wunderschöne Villa, die einst dem Grafen Scheremetew gehört hatte, brannte in einer Nacht so nieder, daß von einer Renovierung nicht mehr die Rede sein konnte, höchstens von ihrem Wiederaufbau. Das erforderliche Geld besaßen aber weder die Schriftsteller noch die Stadt.

Das Gefühl, gescheitert zu sein, das Leben sinnlos verbracht zu haben, ergriff immer öfter von Gemo Besitz.

Eine sogenannte Avantgardeliteratur füllte überraschend die Seiten der dicken Literaturzeitschriften, obwohl ein breiter Leserkreis dafür offenkundig fehlte. Die Autoren erhielten Literaturpreise für solche Werke wie ein durchlöchertes Buch, in dessen Loch man eine spezielle Kugel stecken mußte, um zu erfahren, welche Seite, welches Gedicht man lesen sollte. Für solche Raffinessen war Gemo natürlich völlig ungeeignet, er konnte auch nicht losziehen und bei den neuen Besitzern der Verlage, die vor allem kräftig verdienen wollten, um eine Herausgabe betteln.

Im Land gellte Geschrei zweier Parteien: der Demokraten und der Kommunisten. Jede Seite sorgte sich um die Armen, um die Hungers sterbenden Rentner.

Unter dem abendlichen Herbstwind rauschten die hohen Bäume vor der Glasveranda, und große Regentropfen klopften laut auf das Blechdach. Der Besitz eines eigenen Heims verstärkte das Gefühl von Unabhängigkeit und Würde, und wahrscheinlich hatten die Bolschewiki eben das befürchtet, als sie den schöpferisch Tätigen verboten, eigene Häuser zu bauen oder zu erwerben.

Gemo und Valentina gingen oft in der Umgebung spazieren, schlenderten stundenlang in Begleitung ihres kleinen Pudels am Ufer des Lembolowskoje-Sees entlang. Ihr

Leben lang hatten sie Hunde gehalten, hatten schon drei überlebt, und der jetzige ersetzte ihnen oft den Umgang mit den Kindern, der immer schwieriger geworden war.

Manchmal kamen sie mit den Enkeln, aber offensichtlich bedrückte sie die unfrohe Stimmung des Großvaters, sie hielten sich nicht lange in dem geräumigen Haus auf, das mit der Absicht gebaut worden war, daß im Sommer alle gemeinsam hier leben würden.

Manchmal, wenn Gemo auf sein bisheriges Leben zurückblickte, spürte er, daß das Beste und Interessanteste längst hinter ihm lag. Alles hatte es gegeben – Romantik und fröhliche Gelage mit Freunden, Unterhaltungen und Hoffnungen, Hoffnungen, Hoffnungen auf ein besseres Leben, auf eine bessere Zukunft.

Über seinen verblüffendsten Eindruck von seiner ersten Amerikareise hatte Gemo nur Valentina erzählt. »Warum gerade sie? Warum leben sie genau so, wie ich zu leben träumte, wie alle meine Freunde zu leben träumen, ja, alle Sowjetmenschen? Frei, ungezwungen, großzügig! Warum hat diese tausendfach verwünschte, allseitig geschmähte kapitalistische Ordnung den Menschen solche Flügel wachsen lassen und Möglichkeiten geboten, von denen die Unseren nicht mal träumen konnten?«

Nun war das System zusammengebrochen, und unter seinen Trümmern waren keineswegs die besten Menschen hervorgekrochen.

Im Spätherbst, bevor sie für den Winter in die Stadt zogen, setzten sich Gemo und Valentina ins Auto und fuhren nach Komarowo, wo sie so manches Jahrzehnt in einer Datsche des Literaturfonds verbracht hatten.

Der Weg führte durch wunderschöne und weiträumige Gegenden, und in Gemo wuchs das Befremden: Warum hatten sie bei dem gewaltigen Reichtum an Land, dem Überfluß an schönen Landschaften für die Petersburger

Kulturschaffenden nur das trostlose, sumpfige Gelände übrig gehabt?

Unweit von Repino erblickten sie von fern in der Lenin-Sowchose ein großes Haus. Das Gebäude beherbergte die Verwaltung des Staatsgutes, und im Erdgeschoß, gegenüber dem Eingang zur Verkaufshalle, bemerkte Gemo eine Tafel mit der Aufschrift »Bibliothek«.

Im halbdunklen Raum saß hinter dem Ausleihpult eine ältere, grauhaarige Frau, eine typische Bibliothekarin, die ihre Arbeit liebte. Gemo begrüßte sie und fragte: »Haben Sie Bücher vom tschuktschischen Schriftsteller Juri Gemo?«

Die Bibliothekarin fuhr zusammen und erhob sich von ihrem Stuhl.

»Natürlich. Seinerzeit war er recht populär.«

»Und jetzt?«

»Jetzt wird er fast nicht mehr verlangt. Heute braucht der Leser andere Bücher: Abenteuer, Science-fiction, Sex … Juri Gemo aber … Er ist ein fast vergessener Schriftsteller.«

»Ein vergessener Schriftsteller.« Die Worte trafen Gemo ins Herz, rasch verließ er die Bibliothek. Valentina erwartete ihn im Wagen.

»Was hast du?« fragte sie nach einem Blick auf das veränderte Gesicht ihres Mannes.

Gemo winkte ab. Zuerst wollte er von seinem kurzen Dialog nichts erzählen, doch schon auf dem Weg von Repino nach Komarowo hielt er es nicht länger aus.

»Na und?« sagte Valentina mit ihrer sanften, beruhigenden Stimme. »Du bist übrigens nicht in der schlechtesten Gesellschaft. Früher oder später wird sich das Interesse des Lesers schon wieder echter Literatur zuwenden. Was jetzt vor sich geht, ist die natürliche Befriedigung des Dranges nach Verbotenem. Wie hat sich das Volk zuerst auf Coca-Cola, Pepsi, Fanta und andere exotische Getränke gestürzt! Sie haben es satt bekommen und begriffen, daß es nichts

Besseres gibt als klares Quellwasser! Dasselbe wird jetzt mit den Lesern geschehen.«

Beruhigen konnte sich Gemo jedoch den ganzen Winter nicht, obwohl er weiter arbeitete. Er beendete eine Erzählung, begann einen Roman … Im Unterschied zu anderen Schriftstellerkollegen hatte er einstweilen keine materiellen Sorgen. Seine Bücher wurden auch weiterhin im Ausland herausgegeben. Zwei Bücher, die weder in russischer noch in tschuktschischer Sprache das Licht der Welt erblickt hatten, erschienen in Europa.

Jetzt konnte man über alles schreiben, aber es war unmöglich, in Rußland gedruckt zu werden. Gemo versuchte, nicht daran zu denken.

In letzter Zeit bedrängten ihn erneut Gedanken an seinen Doppelgänger, Georgi Nesnamow. Sollte er ein Buch über dieses Thema schreiben? Wie er auf rätselhafte Weise plötzlich in einem anderen Leben erschienen war, in dem es einen Georgi Nesnamow gab, aber keinen Gemo? Zumal, wie die Bibliothekarin vom Lenin-Staatsgut gesagt hatte, er ein fast vergessener Schriftsteller war. Wenn er das einfach als literarischen Kunstgriff nahm, würde es der schöpferischen Phantasie große Möglichkeiten eröffnen. Längst hatte Gemo bemerkt, daß reale, der Wirklichkeit entnommene Fakten sich nur schwer auf Papier umsetzen ließen. Ganz anders war es, wenn man sich beim Schreiben allein auf seine Einbildungskraft stützte. Das gelang meist viel überzeugender als die Beschreibung des wahren Lebens. Gemo spürte eine innere Erregung in sich aufsteigen, wie sie einer großen Arbeit an einem neuen Werk vorausgeht.

Aber er schob alles immer weiter hinaus, befaßte sich mit anderem, ordnete und stellte einen Band seiner Erzählungen zusammen, die in letzter Zeit in verschiedenen Zeitschriften erschienen waren, schrieb Erinnerungen an die Kindheit, an Bräuche und die Lebensweise in der Jaranga, die für immer aus dem Leben der Uëlener verschwunden war.

Der Frühling war kalt, doch im Haus war es warm; nicht nur, weil sie noch genug Holz von dem für den Bau gerodeten Wald besaßen, sondern auch, weil der Hausherr wußte, wie man die Wärme hält.

Jeden Morgen setzte sich Gemo an den Schreibtisch – ohne sich ein Wort abringen zu können. Schon schreckte ihn der Gedanke an den völligen Verlust seiner schöpferischen Fähigkeiten, und um sich zu überzeugen, daß dem nicht so war, schrieb er einige Erzählungen, die umgehend in ausländischen Zeitungen und Zeitschriften veröffentlicht wurden.

Er spürte, daß er noch einmal nach Kolossowo fahren mußte. Dort würde sich klären, ob er an dem geplanten Roman weiterschreiben oder das Projekt aufgeben würde.

Der Sommer ging vorüber, der August brach an. Valentina kochte Konfitüre aus eigenen Beeren. Gemo kaute die süßsauren Früchte des ersten Apfelbaums und bereitete sich auf die Fahrt nach Kolossowo vor.

Nesnamow entschloß sich am Ende doch, mit Saikin, der ihm offenkundig aus dem Weg ging, ein klärendes Gespräch zu führen. Er betrat die Toilette und sagte: »Morgen fahre ich weg. Da möchte ich mich mit Anstand von Ihnen verabschieden.«

Sie nahmen in der Bar Platz, in der sie sich am ersten Tag ihrer Bekanntschaft begegnet waren. Bestellten dänisches Pilsner.

Saikin schwieg düster. Schließlich sagte er: »Mir selbst ist unangenehm, daß es so gekommen ist. Wissen Sie, eine Frau kann man nie ganz verstehen. Antonina ist mir so teuer, daß ich ihr Leben durch nichts trüben möchte. Im Lauf unserer langen Gemeinsamkeit sind wir gewissermaßen zu einem Wesen geworden. Vor allem will sie nicht erklären, warum sie sich Ihnen gegenüber so verhalten hat. Kaum versuche ich, sie danach zu fragen, verschließt sie sich, und mir kommt es sogar vor, als bereite ihr das physische Schmerzen. Zur Zeit ist sie bettlägerig, aber sowie sie wieder bei Kräften ist, überrede ich sie, einen Psychiater aufzusuchen.«

Nesnamow dachte sich, daß der Gang zum Psychiater nichts bringen würde. Die beste Arznei für Antonina bestünde darin, daß er wegfährt und sich mit ihrem Mann nicht mehr trifft. Dann würde sie wieder vergessen, was in ihrer frühen Jugend geschehen war – die Begegnung mit Nikolai Korawje und dessen Freund, dem künftigen Schriftsteller Juri Gemo.

»Trotzdem«, sagte Nesnamow langsam, »mag unsere Trennung noch so traurig sein, die Bekanntschaft mit Ihnen war mir eine Freude. Sie haben mir den Aufenthalt hier bereichert, und ich werde immer gern an Sie zurückdenken.«

»Ganz meinerseits«, sagte Saikin seufzend, als habe er sich dazu zwingen müssen.

Sie drückten einander die Hand, umarmten sich nach kurzem Zögern, klopften sich gegenseitig auf den Rücken.

Am nächsten Morgen, als er schon mit seinem Koffer in der Hotelhalle stand, wurde Nesnamow plötzlich bewußt, daß sie gar nicht ihre Adressen getauscht hatten.

In der Toilette saß an Saikins Stelle seine Ablösung.

»Kommt denn Boris Michailowitsch heute nicht?«

»Weder heute noch morgen«, antwortete die Ablösung. »Seine Frau ist gestorben.«

Nesnamow konnte sich kaum auf den Beinen halten, als er das hörte. Schnell durchquerte er die Halle, hielt ein Taxi an und nannte sein Ziel: »Witebsker Bahnhof.«

Er hatte ein Gefühl, als würde er verfolgt, als näherte sich ihm eine unsichtbare, unheilverkündende Wolke und als bliebe ihm nichts, als nach seinem Kolossowo zu entfliehen. Der Eisenbahnwagen war fast leer: Es war ein Werktag und Arbeitszeit. Er ging ans andere Ende des Wagens und setzte sich mit dem Rücken zur Fahrtrichtung auf eine Bank.

Wie sehr Valentina ihm auch zusetzte, auf die Reise zu verzichten oder sie zumindest zu verschieben, Gemo beharrte auf seiner Absicht.

»Ich fühle mich gut«, sagte er zu seiner Frau. »Das Herz schmerzt nicht mehr, aber wenn ich die Reise verschiebe, wird es mir schlechter gehen. Dann werde ich mir die ganze Zeit Vorwürfe machen, daß ich nicht gefahren bin, meinen Plan aufgegeben habe und deswegen mein Buch nicht weiterschreiben kann. Wenn ich zurückkomme, gehe ich zum Arzt und bleibe die ganze übrige Zeit in der Datsche, führe ein gesundes Leben.«

Valentina begleitete ihren Mann zum Bahnhof und suchte für ihn in einem halbleeren Wagen einen Platz in Fahrtrichtung.

Eine halbe Stunde las Gemo die mitgenommenen Zeitungen. Dann spürte er plötzlich seltsame Unruhe und blickte nach vorn, auf einen Mann, der ihn durch den ganzen Wagen unentwegt ansah. Zusammen mit dem Pfeifen des Zuges drang ein schriller Glockenton in seinen Kopf, wurde immer unerträglicher, und alles um ihn herum versank in gleißendem Licht. Mit dem letzten Aufblitzen seines Bewußtseins erriet Gemo plötzlich, daß er seinen Doppelgänger gesehen hatte – Georgi Nesnamow!

20

Schon beim Aussteigen aus dem Hubschrauber erblickte Stanislaw Nesnamow den alten Leuchtturm auf dem Hügel. Das war ein gewöhnliches Holzhaus mit einem kleinen viereckigen Turm von etwa zwei mal drei Meter Grundfläche.

Wind, Schnee und kalter Regen hatten der Holzverkleidung so zugesetzt, daß sie graugrün geworden war und die alte Farbe völlig verloren hatte; nur in tiefen Spalten waren noch Reste zu erkennen. Im zerstörten, verwüsteten Gebäude waren weder Fensterrahmen noch Türen erhalten, und durch die gähnenden Öffnungen sah man weit aufs Meer, das sich zum Nordpol hin erstreckte.

Warum hatte der Vater verfügt, daß seine Asche gerade hier verstreut werden sollte? Über dieser unvorstellbaren Weite, durch die eiskalte Winde aus arktischen Breiten fegten, über die sich klarer Sonnenschein ergoß – inmitten von Steinen, auf die vielleicht noch das blaue elektrische Licht gefallen war. Ein beklemmendes Geheimnis, das er niemandem anvertraut hatte, verschmolz von nun an mit dieser erhabenen Weite, entschwand in kosmische Fernen. Ja, der Vater hatte von Reisen geträumt und Bücher über die Arktis gesammelt, warum aber hatte er eben diese Stelle ausgesucht?

Stanislaw kniff die Augen zusammen und glaubte zu spüren, wie sich unter seinen Füßen die riesige Erdkugel dreht, während er am Berührungspunkt zweier Kontinente – Asien und Amerika – steht, am äußersten Rand der einen Halbkugel. Er lächelte vor sich hin, machte einige Schritte auf den felsigen Abgrund zu und schraubte den Urnendeckel auf. Eine jähe Luftbewegung wirbelte mit weicher Pfote die graue Asche aus der Urne. Erstaunlich wenig war das gewesen. Sollte von einem Menschen wirklich so wenig, fast ein Nichts an Asche übrigbleiben, oder hatte man im Krematorium nach alter sowjetischer Gewohnheit nicht alles hineingeschüttet? Doch was sollten sie mit fremden Überresten? Stanislaw schaute nochmals in das Plastikgefäß, überzeugte sich, daß nichts mehr drin war, blickte sich um, fand eine kleine Vertiefung und begrub darin die Urne, häufte flache Sandsteinstücke darüber.

Unten, auf einer langen, von Geröll bedeckten Landzunge, die sich zwischen zwei Wassermassen – dem Polarmeer und der Lagune – nach Westen erstreckte, waren die Häuser der Tschuktschensiedlung Uëlen zu sehen, und dahinter, am Horizont, ragten schwarz Antennenmasten in den Himmel.

Der riesige Raum weckte ein Gefühl des Verlorenseins, der unerwarteten Einsamkeit, gleich einem quälenden Schmerz in der Brust. Wie mochte es hier im Winter sein, wenn alles unter Schnee versank und die Wasserflächen rings um die Landzunge vom Eis gefesselt waren? Schon jetzt, gegen Ende des tschuktschischen Sommers, konnte man nicht behaupten, es sei warm hier, und trotz der Windstille, die auch den gestreiften Windsack auf dem Hubschrauberlandeplatz kraftlos herabhängen ließ, drang die eisige Luft durch und durch, verursachte ein sonderbares, inneres Frösteln.

Wie konnten hier Menschen leben?

Wäre nicht seine Arbeit, er hätte einige Tage hierbleiben können, wäre am Meer entlanggewandert, unterhalb der Felsen in Richtung der Deshnjow-Bucht, hätte etwas länger diese erstaunliche, alles durchdringende Luft geatmet, und wer weiß, ob sich ihm nicht einiges vom Schicksal des Vaters erschlossen hätte, dessen Asche sich bereits mit dieser Luft und dieser Weite vermengt hatte.

Was als gewöhnliche Wunderlichkeit erschien, hätte plötzlich geheimnisvolle, unfaßbare Tiefe gewonnen, während dies jetzt alles in dasselbe Nichts entschwand wie des Vaters Asche, die der unhörbare Atem der Luft hinweggetragen hatte. Plötzlich überkam ihn für einen Augenblick Bedauern, daß es nicht mehr möglich war, zu erfahren, was mit dem Tod des Vaters dahingegangen und in dem für immer erloschenen Leben vielleicht das Wichtigste gewesen war.

Winzige Vögelchen schwirrten mit zitternden Schwanzfedern zwischen den bemoosten Steinen hin und her, verständigten sich mit dünnen, pfeifenden Stimmchen, hüpften geschäftig über Erdhügel, blickten von der Seite auf den reglos dastehenden Menschen.

Obwohl Stanislaw schon am Meer gewesen war und auf dem Touristendampfer »Konstantin Simonow« sogar die Ostsee überquert hatte, sah er hier zum erstenmal ein Meer, das so gewaltig war, eine solche Anziehungskraft besaß, so zu sich rief, wie ein Abgrund den Menschen ruft, der vor ihm steht. Während er einige

Schritte zurücktrat, hörte er: »Stanislaw Georgiejewitsch!« Er erkannte die Stimme vom Chef der Kreis-Administration. »Es ist Zeit! Die Piloten drängen!«

Sobald er diesen Ort verließe, würde die letzte, wie ein Spinnenfaden dünne Verbindung zu seinem Vater abreißen. Dann blieben nur Erinnerungen, die verblassen würden, so wie morgens die Erinnerung an Träume schwindet.

Eben hier geschah es, daß seine Gedanken an die Arbeit in den Hintergrund traten und das Denken sich ganz auf den Tod konzentrierte, auf das Leben, auf seine Sonderbarkeiten und ungelüfteten Geheimnisse, die zusammen mit einem Verstorbenen dahingingen. Wie schön wäre es, den Vater noch ein letztes Mal rufen, seine weiche, leise Stimme hören zu können ... Ein Abschiedswort gab es nicht, nur seinen unabweisbaren Wunsch, daß seine Asche über diesem kalten Meer ausgestreut werde. Stanislaw hatte den verstorbenen Vater erst im Leichenschauhaus gesehen, wohin er mit ewig verschlossenen Lippen und Augen unmittelbar vom Eisenbahnzug gebracht worden war.

Der Hubschrauber wirbelte Luft auf, flog tief über die dicht bebaute, steinige Landzunge hinweg, nahm Kurs auf Süden, überquerte die seichte Lagune von Uëlen.

Stanislaw drückte das Gesicht an das runde Seitenfenster, konnte aber nicht mehr sehen, wie der Rotorwind ein weißes Blatt von der Wand des Schulgebäudes riß und in die Lagune trug. Große, mit blauem Filzstift geschriebene Buchstaben verliefen langsam im Wasser: »IN DER AULA DER SCHULE FINDET HEUTE UM 19.30 UHR EINE GEDENKVERANSTALTUNG FÜR UNSEREN IM AUGUST DIESES JAHRES VERSTORBENEN LANDSMANN STATT, DEN SCHRIFTSTELLER JURI GEMO.«

Sankt Petersburg – Kerro – Sankt Petersburg, 1997

Anmerkungen der Übersetzer

Personennamen

Die im Roman genannten Personen sind zumeist real – ob es sich um Wissenschaftler oder Schriftsteller handelt, die ihr Werk Tschukotka gewidmet haben, wie *Bogoras-Tan, Skorik, Sjomuschkin*; um tschuktschische Autoren wie *Kymytwal* oder *Këulkut*; um Vorfahren und Verwandte *Gemos* (in Wahrheit Vorfahren und Verwandte des Autors) wie *Mletkyn, Giwewnëut*. Nur in Einzelfällen wurden Namen realer Personen, gegebenenfalls auch die Titel ihrer Werke, leicht chiffriert, doch wird der informierte Leser schnell erkennen, wer etwa hinter *Eichwald* oder *Bakowski* steht.

Orts- und Straßennamen

Im Interesse des Lesers wurden Orts- und Straßennamen ins Deutsche übersetzt. Während der *Newski-Prospekt* unangetastet blieb wie auch weniger bekannte, aber sich einer unaufwendigen Übersetzung widersetzende Namen, wurden andere übersetzt, so: *Platz des Aufstandes* (Plostschad wosstanija), *Marstall-Platz* (Konjuschennaja plostschad), *Schloß-Ufer* (Dworzowaja nabereshnaja) usw. Dasselbe gilt für Bauwerke, Institutionen, sonstige geographische Bezeichnungen. *Blutkirche* (Spas na krowi) steht volkstümlich für die Kirche zur Auferstehung Christi, auch Sühnekirche genannt.

Verlage, Periodika

In der Sowjetzeit große Verlage, die in der Romanhandlung eine Rolle spielen, werden in der Übersetzung deutsch wiedergegeben: *Junge Garde* (Molodaja gwardija), *Schöne Literatur* (Chudoshestwennaja literatura). Dasselbe gilt für Zeitschriften, darunter *»Völkerfreundschaft«* (Drushba narodow), *»Der Zeitgenosse«* (Sowremennik – bedeutende Zeitschrift des 19. Jahrhunderts); im Original belassen wurde dennoch der Titel der international am bekanntesten gewordenen Literaturzeitschrift *»Nowy Mir«* (Neue Welt). Nicht übersetzt wurden Bezeichnungen, die auch in ihrer russischen Form verständlich sind.

Die Zeitschriften *»Swesda«* und *»Leningrad«* wurden 1946 scharf kritisiert, es gab dazu einen Beschluß des ZK der KPdSU; die Zeitschrift *»Leningrad«* mußte ihr Erscheinen einstellen.

Worterklärungen
Eine *Jaranga*, die Wohnstatt der Tschuktschen und der Eskimos, besteht aus einem kreisförmigen Holzgerüst, kuppelförmig überdacht durch eine Konstruktion aus Holzrippen mit darübergebreiteten Walroßhäuten. *Tschottagin* heißt der Aufenthaltsraum darin, in der kalten Jahreszeit auch für die Schlittenhunde, mit Feuerstelle zum Kochen. *Polog* heißt der in der Jaranga mit Fellen abgeteilte, durch Tranlampen erleuchtete und beheizte Schlafraum. *Kamlejka* ist ein Umhang, vorwiegend aus Stoff genäht, mit Kapuze und Bauchtasche.

Der sowjetische Grad eines *Kandidaten der Wissenschaft* entspricht dem eines deutschen Doktors, der sowjetische Grad eines *Doktors der Wissenschaften* dem eines deutschen Dr. habil. Der reguläre Weg zum Kandidaten führte in der UdSSR über die Aspirantur.

Namen, Aussprache
Der Name *Rytchëu*, im Zusammenhang mit dem vorliegenden Roman und dem Doppelgänger-Paar Gemo/Nesnamow sehr interessant, bedeutet »unbekannt«. Wer ihn richtig ausspricht: Ryt-che-u, wird übrigens auch auf die richtige Aussprache weiterer tschuktschischer Namen in diesem Roman gut vorbereitet sein: *Këulkut* (Ke-ul-kut); *Giwewnëut* (Gi-wew-ne-ut).

Verwaltungshierarchie
Soweit für den Roman von Belang, heißen die Verwaltungsebenen, von unten nach oben: *Kreis – Bezirk – Gebiet.* Die jeweilige Leitungsebene heißt bei der Kommunistischen Partei *Komitee* (mit Sekretären an der Spitze), auf staatlicher Seite *Exekutivkomitee* (mit Vorsitzenden). Der *Tschuktschische Autonome Bezirk* mit dem Bezirkszentrum Anadyr ist Bestandteil des Gebiets Magadan.

Rytchëus Werke
Frühe deutsche Veröffentlichungen von Juri Rytchëu sind: *Menschen von unserem Gestade* (1954), *Der alte Memyl lacht am besten* (1955) und *Abschied von den Göttern* (1960) – dazu die Kinderbücher: *Die Rettung* (1955), *Weket und Agnes* (1975), *Herr der Winde* (1997) und *Joo sucht den Polarkreis* (1981); die späteren Übersetzungen, ob als Neuausgaben oder Erstpublikationen, finden sich im Programm des Unionsverlags: *Traum im Polarnebel* (1991), *Wenn die Wale fortziehen* (1992), *Teryky* (1993), *Unter dem Sternbild der Trauer* (1994), *Die Suche nach der letzten Zahl* (1995), *Unna* (1997).